어얼구나강의 오른쪽

額尔古纳河右岸
Copyright© 2010 by Chi Zi Jian
Korean Translation Copyright © 2011 by DULNYOUK Publishing CO.
This translation is published by arrangement with Chi Zi Jian through SilkRoad Agency, Seoul, Korea.
All rights reserved.

이 책의 한국어판 저작권은 실크로드 에이전시를 통해 저자와 독점 계약한 들녘출판사에 있습니다. 저작권법에 따라 한국 내에서 보호를 받는 저작물이므로 무단전재와 복제를 금합니다.

illusionist 세계의 작가 023

어얼구나 강의 오른쪽

ⓒ들녘 2011

초판 1쇄 발행일 2011년 7월 15일

지 은 이 츠쯔젠
옮 긴 이 김윤진
펴 낸 이 이정원

출판책임 박성규
편집책임 선우미정
편집진행 김상진
표지그림 최용호
디 자 인 김지연
편   집 이상글 · 이은
마 케 팅 석철호 · 나다연 · 최강섭
경영지원 김은주 · 박혜정
제작관리 구법모 · 고강석 · 엄철용

펴 낸 곳 도서출판 들녘
등록일자 1987년 12월 12일
등록번호 10-156
주   소 경기도 파주시 교하읍 문발리 출판문화정보산업단지 513-9
전   화 마케팅 031-955-7374   편집 031-955-7381
팩시밀리 031-955-7393
홈페이지 www.ddd21.co.kr

ISBN 978-89-7527-620-0(set)
      978-89-7527-621-7(04820)

값은 뒤표지에 있습니다. 잘못된 책은 구입하신 곳에서 바꿔드립니다.

어얼구나 강의 오른쪽

츠쯔젠 지음
김윤진 옮김

들녘

한국어판 서문

신은 깊은 산 속에

　중국 북쪽 변경, 내 고향인 다싱안링(大興安嶺)에 순록을 방목하며 삶을 꾸려가는 어원커 부족이 있다. 그들은 밤에도 별을 볼 수 있는 시렁주에 살며 고기를 먹고, 짐승 가죽으로 만든 옷을 입고, 먹이를 찾아 이동하는 순록을 따라다닌다. 길고 긴 겨울이면 사나흘에 한 번씩 이사를 해야 하고, 여름이 되어 가장 길게 머물더라도 보름을 넘지 않는다. 산마루마다 그들과 순록의 발자취가 남아 있다.

　자연생태의 파괴로 숲 속 부락민의 삶은 점점 힘겨워졌다. 순록의 먹이인 이끼도, 사냥감도 점점 줄어들어 이들은 할 수 없이 산 밑으로 내려와 정착했다. 그러나 하산한 후 현대 문명에 적응할 수 없어 다시 무리를 지어 숲으로 돌아왔다.

　7년 전 여름, 나는 이들의 발자취를 좇아 야영지에 도착하여 삶을 들여다보았다. 그때 늙은 무당을 만나 그녀의 운명을 듣고, 나는 격정의 소용돌이로 빠져들었다.

　부락에서 무당은 의사 역할도 감당하고 있었다. 무당은

약물로 질병을 치료하는 것이 아니라 신령과의 소통을 통해 사람의 몸을 고쳤다. 남녀를 막론하고 모두 무당이 될 수 있었다. 무당이 될 사람은 보통사람들과는 다른 이상 행동으로 초인적인 힘을 드러냈다. 맨발로 눈밭을 달려도 동상에 걸리지 않았고, 열흘 동안 먹거나 마시지 않아도 기운이 펄펄한 상태에서 사냥을 할 수 있었다. 벌겋게 달군 쇳조각을 혀에 대도 어떤 상흔도 남지 않았다. 나는 이들이 신비한 힘을 지니고 있다는 걸 알 수 있었다. 무당은 초인적인 힘을 빌려 병을 고쳤다. 때로 불치병에 걸린 사람들까지 치료하기도 한다. 무당은 병자를 치료하기 전 신복과 신모 그리고 치마를 입어야 한다. 또한 순록을 도살하여 신령에게 바치고 강림을 기도한다. 이와 같은 의식을 '굿'이라고 한다. 굿을 할 때 무당은 손에 신고를 들고 있어야 한다. 무당의 춤사위나 노랫가락은 병자를 낫게 한다.

내 이야기 속 무당은 이미 세상을 떠났다. 그녀는 순록을 방목하는 어원커 부락의 마지막 무당이었다. 살면서 자녀를 많이 낳았지만, 아이들은 그녀가 굿을 할 때면 종종 비명횡사했다. 처음으로 아이를 잃었을 때 그녀는 신의 목소리를 들었다. "구할 필요가 없는 사람을 구한 대가로 네 아이를 대신 데려간다"고 신이 말했다. 그러나 그녀는 사람을 구하는 일을 포기하지 않았다. 수많은 사람을 구하느라 자식들 대부분은 요절했지만 그녀는 후회도, 원망도 하지 않았다. 비장하고 처연한 그녀의 삶은 인간의 꿈과 현실에 대한 충돌과 갈등의 강렬한 체현이었다. 병을 고치고 사람을 구하는 일은 무당인 그녀에게 천직이자 신앙이다. 사랑하는 것들이 피해를 받는다 하더라도 그녀는 조금도 주저하지 않고 정의를 위해 행동했다. 크나큰 사랑을 품었기 때문이다. 진정으로 혼탁함과 잔인한 현실의 꿈을 초월하는 것이야말로 인류가 갈망하고, 도달하고 싶은 성스러운 경지이다. 그녀의 너그러움과 선량함 그리고 애틋함을 품은 마음이 바로 그 경지가 아닐까? 그녀는 위대한 작가이다. 또한 그녀가 지내온 삶 자체는 걸작이다. 때문에 나는 작품 속에서 그녀의 운명을 주된 테마로 삼았다.

내 이야기 속 부락민은 여전히 산 속을 헤매며 사냥을 하고 있다. 도시에 살고 있는 사람들은 신령의 존재를 믿지 않겠지만, 나는 굳게 믿는다.

신은 깊은 산 속에 있다는 것을!

내 붓끝에서 탄생한 인물들이 한국의 독자들에게 사랑받기를 간절히 바란다. 이들을 사랑하는 것은 원시 그대로의 자연을 사랑하는 것이요, 문장 속에 깃든 청풍명월이 가볍게 스치고 지나간 붓끝을 사랑하는 것이다.

2011. 07.
츠쯔젠

차례

새벽 9

정오 129

황혼 281

에필로그 457

옮긴이의 글 465

새벽

나는 비, 눈과 오래전부터 친하게 지내왔다. 아흔 살이 되도록 비와 눈은 나를 오랫동안 보아왔다. 나도 둘을 오래도록 보아왔다. 올 여름처럼 갈수록 비가 적게 내린다면 겨울에는 눈도 적게 내릴 것이다. 비와 눈은 닳고 닳아서 털이 다 빠져버린 내 노루가죽 요와 다를 것이 없다. 농밀했던 털은 시간이 갈수록 성글어지고 남은 것은 겹겹이 앉은 세월의 흉터뿐이다. 이 요 위에 앉아 있으면 사냥터를 지키고 있는 사냥꾼이 된 것 같다. 그러나 내가 그토록 기다리는 것은 아름다운 뿔을 달고 있는 사슴이 아니라 휘몰아치는 모래 광풍이다.

 시반과 그들이 떠나자마자 비가 내렸다. 비가 내리기 전 보름이 넘도록 태양이 이른 아침에 붉은 얼굴을 내밀었다가 저녁에는 노란 얼굴빛을 띤 채 산 아래로 떨어졌다. 태양은 하루 종일 몸에 구름 한 점 걸치지 않았다. 작열하는 태양은 강물이 비쩍 마르도록 핥아댔다. 양지바른 산기슭의 풀도 허리가 굽을 정도로 말랐다. 나는 가뭄이 두렵지 않다. 하지만 마커신무의 곡성은 두려웠다. 류샤는 달 밝은 밤에만 울었지만, 마커신무는 말라버린 대지에 생긴 구불구불한 균열을 보기만 해도 얼굴을 가리고 대성통곡했다. 균열은 마치 독사처럼 그에게 목숨을 내놓으라고 할 것 같았다. 나는 이런 균열은 무섭지 않다. 내 눈에는 땅 위에 새겨진 번개처럼 보인다.

안차오얼은 빗속에서 야영지를 쓸었다.

나는 안차오얼에게 부쑤가 비가 적게 내리는 곳인지, 시반의 하산이 비를 몰고 온 것인지 물었다.

안차오얼은 허리를 곧게 펴고는 혀를 내밀어 빗방울을 핥더니 나를 보며 웃었다. 눈가와 뺨의 주름도 따라 웃었다. 그의 눈가에는 국화 무늬가, 뺨에는 해바라기 무늬가 피어올랐다. 빗물이 뿌려지자 꽃 같은 주름은 이슬을 머금고 있는 듯했다.

우리 우리렁(烏力楞)에는 오직 나와 안차오얼만 남았다. 다른 사람들은 이른 아침 트럭을 타고, 가재도구와 순록을 이끌고 산을 내려갔다. 우리 부족도 하산해서 몇 해 전 우치뤄푸에 갔다가 얼마 안 있어 급류마을로 돌아왔다. 녹용과 가죽을 술과 소금, 비누, 설탕 그리고 차 등과 바꾸고 산위로 돌아왔다. 그러나 이번에 부족 사람들의 하산은 산을 완전히 떠나는 것이었다. 이들은 부쑤라는 곳으로 간다고 했다. 파를거는 나에게 "부쑤는 커다란 읍이에요. 산에 맞닿아 있는데, 산 아래에 담장이 하얗고, 지붕이 붉은 집들이 있어요. 그곳이 우리가 정착할 곳이에요"라고 했다. 산기슭 아래 철조망으로 울타리를 둘러놓고 순록의 우리도 만들어놓았다고 한다. 순록들은 이제 울타리 안에 갇혀 살아야 할 판이다.

나는 별을 볼 수 없는 집에서 잠을 자고 싶지 않다. 나는 생이 다할 때까지 별을 벗 삼아 까만 밤을 보내고 싶다. 만약 한밤중 잠에서 깨었을 때 눈에 보이는 것이 칠흑 같은 지붕이라면 눈이 멀고 말 것이다. 나의 순록들이 범죄를 저지르지 않았는데도 "감옥"에 웅크리고 앉아 있는 꼴을 보고 싶지 않다. 물 흐르는 소리처럼 울리는 순록의 방울소리를 듣지 못하면 나는 귀머거리가 될 것이다. 울퉁불퉁한 산길을 다니는 게 습관이 된 두 다리로 읍내의 평탄한 길을 매일매일 걷게 된다면 분명 피곤에 젖어 더 이상 몸을 지탱하지 못하고 앉은뱅이가 될 것이다. 줄곧 산과 들의 신선한 공기를 호흡한 내가 부쑤의 차들이 뀌어대는 "지독한 방귀" 냄새를 맡게 된다면 숨을 쉴 수 없을 것이다. 내 몸은 신령이 준 것이다. 그러므로 나는 산에서 살다가 신령에게 몸을 돌려주어야 한다.

2년 전, 다지야나는 우리령 사람들을 불러 모아 산 아래로 가는 문제를 표결에 붙였다. 네모나게 자른 하얀색 자작나무 껍질을 모두에게 나눠주고 찬성하면 그 껍질을 니하오가 남겨놓은 신령한 북, 즉 신고(神鼓) 위에 놓으라고 했다. 신고는 금세 자작나무 껍질로 뒤덮였다. 마치 신고 위에 거위 털 같은 흰 눈이 펑펑 내리기라도 한 것처럼. 나는 마지막으로 일어섰다. 하지만 다른 사람처럼 신고를 향해 걸어가지 않았다. 대신 화롯가로 다가가 자작나무 껍질을 불 속에 던졌다. 나무 껍질은 잽싸게 금색의 화염에 휩싸여 잿빛의 재가 되었다. 시령주를 걸어 나오는데, 다지야나의 울음소리가 들렸다.

시반은 자작나무 껍질을 먹어버렸을 것이다. 그는 어려서부터 자작나무 껍질을 씹어 먹는 걸 좋아했다. 그 또한 숲을 떠날 수 없는 사람이었지만, 시반은 다른 사람과 마찬가지로 자작나무 껍질을 신고 위에 올려놓았다.

신고 위에 올려놓은 것은 시반의 식량이 될 것이다. 이렇듯 빈약한 식량을 가지고 떠나면 그는 조만간 굶어 죽을지도 모른다. 시반은 분명 가련한 라지미를 위해 하산에 동의할 수밖에 없었을 것이다.

안차오얼도 자작나무 껍질을 신고 위에 올려놓았다. 하지만 자기의 행동이 무엇을 의미하는지 알지 못했다. 모두는 알고 있었지만, 그는 모두가 그에게 하려는 일이 어떤 일인지 몰랐다. 그는 오직 자작나무 껍질을 빨리 던져놓고 일을 하러 가고 싶었을 뿐이었다. 안차오얼은 일을 좋아했다. 그날 말벌에 눈이 쏘여 부어오른 순록에게 막 약초를 발라주려고 하는데, 다지야나가 투표를 하러 오라고 불렀다. 안차오얼은 시령주에 들어와서는 마커신무와 쒀창린이 자작나무 껍질을 신고 위에 올려놓는 것을 보고 아무 생각 없이 따라 했다. 그의 마음속에는 오직 말벌에 쏘인 순록의 눈만 있었다. 안차오얼은 다른 사람처럼 자작나무 껍질을 공손하게 신고 위에 올려놓지 않았다. 손이 가는 대로 아무렇게나 던져놓은 자작나무 껍질은 새 한 마리가 날아오르다가 부주의하게 떨어뜨린 깃털처럼 보였다.

야영지에는 오직 나와 안차오얼만 남아 있다. 그러나 나는 조금도 고독하지 않다. 이 산에서 살 수만 있다면 나 홀로 남아 있다 해도 외롭지 않을 것이다.

나는 시령주로 돌아와 노루 털 요 위에 앉아 화로를 지키며 차를 마신다.

예전에는 이사를 갈 때면 언제나 불씨를 가지고 가야 했다. 다지야나 일행은 불씨를 남겨 둔 채 하산했다. 불이 없다면 추위와 암흑을 피할 수 없을 것이다. 그런 생각이 들 때마다 고통스럽다. 머릿속에서 걱정을 떨칠 수가 없다. 그들은 나에게 부쑤의 불은 부싯돌을 돌에 갈아서 피우는 불이 아니라고 했다. 나는 그런 불에는 태양빛도 달빛도 없으니, 어찌 인간의 마음과 눈을 밝게 비출 수 있겠느냐고 물었다.

내가 지키고 있는 이 불씨는 나처럼 나이를 먹었다. 광풍을 만났을 때도, 대설과 폭우가 쏟아지는 때도 나는 한 번도 불씨를 꺼뜨려본 적이 없다. 이 불씨는 뛰고 있는 내

심장이었다.

    나는 얘기를 길게 하지 못하는 여인이다. 그러나 지금처럼 쏴아, 쏴아 쏟아지는 빗소리가 들리고, 춤추고 있는 불빛을 바라보고 있노라면 누군가와 이야기를 나누고 싶어진다. 다지야나는 가버렸다. 시반도 떠났다. 류샤와 마커신무도 떠났다. 내 이야기를 누구에게 들려줄까? 안차오얼은 얘기하기를 좋아하지 않을 뿐더러 다른 사람의 이야기를 듣는 것도 좋아하지 않는다. 그러면 비와 불에게 내 이야기를 들려주자. 비와 불은, 내 숙명의 연인처럼, 귀를 달고 있다는 걸 나는 알고 있다.

    나는 어윈커의 여인이다. 우리 부족 마지막 추장의 여인이다.

    나는 겨울에 태어났다. 어머니의 이름은 다마라, 아버지는 린커다. 어머니가 나를 낳던 날, 아버지는 흑곰 한 마리를 잡았다. 나무 굴에 웅크리고 겨울잠을 자고 있던 곰을 찾아낸 아버지는 좋은 웅담을 얻을 심산으로 자작나무 가지를 들쑤셨다. 슬슬 약이 오른 곰이 격노하자 그제야 아버지는 사냥총을 쏘았다. 곰이 화를 내면 담즙 분비가 왕성해져 두둑하게 부풀어 오른 쓸개를 얻을 수 있었다. 그날 아버지는 일진이 괜찮았다. 윤이 좌르르 흐르는 두둑한 웅담 하나와 나를 한 쾌에 얻을 수 있었으니 말이다.

내가 세상에서 처음 들은 소리는 까마귀 울음소리였다. 하지만 진짜 까마귀가 내지르는 울음소리가 아니었다. 우리렁의 온 마을 사람들이 한자리에 모여 곰 고기를 먹는 소리였다. 우리 부족은 곰을 숭배했는데, 곰을 먹을 때 까마귀처럼 "까악까악" 하고 한동안 소리를 질러야만 했다. 곰의 영혼에게 사람이 곰 고기를 먹는 게 아니라 까마귀가 먹는다는 걸 알리려는 것이었다.

겨울에 태어난 아이들은 추운 계절 탓에 요절하기 십상이었다. 우리 언니도 추위 때문에 죽었다. 언니가 태어났을 때 온 세상이 눈 천지였다. 아버지는 때마침 잃어버린 순록을 찾으러 나갔고, 대신 사나운 바람이 어머니가 몸을 푸는 동안 시렁주 한 귀퉁이를 미친 듯이 핥아댔다. 찬바람을 맞은 언니는 이틀 만에 하늘나라로 떠나버렸다. 만약 순록이었다면 숲에 아름다운 발자국이라도 남겨놓았을 테지만, 언니는 자신을 삼켜버린 바람처럼, 한순간에 휙 하고 소리 없이 숨결이 까무러졌다. 언니는 흰색 천으로 된 자루에 담겨 양지바른 산기슭에 버려졌다. 어머니에게는 끔찍한 추억이었다. 그래서 내가 태어날 무렵, 어머니는 짐승 가죽으로 만든 시렁주 장막을 꽁꽁 싸매어두었다. 어머니는 차가운 바람이 사람을 잡아먹는 혀를 길게 뽑아 나를 데려갈까 두려웠다.

물론 이런 이야기는 내가 자란 후 어머니에게서 들은 것이다. 어머니는 내가 태어나던 그날 밤, 온 우리렁 사람들이 흰 눈으로 덮인 땅에 모닥불을 피워놓고 곰 고기를 먹으며 춤을 추었다고 했다. 갑자기 니두 박수무당이 모닥불 속으로 뛰어들었다. 사슴가죽으로 만든 장화와 노루가죽으로 만든 외투에 수도 없이 불똥이 튀었지만 그는 멀쩡했단다.

니두 무당은 우리 아버지의 형이자, 우리 우리렁의 족장이다. 나는 그를 '어거두아마(額格都阿瑪)'라 불렀는데, 이 말은 큰아버지라는 뜻이다. 내 기억의 단초는 그에게서 시작된다.

죽은 언니를 제외하고 나는 또 다른 언니가 있었다. 이름은 레나다. 그해 가을, 언니는 병이 들었다. 시렁주의 노루가죽으로 만든 요 위에 누워 있던 언니는 열이 펄펄 끓고 물 한 모금, 미음 한 수저 삼키지 못했다. 혼수상태에 빠진 레나는 헛소리를 해댔다. 아버지는 시렁주의 동남쪽 모퉁이에다가 기둥을 네 개 세워 만든 막 안에서 흰색의 순록 한 마리를 도살하고는 니두 무당에게 청해 레나를 위해 살풀이를 했다. 어거두아마는 남자였다. 그러나 그는 무당이었던 탓에 평소에도 여장을 하고 다녔다. 살풀이춤을 출 때도 그는 가슴을 여자들의 젖무덤처럼 큼지막하게 부풀렸다. 그는 뚱뚱했다. 묵직한 신복을 걸치고 모자까지 써서 몸을 돌리기에도 벅찰 듯했다. 그러나 북소리가 울려 퍼지자 그는 너무도 가뿐하게 몸을 뱅글뱅글 돌렸다. 춤을 추면서 노래를 불렀다. 우마이(烏麥)! 그는 어린 영혼을 찾기 시작했다. 황혼 무렵부터 시작된 그의 춤이 하늘에 별이 총총할 때까지 계속되었다. 갑자기 그가 바닥에 쓰러졌다. 땅에 쓰러진 순간 레나가 부스스 일어나 앉았다. 레나는 어머니에게 목이 마르다며 물을 청했다. 그리고 배도 고프다고 했다. 정신이 든 니두 무당은 어머니에게 잿빛 순록 새끼 한 마리를 레나 대신 흑암의 세계로 보내라고 했다. 가을이면 순록은 밤버섯을 탐냈다. 게걸스럽게 먹을 욕심에 좀처럼 숙영지로 돌아올 생각을 하지 않았다. 우리는 새끼 순록을 붙들어 매놓았다. 이렇게 하면 순록은 우리 곁으로 돌아오는 것을 잊지 않았다. 어머니가 내 손을 잡고 시렁주 밖으로 나오는데, 별빛 아래 어느새 얌전해진 순록이 꼼짝하지 않고 땅에 엎드려 있었다. 나는 진저리가 쳐질 만큼 추워서 어머니의 손을 꼭 쥐었다. 네다섯 살이던 그때 나는 처음으로 엄청난 한기를 맛보았다.

어려서부터 보았던 집이라고는 우산처럼 생긴 시렁주뿐이었다. 우리는 시렁주를 셴런주(仙人柱)라고 불렀다. 시렁주 만들기는 식은 죽 먹기였다. 스물, 혹은 서른 그루쯤 되는 잎이 떨어진 소나무를 톱으로 두 사람 키만 한 길이로 잘라 껍질을 벗기고 한쪽 끝을 뾰족하게 깎는다. 뾰족하게 깎은 쪽을 하늘로 향해 한데 모아놓고, 반대쪽 소나무는 동일한 간격으로 벌려놓고 땅에 묻으면 소나무는 춤추는 다리마냥 주위를 빙 두르게 되고, 커다란 원이 생긴

다. 그다음 소나무 바깥쪽에 바람과 한기를 막을 수 있는 짐승 가죽으로 만든 천막을 빙 두르면 시렁주가 완성된다. 예전에는 자작나무 껍질과 짐승 가죽은 천막을 만들 때에만 썼지만, 나중에는 범선의 돛이나 바닥 깔개, 신발을 만들 때에 쓰기도 했다.

나는 시렁주에서 사는 것이 좋았다. 뾰족한 천장 위에 생긴 조그마한 구멍은 자연스레 화로의 연기를 바깥으로 내보내주었다. 한밤중이면 나는 이 작은 구멍을 통해 밤하늘을 바라보았다. 물론 이 구멍으로 보이는 별은 손으로 꼽을 수 있었지만, 별들은 시렁주 꼭대기에 올려놓은 등잔불처럼 반짝였다.

아버지는 니두 무당의 거처를 가고 싶어 하지 않았지만, 나는 그곳이 좋았다. 왜냐하면 니두 무당의 시렁주에는 사람만 사는 것이 아니라 신도 살고 있었기 때문이다. 우리는 신을 '마루'라고 불렀다. 우리는 신을 둥그런 가죽 주머니에 넣어 시렁주 입구 정면에 모셔 두었다. 어른들은 사냥을 나가기 전에 언제나 신상 앞에서 고개를 조아렸는데, 어린 나에게는 이 광경이 신기하기만 했다. 나는 니두 무당에게 가죽주머니를 열고 신이 어떻게 생겼는지 보여 달라고 늘 간청했다.

"신의 몸에도 살이 붙어 있어요? 신은 말을 할 수 있어요? 한밤에 신도 사람처럼 코를 골아요?"

니두 무당은 내가 마루신을 두고 이렇게 종알거리면

굿을 할 때 사용하는 북채를 들고 쫓아냈다.

나두 무당과 우리 아버지는 닮은 데라고는 눈곱만큼도 없었지만, 친형제지간이었다. 두 사람은 말을 거의 섞지 않았을 뿐 아니라 사냥도 함께 나서지 않았다. 아버지는 몸이 말랐지만, 니두 무당은 아주 뚱뚱했다. 아버지는 사냥의 고수였지만, 니두 무당은 사냥을 나가서 빈손으로 돌아올 때가 많았다. 아버지는 이야기를 즐겨 했지만 니두 무당은 우리렁 사람들을 소집하여 꼭 상의를 해야 하는 일조차도 두려워했다. 입 밖으로 뱉어내는 말도 짤막짤막했다. 듣자하니 내가 태어났던 날, 니두 무당은 전날 하얀색 작은 사슴이 우리 야영지로 들어오는 꿈을 꾸었다고 한다. 그 때문에 나의 탄생을 두고 그 무엇에도 비할 수 없는 기쁨을 표현하고자 술을 진탕 마시고, 춤을 추고, 모닥불 속으로 뛰어들었다.

아버지와 어머니는 농담을 했다. 아버지는 여름에 항상 어머니를 가리키며 "다마라, 이란이 당신 치마를 깨물고 있잖소!" 하고 말했다. '이란'은 우리말로 '빛'이라는 뜻을 담고 있다. 그래서 날이 어두워지면 나는 특별히 이란이란 말을 좋아했다. 나는 이란이 빛을 가지고 달려오리라고 기대했지만, 이란도 나처럼 어둠 속의 그림자일 뿐이었다. 어머니는 간절히 치마를 입고 싶어 했다. 내가 보기에 어머니가 여름을 그토록 기다리는 까닭은 숲 속의 꽃송이가 꽃망울 터트리는 것을 보고 싶은 것이 아니라 치마 때문이었다. 이란이 치마를 물고 있다는 소리를 들을 때마다 어머니는 펄쩍 뛰곤 했는데, 아버지는 이 모습이 만족스럽다는 듯 껄껄 웃었다. 어머니는 잿빛 치마를 즐겨 입었다. 치마허리에 박힌 초록색 이음새는 앞에서 보면 솔기가 넓었지만, 뒤에서 보면 솔기가 좁았다.

어머니는 우리령의 여인들 중 재주가 제일 많았다. 어머니는 팔이 동그랗고, 다리가 단단했으며 이마가 넓었다. 사람들을 볼 때마다 언제나 생긋 웃는 모습이 참 따뜻했다. 다른 여인들은 하루 종일 머리에 남색 두건을 두르고 있었지만, 어머니는 머리칼을 드러냈다. 어머니는 새까맣고 숱이 많은 머리카락을 둘둘 말아 쪽을 지어 유백색 사슴의 뼈를 갈아 만든 비녀를 꽂아 두었다.

"다마라, 이리와!"

아버지는 항상 어머니를 이렇게 불렀다. 마치 우리를 부르는 것처럼 말이다. 어머니는 천천히 아버지 곁으로 다가갔다. 아버지는 웃으며 어머니의 옷깃을 끌어당기고 엉덩이를 찰싹 때리고는 "아무 일도 없어. 가 봐" 하고 말했다. 어머니는 입을 비죽 내밀고는 아무 말도 하지 않고 하던 일을 마저 하러 갔다.

나와 레나는 어려서부터 어머니에게 일을 배웠다. 가죽을 손질하고, 고기를 훈제해 말리고, 자작나무 껍질로 광주리를 짜고, 배를 만들고, 노루가죽 신발과 장갑을 꿰매고, 거례바빙을 굽고, 순록의 젖을 짜고, 말안장 다리를 만드는 일들을 해야 했다. 아버지는 나와 레나를 바라보며 꽃송이를 떠나지 못하는 나비 두 마리처럼 어머니를 둘러싸고 있는 것 같다고 했다. 가끔은 샘이 나는지 "다마라, 나한테 우터를 보내줘!"라고 말했다. '우터'는 아들이라는 뜻이다. 나와 레나는 우리 부족의 다른 여자아이들처럼 '우나지'라고 불렸다. 아버지는 레나를 '크다'는 뜻이 담긴 '따우나지', 나는 '작은 아이'라는 뜻인 '샤오우나지'라고 불렀다.

깊은 밤, 시렁주 바깥에는 바람소리가 들려왔다. 겨울 바람 소리에는 들짐승의 울부짖는 소리가 종종 섞여 있었다. 여름에는 항상 부엉이 소리와 개구리 울음소리가 있었다. 시렁주에도 바람소리가 있었다. 바람소리에는 아버지의 숨소리와 어머니의 소곤거리는 소리가 섞여 있었다. 시렁주를 떠다니는 특별한 바람소리는 어머니 다마라와 아버지 린커가 만들어내는 소리였다. 어머니는 평소에 아버지 이름을 부르지 않았지만 깊은 밤, 두 사람이 바람소리를 만들어낼 때면 언제나 달뜬 목소리로 "린커, 린커……" 하고 이름을 불렀다. 아버지는 곧 죽음의 문턱에 다가서는 괴수처럼 심하게 숨을 헐떡였다. 나는 두 사람이 중병에 걸린 건 아닌지 걱정이 됐다. 그러나 다음 날 이른 아침, 잠에서 깨면 아버지와 어머니는 붉고 윤이 나는 얼굴로 열심히 일을 하고 있었다. 이상한 바람소리 틈바구니에서 어머니의 배가 나날이 커지더니 얼마 지나지 않아 내 동생 루니가 태어났다.

우터가 생긴 후 아버지는 사냥을 나갔다 허탕을 치고 돌아와도 루니의 웃는 얼굴을 보면 침울하던 얼굴에 웃음을 머금었다. 다마라도 루니를 좋아했다. 일을 할 때면 루니를 유모차에 두거나 등에 업었다. 다마라의 사슴 뼈 비녀는 얌전히 쪽을 지고 있을 수 없었다. 루니는 항상 손을 뻗어 비녀를 잡아 뽑고는 입에 넣고 잘근잘근 씹었다. 비녀가 뾰족해서 다마라는 루니의 입이 다칠까봐 비녀를 꽂지 않았다. 그러나 나는 어머니가 비녀를 꽂고 있는 모습이 좋았다.

나와 레나도 루니를 좋아했다. 우리는 루니를 서로 빼앗다시피 해서 품에 안았다. 오동통한 루니는 귀여운 새끼 곰 같았다. 루니가 옹알이를 하면 아기의 침이 내 목을 타고 옷 안으로 흘러내렸는데, 마치 송충이가 뚫고 들어오는 것처럼 가려워 나는 번번이 허둥댔다. 겨울이면 우리는 친칠라가죽의 꼬리로 루니의 얼굴을 쓸어주며 놀았다. 얼굴을 쓸어주면 루니는 깔깔대고 웃음을 멈추지 않았다. 여름이면 우리는 루니를 업고 강변에 나가 강 언덕에 있는 풀숲에서 잠자리를 잡아주었다. 한번은 어머니가 순록에게 소금을 먹이러 나간 틈에 나와 레나가 시렁주 바깥에 있는 식량저장고인 커다란 자작나무 껍질로 만든 통 속에 루니를 숨겨 두었다. 시렁주로 돌아온 어머니는 루니가 보이지 않자 당황해서 사방을 찾아 헤맸다. 아들의 그림자조차 찾을 수 없게 된 어머니는 나와 레나에게 루니의 행방을 물었지만, 우리는 고개를 설레설레 흔들며 모른다고 대답했다. 어머니는 울기 시작했다. 루니와 어머니의 마음이 하나로 연결되어 있는 것인지, 자작나무 통 속에서 가만히 볕을 쬐고 있던 루니가 따라 울었다. 루니의 울음소리는 어머니에게는 웃음소리와 같았다. 소리를 따라가서 아들을 안고 온 어머니는 나와 레나를 꾸짖었다. 난생 처음 우리는 그때 어머니에게 야단을 맞았다.

루니의 출현으로 나와 레나는 부모님에 대한 호칭을 달리했다. 원래 우리 부족의 전통을 따르자면 다른 아이들처럼 어머니를 '어니'로, 아버지를 '아마'라고 불러야 했다. 그러나 루니가 과한 총애를 받는 것을 보고 질투심에 사로잡힌 나와 레나는 몰래 어머니는 다마라로, 아버지는 린커라고 불렀다. 그래서 지금도 두 사람을 입에 올릴 때면 옛날 버릇을 고치지 못한 나를 용서해달라고 신께 청한다.

우리령의 성인 남자들 옆에는 여인들이 있었다. 린커에게는 다마라가 있었고, 하세에게는 마리야가 있었고, 쿤더에게는 이푸린이 있었고, 이완 옆에는 파란 눈의 노랑머리인 나제스카가 있었다. 하지만 니두 무당은 외롭게 혼자였다. 노루가죽 속에 들어 있는 신은 분명 여신일 것이다. 그렇지 않다면 니두 무당이 어찌 여인을 마다하겠는가? 나는 니두 무당이 여신과 함께 있는 것도 괜찮은 일이라고 여겼지만, 아이를 낳을 수 없다는 사실이 유감스러웠다. 야영지에 아이들이 적다는 이야기는 마치 나무에 빗물이 적은 것처럼, 활기차 보이지 않을 것이다. 예를 들어 이완과 나제스카, 두 사람은 항상 자신의 아들과 딸인 지란터와 나라를 얼러줄 때면 하하 하고 웃었다. 쿤더와 이푸린의 아들 진더는 비록 활달한 성격이 아니었지만 한여름 날아온 조각구름처럼 그들에게 시원함과 더불어 마음의 평화를 안겨주었다. 이와 달리 아이가 없는 하세와 마리야는 얼굴에 늘 먹구름이 가득했다. 로린스키가 우리 야영지에 왔다 하면 하세의 시렁주 안에는 담배와 술, 설탕과 차뿐 아니라 약도 발견할 수 있었다.

그러나 불임증 치료약을 먹은 뒤에도 마리야의 배는 여전히 그대로였다. 다급해진 하세는 사냥꾼에게 둘러싸인 낙타사슴처럼 빠져나갈 길이 어딘지 모르겠다는 듯 얼굴에 망연한 빛이 감돌았다. 마리야는 항상 두건으로 얼굴을 가린 채 고개를 숙이고 니두 무당의 시렁주를 찾았다.

그녀는 사람이 아닌 신을 만나야 했다. 신이 자기에게 아이를 내려주시기를 희망했다.

이푸린은 나의 고모였다. 그녀는 떠벌리기를 좋아했다. 우리 민족의 전설이며 우리 부모와 니두 무당 사이의 얽히고설킨 은원의 사연은 모두 그녀에게서 들을 수 있었다. 우리 부족의 전설은 어릴 적에 들었지만, 어른들 사이의 애증과 원한은 아버지가 돌아가신 후 어머니와 니두 무당이 잇따라 미치고 나서 듣게 되었다. 그때 나는 웨이커터의 엄마가 될 순간이었다.

내가 살면서 보았던 강은 많고도 많았다. 폭이 좁고 긴 강도 있었고, 넓은 강도 있었고, 구불구불 굽이진 강도 있었고, 곧게 뻗은 강도, 물살이 급한 강도, 풍랑 없이 잔잔하게 흐르는 강도 있었다. 강 이름은 대개 우리 씨족이 붙여주었다. 예를 들어 광활하다는 의미를 가진 얼부얼(尔布尔) 강, 장화라는 뜻의 아오루구야(敖鲁古雅) 강, 비쓰추이야(比斯吹雅) 강, 급류라는 뜻을 가진 베이얼츠(贝尔茨) 강, 생명이라는 뜻을 가진 이민(伊敏) 강, 타리야(塔里亚) 강 등(이들 강 이름은 몽고어로, 중국어로 번역했을 때 각각 담고 있는 뜻을 내용에 덧붙였음—옮긴이) 이러한 강은 대부분 어얼구나 강의 지류였다.

어얼구나 강에 대한 내 첫 기억은 겨울에서 시작된다.

그해 북부의 야영지는 하늘과 땅을 덮을 만큼 큰 눈이 내려 순록도 먹을 것을 찾지 못했다. 우리는 할 수 없이 남쪽으로 이동했다. 하지만 이틀 내내 사냥감을 얻지 못했다. 순록을 타고 있던 절음발이 다시는 다리 달린 남자들 모두 쓸모없는 놈들이라며 저주를 퍼부었다. 그는 우리 모두 이미 흑암의 세계로 굴러 떨어졌으니 산 채로 굶어 죽게 될 것이라고 목소리를 높였다. 우리는 할 수 없이 얼음으로 정을 만들어 어얼구나 강 얼음 표면을 깨고 물고기를 잡아먹었다.

얼음으로 뒤덮인 어얼구나 강은 마음껏 얼음을 지칠 수 있는 넓디넓은 썰매장 같았다. 물고기를 잘 잡는 하세는 얼음 구멍을 세 개나 뚫어놓고는 손에 작살을 들고 자리를 지키고 있었다. 꽁꽁 얼어붙은 얼음을 피해 강 깊숙이 살던 물고기들은 햇살이 쏟아지는 얼음 구멍을 향해 봄을 맞으러 머리와 꼬리를 흔들며 헤엄쳐왔다. 하세는 얼음 구멍에 소용돌이가 일었다 하면 잽싸게 작살을 던져 물고기를 잡았다. 검은 반점이 있는 창꼬치도 있었고, 잔잔한 무늬의 타이먼도 있었다. 하세가 물고기를 잡아 올릴 때마다 나는 팔짝팔짝 뛰며 환호했다. 레나는 감히 얼음 구멍을 들여다보지 못했다. 지란터와 진더도 마찬가지였다. 물안개가 피어오르는 얼음 구멍이 이들의 눈에는 분명 함정처럼 보였을 것이다. 그래서 멀리멀리 피했을 것이다. 나는 나라를 좋아했다. 나보다 어렸지만 나처럼 배짱이 두둑했다. 나라는 허리를 구부리고 고개를 얼음 구멍에 들이밀고 탐색에 열중했다. 하세는 나라더러 좀 멀찌감치 떨어지라고 했다. 발을 헛디뎌 넘어지면 고기밥이 될 것이라고 했다. 나라는 머리 위에 쓰고 있던 노루가죽 모자를 벗어들고 고개를 흔들면서 발을 동동 구르며 맹세했다.

"절 빨리 여기에 넣어주세요. 날마다 이 안에서 수영을 하고 싶어요. 물고기가 필요하면 와서 얼음을 치면서 '나라' 하고 부르세요. 그럼 물고기를 가져다드릴게요. 만약 제가 물고기를 가져다드리지 못하면 물고기더러 절 먹으라 하셔도 좋아요!"

하세는 나라의 맹세에 그다지 놀라지 않았지만, 그녀의 어머니인 나제스카는 식겁했다. 그녀는 나라 곁으로 바람처럼 달려와 가슴에 수없이 십자가를 그렸다. 나제스카는 러시아인이었다. 그녀는 이완 곁에서 노랑머리에 흰 피부를 지닌 아이를 낳았을 뿐 아니라 천주교도 가지고 왔다. 우리렁에서 나제스카는 우리의 신앙인 마루신도 따랐지만, 성모마리아에게도 참배했다. 이푸린 고모는 나제스카를 경멸했지만, 나는 여러 신을 섬기는 나제스카에게 반감을 갖지 않았다. 당시 신은 내 눈에 볼 수 없는 물건이었다. 그러나 나제스카가 가슴에 십자가를 긋는 모습은 내가 보기에도 영 마땅치 않았다. 그 동작은 손에 예리한 검을 들고 자신의 심장을 가르는 것 같았다.

황혼 녘 우리는 어얼구나 강가에 모닥불을 피워놓고 물고기를 구워 먹었다. 우리는 창꼬치를 사냥개에게 먹였다. 몸집이 큰 타이먼은 토막을 쳐서 소금을 뿌리고 자작나무 가지에 꿰어 모닥불에 넣고 돌리면 생선 굽는 냄새가 사방으로 퍼졌다. 어른들은 생선을 먹으면서 술을 마셨고, 나와 나라는 강 언덕에서 달리기 시합을 했다. 우리 둘은 두 마리 토끼처럼 눈밭에 빽빽하게 발자국을 남겨놓았다. 나와 나라가 맞은편 강 언덕으로 뛰어갈 때마다 이푸린이 돌아오라고 소리를 지르던 광경이 아직도 생생하게 기억난다. 그녀는 맞은편 강 언덕은 우리 땅이 아니어서 함부로 가서는 안 된다고 했다. 하지만 나라한테는 그 땅에 갈 수 있다고 했다. 그 땅은 나라의 고향인데, 언젠가 나제스카가 지란터와 나라를 데리고 왼쪽 언덕으로 가게 될 거라고도 했다.

내 눈에 강은 그저 강일 뿐이었다. 어디가 왼쪽이고, 오른쪽인지 구분할 수 없었다. 강 언덕에 모닥불을 피우면 불이 오른편에서 타고 있다 하더라도 왼편 설야까지 붉게 물들었다. 나와 나라는 이푸린의 이야기에 개의치 않고, 강 왼편과 오른편 사이를 뛰어다녔다. 나라는 왼쪽 언덕에서 볼일을 보고 나서 오른쪽 언덕으로 뛰어오면서 큰 소리로 이푸린에게 "제 소변을 고향에 남겨 두고 왔어요!" 하고 외쳤다.

그런 나라를 흘겨보는 이푸린의 표정은 순록이 기형 새끼 순록을 낳고 바라볼 때와 똑같았다.

그날 밤, 이푸린 고모는 강 왼편이 예전에는 우리의 영토이자 우리의 고향이었으며, 우리가 주인이었다고 나한테 알려주었다. 300여 년 전 러시아군대가 우리 선조들의 삶의 터전을 침범했다. 전쟁의 불꽃을 높이 쳐든 러시아군은 선조들의 밍크 모피와 순록을 강탈해갔다. 폭력에 반항하는 남자들은 군도로 허리를 베어 뎅강 두 도막을 냈고, 간음에 순종하지 않는 여인들은 무참하게 목 졸라 죽였다. 조용했던 숲은 엉망진창이 되어버렸다. 난장판이 된 숲은 사냥감도 해마다 줄었다. 조상들은 강제로 야쿠터(雅庫特) 땅 레나 강에서 떠나야 했다. 이들은 어얼구나 강을 건너 오른쪽 언덕 숲 속에서 새 삶을 시작했다. 때문에 우리는 '야쿠터 사람들'이라고도 불렸다. 레나 강 시절, 우리는 열두 개의 씨족이 있었지만 어얼구나 강 오른쪽 언덕에 살면서 오직 여섯 개의 씨족만이 남았다. 많은 씨족이 세월 따라 바람 따라 흩어져버렸다. 나는 우리의 성씨를 들먹이고 싶지 않다. 때문에 내 이야기 속의 인물들은 간단한 이름만 있을 뿐이다.

레나 강물은 푸르렀다. 전설에 따르면 레나 강은 폭이 넓어서 딱따구리조차 건널 수 없었다고 한다. 레나 강 상류에 있는 라무 호수는 바이칼 호수라고도 불렸다. 여덟 갈래의 커다란 강물이 바이칼 호에 유입되는데, 그 호수의 물빛 역시 짙푸른 빛이었다. 라무 호에는 수많은 청록색 수초들이 자라고 있었다. 태양이 호수와 가까워 일 년 내내 호수 표면에 햇빛이 표류하고 있었다. 게다가 호수에는 분칠한 하얀 연꽃도 있었다. 라무 호 주변에는 무척이나 높은 산이 있었다. 우리의 조상들인, 길게 땋은 머리를 늘어뜨린 어윈커 사람들이 거기에 살고 있었다.

이푸린에게 물었다. 라무 호도 겨울이 있는지.

"선조들이 태어난 곳은 겨울이 없었지."

그러나 태어날 때부터 매년 길고 긴 겨울와 추위를 겪은 나는 영원히 따뜻한 봄만 있는 세상이 존재한다는 걸 믿을 수가 없었다. 이푸린에게서 라무 호의 전설을 듣고 난 후 나는 냉큼 니두 무당에게 달려가 자초지종을 물었다. 니두 무당은 라무 호의 전설을 긍정하지는 않았지만, 우리가 이전에 확실히 어얼구나 강 왼쪽 언덕에서 사냥을 했다는 사실만은 확인해주었다.

니두 무당은 또 이렇게 말했다.

"당시 우리는 네르친스크 일대의 사록부(使鹿部)에서 살고 있었는데, 해마다 청나라 조정이 우리한테 밍크가죽을 진상하라 요구했지. 파란 눈의 코쟁이 러시아군은 우리를 오른쪽 강변으로 몰아냈고."

레나 강과 네르친스크가 어디 있는지 몰랐지만, 나는 우리가 잃어버린 땅이 어얼구나 강 왼쪽 언덕이라는 것, 그리고 이 땅이 우리 중 어느 누구도 다시는 갈 수 없는 땅이 되어버렸다는 사실을 알게 되었다. 이 사실을 알고부터 나는 유년시절 내내 파란 눈의 코쟁이, 나제스카에게 적의를 가득 품게 되었다. 나는 그녀를 순록의 무리를 따라다니는 어미 늑대로 여겼다.

어거두야예의 아들인 이완은 우리 큰할아버지의 자식이었다. 그는 키가 작고 얼굴이 까무잡잡했으며, 이마에 난 붉은 사마귀는 반짝이는 팥알 같았다. 흑곰은 붉은 팥을 좋아했다. 사냥을 할 때 아버지는 곰의 발자국을 발견했다 하면 이완에게 조심하라고 각별히 주의를 주었다. 곰이 그를 습격할까 걱정이 됐기 때문이다. 곰이 이완을 보면 다른 사람들을 봤을 때보다 더 쉽게 흥분할 것이라는 아버지의 말씀이 꼭 틀렸다고 볼 수 없었지만, 이완은 어쨌든 두 번씩이나 곰의 거대한 손아귀에서 구사일생으로 살아남았다. 튼튼한 이를 가진 이완은 생고기를 좋아했다. 사냥감을 얻지 못하면 가장 괴로워했던 이가 이완이었다. 말린 고기도 거들떠보지 않은 그는 생선을 보면 코웃음을 쳤다. 그는 생선은 아이들이나 노인들처럼 이가 튼튼하지 못하거나 온전하지 못한 사람들이 먹는 것이라고 여겼다.

이완은 이상하리만치 손이 컸다. 양손을 무릎 위에 펼쳐놓으면 우람하고 굵은 나무뿌리가 무릎을 단단하게 덮고 있는 듯했다. 손아귀 힘도 강했다. 자갈을 가루로 부숴버렸으며, 시렁주의 대들보로 사용하는 소나무도 뚝 하는 소리와 함께 단번에 부러뜨렸다. 그래서 도끼로 부러뜨려야 하는 수고를 덜었다. 이푸린은 이완이 두 손의 비범한 힘으로 나제스카를 자기 여자로 만들어버렸다고 했다.

100여 년 전에 어얼구나 강 상류에서 금광이 발견되었다. 러시아인들은 오른쪽 강변에 금이 있다는 사실을 알고 국경을 넘어와 금을 몰래 캐 갔다. 당시 청나라 조정의 황제는 광서(光緖)황제였다. 광서황제가 어찌 두 눈 부릅뜨고 위대한 청나라 왕조의 금이 파란 눈의 러시아인 수중에 들어가는 것을 가만히 보고만 있었겠는가? 황제는 이홍장(李鴻章)에게 황금이 유실되지 않도록 방법을 찾으라고 했다. 이홍장은 모허(漠河)에 금광을 설치해야겠다고 생각했다. 모허라는 곳은 해마다 반년은 눈발이 날리는, 황량하고 인적이 드문 곳이었다. 때문에 조정 중신들의 왕림이 불가능했다. 궁리 끝에 이홍장은 자희(慈禧)태후에 반기를 들었다가 항복하여 죄를 묻게 된 길림(吉林)의 지부(地府) 후보였던 이금용(李金鏞)에게 금광을 개설하라고 명했다. 모허에 금광이 개설되자 상점도 잇따라 생겨났다. 꽃이 피면 열매가 맺히는 것처럼 색시 집이 생겼다. 관내(關內, 산해관山海关 서쪽과 자위관嘉峪关 동쪽 일대를 말함―옮긴이)에서 온 뒤로 일 년 내내 여자 구경을 할 수 없었던, 금 캐는 사내들은 황금을 볼 때보다 더 반짝이는 눈으로 여자들을 바라보았다. 사내들은 따사로움과 통쾌함을 느껴보려는 마음에 황금을 여자들의 몸에 뿌렸다. 색시 집은 여름날 내리는 소나기보다 장사가 더 시원스레 잘되었다. 우리가 '안다'라고 불렀던 장사치들은 러시아 장사치들이 데려오는 여자들 중에 나이가 어린 여자애들을 색시 집에 팔아넘겼다.

이푸린은 그해 우리 씨족은 커포 강 일대에서 사냥을 하고 있었다고 했다. 가을서리가 숲을 빨갛고 노랗게 물들이고 있을 때 어느 러시아 안다가 젊은 처녀 셋을 데리고 어얼구나 강을 건너 말을 타고 밀림을 지나 모허를 향해 가고 있었다. 이완은 사냥을 하고 있다가 이들을 우연히 만났다. 안다 일행은 꿩을 잡아 불을 피워놓고 막 고기와 술을 먹고 있었다. 이완은 털보 안다를 본 적이 있었다. 그는 안다가 가져온 물건은 팔기 위해 가져온 것이라는 사실을 알고 있었다. 보아하니 금광에서는 생필품과 먹을 것뿐 아니라 여인도 필요한 모양이었다. 러시아 장사치들과 거래를 하고 있었던 우리 부족 대부분은 간단한 러시아말을 할 줄 알았다. 러시아 상인들도 우리 어원커 말을 알아들었다. 세 처녀 중 둘은 빼어나게 아름다웠다. 커다란 눈에 오뚝 솟은 콧대, 가느다란 허리와 몸매, 그녀들은 술을 마시기 시작하면서 깔깔대고 웃어댔다. 이미 몸 파는 일에 익숙한 듯했다. 눈이 작은 아가씨는 달랐다. 조용하게 술을 마시고 있던 그녀는 입고 있는 잿빛 체크무늬 치마 위에 시선을 묻어두고 있었다. 이완이 보기에 이 아가씨는 분명 강압에 못이겨 어쩔 수 없이 이 길로 들어선 듯했다. 아니면 그렇게 우울하지 않았을 것이다. 이완은 회색 체크무늬 치마가 뭇 사내들의 손에 들춰질 거라는 생각이 들자 가슴이 아파서 치가 떨렸다. 어떤 여인도 그를 이렇게 가슴 아프게 한 적이 없었다.

이완은 우리렁으로 돌아와 수달가죽 두 장, 스라소니 가죽 한 장과 친칠라가죽 열 장을 둘둘 말아 순록을 타고 안다와 세 처녀의 뒤를 쫓았다. 안다를 따라잡은 그는 가죽을 내려놓고 눈이 작은 아가씨를 가리키며 말했다.

"이 여자는 이완 거야."

안다는 가죽이 너무 적다며 거절했다. 밑지는 장사는

할 수 없다고 했다. 이완은 안다 앞으로 다가와 큰 손을 내밀었다. 안다는 품에 있던 술병을 꺼냈다. 쇠로 만든 술병이었다. 이완은 안다의 술병을 손바닥에 올려놓고 힘주어 눌렀다. 술병은 순식간에 납작해졌다. 다시 움켜쥐자 술이 사방으로 튀었다. 쇠로 된 술병은 결국 쇠공이 되어 버렸다. 안다는 놀라 다리 힘이 쫙 풀렸다. 재빨리 그 작은 눈의 아가씨를 데려가라고 이완에게 말했다. 그녀가 나제스카였다.

나의 큰할아버지 어거두야예는 이완 때문에 열 받아 돌아가셨다고 이푸린이 말했다. 큰할아버지는 이완을 위해 정혼을 해 두었다. 그해 겨울에 아들을 장가 보내려고 마음먹은 큰할아버지는 가을에 아들이 스스로 아내를 데려오리라고 상상이나 했겠는가?

이완의 판단이 틀리지 않았다. 나제스카는 심보가 고약한 새어머니의 손에 안다에게 팔렸다. 도중에 그녀는 두 번이나 도망을 치려고 시도했지만 안다에게 들켜 강간을 당했다. 안다는 그녀가 체념하고 얌전히 창녀가 될 것을 순순히 받아들이게 할 셈이었다. 이완이 자기를 데리러 왔을 때 나제스카는 비록 기꺼이 따라나섰지만, 그에게 언제나 송구스러웠다. 그녀는 강간당한 사실을 이완에게 이야기하지 않았지만, 이푸린에게 털어놓았다. 우리령 사람이라면 이푸린에게 비밀을 고백한 것이 지저귀기 좋아하는 새에게 이야기한 것과 다름없다는 사실을 알고 있었다. 큰할아버지는 그때까지 나제스카의 혈통에만 반감을 가지고 있었지만, 불결한 여인이란 사실을 알고는 이완더러 그녀를 숲으로 쫓아내라고 명령했다. 그러나 이완은 그렇게 하지 않았다. 그는 그녀를 취했고, 이듬해 봄에 지란터가 태어났다. 모두 그 아이는 털보 안다의 아이일 거라 의심했다. 파란 눈의 지란터가 세상에 태어나자마자 어거두야예는 끊임없이 피를 토했다. 그는 사흘 후 하늘나라로 떠났다. 듣자하니 그가 세상을 떠나던 날, 아침노을이 동쪽 하늘을 시뻘겋게 물들였다고 했는데, 그가 토해낸 선혈을 가져갔기에 그토록 붉을 수 있었다고 한다.

숲에서 생활해본 경험이 없는 나제스카는 처음 부락에 왔을 때 시렁주에서 잠을 잘 수 없어 항상 숲을 이리저리 방황했다. 그녀는 가죽을 다룰 줄도, 고기를 말릴 줄도, 힘줄로 만든 실을 구부릴 줄도, 심지어 자작나무 껍질로 바구니를 짤 줄도 몰랐다. 이완은 우리 어머니가 이푸린처럼 나제스카에게 적의를 품지 않았다는 것을 깨닫고, 어머니를 찾아와서 자기 아내에게 일을 가르쳐달라고 부탁했다. 그리하여 나제스카와 다마라는 우리렁의 여인 중 가장 친한 사이가 되었다. 가슴팍에 성호를 긋기 좋아하는 여인은 총명했다. 몇 년 지나지 않아 그녀는 우리 부족의 여인들이 할 수 있는 육체노동을 모두 배웠다. 그녀는 이완을 각별하게 대했다. 이완이 사냥을 나갔다 돌아오면 언제나 마중을 나갔다. 마치 몇 달 못 만난 사람처럼 앞으로 달려

나가 이완을 꽉 끌어안았다. 이완보다 머리 하나 정도 더 큰 그녀가 그를 껴안고 있으면 마치 커다란 나무가 작은 나무를 둘러싸고 있는 것처럼, 엄마 곰이 아기 곰을 껴안고 있는 것 같아 무척이나 우스웠다. 이푸린은 창녀들이나 하는 행동이라며 그녀를 멸시했다.

끔찍했던 기억 때문인지 나제스카는 어얼구나 강을 보는 것조차 힘들어했다. 그곳에 갈 때마다 이푸린은 매몰차고 가시 돋친 말로 나제스카를 비웃었다. 이푸린은 바람이 되어 나제스카를 강 왼쪽 언덕으로 날려버릴 수 없다는 걸 증오했다. 나제스카는 탐욕스러운 지주를 바라보듯 이 강물을 하염없이 바라보았다. 참혹한 슬픔이 가득 담긴 그녀의 얼굴은 또 무엇인가를 박탈당할지 모른다는 두려움에 떨고 있었다. 그러나 우리는 이 강을 떠날 수 없었다. 우리는 줄곧 강을 중심으로 강의 여러 지류에서 생활했다. 어얼구나 강이 손바닥이라면 그 강의 지류는 뻗어나간 다섯 개의 손가락이었다. 지류는 서로 다른 방향으로 뻗어 있었고, 번개처럼 우리의 삶을 비춰주었다.

앞서 말했듯이 내 기억은 니두 무당의 레나의 '우마이' 살풀이춤에서 시작되었다. 새끼 순록 한 마리가 레나 대신 흑암의 세계로 보내졌다. 따라서 나의 순록에 대한 가장 이른 기억은 이 죽은 새끼 순록에서부터 시작된다. 어머니의 손을 잡고 별빛 아래 꼼짝 못하는 새끼 순록을 바라보았을 때 왜 내 마음이 그토록 두렵고 비통했을까. 어머니는 숨이 멎은 새끼 순록을 들어올려 볕이 잘 드는 산기슭 쪽으로 던졌다. 우리는 살아남지 못한 아이를 하얀 천으로 된 자루에 담아서 볕이 잘 드는 산기슭에 던졌다. 그곳에서는 봄이 되면 봄풀이 가장 먼저 돋아나고, 들꽃도 가장 먼저 피었다. 어머니는 새끼 순록을 자식으로 삼은 셈이었다. 다음 날 영지로 돌아온 순록의 무리에 섞여 있던 잿빛 어미 순록은 새끼가 보이지 않자 줄곧 고개를 숙이고 새끼 순록을 묶어 놓았던 나무 밑동을 슬픔에 가득 찬 눈으로 바라보았다. 아직도 그 순록의 눈빛이 기억에 생생하다. 새끼를 잃은 잿빛 어미 순록의 흘러넘쳤던 젖은 곧 고갈되었다. 그런데 레나가 새끼 순록을 좇아 흑암의 세계로 떠나자 잿빛 어미 순록의 젖이 다시 샘처럼 솟아났다.

레나 강 시절 우리 조상들은 순록을 방목했다고 한다. 그곳은 숲이 무성해서 우리가 '언커'나 '라워커타'라고 부르는 이끼나, 리트머스 이끼가 지천에 널려 있어 순록에게 먹을거리를 풍성하게 제공해주었다. 그 당시는 순록을 '쒀거자오'라고 불렀지만, 지금 우리는 순록을 '아오룽'이라고 부른다. 순록은 머리는 말을 닮았고, 사슴처럼 생긴 뿔, 나귀 같은 몸집에 발굽은 소와 비슷하다. 말과 흡사하지만 말이 아니고, 사슴과도 비슷하지만 사슴이 아니고, 나귀와도 비슷하게 생겼지만 나귀도 아니고, 소 같기도 하지만 소도 아니었다. 한족(漢族)은 이러한 모습을 두고 '사불상(四不像)'이라고 불렸다. 순록은 말머리처럼 위풍당당하고, 사슴의 뿔처럼 아름답고, 나귀의 몸처럼 건강하고, 소발굽처럼 강인하다. 과거 순록은 주로 회색이나 갈색이었으나 지금은 회갈색, 진회색, 흰색, 그리고 얼룩무늬 등 색깔이 다양했다. 나는 흰색을 좋아했다. 흰색의 순록은 대지를 가볍게 떠다니는 구름 같았다.

나는 태어나서 이렇듯 성정이 온순하고 인내심이 풍부한 동물을 본 적이 없었다. 순록은 몸집이 컸지만 무척이나 민첩했다. 아주 무거운 등짐을 지고서도 산림을 뚫고, 늪과 연못으로 둘러싸인 습한 땅을 가뿐하게 넘었다. 순록은 온몸이 소중했다. 순록의 가죽과 털은 추위를 막아 주었고 녹각, 힘줄, 음경, 녹심혈, 태반은 안다가 재빨리 주머니에 챙겨 넣을 만큼 진귀한 약재였다. 그 모든 것이 생필품과 바꿀 수 있는 것들이었다. 순록의 젖은 이른 새벽 우리의 몸에 유입되는 가장 달콤하고 맑은 샘물이었다. 사냥을 나가면 순록은 사냥꾼에게 최고의 도우미였다. 노획한 사냥감을 등 위에 얹어놓기만 하면 순록은 혼자서도 안전하게 우리의 야영지로 운반했다.

이동을 할 때면 순록은 우리의 식량이며 가재도구를 등에 실었을 뿐 아니라 여자들과 아이들 그리고 노인처럼 허약한 이들도 태웠다. 그러나 순록은 사람들의 과도한 보살핌이 필요 없었다. 이들은 언제나 스스로가 먹을 것을 찾았다. 숲은 그들의 식량창고였다. 이끼와 리트머스 이끼

외에도 봄에는 싱싱한 풀이며, 풀 사이에 난 가시나무 그리고 할미꽃 등을 먹었다. 여름에는 자작나무나 버드나무 잎사귀를 씹어 먹었다. 가을이 되면 가장 좋아하는, 산뜻하고 아름다운 숲 속에 피어난 버섯을 먹을 수 있었다. 순록은 먹이를 무척 아껴 먹었다. 초원을 지날 때면 푸릇푸릇한 풀을 조금씩 먹었다. 때문에 순록이 지나 온 초원은 여전히 푸르렀다. 자작나무나 버드나무 잎사귀를 몇 번 먹고 자리를 옮겨 나무는 여전히 무성했다. 순록은 목이 마르면 여름에는 강물을 마시고, 겨울에는 눈을 먹었다. 목에 방울을 달아놓으면 순록이 어디를 가든 걱정할 필요가 없었다. 늑대는 방울소리에 놀라 도망 칠 테고, 우리는 바람결에 들려오는 방울소리로 순록의 행방을 알 수 있었다.

순록은 분명 신이 우리에게 내려준 선물이었다. 순록이 없으면 우리도 없었다. 비록 순록은 나의 가족을 앗아가기도 했지만, 나는 여전히 순록을 사랑한다. 순록의 눈망울을 볼 수 없다면 한낮에 태양을 볼 수 없는 것처럼, 한밤에 달을 볼 수 없는 것처럼 가슴 저 밑에서 탄식이 새어나온다.

나는 순록의 뿔을 톱으로 잘라내는 광경을 보고 싶지 않았다. 뿔을 자르는 톱은 뼈 톱으로 불렸다. 매년 5월에서 7월까지 순록은 뿔이 자라났는데, 이 시기가 뿔을 자르는 시기였다. 이런 일은 보통 남자들이 했지만, 사냥과 달리 여자도 거들어야 했다.

순록은 암수 가리지 않고 모두 뿔이 자라났다. 수컷의 뿔이 대개 굵고 단단했으나 거세당한 순록의 뿔은 가늘고 약했다.

톱으로 뿔을 자르기 위해서는 순록을 나무 위에 매달고 양쪽에 나무막대를 끼워놓아야 했다. 아무리 뿔이라지만 순록에게는 뼈와 살이었다. 뿔을 톱으로 켤 때면 순록들은 아파서 네 발굽을 요란하게 굴렸다. 뼈를 톱으로 잘라내고 나면 남은 뼈에서는 붉은 선혈이 흘러나왔다. 뿔을 잘라낸 후 그 뿌리를 벌겋게 달군 인두로 지져서 출혈을 방지했다. 그러나 인두로 그 뿌리를 지지는 것은 고리타분한 방법이 되어버렸다. 지금은 뿔을 잘라낸 다음 하얀색 소염제 분말을 뿌려 두면 그만이었다.

뿔을 자를 때가 되면 마리야는 흐느껴 울었다. 그녀는 잘라 낸 뿔 위를 물들이는 선혈을 바라볼 수 없었다. 마치 그 피가 그녀의 체내에서 흘러나오는 것 같았다. 그래서 뿔을 자를 때면 어머니는 그녀에게 "마리야, 가지 마!" 하고 말렸지만, 그녀는 만류를 듣지 않았다. 그녀는 평소 눈물을 흘리지 않았지만, 피를 보았다 하면 마치 벌 떼가 윙윙거리며 비무를 추듯 눈물을 쏟아냈다. 어머니는 마리야가 피를 보면 우는 까닭이 그녀가 아이를 낳을 수 없기 때문이라고 했다. 그녀는 매달 자신의 몸에서 흘러나오는 생리 혈을 보면서, 하세와 자신의 노력이 수포로 돌아갔다는 사실에 절망스러워 울었다.

　마리야와 하세보다 아이를 더 기다리는 사람은 바로 하세의 아버지 다시였다. 다시는 한쪽 다리를 늑대와 싸우다 잃어버렸다. 그래서 밤에 늑대 울음소리가 들리면 이를 빠드득 빠드득 갈아붙였다. 뼈만 앙상한 그는 밝은 빛이나 하얀 눈을 볼 수 없었다. 빛이나 눈을 보았다 하면 눈에서 끊임없이 눈물이 흘러내렸다. 평소에 그는 시렁주 안에 있었지만, 이동을 할 때면 순록을 타고 앉아 눈가리개를 하고 있어야 했다. 흐린 날씨에도 역시 눈가리개를 했다. 나는 그가 빛을 두려워할 뿐 아니라 나무며 강물이며, 꽃이며 새를 보는 것도 두려워할 거라 생각했다. 다시는 온 우리링 사람 중에서 얼굴빛이 가장 어두웠으며 옷도 가장 구질구질하게 입었다. 린커는 다시가 다리 하나를 잃은 후 머리며 수염을 자르지 않는다고 했다. 반백의 성긴 머리칼과 다름없이 반백의 듬성듬성 난 수염이 뒤엉켜 있어서 그의 얼굴은 마치 회백색 지의식물이 더덕더덕 붙어 있는 바위 같았다. 때로는 그가 썩어 문드러진 나무가 아닐까 하는 의심이 들기도 했다. 다시는 말이 없었다. 오직 그가 하는 이야기라고는 마리야의 배에 관한 얘기뿐이었다. "내 아오무례는 어디 있지? 내 아오무례는 언제 야예의 다리를 찾아다주는 거야!"밖에 없었다. 우리말에 '아오무례'는 '손자'를, '야예'는 '할아버지'를 뜻했다. 그는 언제나 아오무례만 있으면 자신을 해친 늑대를 때려죽이고 야예의 다리를 되찾아와 예전처럼 나는 듯 가볍고 빠르게 걸을 수 있으리라고 믿었다. 이런 이야기를 할 때면 그의 시선은 언제나 마리야의 몸에 고정되어 있었다. 마리야는 배를 끌어안고 시렁주 밖으로 나가 나무를 붙잡고 통곡했다. 우리는 마리야가 나무를 붙잡고 눈물을 흘리고 있는 모습을 보기만 해도 다시가 무슨 말을 했는지 짐작할 수 있었다.

다시의 운명은 산매 한 마리를 얻고 나서 변화가 일었다. 시렁주에 짝이 없던 다시가 매를 갖게 되자 침울했던 그에게도 생기가 돌았다. 그는 이 매를 흉포한 사냥매로 훈련을 시켰을 뿐 아니라 아오무례라는 이름도 붙여주었다.

산 속에 있던 매는 하세가 잡아왔다. 하세는 높은 산 암벽 위에 매 잡는 그물을 설치해놓았다. 높이 날기를 좋아하는 매가 그물을 보고 쉬어 갈 만한 곳이라고 여겨 급강하했다가 죄수처럼 옴짝달싹할 수 없는 감옥 같은 덫에 걸려들었다. 하세는 회갈색 매를 집으로 가져와 다시에게 훈련을 시켜달라고 했다. 다시를 위해 소일거리를 찾아준 것이었다.

눈언저리가 황금색인 매는 눈에서 얼음과 같이 서늘한 빛을 뿜어냈다. 아래쪽을 향해 갈고리 모양을 하고 있는 매의 뾰족한 부리는 금방이라도 무언가를 쪼아 댈 태세였다. 매는 가슴에는 검은색 무늬가 있었고, 부드럽고 아름다운 날개는 비단처럼 광택으로 번쩍번쩍했다. 하세는 매를 묶어놓고 머리에 순록의 가죽으로 된 덮개를 씌워 눈을 가려두었다. 하지만 입은 노출시켜놓았다. 매는 너무 사나웠다. 고개를 치켜들고 예리한 발톱으로 땅을 움켜쥐기도 하고, 긁기도 하더니 한 줄 한 줄 도랑을 파놓았다. 아이들은 매를 보러 달려갔지만, 담이 작은 례나와 지란터, 그리고 진더는 모두 놀라서 도망치고 결국 남은 사람은 항상 나와 나라였다. 다시는 매를 기르고 나서부터 이상하리만치 흥분을 하면서 입으로는 "구구구" 하는 소리를 냈다. 다리를 저는 그는 힘겹게 허리를 구부리고 화로에서 주운 돌을 던졌다. 퍽 하는 소리와 함께 매의 머리 위로 돌이 떨어지면 매는 분노에 온몸을 떨었다. 비록 아무것도 보이지 않았지만 매는 돌이 날아온 쪽에서 누군가가 자신을 집적거리고 있다는 걸 알아차리고는 회오리바람처럼 힘차게 공중으로 날아올라 다시가 있는 쪽을 향해 덮쳤다. 그러나 매는 멀리 날 수 없도록 밧줄에 묶여 있었다. 분풀이를 하지 못해 더욱 화가 나 날카로운 소리를 질러 댔다. 그 모습을 보며 다시는 큰 소리로 웃었다. 다시의 웃음소리는 한밤 늑대의 울부짖는 소리보다 더 고약했다. 나와 나라는 매가 아니라 다시의 웃음소리에 놀라 도망쳤다.

그 후로 나와 나라는 매일 다시가 매를 길들이는 광경을 구경하러 갔다.

처음 며칠 동안 다시는 먹을 것을 주지 않고 산매를 굶겼다. 매는 하루가 다르게 말라갔다. 하지만 다시는 매의 목에 낀 기름과 날고기를 떼어내야 한다고 했다. 그는 신선한 토끼고기를 덩어리로 잘라서 오랍초(중국 동북지방에서 자라는 방동사니과 다년생 초본의 일종. 방한용 신발 속에 깔기도 하고 물건을 매는 데 사용하기도 함―옮긴이)로 잘 묶어서 송두리째 매에게 먹였다. 매는 고기를 삼켰지만, 얼마 지나지 않아 소화를 시키지 못하고 통째로 뱉어냈다. 그러면 토끼고기를 싸고 있는 오랍초 위에 묻어 있는 기름기와 날고기를 볼 수 있었다. 다시는 이와 같은 방법으로 매의 창자를 깨끗하게 청소한 다음 비로소 음식물을 조금씩 먹였다. 다시는 나에게 유모차를 가져오라고 했다. 마리야는 아이를 낳을 수 없어서 그들의 시렁주에는 유모차가 없었다. 루니는 이제 여기저기 뛰어다닐 정도로 자라서 유모차가 필요하지 않았다. 나는 유모차를 다시에게 가져다주었다. 하세가 다시의 시렁주 위에 유모차를 묶어놓는 것을 돕고 있는 동안 마리야의 눈에 눈물이 반짝였다.

유모차에 탈 수 있는 매는 다시의 시렁주에서만 볼 수 있었다. 다시는 다리와 날개를 새끼줄로 묶은 다음 매를 유모차에 놓았다. 그는 한 손으로 지팡이를 짚고 다른 한 손으로는 미친 듯이 유모차를 밀어댔다. 그의 온몸이 다 뒤틀릴 정도였다. 만약 어린아이를 그렇게 흔들어댔다면 그 아이는 머리가 뒤흔들려져서 바보가 되었을 것이다. 그는 매를 흔들 때면 입으로는 여전히 "구구구" 하는 소리를 냈다. 마치 바람이 그의 목을 뚫고 들어온 듯했다. 왜 그렇게 소리를 내냐는 내 물음에 그는 매에게 완벽하게 과거를 잊고, 고분고분하게 인간과 생활하도록 길들이기 위한 것이라고 했다. 나는 다시에게 "매한테 하늘에 있는 구름을 잊게 하려고 싶어서예요?"라고 묻자 그는 가래침을 탁 뱉더니 고래고래 고함을 지르며 그렇다고 답했다.

"난 말이지 하늘의 것을 땅의 것으로 만들 거야. 구름을 활로 변하게 해서 내 원수를 먹어치울 거야. 그 죽일 놈의 늑대를 말이야."

창자를 깨끗이 청소한 매는 또다시 유모차에서 사흘을 시달렸다. 과연 매에게는 환골탈태의 빛이 보였다. 머리에 쓰고 있던 순록의 가죽덮개가 벗겨지자 매는 서늘한 눈빛이 아닌, 아련하고 부드러운 눈빛을 띠었다. 다시는 만족스러운 듯 매에게 속삭였다.

"넌 정말로 말을 잘 듣는 아오무례야!"

다시는 매의 다리에 가죽 끈을, 꼬리에 방울을 매달아 높이 날아오르지 못하게 했다. 그러고 나서 그는 가죽옷을 입고 매를 왼쪽 어깨 위에 앉히고 시렁주를 나와 사람들에게 다가갔다. 그는 매가 이렇게 사람들과 친해지면 사람들 사이에 있는 것이 익숙해질 것이라고 했다.

다시의 오른쪽 어깨에는 지팡이가 들려 있었고, 왼쪽 어깨에는 매가 깃들 수 있는 받침대가 얹혀 있었다. 그가 절뚝거리면 매도 따라서 절뚝거렸다. 그러면 매 꼬리에 달려 있는 방울이 줄기차게 울렸다. 그 모습이 무척이나 우스웠다. 그는 빛을 두려워했지만, 매를 데리고 걸을 때면 내리쬐는 햇빛을 조금도 두려워하지 않았다. 비록 눈가에는 눈물이 용솟음쳤지만 말이다. 다시는 더 이상 눈가리개를 착용하지 않았다.

사람들은 야영지에서 방울소리가 들리면 다시와 매가 다가오는 것을 알아차렸다.

다시는 말솜씨가 있는 우리 어머니에게 "다마라, 우리 손자가 씩씩한지 봐주시겠소?" 하고 물었다. 다마라는 손에서 하던 일을 내려놓고 다가가 매를 바라보고 고개를 끄덕였다. 다시는 흡족해하며 매를 이푸린에게 데려갔다. 흡연을 즐기는 이푸린이 담배를 물고 있는 것을 알아차렸다 하면 다시는 그녀에게 얼른 담뱃불을 끄라고 명령했다. 그는 매가 담배연기를 맡으면 후각이 예민해질 수 없다고 했다. 이푸린은 담배를 던지고 매를 흘겨보면서 다시에게 "당신 아오무례는 당신을 야예라고 부를 줄이나 알아?" 하고 물었다. 다시는 화를 내며 "야예라고 부를 줄은 모르지만 이푸린이라고 부를 줄은 알지. 녀석은 이푸린의 코가 비뚤어졌다고 말할 줄도 안다고!" 하고 대꾸했다.

이푸린은 박장대소했다. 그녀는 정말로 코가 삐딱했다. 린커는 어렸을 적 개구쟁이였던 이푸린이 네 살 때 숲에서 친칠라를 발견하고 뒤를 쫓아가다 친칠라가 나무 위로 올라가는 바람에 그대로 나무에 부딪혀 콧대가 부러져 삐뚤 코가 되었다고 했다. 그러나 나는 그녀의 삐뚤 코가 썩 보기 좋았다. 그녀의 눈은 한쪽은 크고, 다른 쪽이 작아 짝짝이였는데, 비뚤어진 코가 작은 눈 쪽으로 기울어져서 얼굴 윤곽과 조화를 이루었다.

다시는 매를 사람들 사이로 데리고 다닌 다음부터 매에게 고기를 먹이기 시작했는데 매일 조금씩 먹였다. 하지만 매가 포만감을 느낄 수 없도록 항상 반쯤은 굶겨놓았다. 그 이유는 사냥매가 배불리 먹으면 사냥을 하려 들지 않기 때문이라고 했다. 그는 시렁주 밖에 매 받침대를 만들어 놓았다. 이 받침대 위에서 매는 자유로이 몸을 돌릴 수 있었다. 매의 발톱이 상할까봐 다시는 노루가죽으로 나무로 만든 가로막대를 싸매어 놓았다. 그는 매의 발톱은 사냥꾼의 총과 같아서 반드시 잘 보호해주어야 한다고 했다. 매와 아주 친해지기는 했지만, 다시는 도망가는 것을 막기 위해 매의 다리를 가늘고 기다란 줄로 매어 놓았다. 그렇게 하면 매가 몸을 돌릴 때 줄이 감기지도 않았고, 도망을 칠 수도 없었다. 다시는 매일 가볍게 매의 가슴과 머리를 쓰다듬었는데, 그럴 때마다 "구구구" 하는 소리를 냈다. 나는 다시의 손에 녹색 물감이 숨어 있지 않을까 의심스러웠다. 그가 매일 이렇게 만지고 나면 매의 날개가 갑자기 불거지고 암록색으로 색이 변했기 때문이다. 마치 누군가 매의 몸에 녹색 이끼를 둘러놓은 듯했다.

우리가 이동을 할 때면 순록을 타고 있는 다시의 어깨

에 사냥매 한 마리가 앉았다. 사냥매를 얻게 된 다시는 마치 잃어버린 다리를 되찾아온 듯 활기찼다. 순종하도록 길들여진 사냥매는 줄로 묶어놓을 필요가 없어 보였다. 설사 하늘을 바라보고 있어도 매는 그리 멀리 그리고 높이 날아가고 싶은 생각조차 없는 듯했다. 다시가 유모차에 매를 태운 일이 쓸데없는 짓은 아니었는지, 매는 예전에 비상했던 그 하늘을 완전히 잊은 듯했다.

이사를 갈 때면 이제 사냥매가 사냥감을 잡는 광경을 볼 수 있었다. 하세는 평소에도 매를 데리고 사냥을 하고 싶어 했지만, 다시가 허락하지 않았다. 아오무례는 오로지 다시의 전유물이었다. 나는 지금도 처음으로 사냥매가 산토끼를 잡았던 광경을 기억한다. 겨울로 들어섰지만 아직 숲이 흰 눈으로 뒤덮이지 않았다. 우리는 아바 강을 따라 남쪽으로 이동하고 있었다. 그 일대 죽 잇대어 있는 산에는 리트머스 이끼가 풍부해 짐승들이 많았다. 나무 꼭대기에서 날아오르는 비룡과 땅에서 뛰어다니는 산토끼를 쉽게 볼 수 있었다. 전에는 조용히 다시의 어깨에 앉아 있기만 하던 사냥매가 안절부절못했다. 고개를 치켜들고 날개를 조금씩 움직이고 있는 모습이 당장이라도 날아오를 기세였다. 소나무 숲에서 뛰고 있는 산토끼를 발견한 다시가 사냥매를 한 번 치고는 "아오무례, 싸워, 싸워!" 하고 외쳤다. '싸우다(決)'라는 의미는 '사냥을 하라(獵)'는 뜻이었다. 사냥매는 날개를 펴고 다시의 어깨에서 쏜살같이 날아가 순식간에 산토끼를 뒤쫓았다. 매는 먼저 한쪽 발톱으로 토끼의 엉덩이를 잡고 토끼가 몸을 돌려 몸부림치기를 기다렸다가 도망가려고 시도를 할 때 다른쪽 발톱으로 토끼의 머리를 움켜쥐었다. 양쪽 발톱으로 재빠르면서도 무참하게 토끼의 숨통을 끊어놓았다. 아오무례가 날카로운 부리로 서너 번 헤적이자 산토끼의 내장은 선홍빛 꽃봉오리처럼 숲 속 대지 위에 피어나 은근히 열기를 뿜어냈다. 감동한 다시는 입으로 끊임없이 "구구구" 하고 소리를 질렀다. 이동하는 중에 우리는 탄환 하나 사용하지 않고 사냥매 덕분에 산토끼 대여섯 마리와 꿩 세 마리를 잡았다. 저녁에 모닥불에서 고기 냄새가 진동했다. 야영지에 도착하여 시렁주를 세우고 나자 다시는 아오무례에게 더는 사냥감을 좇지 못하게 했다. 대신 회색의 늑대가죽을 땅에 펼쳐놓고 "싸워, 싸워!" 하고 소리를 지르며 사냥매가 가죽을 덮치도록 유도했다. 다시와 늑대의 결투가 있던 그 해 그는 맨손으로 어미 늑대를 때려죽였다. 어린 늑대는 그의 다리 한쪽을 요절을 내놓고 도망쳤다. 그는 어미 늑대의 가죽을 벗겨 줄곧 몸에 지니고 있었다. 늑대가죽을 보고 이를 갈아붙이는 모습은 원수를 대하는 듯했다. 이푸린은 다시가 복수를 위해 사냥매를 쓸 모양이라고 했다.

아오무례는 처음에는 아무리 덮쳐도 화를 내지 않는 늑대가죽에 반감을 가지고 있었지만, 곧 고개를 움츠렸다. "싸워, 싸워" 하는 소리를 들으면 오히려 뒤로 물러섰다. 화가 난 다시는 사냥매의 머리통을 잡아당겨 늑대가죽 위로 밀어댔다. 주눅이 든 사냥매가 가만히 있자 다시는 지팡이를 내동댕이치고 털썩 땅바닥에 주저앉아 남은 한쪽 다리를 치면서 통곡했다. 그제야 사냥매는 주인의 원수를 알아본 듯 재빨리 늑대가죽을 살아 있는 사냥감처럼 취급했다. 가죽을 덮치는 횟수가 점점 많아졌을 뿐 아니라 갈수록 모질고 흉악스러워졌다. 아오무례가 항상 기민하게 움직이게 하기 위해 다시는 사냥매가 고개를 숙이고 머리통을 묻고 잠을 자는 모습을 보기만 하면 다짜고짜 날개를 쳐서 깨웠다. 때문에 사냥매가 생긴 후부터 다시는 수면 부족에 시달려 항상 눈이 토끼처럼 빨갰다. 사람들이 그의 시렁주 앞을 지나가기만 하면 그는 아오무례를 가리키며 "봐봐, 응, 봐봐. 이건 내 화살이자 총이라고!" 하고 말했다.

그 누구도 다시의 말에 반박하지 않았지만, 오직 우리 아버지만이 "총으로 늑대는 죽일 순 있지만, 아오무례가 할 수 있겠어요?"라고 되물었다. 아버지는 총을 다마라 다음으로 사랑했다. 그는 사냥을 나갔다가 돌아오면 항상 총을 극진히 모셔 두었다. 아오무례를 조롱하는 듯한 말투에 다시는 화가 나서 이를 갈아붙였다. 그 소리는 늑대의 포효소리와 다름없었다. 다시가 "린커, 자네 기다려. 내 아오무례가 복수를 할 수 있을지 없을지 지켜보라고!"

하고 소리를 빽 질렀다.

우리는 맨 처음 '우루무쿠더'라는 구식 산탄총을 사용했는데 총알이 부싯돌처럼 작았다. 이 총은 사정거리가 짧아서 때로는 화살을 쏘거나 장총을 사용해야 했다. 나중에 러시아인들에게 산탄총이지만 총알 크기가 큰 총을 들여왔는데, 바로 '투르크'였다. 투르크에 이어 러시아에서 만들어진 보병용 총인 베리단커총도 들여왔는데, 이 총은 투르크총보다 훨씬 셌다. 그 뒤를 이어 살상력이 강한 총이 들어왔는데, 바로 연속 발사가 가능한 연발 소총인 렌주총이었다. 베리단커총과 렌주총을 갖게 되자 산탄총인 우루무쿠터와 투르크 총은 친칠라를 잡을 때만 사용했다. 활과 화살 그리고 산탄총이 숲 속 산토끼와 친칠라였다면, 베리단커총은 늑대였고, 렌주총은 호랑이였다. 이것들은 갈수록 흉악해졌다.

린커는 두 자루의 베리단커총과 렌주총 한 자루를 가지고 있었다. 루니가 서너 살이 되었을 때 린커는 아들에게 총을 잡는 자세를 가르쳤다. 이 총들은 모두 린커가 로린스키에게서 얻은 것이었다.

로린스키는 러시아 안다였다. 그는 해마다 적으면 두 번 정도, 많으면 서너 번씩 우리 우리렁을 찾아왔다. 우리는 이동을 할 때면 언제나 나무에 표시를 남겨놓았다. 일정한 거리를 갈 때마다 커다란 나무 위에 도끼로 찍어 홈집을 내놓고 방향 표시를 해놓았다. 그러면 아무리 먼 길을 가도 안다는 우리를 찾아올 수 있었다.

키가 작고 뚱뚱한 로린스키는 눈이 크고 수염이 붉었으며 눈두덩이 부어오른, 술 마시기를 좋아하는 사내였다. 그는 언제나 말을 타고 우리 우리렁에 왔다. 대개는 자신이 타고 있는 말 한 필과 물건을 실은 두 필을 끌고 왔다. 그가 우리에게 가져다주는 것은 술, 밀가루, 소금, 면직물, 탄알 등이었으며 가져가는 것은 가죽과 녹용이었다. 로린스키가 오는 날이면 우리 우리렁은 잔칫날이었다. 모두 함께 모여 그가 전해주는 다른 우리렁 소식을 들었다. 어느 우리렁 순록이 늑대에게 물려갔느니, 어느 우리렁이 친칠라를 많이 잡았는지, 어느 우리렁에서 아이가 태어났는지, 어느 우리렁의 노인이 세상을 떠났는지, 연락이 닿고 있는 예닐곱 개 우리렁에 대해서 그는 모르는 것이 없었다. 그는 레나를 무척 좋아했다. 매번 산에 오면 그는 언제나 레나에게 선물을 가져왔다. 무늬가 새겨진 동으로 만든 팔찌나 앙증맞은 나무빗 따위였다. 레나의 가녀린 손을 만지기를 좋아했던 그는 한숨을 쉬면서 "레나는 언제 따우나지가 될까?" 하고 물으면 나는 "레나는 이미 따우나지예요. 샤오우나지는 저고요!" 하고 대답했다. 그러면 로린스키가 나를 향해 휘파람을 불었는데, 마치 작은 새를 골리는 듯한 소리였다.

로린스키는 주얼간툰에 살았는데 그곳에는 러시아 상인들이 모여 있었다. 그는 장사를 하느라 여기저기 많이 다녔다. 부쿠이, 자란툰, 하이라얼 등과 같은 곳이었다. 부쿠이에는 유성공, 금은당과 같은 상점이 있고, 하이라얼에는 간주얼 묘회(간주얼은 후룬베이얼에 위치한 가장 큰 라마교 사찰이며, 묘회란 잿날이나 정한 날에 사찰 안이나 입구에 임시로 개설되던 시장을 말함—옮긴이)가 열렸다. 로린스키는 세상에서 가장 아름다운 곳이 바로 상점과 묘회라고 했다. 그는 술을 많이 마셨다 하면 팔뚝을 드러내놓기 좋아했는데, 그럴 때마다 우리는 그의 어깨 위에 그려진 문신을 볼 수 있었다. 고개를 치켜뜬 푸른 뱀이 똬리를 틀고 있었다. 아버지는 그의 문신을 보고 로린스키는 분명 러시아에서 도망쳐 나온 토비일 거라고 했다. 아니라면 몸에 문신이 어떻게 새겨졌겠냐고 했다. 나와 레나는 푸른색 뱀을 좋아했다. 우리는 그 뱀을 진짜 뱀처럼 여겼다. 마치 물리기라도 할 것처럼 뱀을 한 번 만져보고는 얼른 손을 움츠리고 도망쳤다. 로린스키는 자기 옆에 여인이 없기 때문에 그 뱀이 자기 여인이라고 했다. 그는 팔뚝의 뱀이 추운 겨울에는 따뜻한 열기를, 더운 여름에는 서늘한 기운을 내뿜을 수 있다고 했다. 그가 이렇게 이야기를 하자 곁에 있던 사람들은 남녀를 가리지 않고 웃었다. 하지만 오직 니두 무당만은 웃지 않았다. 그는 이맛살을 찌푸리고 일어나 소란스러운 자리를 피했다.

로린스키가 오기만 하면 계절에 상관없이 우리 야영지에는 언제나 모닥불이 피어올랐고, 밤이 되면 사람들은 손에 손을 잡고 '워르체(어원커 말로 백조를 뜻함―옮긴이)' 춤을 추었다. 여인들이 손에 손을 잡고 모닥불 안쪽을 빙 둘러 춤을 추면 남자들은 손에 손을 잡고 바깥쪽을 빙 둘러 서서 춤을 추었다. 여인들이 오른쪽으로 돌면 남자들은 왼쪽으로 돌았다. 모닥불도 빙글빙글 따라 돌았다. 여인들이 "게이" 하고 소리를 치면 남자들은 따라서 "구" 하고 소리를 질렀다. "게이구, 게이구" 하는 소리가 마치 백조가 호수 위로 날아오르는 소리처럼 들렸다. 어머니는 아주 오래전 우리 조상들은 변경을 수호하도록 파견되었노라고 했다. 어느 날 수도 적고 식량도 바닥이 난 어원커 병사들이 적군에 포위되고 말았다. 그런데 갑자기 하늘에서 "게이구, 게이구" 하는 외침이 들렸다. 백조 무리가 날아가는 소리였다. 적군은 이 소리를 듣고 어원커의 지원군이 도착했다고 여겨 서둘러 퇴각했다. 그래서 어원커 부족은 백조가 목숨을 구해준 은인이란 것을 기념하여 백조의 춤을 만들어냈다. 니두 무당은 거의 춤을 추지 않았고, 절름발이 다시도 춤을 출 수 없었다. 때문에 춤을 출 때 바깥쪽을 둘러싸고 있는 남자들은 줄곧 팔을 벌리고 있어야 했다. 그렇게 하지 않으면 안쪽에 있는 여인들을 보호할 수 없었다. 그래서 한참 춤을 추다 보면 안쪽에 있는 여인들이 바깥쪽 원으로 나와 나중에는 커다란 원이 하나로 만들어졌다. 흥겨운 춤은 모닥불이 희미해지고 별들도 어두워져서야 끝이 났다. 어머니는 춤추기를 좋아했다. 춤을 춘 밤이면 쉽게 잠들지 않았다. 춤을 춘 밤에는 나는 언제나 어머니가 아버지에게 소곤거리는 소리를 들을 수 있었다.

"린커, 린커. 내 머리를 찬물로 식혀주세요. 잠을 잘 수 없네요."

린커는 말없이 다마라에게 익숙한 바람소리를 보내주었다. 바람소리가 지나가고 다마라는 잠이 들었다.

로린스키는 매번 야영지를 떠날 때마다 례나에게 입맞춤을 했다. 그의 입맞춤은 나와 나라에게 질투심을 불러일으켰다. 평소 나는 례나와 함께 놀았지만 로린스키가 왔다 하면 나라와 짝꿍이 되었다. 로린스키가 가고 나면 나는 다시 나라를 버렸다. 왜냐하면 례나는 로린스키가 가져온 물건을 나에게 주었기 때문이었다. 나는 그녀의 팔찌를 끼고 있다가 잃어버리기도 하고, 빗을 부러뜨린 적도 있었지만 례나는 한 번도 나를 원망한 적이 없었다.

물물교환을 할 때 어떤 물건으로 할 것인지, 수량은 얼마나 할 것인지 니두 무당이 말하면 그만이었다. 그는 안다가 가져온 물건을 보고 결정했다. 안다가 가져온 물건이 적으면 자연히 그에게 주는 가죽도 적었다. 로린스키는 여느 안다와 달랐다. 한 장 한 장 가죽의 털 색깔을 보고 이것저것 까다롭게 골랐다. 그는 고른 가죽을 대충 둘둘 말아 말 등에 올려놓았다. 니두 무당은 로린스키가 올 때마다 벌어지는 환락적인 분위기를 즐기지 않았지만, 안다로

서의 로린스키를 칭찬했다. 니두 무당은 로린스키가 이전에 분명 고생을 했을 텐데 마음씨가 곱다고 했다. 그러나 우리는 그의 과거를 알 수 없었다. 그는 어린 시절에 말을 길렀는데 굶주렸을 뿐 아니라 채찍으로 맞았다고 했다. 누가 그를 굶주리게 했는지, 또 누가 매질을 했는지 오직 그만이 알았다.

해마다 10월에서 11월은 친칠라를 사냥하기 좋은 계절이었다. 한곳에서 친칠라를 사냥하다 그 수가 줄어들면 우리는 다른 곳으로 옮겨 갔다. 이 시기에 사나흘 간격으로 장소를 바꿨다. 친칠라는 아주 귀여웠다. 커다란 꼬리를 치켜세우고, 조그만 귀 옆에는 검은색의 기다란 털이 한 움큼 자라나 있었다. 친칠라는 영민했으며 나뭇가지 위에서 뛰어 올랐다가 뛰어내리기를 좋아했다. 검은 잿빛의 친칠라 모발은 매우 부드럽고 가늘어서 마모성이 강한 의복의 옷깃이나 소맷부리를 만드는 데 사용했다. 안다는 친칠라가죽을 좋아했다. 친칠라를 사냥할 때면 여인들도 동참할 수 있었다. 출몰하는 곳에 '챠르커'라는 덫을 설치해놓으면 친칠라가 잡히곤 했다.

나와 레나는 챠르커를 설치해놓는 어머니 뒤를 즐거운 마음으로 졸졸 따라다녔다. 다람쥐는 겨울에 먹을 식량을 가을에 저장했다. 특히 버섯을 좋아하는 녀석들은 가을에 버섯이 풍년 들면 나뭇가지 위에 걸어놓았다. 바짝 마른 버섯은 서리를 맞은 꽃송이 같았다. 버섯이 걸려 있는 나뭇가지에 걸려 있는 위치를 보면 그해 겨울에 눈이 많이 내릴 것인지 어떨지 가늠할 수 있었다. 예를 들어 눈이 많이 오는 겨울이면 녀석들은 버섯을 높이 매달아놓았고, 눈이 적게 내릴 것 같으면 낮은 가지에 매달아 놓았다. 눈이 아직 내리지 않았지만, 우리는 다람쥐가 나뭇가지에 매달아놓은 버섯을 보고 다가올 겨울 날씨가 어떨지 미리 점칠 수 있었다. 친칠라를 사냥할 때 만약 눈밭에서 녀석들의 발자취를 찾지 못하면 나뭇가지 위의 매달린 버섯을 찾으면 됐다. 만약에 버섯도 찾을 수 없다면 우리는 서둘러 짐을 꾸려 소나무 숲으로 이사를 갔다. 친칠라는 잣을 좋아했다.

친칠라 고기는 신선하고 부드러웠다. 껍질을 벗기고 소금을 발라 불에 올려놓고 살짝 구워 먹었다. 여자들 중에 친칠라 고기를 좋아하지 않는 사람은 한 명도 없었다. 특히 우리는 친칠라 눈알을 통째로 먹기를 좋아했는데, 노인들은 그렇게 먹으면 행운이 찾아올 거라고 했다.

레나는 친칠라를 사냥하는 계절에 우리 곁을 떠났다. 당시 어머니는 심신이 피곤한 상태였다. 태어난 여자아이가 하루를 넘기지 못하고 숨을 거두었기 때문이었다. 피를 많이 흘리고 슬픔에 잠긴 다마라는 며칠 동안 시렁주 밖으로 한 걸음도 떼어놓지 않았다. 그녀의 잿빛 안색은 대지와 다름없었다. 니두 무당은 이 일대 친칠라 수가 적다며 우리의 야영지를 옮겨야 한다고 했다. 하지만 린커가 반대하고 나섰다. 린커는 다마라가 바람과 추위를 견딜 수 있는 상태가 아니라며 그녀의 몸이 회복되기를 기다렸다가 야영지를 옮기자고 했다. 니두 무당은 불쾌하다는 듯 "어원커 여인들이 어디 바람과 추위 따위를 무서워할까. 이런 게 무섭다면 하산해서 한족의 여인처럼 매일 무덤에서 살아야겠지. 그곳은 바람도, 한기도 없는 곳이니까"라고 내뱉었다. 니두 무당은 줄곧 한족이 거주하는 집을 무덤이라고 불렀다. 린커가 불같이 화를 냈다. 그는 막 아이를 잃은 다마라는 지금 심신이 허약하다며 자신은 다마라와 남겠으니 가고 싶은 사람은 가라고 했다. 그러자 니두 무당이 비웃었다.

"자네가 다마라한테 아이를 허락하지 않았다면 아이를 잃지도 않았을 거야."

그 이야기를 들은 이푸린은 괴상망측하게 웃었지만, 나는 밤이면 아버지와 어머니가 시렁주에서 만들어내던 바람소리가 떠올랐다. 이푸린은 웃고 있었지만, 니두 무당은 노루가죽 요에서 일어서서 손뼉을 쳤다.

"준비합시다. 내일 아침 일찍 이곳을 떠납시다!"

니두 무당이 솔선수범해서 시렁주를 나왔다. 화가 난 린커는 눈알이 벌겠다. 그는 바람같이 니두 무당을 쫓아 나갔다. 곧이어 니두 무당의 비명 소리가 들렸다. 니두 무당을 숲 속 눈밭에 쓰러뜨린 린커가 그의 다리를 지르밟고 있었다. 린커의 발밑에 깔린 사냥감처럼 니두 무당이 내지르는 처연한 비명이 우리의 마음을 조마조마하게 만들었다. 비명 소리를 들은 어머니는 휘청거리며 시렁주에서 걸어 나왔다. 그리고 이푸린에게 자초지종을 듣고 눈물을 흘렸다. 이완이 린커를 니두 무당의 몸에서 떼어냈다. 아버지가 숨을 몰아쉬며 다가오자 다마라가 말했다.

"린커, 당신 어떻게 이럴 수가 있어요?! 린커, 정말 저를 괴롭게 만드는군요! 이렇게 이기적으로 굴어야만 해요?"

그 광경은 내가 처음으로 보게 된, 아버지와 니두 무당 사이에서 벌어진 정면충돌이었다. 어머니가 아버지를 힐난한 모습도 처음 보았다. 나는 니두 무당이 살풀이춤을 출 때 잿빛 새끼 순록이 죽었던 일을 머릿속으로 떠올리며 그가 동일한 방법으로 한밤중에 우리 아버지를 쥐도 새도 모르게 죽이지 않을까 염려스러웠다. 이런 생각을 레나에게 말하자 그녀는 "오늘 밤 우리 둘이서 어거두아마를 따라가서 잠을 자면 그가 살풀이춤을 추는지 지켜볼 수 있을 거야" 하고 말했다.

밤에 나와 레나는 니두 무당의 시렁주로 들어섰다. 그는 화로를 지키며 차를 마시고 있었다. 암담한 얼굴빛과 하얗게 변해버린 귀밑머리를 보고 있자니 나는 갑자기 그가 가여워졌다. 옛날이야기를 해달라고 조르자 그는 우리가 그곳에서 하룻밤을 머무르는 것을 허락했다. 그날 밤은 바람이 세차게 불고 몹시 추웠다. 화로의 불꽃이 떨고 있는 모습이 마치 탄식하고 있는 듯했다. 니두 무당은 불에 관한 이야기를 들려주었다.

"아주 오래전에 사냥꾼이 있었단다. 사냥꾼은 하루 종일 숲 속을 분주하게 뛰어다니며 동물들을 아주 많이 보았지만 한 마리도 잡지 못했단다. 사냥감들이 눈앞에서 도망을 치자 사냥꾼은 무척이나 화가 났지. 한밤중 집으로 돌아가는 그의 얼굴은 우거지상이 따로 없었지. 집에 돌아와 불을 피우는데 장작에 화르르 불붙는 소리가 마치 누군가 자기를 비웃는 소리처럼 들렸어. 그는 홧김에 칼을 휘둘러 활활 타오르는 불길을 꺼버렸단다. 다음 날 아침 일찍 잠에서 깬 그는 도무지 불을 피울 수 없어 더운물도 못 마시고 아침도 거른 채 사냥을 하러 대문을 나섰지. 그런데 그 날도 여전히 사냥감을 노획할 수 없었단다. 집에 돌아온 그는 다시 불을 피우려고 애를 썼지만 여전히 피울 수 없었어. 정말이지 이상했어. 그는 그날 밤도 배고픔과 추위 속에서 기나긴 밤을 보냈단다. 사냥꾼은 줄곧 이틀 동안 아무것도 먹지 못했을 뿐 아니라 불도 쬘 수 없었지. 사흘째 되는 날, 다시 사냥을 나섰는데 갑자기 구슬픈 울음소리가 들려 소리를 따라 가보았더니 노파 하나가 보이는 거야. 노파는 말라 비틀어 썩어버린 새까만 나무에 기대어 엉엉 울고 있었어. 사냥꾼이 왜 우는지 묻자 노파는 자신의 얼굴을 누군가가 칼로 베어서 참을 수 없을 정도로 아프다고 대답했지. 노파가 손을 내리자 사냥꾼은 피투성이가 된 노파의 얼굴을 보고 자신이 불의 여신에게 죄를 지었다는 사실을 깨달았어. 그 자리에서 꿇어앉아 용서를 구했지. 그는 이제 영원토록 불의 여신을 숭배하겠노라고 맹세했어. 고개를 들고 일어나 보니 방금 전까지 나무에 기대앉아 있던 노파는 온 데 간 데 없고 화려한 꿩 한 마리가 서 있는 거야. 사냥꾼은 활을 쏘아 꿩을 명중시킨 후 집으로 돌아왔지. 사냥꾼은 사흘 동안 꺼져 있던 불씨가 혼자 살아나서 활활 타오르고 있는 걸 발견하고 화롯가에 꿇어앉아 울었단다."

우리는 불의 신을 숭배했다. 유사 이래로 우리 야영지에서는 불씨를 꺼트려 본 적이 없었다. 이동을 할 때면 제일 앞장서 가는 흰색 수컷 순록의 등에는 마루신이 실려 있었다. 우리는 그 순록을 '마루왕'이라고 불렀는데, 평소에 우리는 마루왕을 함부로 부려먹거나 등에 탈 수 없었다. 그 뒤를 따르는 순록의 등에는 바로 불씨가 실려 있었다. 우리는 불씨를 자작나무 껍질로 만든 통에 잔뜩 담아놓은 잿더미 안에 묻어 두었다. 제아무리 험난한 여정이라도 빛과 따사로움이 우리를 따라다녔다. 우리는 향기로운 냄새를 좋아하는 우리 조상신들을 위해 항상 동물의 기름을 불씨에 촉촉하게 적셔놓았다. 불 속에 신이 있었다. 따라서 우리는 불 속으로 가래를 뱉거나, 물을 뿌리거나, 깨끗하지 못한 물건을 던질 수 없었다. 이런 규칙을 어려서부터 익히 알고 있어서 나와 레나는 니두 무당이 들려주는 불의 신에 대한 이야기 속으로 금세 푹 빠져들었다.

이야기를 다 듣고 나서 나와 레나가 한 마디씩 했다.

나는 니두 무당에게 "어거두아마, 매일 저녁 불의 신이 불 속에서 뛰어나와 큰아버지한테 말을 걸지 않나요?" 하고 물었다.

니두 무당은 나를 바라보다가 불 쪽으로 얼굴을 돌리고 고개를 가로저었다.

레나는 나에게 "넌 앞으로 꼭 불씨를 잘 보호해야 해. 뿌리는 비에, 부는 바람에 불씨를 꺼뜨리면 안 돼!" 하고 말했다.

나는 마치 지는 석양이 산을 향해 고개를 숙이듯 머리를 끄덕였다.

다음 날 이른 아침, 밤새 먹을 것을 찾아 헤매던 순록이 돌아오는 소리를 듣고 우리는 잠에서 깨었다. 니두 무당은 벌써 일어나서 순록의 젖을 끓여 차를 만들고 있었다. 맛있는 냄새가 우리의 양 볼을 핥았다. 나와 레나는 그곳에서 아침을 먹었다. 연방 하품을 해대는 레나의 얼굴빛이 노랬다. 레나는 살며시 나에게 니두 무당이 한밤중에 일어나 굿을 할까봐 겁이 나 어둠 속에서 눈을 뜨고 그를 지켜보느라 밤새 잠을 설쳤다고 했다. 레나는 내 코 고는 소리를 들으며 너무 부러웠다고 했다. 코 고는 소리가 마치 며칠 굶은 사람이 친칠라 굽는 냄새를 맡은 것 같았다고 했다. 레나의 이야기를 듣고 나는 부끄러웠다. 레나는 아버지를 위해 하룻밤을 꼬박 새웠는데 나는 밤새도록 달콤하게 잠을 자고 말았다. 우리는 니두 무당이 우리가 떠받드는 마루신을 내려서 삼각형 나무틀에 매달고는 '카와와' 풀에 불을 붙여 그 연기로 불결함을 닦아내는 모습을 지켜보고 시렁주를 나왔다. 그것은 매번 이동을 하기 전 니두 무당이 반드시 해야 할 일이었다.

우리는 니두 무당의 뜻에 따라 야영지를 떠났다. 이동을 할 때면 흰 빛깔의 마루왕이 앞장서 가고, 그 뒤를 불씨를 등에 지고 있는 순록이 따르고, 가재도구를 짊어진 순록의 무리가 그 뒤를 따랐다. 남자들과 건장한 여자들은 보통은 순록의 무리를 좇아 걷다가 피곤해지면 순록의 등에 올라탔다. 도끼를 든 하세는 일정한 거리를 지날 때마다 커다란 나무에 도끼를 찍어 표시를 남겼다. 어머니는 토끼가죽으로 된 모자와 목도리로 얼굴을 단단히 싸매고 순록을 탔다. 린커는 줄곧 어머니가 타고 있던 순록의 뒤를 좇았다. 나와 다시, 례나와 나라도 순록을 탔다. 지란터와 루니는 온통 사냥매에 정신이 쏠려 있었다. 다시의 어깨에 앉아 있는 아오무례는 이동할 때만 솜씨를 보여주었기 때문에 둘은 다시가 타고 있는 순록의 왼쪽과 오른쪽에서 걷고 있었다. 담이 작은 지란터는 혹시 사냥매가 자기를 급습하지 않을까 마음을 졸이며 졸졸 따라가다가 결국은 루니 곁으로 뛰어와서 함께 걸었다. 그들은 영웅을 바라보듯 무한한 선망의 눈빛을 담아 사냥매를 바라보았지만, 사냥매는 두 마리 토끼를 바라보듯 루니와 지란터를 호시탐탐 엿보고 있었다.

레나는 하얀 무늬가 있는 갈색 순록에 타기를 좋아해서 그날도 안장을 갈색 순록의 등에 올려놓았다. 하지만 순록이 몸을 아래로 숙여 안장을 피하는 모습이 레나를 태우지 않겠다는 태도가 역력했다. 젖이 마른 잿빛 어미 순록이 레나 곁으로 슬그머니 다가오더니 온순하게 몸을 아래로 숙였다. 레나는 별생각 없이 안장을 잿빛 어미 순록의 등에 얹고 순록의 등에 올라탔다. 순록에 올라탄 레나는 나보다 앞서 가고 있었다. 그런데 걷다 보니 레나를 태운 순록이 내 뒤로 처졌다. 레나가 앞서 가고 있을 때 고개를 주억거리는 폼이 꼭 졸고 있는 것 같았다.

겨울 날 태양빛의 밝기가 어떻든지 우리에게 날씨는 항상 쌀쌀맞은 느낌이었다. 숲에 눈이 얇게 쌓인, 볕이 잘 드는 산기슭에는 바짝 말라 누렇게 변한 들풀이며 낙엽이 그대로 노출되어 있었다. 새들이 삼삼오오 나뭇가지 끝을 노략질하고 나면 청아하게 지저귀는 소리가 남았다. 이완은 나제스카와 이야기를 나누면서 걷고 있었다. 이완은 스커우쯔 금광이 어떻게 발견되었는지 로린스키에게서 들은 이야기를 그녀에게 들려주고 있었다.

어느 날, 다우르족 남자 하나가 낚시를 하고 강변에 모닥불을 피워놓고 솥에 물고기를 넣어 끓여 먹었다. 물고기를 다 먹은 남자는 강가에서 솥을 씻다가 솥 아래 가라앉아 있는 금빛으로 빛나는 모래알을 발견했다. 손으로 건져 보았더니 놀랍게도 금덩어리였다!

이완은 나제스카에게 앞으로 강가에서 솥을 씻을 때 혹시 솥 안에 있는 금빛 모래알이 황금인지 유심히 살펴보라고 했다. 나제스카는 재빨리 가슴에 성호를 긋고 성모마리아에게 자기를 보우하사 절대로 우리 부부가 황금을 발견하지 못하도록 해달라고 기도했다. 나제스카는 자신의 오빠가 금을 캐기 위해 동업을 했다가 목숨을 잃었다며 금은 자고 이래로 좋은 물건이 아니라 재난을 가져다주는 것이라 했다. 이완이 "재물에 욕심 부리지 않으면 사람은 화를 입지 않아" 하고 말하자 나제스카는 "사람이 금을 보면 마치 사냥꾼이 사냥감을 발견한 것처럼 욕심을 내지 않을 수 없어요"라고 대답하고 이완의 머리를 쓰다듬었다. 그 모습을 그만 이푸린에게 들켜버렸다. 화가 머리끝까지 난 이푸린이 나제스카를 큰 소리로 나무랐다.

"우리 부족의 여인들은 함부로 남자의 머리를 만질 수 없어. 남자의 머리 위에는 신령이 있기 때문에 머리를 만졌다 하면 화가 난 신령이 벌을 내린다고."

이푸린은 다시 큰 소리로 외쳤다.

"나제스카가 이완의 머리를 만졌어. 모두 조심해!"

우리는 태양이 떠오를 때 출발해서 태양이 질 때가 되어서야 새로운 야영지에 도착했다. 그곳은 울울창창한 소나무 숲으로 나무 사이를 요리조리 뛰어다니는 친칠라를 볼 수 있었다. 니두 무당의 얼굴에 웃음이 떠올랐다. 모두 순록이 싣고 온 가재도구를 내렸다. 남자들은 시렁주를 만들고, 여자들은 마른 나뭇가지를 긁어모아 도기로 만든 화로가 들어 있는 대바구니를 들었다. 그때 나는 레나가 야영지에 없다는 사실을 발견했다. 레나를 불렀지만 대답이 없었다. 아버지는 레나가 보이지 않는다는 이야기를 듣고 레나가 타고 있던 잿빛 어미 순록을 찾았다. 대오의 맨 마지막에 고개를 숙이고 있는 순록의 모습이 무척 슬퍼 보였다. 린커와 하세는 무슨 일이 벌어졌다는 것을 알아차리고 각각 순록을 타고 오던 길을 되짚어가며 레나를 찾아 나섰다. 어머니는 레나가 탔던 순록을 살펴보았다. 그 잿빛 어미 순록의 새끼가 레나 대신 이 세상에서 사라진 사실이 떠오른 모양이었다. 레나가 잿빛 어미 순록의 등에서 실종되었다는 것은 조짐이 불길했다. 어머니는 어느새 부들부들 떨고 있었다.

우리는 야영지에서 레나가 돌아오기를 소망했다. 날이 어두워지고 별과 달이 하늘에 총총히 뜨기를 간절히 바랐다. 린커와 하세는 아직 돌아오지 않았다. 다시를 제외하고 아무도 음식을 먹을 기분이 아니었다. 다시는 이동하는 도중에 사냥매가 잡은 산토끼를 불에 구워 술을 곁들여가며 신나게 먹었다. 흥이 오르자 그는 또 "구구구" 하고 소리를 내기 시작했다. 정말이지 나는 다시의 혀를 요절내고 싶었다. 내가 처음으로 증오한 인간이 바로 그였다. 다시의 약하게 떨고 있는 입술이 가래침을 받는 타구처럼 너무 불결해 보였다. 그 옛날 늑대가 그를 먹어치웠다면 정말 좋았을 텐데.

한밤중에도 레나는 돌아오지 않았다. 어머니가 울음을 터뜨리자 이푸린이 손을 잡고 위로했다. 이푸린도 울고 있었다. 마리야도 울었다. 마리야는 레나뿐 아니라 하세가 걱정되어 울었다. 총을 가져가는 것을 잊은 하세가 만일 늑대라도 만나면 어떡할까 노심초사하고 있었다. 그런데다가 다시는 "하세, 이 바보 같은 놈. 사람을 찾으러 가면서 총도 안 가지고 가다니, 제 놈 팔이 무쇠로 만든 총이라도 되는 모양이지? 보아하니 늑대는 오늘 밤 먹을 거 걱정 안 해도 되겠구나" 하고 기어코 불난 집에 부채질을 해댔다.

줄곧 말없이 모닥불 옆에 앉아 있던 니두 무당이 다시의 이야기를 듣고 벌떡 일어났다. 니두 무당이 다시에게 "오늘 밤 한 마디만 더 하기만 해봐. 내일 네놈 혀가 돌처럼 단단하게 굳어질 테니!" 하고 말했다.

니두 무당의 신통력을 알고 있는 다시는 감히 더 이상 쓸데없는 이야기를 늘어놓지 못했다.

한숨을 내쉰 니두 무당이 여자들에게 말했다.

"울지 마. 린커와 하세는 곧 돌아올 거야. 하지만 레나는 이미 하늘나라 작은 새와 함께 있어."

어머니는 그만 기절하고 말았다. 이푸린은 얼굴 가득 눈물을 줄줄 흘렸고, 마리야는 가슴을 치며 발을 동동 굴렀고, 나제스카는 앞가슴에 쉴 새 없이 성호를 그었다.

니두 무당이 막 자리를 뜨자 아버지와 하세가 순록을 타고 돌아왔다. 례나는 돌아오지 않았다. 그녀는 영원히 돌아올 수 없을 것이다. 아버지와 하세는 이미 싸늘해진 그녀를 발견하고 그 자리에서 땅에 묻었다. 나는 니두 무당의 시렁주로 뛰어가서 큰 소리로 외쳤다.

"어거두아마, 례나를 구해주세요. 례나의 우마이를 되찾아오세요!"

"례나는 돌아올 수 없단다. 례나 이름을 그만 부르렴."

나는 화롯가 옆에 있던 물주전자를 걷어찼다. 걷어 채인 물주전자가 와장창 하고 비명을 질렀다. 나는 니두 무당의 신복이며, 신모며, 신고를 모두 불태우겠노라고, 례나가 일어나지 않으면 나도 그녀를 따라 드러누워 다시는 일어나지 않겠노라고 맹세했다.

그러나 나는 드러누울 수 없었고, 례나도 일어날 수 없었다.

눈을 꼭 감은 채 입가에 미소를 띠고 있는 례나의 모습이 마치 아름다운 꿈을 꾸고 있는 것 같았다고 아버지가 말했다. 례나는 분명 잠이 깊이 든 탓에 순록의 등에서 떨어졌을 것이다. 피곤해서 졸고 있었던 그녀는 부드러운 눈밭으로 떨어진 후에도 줄곧 잠을 자고 있었을 게다. 꿈을 꾸던 그녀는 동사했다.

떠나버린 례나는 어머니의 웃음소리도 함께 가져가버렸다. 잇달아 두 아이를 잃어버린 다마라는 그해 겨울 내

내 낯빛이 새파랗고 노랗게 떠 있었다. 기나긴 겨울 밤 내내 나는 시렁주에서 그녀와 린커가 만들어내는 바람소리를 들을 수 없었다. 그녀가 바람소리 속에서 간절하게 속삭이던 "린커, 린커" 하는 소리를 내가 얼마나 듣기 좋아했는지 모른다.

그해 겨울은 눈이 적었다. 친칠라가 각별히 많아서 말 그대로 '친칠라 풍년'이었다. 그러나 린커와 다마라는 내내 우울했다. 봄이 되자 로린스키가 말을 타고 우리 야영지를 찾았다. 그는 레나가 이미 없다는 사실을 알고 침울해져서 한 마디도 하지 않았다. 레나를 죽음의 계곡으로 데려간 순록을 보고 싶어 했다. 린커가 그를 잿빛 어미 순록에게 데려갔다. 마침 그 잿빛 어미 순록은 다시 젖이 돌고 있었다. 순록의 젖은 다마라에게는 부고장과 다름없었다. 그녀는 매일 잿빛 어미 순록 아래 꿇어앉아 죽을힘을 다해 젖을 짜냈다. 다마라는 젖이 다 마르도록 짜낼 수 없다는 사실을 증오하는 사람 같았다. 잿빛 어미 순록은 종일 다리를 떨면서 고통을 참고 있었다. 로린스키는 다마라의 젖을 짜는 동작이 왜 그토록 미치광이 같은지 알아차렸다. 그는 연민과 사랑을 담아 순록의 등을 토닥이며 다마라에게 말을 걸었다.

"레나는 이 순록을 좋아했는데……. 만약 다마라가 녀석을 이렇게 대하고 있는 것을 레나가 알면 분명 가슴 아파 할 거예요."

다마라는 순록의 젖꼭지를 꽉 그러쥐고 있던 손을 거두며 울었다. 로린스키는 술도 마시지 않았고 모두와 함께 백조 춤도 추지 않았다. 로린스키가 친칠라가죽 뭉치를 꾸려 야영지를 떠나기 전, 나는 그가 작은 소나무 위에 뭔가를 매달아 놓는 것을 보았다. 그가 떠난 뒤 소나무에서 반짝반짝 빛이 나고 있었다. 뛰어가 보니 작고 동그란 거울이 매달려 있었다. 거울은 분명 로린스키가 례나에게 주려고 가져온 선물이 틀림없었다. 거울 속에 반사되고 있는 따사롭고 부드러운 햇볕과 순결한 구름과 초록빛 산봉우리 때문에 거울은 봄빛으로 터질 지경이었다. 봄빛은 거울 속에서 그토록 촉촉하고 가득하게 반짝였다.

례나를 잃었던 그날 밤, 나는 너무 가슴이 아파 눈물조차 나오지 않았다. 그런데 작은 거울 속에 응집되어 있던 봄빛이 내 가슴 밑바닥에 고여 있던 눈물을 쏟아버렸다. 나는 목 놓아 울었다. 나무 위에 앉아 있던 새가 놀라 날아올랐다.

나는 매달린 거울을 떼어 내어 소중히 간직했다. 아직까지도 내 수중에 있는 그 거울은 예전의 밝은 빛을 잃어버리고 아슴푸레해졌다. 나는 거울을 혼수품으로 내 딸아이인 다지야나에게 주었다. 다지야나는 자기가 낳은 이롄나가 이 거울을 좋아하는 것을 보고 시집보낼 때 혼수품으로 딸려 보냈다. 그림 그리기를 좋아하는 이롄나는 거울에 비친 자신의 모습을 그렸다. 그녀는 거울에 비친 자신의 모습이 마치 옅은 안개가 낀 호수처럼 몽롱해서 빼어나게 아름답다고 했다. 몇 해 전 세상을 떠난 이렌나의 유품을 정리하던 다지야나가 거울을 찾아냈다. 돌로 깨뜨리려 할 때 나는 다지야나를 말려 거울을 되찾을 수 있었다. 이 거울은 우리의 산이며, 나무며, 흰 구름이며 강이며 여인들의 얼굴을 하나하나 비춰주었다. 거울은 우리의 삶을 지켜준 눈동자였는데, 내가 어찌 가만히 눈뜨고 다지야나가 이 눈동자를 장님으로 만드는 것을 지켜볼 수 있단 말인가.

나는 이 눈동자를 남겨 두었다. 비록 수많은 풍경과 사람들을 보아온 거울의 눈동자는 내 것과 마찬가지로 맑고 투명하지 못했지만 말이다.

나는 봄빛이 우리의 상처를 가장 잘 치료해줄 수 있는 약이라는 사실을 발견했다.

례나가 떠난 그해, 어머니는 겨울 내내 의기소침했다. 그러나 봄이 오자 어머니의 얼굴에 다시 웃음이 피어올랐다. 그해 봄, 몸속에서 피가 흘러나오는 것을 발견한 나는 곧 죽음을 맞게 되리라고 생각했다. 어머니의 혈색이 다시 붉어지고 윤기가 흐르는 것을 보고 나는 내 몸에 있는 피가 어머니의 몸으로 흘러들어갔다고 확신했다. 나는 어머니에게 내가 피를 흘리고 있어서 곧 죽게 되겠지만, 피가 어머니의 얼굴로 흘러들어갔으니 헛되지 않은 것이라고 일렀다. 흥분한 다마라가 나를 품에 꼭 끌어안고는 아버지에게 소리쳤다.

"린커, 우리 샤오우나지가 다 컸네요."

어머니는 햇볕에 잘 말린 버드나무 껍질로 만든 헝겊을 내 몸 아래 깔아주셨다. 나는 그제야 해마다 봄이면 어머니가 왜 강가에서 버드나무 껍질을 벗기는지 알게 되었다. 버드나무 껍질은 우리 청춘의 샘을 빨아들였다.

바람이 강변의 버드나무를 호호 불 때면, 어머니는 언제나 벗겨낸 버드나무 껍질을 담은 바구니를 메고 야영지로 돌아오셨다. 불에 살짝 말려 훨씬 더 부드러워진 버드나무 껍질을 어머니는 가늘게 찢어 여러 번 발로 밟은 다음 복슬복슬하게 만들어 그늘이나 바람에 말려 저장해두었다. 말린 버드나무 껍질이 어디에 쓰는 물건인지 그 용도를 물으면 어머니는 언제나 웃으시며 내가 이다음에 크면 알게 될 거라고 했다.

이렇게 일찌감치 버드나무 헝겊을 사용하게 된 것은 내가 자작나무즙을 특별히 좋아한 것과 관계가 있을 것이라 짐작했다. 어머니의 영향 탓도 있다. 어머니는 자작나무즙을 우리보다 더 잘 마셨다. 그러나 마신 액체는 흰색이었지만, 우리는 붉은 피를 흘렸다.

흰색 자작나무는 숲 속에서 가장 빛나는 나무였다. 자작나무는 하얀 벨벳으로 만든 두루마기를 입고 있었다. 흰색 두루마기에는 검정색 무늬가 장식되어 있었다. 사냥칼로 나무뿌리를 가볍게 긁어 상처를 내고 나무 대롱을 꽂아 자작나무통을 놓아두면 자작나무즙이 나무대롱을 따라 샘물처럼 통으로 흘러들어갔다. 그 즙은 맑고 투명했으며 시원하고 달았다. 한입 마시면 입 안 가득 맑은 향이 퍼졌다. 이전에는 나와 레나가 함께 자작나무즙을 가지러 갔지만, 레나를 떠나보낸 뒤부터 나는 루니와 함께 갔다. 루니는 매번 나무뿌리에 쪼그리고 앉아 입에 나무대롱을 물고 만족스러울 만큼 즙을 다 마신 다음에야 나무대롱을 통에 집어넣었다.

나는 다마라처럼 자작나무를 좋아하는 사람을 본 적이 없다. 그녀는 매번 털이 송송 난 자작나무를 비벼대며 부러운 듯 "옷 좀 봐. 어쩜 이렇게 깨끗할까. 흰 눈 같네. 허리며 몸은 또 얼마나 가늘고 곧은지" 하고 속삭였다.

나와 루니가 자작나무즙을 채집해 오면 어머니는 순록의 젖을 더는 마시지 않았다. 그녀는 그릇 가득 자작나무즙을 퍼서 단숨에 들이켰다. 즙을 다 마신 다음 어머니는 어둠 속에 있던 사람이 별안간 빛을 본 것처럼 눈을 가늘게 떴다. 어머니는 자작나무 껍질 벗기는 것을 좋아했다. 나무줄기에 달라붙어 있는 끈끈하고 걸쭉한 액을 긁어서 식용으로도 사용했다. 그녀는 자작나무 껍질을 벗기는 기술이 남자보다 뛰어났다. 예리한 사냥칼을 움켜쥐고는 거칠거칠하고 두께가 고른, 표피에서 광택이 나는 흰 빛깔의 자작나무를 골라, 그 자작나무 껍질 중에서 가장 두껍고 튼실한 부분을 아래쪽으로 찢어 틈을 만든 후 다시

칼로 나무 위쪽을 가로로 빙 한 바퀴 둘러가며 칼집을 내었다. 그러고 나서 또 다시 나무 아래쪽을 빙 둘러 가로로 칼집을 냈다. 이런 과정을 거치면 자작나무 껍질이 손쉽게 벗겨졌다. 대개는 나무줄기를 벗겨냈는데, 껍질을 벗은 자작나무는 한 해 동안 온몸으로 햇빛을 받아 다음 해까지 그 부위가 검은 잿빛으로 변해 마치 색이 진한 바지를 입고 있는 듯했다. 그러나 한두 해가 지나면 벗겨진 곳에 싱싱하고 부드러운 껍질이 다시 생겨나 눈부신 흰색 두루마기를 새로 지어 입은 듯했다. 흰색 자작나무는 훌륭한 재단사였다. 자작나무는 자신을 위해 스스로가 멋진 옷을 지어 입을 줄 알고 있었다.

벗겨낸 자작나무 껍질로 다양한 물건을 만들 수 있었다. 상자와 통을 만들고 싶으면 자작나무 껍질을 불에 올려놓고 조금만 구우면 껍질이 부드러워져 원하는 물건을 만들 수 있었다. 통에다가는 물을 채워 둘 수도 있었다. 형형색색의 상자에는 소금, 차, 설탕 그리고 담배를 담아 두었다. 자작나무 껍질로 배를 만들라치면 널따란 자작나무 껍질이 필요했다. 먼저 자작나무 껍질을 커다란 쇠솥에 넣고 한 번 끓이고 건져내서 물기를 털어내고 말리면 배를 만들 수 있었다. 우리는 자작나무 껍질로 만든 배를 '쟈우'라고 불렀다. 쟈우를 만들려면 소나무로 배의 뼈대를 만들어야 했다. 그런 다음 다시 자작나무 껍질을 소나무로 만든 배에 씌웠다. 우리는 홍송(소나무의 하나. 재질이 무르고 결이 고와서 재목으로 씀—옮긴이)의 뿌리로 줄을 만들어 배의 앞머리와 뒷머리를 서로 연결한 다음 다시 소나무 기름과 자작나무 기름을 한 솥에 넣고 끓여서 아교를 만들었다. 그것으로 빈틈을 메웠다. 쟈우는 아주 좁고 길었다. 장장 어른 네댓 사람의 키만큼이나 길었다. 배의 양쪽 끝은 뾰족했으며 앞뒤 구분이 없었다. 어느 쪽이든 서 있는 쪽이 배의 앞머리가 되었다. 배는 강물에 들어가면 무척이나 가볍고 잽싼 게 마치 커다란 하얀 물고기 (white fish, 은빛 식용어류—옮긴이)같았다. 우리렁마다 서너 척의 쟈우를 가지고 있었다. 쟈우는 야영지에 놓아두어 누구든지 필요할 때 가뿐하게 쟈우를 들고 갈 수 있었다. 여름철 한곳에 오래 머물게 되면 쟈우를 강가에 놓아두고 사용하기도 했다. 자작나무 껍질로 만든 배에 대한 내 추억은 낙타사슴에서 시작된다. 우리는 낙타사슴을 습관적으로 '쟈헤이'라고 불렀다. 낙타사슴은 숲에서 가장 큰 동물이었다. 황소만큼 컸다. 다 자란 낙타사슴은 무게가 400~500근이나 되었다. 낙타사슴의 머리는 크고 길었으며, 목은 짧고, 털은 회갈색이고, 사지가 길고 가늘었으며 작은 꼬리가 있었다. 수컷 쟈헤이의 머리 위에는 뿔이 돋아났는데, 뿔 위쪽 부분이 쇠스랑처럼 생겨서 머리 꼭대기에 좌우로 수술 달린 숄을 햇볕에 널어 말리고 있는 듯했다. 낙타사슴은 강이 굽이도는 하만의 소택지 아래 바늘 모양의 수초를 가장 즐겨 먹어서 사냥꾼들은 항상 강가를 지키고 있어야 했다. 낙타사슴은 낮에는 숲 속 응달에 숨어 잠을 잤고, 저녁이 되서야 먹을 것을 찾아 나섰다. 그래서 우리렁의 남자들은 별이 총총히 뜨고 나서야 낙타사슴 사냥을 시작했다.

아버지는 루니를 뛰어난 사냥꾼으로 키우겠다는, 한결같은 생각을 품고 있었다. 그래서 루니가 여덟, 아홉 살이 되자 야영지에서 그리 멀지 않은 곳으로 사냥을 나가게 되면 데리고 다녔다.

나는 아직도 그날을 기억하고 있다. 그 여름밤은 서늘했고, 하늘에는 만월이 떠 있었다. 나는 어머니와 함께 화롯가에 앉아 실을 꼬고 있었다. 헐레벌떡 뛰어 들어온 루니는 들떠 있었다. 잠시 후 아버지가 자기를 데리고 쟈우를 타고 강이 굽이도는 하만에 가서 쟈헤이를 사냥할 것이라고 했다. 나는 낙타사슴에 대해서는 별다른 관심이 없었지만, 쟈우는 무척 타 보고 싶었다. 나는 어머니에게 아버지께 나도 사냥에 데려가주십사 말씀드려달라고 부탁했다. 어른들이 여자아이를 데리고 사냥을 나가길 꺼린다는 것을 잘 알고 있었지만, 어머니가 부탁하는 일이라면 아버지는 "그래" 하고 승낙하리라 믿었다. 어머니가 시렁주를 나가 아버지를 찾아 나서는 모습을 보며 나는 화롯가에서 팔짝팔짝 뛰었다. 오늘 밤 틀림없이 아버지를 따라 하만에 갈 수 있을 것이란 기대에 부풀었다.

총을 멘 린커는 우리를 데리고 소나무 숲을 지나 강변

에 도착했다. 길에서 나와 루니에게 쟈우를 타고 나서 큰 소리로 이야기를 하거나 강물에 가래를 뱉으면 절대로 안 된다며 신신당부했다.

어얼구나 강 오른쪽 언덕은 숲이었다. 하늘이며 태양을 가릴 만한 커다란 나무뿐 아니라 강의 지류도 널리 분포되어 있어서 이름도 없는 강이 아주 많았다. 허나 이런 강은 마치 하늘가로 사라지는 별똥별처럼 지금은 대부분 소실되었다. 강을 추억할 때마다 나는 이름 없는 강을 낙타사슴 강이라고 불렀다. 그 강에서 처음으로 낙타사슴을 보아서 그렇게 이름 붙였다.

그 강은 폭이 좁았고, 강물도 깊지 않았다. 린커는 꾀를 부리는 아이를 꽉 붙잡듯이 강변 풀숲에 숨겨놓았던 자작나무 껍질 배 쟈우를 끌어당겨 강물에 띄웠다. 그는 먼저 나와 루니가 배에 오르는 것을 보고 난 다음 뛰어올랐다. 쟈우는 물에 그리 깊이 잠기지 않았다. 그 가벼움이 마치 잠자리가 물 위에 떨어진 듯 강물에 아무런 영향도 주지 않았다. 오직 수면이 조금 흔들렸을 뿐이다. 배가 유유히 물살을 헤치자 서늘한 바람이 귓가를 간질였다. 나는 편안함을 느꼈다. 강물을 지나며 보이는 언덕 위의 나무는 기다란 다리가 마구 달아나는 듯 보였다. 마치 강물은 용사이고, 나무는 패잔병들 같았다. 구름 한 점 머금지 않은 달이 투명하게 빛나고 있었다. 나는 은폐물이 없는 달이 갑자기 지상으로 떨어지지 않을까 염려스러웠다.

곧게 흐르던 강물은 차츰 굽이지더니 물살이 거세지면서 강폭도 넓어지기 시작했다. 마지막으로 커다랗게 굽이쳐 도는 곳에 도착하자 강 옆으로 타원형의 작은 호수가 출렁이고 있었다. 낙타사슴 강이 마치 아이를 분만한 여인처럼 느껴졌다. 강물은 그래도 여전히 전력을 기울여 전진하고 있었다.

린커는 쟈우를 호수 맞은편 융기되어 있는 자그마한 언덕을 향해 저어갔다. 언덕 쪽에 다다르자 땅으로 뛰어내리고 나와 루니에게 배에서 내리지 말라 했다. 아버지가 배에서 떠나자 루니가 슬슬 나에게 겁을 주었다.

"저기 좀 봐. 앞에 늑대가 있어. 번뜩이는 늑대의 눈빛이 보이는데!"

내가 막 소리를 지르려 하자 아버지가 고개를 돌려 루니에게 "내가 뭐라고 말했지? 훌륭한 사냥꾼은 사냥에 나섰을 때 쓸데없는 말을 하거나 수다스럽지 않아야 한다고 하지 않았니" 하고 말했다.

루니는 금세 조용해졌다. 가볍게 손가락으로 뱃전을 튕기는 모습이 마치 자신의 머리통을 쥐어박으며 반성하는 듯했다.

린커가 곧 우리에게 돌아와서 속삭였다.

"언덕 풀숲에서 낙타사슴의 똥오줌과 발자국을 발견했다. 똥오줌이 신선한 것으로 보아 몇 시간 전 여기에 온 모양이야. 발자국에 무게감이 실려 있는 걸 보니 어른이 다

된 녀석이야."

 린커는 우리더러 맞은편 버드나무 아래에서 낙타사슴을 지키고 있으라고 했다. 우리는 호반으로 배를 저어 버드나무가 우거진 곳으로 가서 쟈우를 그 안에 끼워 넣었다. 마치 뭍이 생긴 듯했다. 우리는 배 위에서 잠복하고 있었다. 린커가 루니에게 탄창에 총알을 넣으라 하고 조용히 하라는 뜻으로 손가락을 세로로 세워 입술에 가져다 대었다.

 우리는 숨을 죽이고 기다렸다. 처음에 나는 무척 흥분했다. 낙타사슴이 곧 나타날 것만 같았다. 그러나 달이 수면 위에서 몸을 뒤척였건만, 사방이 고요했다. 피곤해진 나는 졸음을 참을 수 없었다. 루니가 손을 뻗어 내 머리칼을 움켜쥐었다. 정신을 차리게 하려는 의도였겠지만, 너무 아프게 잡아당기는 바람에 나는 화가 나서 루니의 어깨를 쳤다. 루니가 고개를 외로 꼬고 나를 바라보면서 웃었다. 나는 지금도 달빛 아래에서 루니가 웃음 지었던 얼굴을 기억한다. 아래위로 가지런한 루니의 하얀 이가 은처럼 빛나고 있었다. 입속에 보물을 숨겨 두고 있는 듯했다.

 졸음을 피하기 위해 나는 머리를 쉴 새 없이 흔들어댔다. 먼저 머리를 들어 하늘 위에 있는 달을 바라보았다. 그러고 나서 다시 고개를 숙이고 물속에 잠겨 있는 달을 바라보았다. 호수에 잠긴 달을 다 보고 다시 고개를 들어 하늘의 달을 쳐다보았다. 하늘의 달이 더 밝다고 느꼈다가도 물속의 달을 보면 그 달이 더 맑고 깨끗하게 보였다. 하지만 바람이 불자 하늘의 달은 그 모습 그대로인데 잠긴 달은 얼굴 가득 주름이 생겼다. 눈 깜짝할 사이 늙어버린 듯했다. 나는 비로소 진정으로 장생불로하는 것은 하늘에 있는 것이고, 물속에 투영된 것은 아름답더라도 단명하다는 사실을 깨달았다. 나는 레나가 하늘의 새와 함께 있다고 한 니두 무당의 말을 곰곰 생각했다. 레나가 좋은 곳으로 갔다는 생각이 들자 머릿속으로 그녀가 떠올라도 더 이상 무섭지 않았다.

내가 레나를 생각하고 있을 때 아버지가 침을 꿀깍 삼켰다. 갑자기 누군가 쩍쩍 하고 도끼로 나무를 베는 듯한 소리가 들렸다. 그 소리는 예리하게 날을 세운 도끼가 아닌 둔탁한 도끼날을 사용하고 있는 듯 청아하지 않았다. 쩍쩍 하는 소리가 철벅철벅 하는 소리로 변했다. 소리가 나는 곳으로 눈길을 돌렸다. 검은 잿빛의 그림자가 막 호수의 반대쪽으로 이동하고 있었다. 보아하니 철벅철벅 하는 소리는 동물의 발이 호반의 소택지에 빠지면서 내는 소리였다. 아버지가 흥분을 억누르지 못하고 "아" 하고 감탄사를 발했다. 나는 그 그림자가 낙타사슴이라는 걸 알아차렸다. 흥분한 나는 심장박동이 빨라졌다. 손바닥이 축축해지면서 졸음이 싹 달아났다.

낙타사슴은 밤풍경 속을 더할 나위 없이 차분하고 침착하게 걷고 있었다. 커다란 몸집은 흘러내리는 모래언덕

새벽 81

처럼 출렁였다. 호숫가로 온 낙타사슴은 머리를 숙이고 물을 마셨다. 물 휘젓는 소리가 들렸다. 낙타사슴이 고개 들기를 기다리며 아버지는 녀석을 조준하고 있었다. 그런데 녀석이 갑자기 기운차게 물속으로 뛰어들었다. 멍청해 보이는 녀석의 동작이 어쩌면 그렇게 민첩하고 날렵할 수 있었을까. 가만 보니 녀석은 수초를 먹으려고 잠수를 한 것이었다. 낙타사슴의 머리가 물속에서 부침을 거듭했다. 녀석은 스스로를 이 호수의 주인으로 여기는 모양이었다. 녀석은 물속에서 한곳에만 머무르지 않았다. 잠시 호수의 남쪽에 있다가 어느새 동쪽으로 헤엄쳐왔다. 자유스럽고 여유만만하게 녀석은 자신의 왕국을 헤엄쳐 다녔다. 물속에서 수면 위로 "꼬르륵 꼬르륵" 기포를 뿜어냈다. 우리는 녀석의 종적을 살폈다. 점점 호수 중심을 향해 오는 녀석과 거리가 가까워졌다. 녀석이 호수 한가운데로 다가오자 물속에 있던 달이 산산이 부서졌다. 수면 위에 넘실거리는 황금색 달의 파편을 보고 있자니 나는 가슴이 아팠다. 녀석과의 거리가 점점 가까워지자 무척 긴장이 되었다. 녀석은 먹성이 좋아 보였다. 만약 아버지가 명중시키지 못하면 녀석은 나와 루니에게 달려들어 쟈우를 부술 것이고, 그렇게 되면 우리는 도망치는 수밖에 없었다. 만약 줄행랑이 늦었다가는 녀석에게 잡혀 십중팔구 목숨을 잃을 게 뻔했다.

린커는 확실히 뛰어난 사냥꾼이었다. 녀석이 입수한 후

호수 위에 달이 둥그렇게 떠오를 때까지 침착하고 냉정하게 인내심을 가지고 기다렸다. 녀석이 호수에서 일어나 만족스러운 듯 머리를 흔들고 언덕으로 올라서려는 순간, 린커는 총을 발사했다. 총성이 들리자 내 심장도 뛰어 오르는 듯했다. 나는 녀석의 몸이 기울어지는 것을 보았다. 물속으로 넘어질 것 같았지만, 녀석은 다시 일어나더니 총성이 난 곳을 향해 달려왔다. 나는 린커의 신신당부를 까맣게 잊어버리고 넋이 나간 채 어느새 고함을 지르고 있었다. 린커가 다시 총을 두 발 발사하자 녀석은 공격을 멈추었지만, 곧바로 물속으로 쓰러지지 않았다. 녀석은 주정뱅이처럼 잠시 흔들흔들하더니 드디어 첨벙 하고 호수 안으로 쓰러졌다. 거대한 물보라가 사방으로 튀었다. 물보라는 은백색으로 빛나는 달빛 아래에서 진남색 빛깔을 드러냈다. 루니는 환호했다. 린커는 한숨을 길게 내쉬더니 총을 내려놓았다. 우리는 다시 2, 3분을 더 기다렸다. 녀석이 움직이지 않는 것을 확인하고서야 배를 저어 버드나무 숲을 빠져나와 쏜살같이 호수 한가운데로 다가갔다. 낙타사슴의 머리는 물에 잠겨 있었고, 몸은 반쯤 잠겨 뿔 한쪽만 수면에 드러났다. 모서리가 마모되어버린 청석 같았다. 낙타사슴 옆에 있는 달은 둥글었다. 그러나 달은 은백색이 아닌 검은 달이었다. 낙타사슴의 신선한 피는 호수 한가운데를 까만 밤 빛깔로 물들이고 있었다. 조금 전만 해도 한가로이 수초를 먹으려던 녀석은 그만 허망하게 가버렸다. 나는 이가 딱딱 부딪히고 다리가 후들후들 떨렸지만, 루니는 기쁨에 들떠 있었다. 나는 결코 영원히 훌륭한 사냥꾼은 될 수 없다는 것을 깨달았다.

우리는 낙타사슴을 가지고 돌아올 수 없었다. 녀석이 너무 무거워서 우리 힘으론 턱도 없었다. 배를 젓는 린커는 기쁘게 휘파람을 불면서 나와 루니를 데리고 돌아왔다. 그러나 하늘을 찌를 듯한 거목이 서 있는 길을 지날 때 린커는 감히 휘파람을 불지 못했다. 그는 산신인 '바이나차'를 시끄럽게 방해할까 두려워했다.

오래전 추장 하나가 전 부락민을 이끌고 사냥을 나선 전설이 전해오고 있다. 사냥에 나선 이들은 커다란 산에서 들려오는 짐승들의 울부짖는 소리를 듣고 산을 포위했다. 날은 이미 어두워졌고 추장은 모두에게 야영을 하도록 지시했다. 다음 날 추장은 부락민을 이끌고 포위망을 점점 좁혀나갔다. 하루가 또 쏜살같이 지나고 황혼 녘에 휴식을 취하고 있을 때 추장이 부락민에게 어떤 사냥감을 노획할 수 있는지, 그 숫자는 또 얼마가 될지 맞춰보라 했지만 감히 그 물음에 답하는 사람이 없었다. 산에서 얼마나 많은 짐승을 포위하고 있는지 예측한다는 것은 강에 얼마나 많은 물고기가 헤엄치고 있는지 예측하는 것과 다름없었으니 어찌 맞출 수 있었겠는가? 모두가 침묵하고 있을 때 인자하고 선한 얼굴에 흰 수염을 기른 노인이 지금 이들이 포위하고 있는 산에 사는 짐승의 수가 얼마나 되는지, 또 종류 별로 나누어 내일이면 노획하게 될 사슴은 몇 마리가 되는지, 노루와 토끼는 몇 마리인지 등등을 말해주었다. 다음 날 사냥을 마치고 추장이 몸소 부락민과 함께 사냥한 짐승의 수를 세어 보니 과연 그 노인이 말한 것과 꼭 맞았다. 추장은 범상치 않은 사람이란 것을 깨닫고 노인을 찾았다. 분명 방금 전까지만 해도 노인이 나무 아래 앉아 있었는데 종적조차 찾을 수 없었다. 깜짝 놀란 추장은 사람을 풀어 사방으로 수색했으나 찾을 수 없었다. 추장은 노인이 모든 동물을 주재하고 있는 산신이라 여기고 그가 앉아 있던 그 큰 나무 위에 그의 얼굴을 새겨놓았다. 이것이 바로 바이나차 산신이다. 사냥꾼들이 사냥을 할 때 바이나차 산신의 나무를 보면 그에게 담배와 술을 바쳐 경의를 표할 뿐 아니라 총이나 탄환을 내려놓고 꿇어앉아 절을 하며 산신께 보우해달라고 기도했다. 사냥감을 얻게 되면 사냥꾼들은 노획물의 피와 기름을 이 신상 위에 발랐다. 어얼구나 강 오른쪽 숲에서는 이런 산신의 모습이 새겨진 거목이 아주 많았다. 사냥꾼들은 바이나차 산신 옆을 지날 때 큰 소리로 떠들 수 없었다.

돌아오는 동안 나는 주눅이 들어 있었다. 린커가 졸리냐고 물었지만 나는 대답하지 않았다. 비록 총을 맞지 않았지만, 나는 아버지가 잡은 사냥감마냥 생기라고는 눈곱만큼도 없었다. 야영지로 돌아오자마자 아버지는 우리렁 사람들에게 낙타사슴을 사냥한 지점을 알렸다. 이완, 하세와 쿤더가 야심한 밤에 낙타사슴을 운반하기 위해 떠났다. 공신과 다름없는 린커는 남아서 휴식을 취하고 있었다. 그날 밤 그는 정말 기뻐했다. 그와 다마라는 시렁주에서 격렬한 바람소리를 만들어냈다. 어머니가 연이어 그의 이름을 부르는 소리가 들렸다. 바람소리 속에서 내 눈앞에는 달빛이 빛나고 있었다. 달은 내 꿈의 세계를 찢어발겨 놓았다. 동쪽에서 하얀 빛이 나타나자 달은 나를 깊이 잠재웠다.

나는 해가 중천에 뜬 후에야 자리에서 일어났다. 어머니는 나무 도마 위에서 낙타사슴 고기를 조각조각 썰고 있었다. 고기를 말릴 생각인 것 같았다. 암홍색의 고기조각은 바람에 떨어진 붉은 백합화 꽃잎 같았다.

낙타사슴 한 마리를 노획한 우리 우리렁에는 기쁨이 흘러넘쳤다. 다마라처럼 신이 난 마리야와 이푸린이 육포를 말리고 있는 모습이 보였다. 마리야의 얼굴에는 웃음이 걸려 있었고, 이푸린은 콧노래를 불렀다. 이푸린이 멀리서 나를 발견하고는 가까이 오라고 소리쳤다. 시리마오이를 따 가지고 왔으니 날더러 와서 먹으라는 것이었다. 시리마오이는 하곡에서 자생하는 까만색의 자두나무 열매였는데, 가을이 깊어져야 열매도 달달해졌다. 나는 떫은맛이 나는 과일은 먹기 싫다며 대꾸하고 그녀의 시렁주 앞을 지나쳤다. 이푸린이 나를 뒤쫓아 와서 말했다.

"네가 처음 린커를 따라 사냥에 나가서 낙타사슴을 얻었으니 앞으로는 널 남자아이로 분장시켜서 린커가 사냥 갈 때마다 내보내야겠다."

나는 이푸린을 향해 입을 비죽거리고 더 이상 대꾸하지 않았다.

니두 무당이 있는 곳으로 갔다. 나는 곰이나 낙타사슴을 사냥하면 그가 마루신에게 제사를 지낸다는 사실을 알고 있었다.

보통 우리는 곰이나 낙타사슴을 얻었을 때 니두 무당의 시렁주 앞에 삼각형의 천막을 치고 사냥감의 머리통을 잘라 그 위에 걸어놓았는데, 머리통은 우리가 이동하는 방향을 향해 놓았다. 그런 다음 머리통을 내려놓고 사냥감의 식도와 간과 폐를 시렁주의 마루신 신위 앞에 놓인 나뭇조각 위에 펴놓는데, 오른쪽 끝에서 시작하여 순서에 맞게 차례로 늘어놓은 다음 다시 가죽을 덮어 사람들이 보지 못하게 했다. 마루신이 가만히 맛을 볼 수 있게 하려는 것 같았다. 다음 날이 되면 니두 무당은 사냥감의 심장을 갈라 가죽주머니에 넣어 둔 모든 신을 모시고 내려와 심장의 피를 신령들의 입에 바르고 다시 제자리로 되돌려 놓았다. 그런 후 사냥감의 몸에서 비곗살을 몇 조각 떼어내어 불 위에 던졌다. 지글지글 하는 소리를 내며 기름이 녹아 나올 때 카와와 풀로 덮어 향기로운 연기가 가득 퍼지게 한 다음 신상을 담은 가죽주머니를 연기 속에서 흔들어주었다. 마치 더러운 옷을 깨끗한 물에 비벼 빨 듯이 말이다. 그런 다음 원래 있던 곳에 가죽주머니를 걸어놓으면 제사의식이 끝났다. 그제야 사냥감의 심장이며, 폐며 간을 나눠 먹을 수 있었다. 간은 눈이 좋지 않은 다시의 차지가 되었다. 그는 칼로 간을 썬 다음 피가 뚝뚝 떨어지는 생간을 먹었다. 그가 생간을 먹는 모습을 본 적이 있다. 입술에서는 피가 흐르고 있었고, 아래턱에도 핏방울이 군데군데 묻어 있는 그 모습을 보는 내내 나는 토하고 싶었다. 사냥감의 심장은 똑같이 분배가 되었는데, 시렁주의 숫자만큼 조각을 나누었다. 쪼개진 심장을 받은 사람들은 대개는 날것으로 먹었다. 나는 생고기는 먹었지만, 동물의 내장을 날것으로 먹는 것은 좋아하지 않았다. 왜냐하면 동물의 장기는 모두 피를 저장하는 용기여서 이것들을 먹는 것은 피를 빨아먹는 것과 다름없었다.

제사의식을 거행할 때마다 나는 가죽 주머니에 담겨 있는 신을 보고 싶었지만 번번이 기회를 놓쳤다.

'신도 심장의 피를 입에 묻히면 사람처럼 입술을 떨까?'

여인들이 육포를 말리고 있는 것을 보아 낙타사슴은 한밤중에 야영지로 운반되어 왔고, 제사의식이 끝났다는 것을 짐작할 수 있었지만, 나는 행여나 하는 마음으로 니두 무당을 찾아갔다.

니두 무당의 시렁주 바깥쪽에 회백색 무늬가 있는, 처

음 보는 순록이 서 있었다. 순록 위에 안장이 놓인 것으로 보아 누군가 순록을 탄 것을 알 수 있었다. 우리 야영지에 낯선 사람이 찾아온 모양이었다.

니두 무당을 찾아온 손님은 이웃하고 있는 우리렁 사람으로 우리와는 한 씨족이 아니었다. 이들이 니두 무당을 찾아온 목적은 오직 한 가지, 굿을 해달라고 청하기 위해서였다. 우리렁마다 무당이 있는 건 아니었다. 누군가 중한 병에 걸리면 그들은 나무에 새겨놓은 표식을 따라 무당이 있는 우리렁을 찾아와 병을 물리치는 액땜 굿을 해달라고 청했다. 굿을 청하러 온 사람들은 예물로 야생오리나 꿩을 가져와 마루신에게 바쳤다. 무당이 찾아온 자들의 청을 거절하는 일은 극히 드물었다. 무당은 다른 우리렁에 불려가서 굿을 하면 보통 순록 한 마리를 가지고 돌아왔다. 순록은 바로 무당이 애쓴 데 대한 사례였다.

내 기억에 니두 무당은 굿을 하러 두 번 불려 갔다. 한 번은 갑자기 실명을 한 중년 남자를 치료해주기 위해서, 다른 한 번은 옴이 오른 아이를 치료해주기 위해서였다. 눈이 먼 남자를 치료하는 데 꼬박 사흘이 걸렸지만, 옴이 걸린 아이는 하루 만에 치료했다. 소문에 따르면 니두 무당은 흑암 속에서 열흘 넘게 헤맨 그 사람에게 다시 광명을 찾아주었으며, 옴에 걸린 아이는 그가 굿을 하면서 춤을 추자 더 이상 고름이 흐르지 않고 증세가 호전됐다고 한다.

니두 무당의 시렁주에 들어섰을 때 그는 굿을 할 때 사용하는 물건을 정리하고 있었다. 그 옆에 곱사등처럼 허리를 구부리고 얼굴에 먼지를 가득 뒤집어쓴, 입이 큰 남자가 서서 기다리고 있었다. 내가 물었다.

"어거두아마, 다른 사람 병 치료해주러 가세요?"

그는 고개를 들고 나를 바라보더니 질문에 답하지 않고 "어제 잡은 낙타사슴은 아주 크더구나. 고기도 좋고, 가죽도 좋아. 네 이푸린 고모더러 가죽을 잘 손질해서 너한테 부츠 한 켤레를 만들어주라고 했다"라고 말했다.

이푸린이 신발을 만드는 솜씨는 최고였다. 그녀가 만든 부츠는 가볍고 튼튼했다. 게다가 부츠 몸통에 아름다운 무늬를 새겨 넣어주기도 했다. 보아하니 내가 린커를 따라 낙타사슴 사냥을 나간 사정을 니두 무당도 잘 아는 모양이었다. 내가 어젯밤 사냥에 공헌한 바가 크다고 생각해서 이푸린더러 부츠를 만들어주라고 한 것이었다.

부츠에 관심이 없는 것은 아니었지만, 나는 다른 우리 렁에 가서 니두 무당이 굿을 하는 모습을 보고 싶었다.

나는 그가 굿을 할 때 입는 옷이며, 모자, 바지, 치마, 망토를 함께 감색 보자기에 싸고 신고와 노루다리로 만든 북채를 가죽주머니에 넣는 모습을 지켜보았다. 짐을 챙겨 시렁주 바깥으로 나가려 할 때 나는 그에게 "어거두아마, 저도 따라가고 싶어요" 하고 말했다.

니두 무당은 고개를 가로저으며 말했다.

"먼 길을 가야 해서 널 안전하게 데리고 갈 수 있을지도 모를 일이다. 그리고 내가 불편하다. 난 놀러 가는 게 아니란다. 나중에 주얼간툰에 데려가마. 거기 가면 구경할 게 많아. 상점도 있고, 마차도 있고, 여관도 있단다."

"저는 어거두아마가 사람들을 위해 굿 하는 모습이 보고 싶은 거지 주얼간툰을 구경하고 싶은 게 아니에요."

"이번에는 병자를 치료하러 가는 게 아니라 순록을 위해 굿을 하러 가는 거여서 볼 게 없어. 여기 남아서 어머니가 고기 말리는 걸 거들어주렴."

"다마라는 고기 말리는 일 다 했거든요!"

나는 화가 나서 씩씩대며 말했다.

니두 무당은 놀란 눈으로 나를 바라보았다. 그는 내가 어머니를 '어니'라고 부르지 않고 린커처럼 그녀를 '다마라'라고 부르리라 예상치 못한 듯했다.

"어젯밤 낙타사슴을 사냥하면서 기억을 잃어버린 건 아니겠지? 너 설마 '어니'라는 말도 못하는 건 아니지?"

조롱하는 듯한 어투를 듣고 있노라니 불만이 더욱 쌓여갔다. 나는 화가 나서 "날 데리고 가지 않으면 무슨 굿을 해도 효과가 없을 걸요! 분명 잘될 턱이 없을 거예요!"

내 악다구니에 신고를 들고 있던 니두 무당의 손이 파르르 떨렸다.

만약 누군가에게 살면서 말실수를 한 적이 있느냐는 질문을 받는다면 나는 "70년 전 그 여름날 병이 난 순록을 저주하지 말았어야 했다"고 대답할 것이다. 니두 무당이 그때 순록의 병을 낫게 해주었다면 린커와 다마라, 그리고 니두 무당의 운명 역시 다르게 흘러갔을 것이고, 나에게 이토록 가슴 아픈 추억도 남아 있지 않았을 것이다.

니두 무당은 사흘이 지나서 야영지로 돌아왔다. 우리는 이웃 우리령의 순록이 모두 나았으리라 믿었다. 왜냐하면 니두 무당을 배웅해주러 온 사람이 순록 두 마리를 가져와 답례를 했기 때문이었다. 그중 한 마리는 갈색에 흰 무늬가 있었고, 다른 한 마리는 검은 잿빛이었다. 순록을 가져온 사람은 우리에게 봄에 자기네 우리령 주변에 누런 먼지 눈이 내렸다고 했다. 듣자하니 이러한 눈을 먹은 순록은 전염병에 걸리기 쉽다고 했다. 하필이면 한밤중에 눈이 내려 모두 잠들어 있을 때 그만 먹이를 찾아 나선 순록들이 모두 누런 먼지 눈을 먹었다고 했다. 그들은 순록이 병이 날까 두려워 매일 순록의 수호신인 아룽신 앞에 머리를 조아렸으나 결국 일이 벌어지고 말았다. 그러나 니두 무당이 우리령에 도착했을 때 땅바닥에 며칠 동안 드러누워 있던 순록이 일어섰다고 했다. 그 사람이 이런 이야기를 하는 동안 니두 무당의 얼굴은 점점 침울해졌다.

그때는 순록의 겨울 털갈이가 끝나지 않은 시기여서 새로 온 두 마리 순록의 등에 난 자그마한 흉터에 경계심을 품은 이는 아무도 없었다. 겨울 털갈이를 하는 순록에게는 때때로 등에 이런 흉터가 생기기도 했다.

순록은 아주 쉽게 무리에 어울렸다. 새로 온 순록은 다음 날 우리 순록 무리를 따라 먹이를 먹으러 갔다. 순록들은 황혼에 나갔다가 새벽에 귀가했다. 야영지로 돌아온 순록의 몸에서는 상큼한 새벽이슬 냄새가 배어 있었다. 우리는 순록들을 위해 모닥불을 피우고 모기와 등에를 쫓아주었다. 녀석들은 엎드려 휴식을 취하기도 하고, 소금을 핥아 먹기도 했다. 다마라는 소금을 먹이다가 새로 온 두 마리 순록이 병들어 있는 것을 발견했다. 소금을 눈앞에 둔 순록이라면 마치 오랜 가뭄에 시달렸던 식물이 단비를 만난 것처럼 게걸스럽게 빨아먹어야 하는데, 녀석들은 돌을 쳐다보듯 관심 밖이었다. 다마라는 녀석들이 낯선 곳에 온 지 얼마 되지 않아서 사람처럼 부끄러움을 타는 것으로 여기고 손바닥에 소금을 올려놓고 입가로 가져다주었다. 녀석들은 다마라의 호의를 저버릴 생각이 없었는지 혀를 내밀어 소금을 핥았지만, 어쩔 수 없이 먹는 듯했다. 소금을 핥고 난 순록이 기침을 하기 시작했다. 다마라는 뭔가 이상하다는 생각이 들어 린커에게 "새로 온 순록 두 마리가 영 께름칙해요. 우리 야영지에 남겨 두지 말아야겠어요. 우리 순록들도 따라다니지 못하게 하고요" 하고 말했다.

린커는 다마라의 이야기를 농담으로 받아쳤다.

"거세당한 녀석 둘이 우리 야영지에 와서 너무 예쁜

암컷을 발견했는데, 자신들이 무능하다는 사실을 깨달은 거야. 곧 짝짓기 할 시기도 됐는데 현실을 바라보니 슬프고 맥도 풀리니 풀도 죽을 수밖에."

다마라의 얼굴이 새빨개졌다. 다마라가 "순록이 당신처럼 매일 그 일만 생각하고 있는 줄 아세요?"라고 물었다.

아버지가 웃자 어머니도 웃었다. 그들은 웃음으로 순록에 대한 걱정을 지웠다.

얼마 지나지 않아 순록 대부분이 털이 심하게 빠지고, 몸에 커다랗게 흉터가 생기기 시작했다. 그 흉터는 폭풍에 침식된 노면에 나타나는 물웅덩이 같았다. 우리 순록들도 소금을 핥아먹지 않았으며, 먹이를 찾아 나섰다가 야영지로 돌아오는 시간도 정오로 늦춰졌을 뿐 아니라 야영지에 도착해서는 모두 녹초가 되어 땅바닥에 엎드렸다. 새로 온 흰 무늬가 있던 갈색 순록은 어느 날 야영지에 털썩 엎드린 채 더 이상 일어서지 못했다. 녀석의 뒤를 이어 함께 왔던 검은 잿빛의 순록도 곧 죽고 말았다. 이웃 우리렁에서 온 두 마리 순록의 갑작스러운 죽음을 겪으면서 우리는 마침내 무슨 일이 벌어진 것인지 깨달았다. 두 마리 순록이 가져온 무서운 전염병 탓에 우리 순록들이 재앙을 당했다. 니두 무당은 이웃 우리렁 순록의 병을 고치지 못했을 뿐 아니라 생기발랄했던 우리 순록들을 까마득한 죽음의 절벽으로 몰고 갔다.

니두 무당의 양 볼이 하룻밤 사이에 함몰된 듯했다. 그는 넋이 나간 채 굿을 할 때 입는 옷이며 모자며 치마며 바지를 입고 순록을 구원하기 위해 신무를 추었다. 내 기억 속에 가장 깊이 아로새겨진 신무였다. 하늘이 막 어둠을 닦아냈을 때부터 신무를 추기 시작해서 달이 떠오르고 하늘에 별들이 가득할 때까지 그의 양다리는 움직임을 멈추지 않았다. 그는 신고를 두드렸다. 가끔씩 고개를 들어 큰 소리로 외치기도 하고, 때로는 고개를 숙이고 신음하기도 했다. 그는 줄곧 달이 서쪽에서 어두워지다가 동쪽에서 하얗게 떠오를 때까지 뛰다가 쿵 하는 소리와 함께 땅바닥으로 쓰러졌다. 그는 무려 일곱, 여덟 시간 동안 춤을 추웠다. 시렁주를 세워도 될 만큼 커다란 구덩이를 발로 밟아서 만들어 놓고 그 구덩이에 쓰러졌다. 구덩이에 쓰러진 그는 숨이 멎은 듯 고요했으나 얼마 지나지 않아 목 놓아 울었다. 니두 무당의 울음소리는 우리 순록들이 절대로 이 재앙을 피해갈 수 없다는 사실을 알리고 있었다.

전염병이 거의 두 달 동안 계속되었다. 우리가 사랑하는 순록들이 하루하루 털이 빠지고 땅에 쓰러져 죽어가는 것을 눈으로 지켜보았다. 날은 점점 서늘해졌고, 숲 속의 나뭇잎도 누렇게 변했다. 풀은 마르고 버섯이 자라났다. 버섯을 먹을 수 있는 순록은 서른 마리 정도밖에 남아 있지 않았다. 린커는 병중에 있는 순록 중에서 정성스럽게 녀석들을 골랐다. 그리고 녀석들을 삼면이 산으로 둘러싸이고 한쪽에 물이 있는 곳으로 데리고 갔다. 그는 활동 범위를 제한하고 다른 순록과의 접촉을 차단해 기적처럼 되살려놓았다. 하지만 야영지에 있는 순록들은 예외 없이 모두 죽어갔다. 우리는 거의 매일같이 순록을 매장해야 했다. 전염병이 다른 우리령으로 퍼지는 것을 방지하기 위해 구덩이를 깊이, 아주 깊이 팠다. 까마귀가 극성을 부렸다. 까마귀들은 매일 우리 야영지를 선회하며 까악까악 울어댔다. 다시는 사냥매를 풀어 이 보기 싫은 녀석들을 쫓아냈다. 그러나 까마귀들은 한 무리가 쫓겨나면 다른 한 무리가 몰려들 정도로 수가 너무 많았다. 녀석들은 마치 새까만 먹구름처럼 우리를 짓눌렀다. 다시는 우리가 순록을 묻는 것을 보고는 "구구구" 하고 소리를 내며 눈물을 줄줄 흘렸다. 그러나 그 누구도 그의 눈물을 개의치 않았다. 우리의 마음 저 밑바닥에 눈물이 고여 있었기 때문이었다.

전염병이 발생했던 당시 우리는 이동하지 않았다. 사냥도 그만두었다. 그렇게 한 까닭은 전염병을 퍼뜨려 다른 우리령의 순록을 해치고 싶지 않았기 때문이었다.

린커가 서른 마리가 조금 넘는 순록을 데리고 돌아왔을 때 많은 사람들이 눈물을 흘렸다. 린커가 보존해 둔 순록은 우리에게 불씨나 다름없었다. 순록들은 겨울 털이 자라나고 있었다. 비록 막 전염병에서 벗어난 탓에 허약해 보였지만 순록들은 소금을 맛있게 핥았고, 혼자서 먹이를 찾으러 갈 수도 있었다. 모두들 린커를 영웅으로 삼았다. 그는 더 비쩍 말라 있었지만 눈빛만큼은 초롱초롱했다. 죽은 순록의 눈빛이 그의 눈빛에 응집한 듯했다.

순록들의 전염병이 돌고 난 이후 니두 무당은 완전히 늙은이가 되어버렸다. 원래 말수가 적었던 그는 점점 입을 열지 않았다. 순록을 매장할 때마다 그는 죽은 순록의 목에 달린 방울을 풀어 두었는데, 그 방울이 자작나무 껍질 통 두 개를 거뜬히 채웠다. 그는 방울이 담긴 통 둘을 시렁주 안에 놓아두고 항상 멍청한 시선으로 바라보았다. 눈빛은 생기를 잃었다. 방울 역시 생기를 잃은 눈동자 같았다. 그 모습을 볼 때마다 나는 몸에 한기가 스미는 느낌이 들었다. 다시 말고는 아무도 니두 무당을 질책하지 않았다. 다시가 니두 무당을 꾸짖으면 모두 다시를 나무랐다. 한번은 그가 니두 무당에게 "당신 몸에 있는 신통력이 왜 쓸모가 없는지 알아? 내가 알려줄게. 왜냐면 곁에 여인이 없기 때문이야. 여인이 없으니 어디 힘이 있겠어!" 하고 말했다. 입술이 잠시 떨렸지만, 니두 무당은 아무 말도 하지 않았다. 구석에 앉아 있던 이완이 오만방자하게 구는 다시에게 화를 버럭 냈다.

"아저씨 옆에도 여인이 없는데 그렇게 따지면 아저씨도 힘이 부족한 것 아니에요?"

"물론 난 힘이 있지. 아오무례가 있으니까."

이완이 매를 욕하기 시작했다.

"사냥매, 그놈은 쓸모없는 놈이에요. 다른 사람이 사냥한 것에 기대어 살아가잖아요. 놈은 입으로 고기를 먹을 줄만 아는 놈이라고요!"

화가 난 다시의 눈동자가 금방이라도 튀어나올 것만 같았다. 그는 아오무례는 신령한 매여서 복수를 하는 데 쓰여야 하기 때문에 정기를 기르고 예기를 축적해야 하며 보통의 사냥매와는 기대치가 다르다고 말했다.

그날부터 다시는 음식을 거부했다. 음식을 먹을 때가 되면 어깨에 사냥매를 앉히고 이완이 있는 곳으로 가서 잔뜩 쉰 목소리로 "이완, 잘 봐 둬. 난 아무것도 먹지 않았어. 난 남아 있는 모든 걸 아오무례한테 줄 거야" 하고 고함을 질렀다.

이완은 대꾸하지 않았다. 붉게 물든 눈동자에 수염을 치켜세운 다시의 도깨비 같은 모습에 놀란 나제스카가 새하얗게 질려서 가슴에 십자가를 연달아 그었다.

다시는 사흘을 굶었다. 나흘 째 되는 날 사냥매가 갑자기 창공으로 날아갔다. 그 모습을 보고 하세가 다시에게 물었다.

"사냥매한테 괜히 잘해준 거 아냐? 역시 금수는 금수야. 그냥 저렇게 날아가버려?"

다시는 조금도 당황해하지 않았다.

"기다려봐. 내 아오무례는 돌아올 거야."

저녁이 되자 사냥매는 과연 푸드덕 날갯짓을 하며 돌

아왔다. 사냥매는 혼자가 아닌 산매 한 마리를 물고 돌아왔다. 그 산매는 수컷이었다. 수컷 산매는 진초록의 깃털과 긴 꼬리가 아름다웠다. 사냥매는 산매를 다시 앞으로 가져왔다. 다시의 눈에서 갑자기 눈물이 쏟아졌다. 그는 아오무례가 음식을 먹지 않고 있는 그를 위해 음식을 구해온 것을 눈치 챘다. 그때까지 우리렁 사람들은 다시가 복수의 희망을 사냥매에게 거는 일이 허황된 망상이라고 여겼지만, 사냥매가 산매를 물고 돌아온 것을 보고 그 새가 진정 신령한 매라는 것을 믿게 되었다. 뿐만 아니라 더 이상 다시를 비웃지 않았다.

그날 해 질 녘 다시는 세상에서 가장 행복한 사람이었다. 그는 모닥불 옆에 앉아서 산매의 털을 뽑은 후 칼로 머리와 날개 그리고 꼬리를 자르고 내장을 꺼내 연하고 부드러운 나뭇가지에 묶었다. 그리고 절룩거리며 그것을 시렁주 밖에 있는 소나무 위에 매달았다. 산매를 위한 풍장의식이었다. 다시는 원래 이런 의식은 치를 가치조차 없다고 여기는 위인이었다. 보통 사람들은 산매를 먹을 때 머리와 날개 그리고 꼬리에 있는 털을 뽑지 않고 머리, 날개, 꼬리와 털을 한꺼번에 잘라서 나무 위에 매달아놓았는데, 다시는 이런 의식을 경멸했다. 그는 곰이나 낙타사슴만이 이와 같은 장례의식을 거행할 가치가 있다고 믿었다. 그는 산매를 먹을 때 가끔은 털도 뽑지 않았고, 내장을 꺼내고는 불에다가 통째로 구워 먹기도 했다. 다시는 산매를 항상 혼자 먹었고, 다른 사람들은 그 고기는 손도 대지 않았다. 장례의식을 치르지 않은 고기는 정갈하지 않았기 때문이다.

다시는 산매를 위한 제사의식을 치르고 고기를 구웠다. 살코기 몇 점을 찢어 사냥매에게 먹이고 자기도 먹기 시작했다. 사흘 동안 곡기를 끊은 탓에 먹는 행위가 생소했는지 그는 아주 침착하고 태연자약하게 먹었다. 달이 동쪽에서 떠올라 서쪽으로 떨어질 때까지 먹었다. 이윽고 산매를 다 먹은 그는 지팡이를 짚고, 어깨에 아오무레를 앉히고 야영지를 왔다 갔다 했다. 마지막으로 그는 이완의 시렁주 앞에 서서는 "구구구" 하고 이완을 불러냈다. 이완을 보더니 씩 웃었다. 후에 이완이 고백하기를 이 세상에서 자기 간담을 가장 서늘하게 했던 사람의 표정은 그때 본 다시의 웃음이었다고 했다.

그해 겨울 동안 우리는 이사를 가장 많이 다녔다. 친칠라뿐 아니라 다른 들짐승을 찾아볼 수가 없었다. 우리는 산과 계곡에 널려 있는 노루의 주검을 보았다. 린커는 전염병이 노루에게까지 퍼진 거라고 했다.

사냥감은 매우 적었지만, 늑대는 적지 않았다. 먹을 만한 것을 찾지 못했는지 늑대는 언제나 서너 마리나 네댓 마리씩 무리를 지어 우리 뒤를 좇았다. 우리와 우리의 서른 여 마리의 순록은 녀석들에게는 꿈에 그리는 먹잇감이었다. 한밤중 야영지 주변의 늑대 울음소리가 몹시도 처절하게 들리면 우리는 할 수 없이 시렁주 밖에 모닥불을 켜놓고 밤을 지새웠다. 늑대는 불도 무서워하지 않는 대단한 눈을 가지고 있었다. 다시는 늑대 울음소리가 들릴 때마다 주먹을 그러쥐고 빠드득 빠드득 이를 갈았다. 그는 사냥매를 하루에도 몇 번이고 늑대가죽으로 훈련시켰다. 사냥매는 전보다 훨씬 기민해졌을 뿐 아니라 투지에 불타올라 언제라도 다시를 위해 복수할 준비가 되어 있었다. 그해 가장 추운 날, 사랑하는 아오무례를 데리고 나간 다시는 우리와 영원히 이별하고 말았다.

다시는 늑대 울음에 분노했지만, 사냥매는 그렇지 않았다. 사냥매는 머리통은 치켜들고 있었지만 잠잠했다. 그런데 하세가 말하길 다시에게 사고가 나던 그날 밤, 늑대 울음소리에 사냥매는 유난히 초조하고 불안해 했다고 한다. 시렁주 안에서 날아올랐다가 앉는 폼이 뭔가에 놀란 듯했다. 다시는 사냥매의 모습을 보고 평소와 전혀 다르게 껄껄 웃으며 "복수의 시간이 다가왔어!" 하고 끊임없이 되뇌었다. 마리야와 하세는 다시의 괴상한 행동거지에 이미 이골이 난 터라 딱히 신경 쓰지 않고 잠자리에 들었다.

그날 저녁, 다시는 사냥매를 데리고 길을 나섰다. 다음 날 아침, 하세는 다시의 모습이 보이지 않자 사냥매를 데리고 이완의 시렁주를 찾아가겠거니 생각했다. 이완이 니 두 무당 편을 들어 면박을 준 후부터 다시는 이완을 찾아가 시위를 하곤 했다. 그러나 이완이 있는 곳에도 다시의 모습은 보이지 않았다. 하세는 다른 시렁주를 찾아다녔지만 다시의 그림자조차 찾을 수 없었다. 보아하니 그는 야영지에 없는 듯했다. 다리를 저는 그가 그리 멀리 갈 리는 만무했다. 하시는 아마도 부근의 숲에서 아오무레를 데리고 사냥감을 찾고 있으리라 생각하고 조급해하지 않았다.

신상을 운반하는 마루왕과 불씨를 운반하는 순록도 전염병에서 벗어났다. 두 마리 순록은 흑암 속에서 빛나는 두 개의 불빛처럼 보였다. 전염병을 이겨낸 두 녀석은 먹이를 찾으러 나갔다가 돌아오는 길이면 전과 다름없이 대오를 이끌었다. 흰색의 마루왕은 가장 앞서 걸었고, 잿빛의 불씨를 담당하는 순록이 그 뒤를 따랐다. 두 녀석은 대가족의 두 가장처럼 충실하게 별로 남아 있지 않은 순록을 보호했다.

이날 아침 야영지로 돌아온 마루왕의 입에 뭔가가 물려 있었는데, 한쪽 날개였다. 순록 무리를 마중나간 린커가 날개를 발견했다. 이상한 생각에 날개를 들고 세심하게 뜯어보다가 가슴이 덜덜 떨리기 시작했다. 진초록의 줄무늬와 흰색이 점점이 숨어 있는 갈색 날개는 다시의 아오무레의 날개였다. 린커는 날개를 들고 재빨리 하세를 찾아갔다. 하세는 큰일이 난 것을 직감했는지 니두 무당이 있는 곳으로 달려갔다. 그러나 니두 무당은 야영지에 없었다. 하세와 린커는 니두 무당을 찾아 나섰다. 그리 멀지 않은 곳에 니두 무당이 네 그루의 소나무 사이에 서서 나무 막대를 올리고 있었다. 그 모습을 본 하세가 땅바닥에 털썩 주저앉았다. 니두 무당이 다시를 위해 무덤을 만들고 있다는 것을 그는 직감했다.

당시에는 사람이 죽으면 모두 풍장으로 장례를 치렀다. 네 그루의 곧고 커다란 나무를 골라 나무막대를 나뭇가지 위에 가로로 놓고 사방을 평평하게 만든 다음 시신의 머리는 북쪽으로 향하게 하고 다리는 남쪽으로 놓은 다음 나뭇가지로 덮었다. 니두 무당은 한밤중에 별을 바라보다가 다시가 우리를 떠날 것을 알아차렸다. 그는 별똥별 하나가 우리 야영지에서 간간히 늑대 울음소리가 들려오는 곳으로 획을 그으며 떨어지는 것을 보고 우리를 떠날 사람이 다시일 거라 짐작했다. 그래서 이른 새벽에 일어나 다시를 위해 풍장할 곳을 물색하고 있었다.

우리는 순록의 발자취를 따라가다 야영지 부근 흰색 자작나무 숲에서 다시를 찾아냈다. 정확하게 말하자면 전쟁터를 찾아냈다고 하는 편이 옳았다. 부러진 어린 자작나무 가지 위에는 선혈이 흩뿌려져 있었다. 설원 사이에 돋아난 쑥도 짓밟혀 뭉개져 있었다. 당시의 싸움이 얼마나 참담하고 격렬했는지 짐작이 갔다. 전쟁터에 누워 있는 네 구의 손상된 해골 중 두 구는 늑대의 것, 한 구는 사람의 것, 나머지 한 구는 사냥매의 것이었다. 린커는 두 마리 늑대 중 한 마리는 분명 예전에 다시에게서 도망친 어린 늑대일 테고, 다른 한 마리는 그 어린 늑대가 자라서 낳은 새끼일 것이라 생각했다. 죽은 어미 늑대를 위해 복수하려고 늑대가 다시의 냄새를 쫓아온 것이라 단정 지었다.

나와 이푸린은 풍장을 하는 장지에서 다시를 보았다. 아니 뼈 무더기를 보았다. 남아 있는 뼈 중 두개골이 가장 컸고, 그다음이 분홍색 살점이 제멋대로 너덜너덜하게 붙어 있는 길이가 서로 다른, 마른 장작 같은 뼈였다. 린커와 이완은 현장을 살펴보고 사냥매가 확실히 다시를 도와 복수를 했다고 판단했다. 둘은 늑대와의 싸움에서 중상을 입어 움직일 수가 없었을 것이다. 그들은 늑대를 죽였지만, 우리렁으로 돌아올 수 없었다. 피비린내를 맡은 다른 늑대 무리가 쫓아와 다시와 사냥매를 먹어치웠다. 늑대 무리는 자신의 동족을 먹지 않았지만, 두 마리 죽은 늑대 역시 먹잇감이 되는 운명에서 벗어나지 못했다. 새벽녘 무리를 이룬 까마귀와 매가 두 마리 늑대를 풍성한 아침식사로 삼았다. 순록들은 야영지로 복귀하는 도중 백골을 발견하고 주인에게 다시의 죽음을 전해주기 위해 마루왕이 아오무레의 날개를 물고 돌아왔다.

다시와 사냥매가 아직 숨이 붙어 있을 때 늑대에게 잡혀 먹혔을 거라는 생각이 떠오르자 내 몸이 바들바들 떨렸다. 우리 삶에서 늑대는 우리를 향해 엄습해오는 한기였지만, 그들을 없애버릴 수 없었다. 마치 겨울이 오는 것을 막을 수 없듯이.

니두 무당은 사냥매의 뼈도 잘 추슬러 다시와 함께 장사지내 주었다. 다시는 사실 행복했다. 원수의 전멸을 확인했고, 사랑하는 아오무레와 함께 묻히지 않았는가.

이푸린은 유골 앞에서 다시가 어린 순록들의 생명을 구하다가 절름발이가 되었다며 과거를 회상했다. 여름이면 늑대는 순록 무리 중 낙오된 새끼를 습격했다. 어느 날, 다시는 새끼 순록 세 마리가 없어진 것을 깨닫고 찾으러 나섰다. 그는 새끼 순록 세 마리가 어미 늑대와 새끼 늑대에 둘러싸여 낭떠러지 끝에서 벌벌 떨고 있는 것을 발견했다. 미처 총을 챙기지 못한 다시는 사냥칼만 몸에 지니고 있었다. 그는 돌을 들어 어미 늑대에게 힘껏 던졌다. 정통으로 돌을 맞은 늑대의 머리통이 깨졌다. 화가 난 어미 늑대가 피를 줄줄 흘리면서도 다시를 향해 달려들었다. 다시는 맨주먹으로 어미 늑대와 싸웠다. 어미 늑대와 사생결단을 내고 있는 동안 새끼 늑대가 다시의 한쪽 다리를 끈질기게 물고 늘어졌다. 마침내 다시는 어미 늑대를 죽였지만, 새끼는 그가 뻔히 보는 앞에서 도망쳤다. 새끼 늑대는 다시의 다리 한쪽을 물고 갔다. 새끼 순록 세 마리를 구하고 다시는 야영지로 돌아왔다. 새끼 순록들은 걸어서 돌아왔지만, 다시는 기어서 와야 했다. 그의 손에는 피에 젖은 늑대가죽이 들려 있었다.

사냥매와 다시가 떠났다. 사냥매의 집은 하늘에 있으니 그 새를 따라간 다시는 살 곳은 염려 없을 것이다.

다시가 떠난 후 마리야가 갑자기 병이 났다. 그녀는 먹는 족족 토했다. 허약해진 그녀는 제대로 일어서지도 못했다. 모두들 마리야는 오래 살지 못할 것이라 했지만, 이푸린만은 마리야가 이제 순록의 뿔을 자를 때 선혈을 보아도 눈물을 흘리지 않을 거라 했다. 이푸린은 마리야가 임신을 했다고 했지만, 다마라와 나제스카는 마리야가 임신을 한 것이 아니라 중병에 걸렸다고 했다. 어디 임신한 사람이 물조차 토한단 말인가? 모두들 하루가 다르게 말라가는 마리야를 지켜보았다. 마리야조차 자신의 생이 얼마 남지 않았다고 여겼다. 그녀는 하세에게 자기가 죽고 나면 반드시 건강한 아이를 낳을 수 있는 여인을 아내로 삼으라고 당부했다. 하세는 울었다. 곁을 떠난다면 그는 기러기가 되어 그녀를 따라 하늘로 가겠노라고 대답했다.

하세는 기러기로 변할 수 없었다. 마리야가 어느 날 갑자기 일어나 앉았기 때문이었다. 그녀는 먹고 마실 수 있었다. 봄이 되자 그녀의 배가 부풀어 올랐다. 얼굴도 반들반들했다. 이푸린이 옳았다. 하세와 그녀의 얼굴에는 항상 미소가 걸려 있었다. 이푸린은 마리야가 그토록 오랫동안 임신을 못한 까닭이 다시가 벗겨 온 어미 늑대의 가죽과 관련이 있다고 했다. 그 늑대가죽은 길한 물건이 아니었다. 이푸린은 다시가 떠나고, 늑대가죽도 사라지면서 시렁주를 감싸고 있던 음침하고 어두운 기운이 사라져 비로소 마리야가 임신을 할 수 있게 됐다고 했다. 그러나 하세와 마리야는 그렇게 생각하지 않았다. 두 사람은 다시의 영혼이 보우하사 그들 부부에게 아이를 점지해주었다고 여겼다. 왜냐하면 다시는 줄곧 자신의 아오무례를 갖고 싶어했기 때문이었다. 두 사람은 심지어 아직 태어나지도 않은 아이의 이름도 다시라고 지어놓았다. 이푸린은 다시라는 이름을 가진 사람은 상팔자도 아닐 테고, 우리 우리렁에 절름발이는 다시 영감 하나로 족하지 않냐며 이죽거렸다.

봄에 순록들이 새끼를 낳았다. 그러나 태어난 새끼 순록 중 십중팔구는 죽었다. 린쿠는 전염병 탓에 순록의 체질이 허약해져 녀석들끼리 교배해서 난 새끼들은 선천적인 결함 때문에 빈번하게 죽는다고 했다. 그는 가을 말 순록이 교배하는 시기가 오기 전에 다른 우리렁에서 몇 마리 건장한 수컷 순록을 교환하지 않으면 내년 봄, 우리에게 즐거움을 안겨주는 새끼 순록을 만날 수 없을 것이라고 했다. 그는 아바 강변에서 열리는 쓰터뤄이차 절기에 순록을 교환하러 가기로 결정했다.

쓰터뤄이차는 풍성한 수확을 경축하는 우리네 전통적인 명절이었다. 명절이 되면 우기가 시작되었다. 내가 태어나기 전에는 이 절기가 돌아오면 사람들은 어얼구나 강을 건너 푸커뤄푸커에 가서 명절을 지냈다. 모두 함께 모여 노래하고 춤추고, 사냥으로 얻은 물건들을 교환하고, 때로 씨족 간에 혼담이 오가기도 했다. 하세와 마리야도 그곳에서 만나 약혼을 했다. 그러나 나중에 명절을 보내는 장소가 주얼간툰의 아바 강변으로 바뀌었다. 안다들은 명절 때 아바 강변으로 말에 총과 탄환, 그리고 각종 생필품을 싣고 와서 사냥꾼들과 물물교환을 했다. 가끔은 우리렁과 우리렁끼리 사냥한 물건을 교환하기도 했다. 순록이 적은 부락에서는 사냥으로 노획한 물건을 가져와 순록이 넘쳐나는 부락의 순록과 교환해갔다.

로린스키는 우리가 신뢰하는 안다였다. 우리는 사냥으로 노획한 물품은 모두 그를 통해 교환했다. 덕분에 부족한 것이 없었던 우리 우리렁 사람들이 아바 강으로 명절을 쇠러 가는 일은 극히 드물었다. 내 기억에 당시 니두 무당과 쿤더가 각각 한 번씩 다녀왔다. 니두 무당은 세상을 떠난 무당을 위해 굿을 해주러 갔다. 아바 강변에 살던 그 무당이 마침 명절 전에 세상을 떠났던 것이다. 쿤더는 자작나무 껍질로 만든 통으로 말 몇 필을 바꾸기 위해 그곳에 갔다. 순록의 등에 수십 개의 크고 작은 자작나무 껍질로 만든 통을 싣고 가서는 비쩍 마른 말 한 필을 끌고 돌아왔다. 이푸린이 이 일을 두고 조롱할라치면 부아가 치민 쿤더의 양쪽 볼에 붙어 있는 살은 바람에 나부끼는 치마처럼 떨렸다. 그는 "아바 강가에 그런 안다들이 없다면 얼마나 좋을까. 직접 몽고인이 있는 곳에 가서 말을 바꾸면 최소한 서너 필은 너끈할 텐데. 안다는 모두 늑대야!" 하고 말했다. 비쩍 마른 말은 우리를 따라다닌 지 채

일 년도 되지 않아 그만 죽어버렸다.

 린커가 사냥으로 노획한 물건과 나머지 총알을 가지고 순록을 교환하기 위해 아바 강변으로 출발하는 날은 유난히 어두컴컴했다. 어머니는 흡사 모종의 예감에 사로잡힌 양 아버지를 따라가는 사냥개에게 몇 번이고 남편을 부탁했다.

 "이란, 너 린커를 잘 보살펴야 한다. 린커가 순록을 데리고 무사히 돌아올 수 있게 도와주렴."

 아버지를 따라다니는 데 익숙한 이란은 사람의 마음을 잘 헤아렸다. 당부를 듣고 이란은 앞발을 어머니의 무릎에 올려놓고 고개를 끄덕였다. 이란의 승낙을 얻어낸 다마라의 얼굴에 희색이 돌았다. 그녀는 몸을 숙여 이란의 머리를 쓰다듬었다. 그 따사로움에 도취된 듯 이란이 멍멍 하고 짖었다. 그 소리를 듣고 나와 루니가 웃었다. 아버지가 어머니에게 말했다.

 "걱정 마오. 당신이 있으면 내 몸은 돌아오고 싶지 않아도 마음이 그렇게 하도록 내버려두지 않을 거요."

 "린커, 난 당신의 마음만 원하는 게 아니에요. 당신의 몸도 필요해요."

 "몸과 마음 모두 돌아오겠소."

 아버지가 말했다.

 우기가 되면 숲은 항상 천둥과 번개가 쳤다. 니두 무당은 천둥 신은 둘이라고 했다. 하나는 남자 그리고 하나는 여자로 세상의 흐리고 맑음을 주관한다고 했다. 니두 무당이 입는 신복에는 둥그런 쇠 조각으로 된 태양신과 초승달 모양의 달의 신이 달려 있었고, 가장귀처럼 생긴 천둥 신도 있었다. 그가 굿을 할 때면 형형색색의 쇳조각들이 서로 부딪혀 철컥철컥 하는 소리가 났다. 나는 그 소리는 분명 천둥 신이 하는 이야기일 거라 짐작했다. 왜냐하면 태양과 달은 소리를 내지 않기 때문이었다. 천둥소리가 울릴 때 나는 하늘이 기침을 한다고 느꼈다. 가볍게 기침을 할 때는 가랑비가 내렸지만, 기침이 심하면 폭우가 내렸다. 가랑비가 내리면 천둥아줌마가 나온 게 틀림없고, 폭우가 내리면 천둥아저씨가 나온 것이 틀림없다. 천둥아저씨는 위력이 대단해서 때로 불덩어리를 던져 숲 속에 사는 거목을 쪼개버리거나 나무의 온몸을 새까맣게 멍이 들도록 두들겨 팼다. 그래서 우리는 천둥이 칠 때는 보통 시렁주 안에 있었다. 바깥에 있다면 커다란 나무를 피해 강변 가까이 있는 낮고 평평한 지대에 몸을 숨겼다.

아버지가 야영지를 떠난 지 얼마 지나지 않아 하늘이 더욱 어두워졌다. 짙은 잿빛 먹구름이 함께 모이고 후덥지근했다. 숲 속의 새들은 낮게 날았으며 미풍이 광풍으로 변했다. 숲은 쏴쏴 하는 소리를 냈다. 어머니는 고개를 들어 하늘을 보더니 나에게 물었다.

"비가 올 것 같니?"

길을 떠난 아버지가 걱정스러워 어머니는 비가 오지 않

기를 간절히 바라고 있었다.

"제가 보기엔 바람이 비를 밀어가버릴 것 같아요. 비는 내리지 않을 거예요."

내 대답에 위로를 얻은 듯 어머니는 환한 얼굴로 시렁주 바깥쪽 그늘에서 말리고 있는 버들과 쑥을 거둬들이러 갔다. 우리는 제철이 되면 버들과 쑥을 캐서 말려 두었다가 겨울에 말린 나물과 고기를 푹 삶아 먹었다. 어머니가 버들과 쑥을 시렁주로 가지고 들어왔을 때 하늘에서 갑자기 천둥과 번개가 작렬했다. 우르릉 쾅쾅 하는 소리에 숲이 뒤흔들리고 갑자기 세상이 밝아지는가 싶더니 굵은 빗방울이 쫘 하고 쏟아졌다. 비는 동남쪽 방향에서 내리기 시작했다. 보통 이 방향에서 내리는 비는 폭우였다. 눈 깜짝할 사이 숲은 느개가 수증기처럼 피어올라 몽롱했다. 천둥아저씨는 비가 부족하다고 여겼는지 격렬하게 기침을 해댔다. 누런 뱀처럼 생긴 번개가 하늘가에서 춤을 추었다. 번개가 사라지자 숲에 쫘아쫘아 하는 소리가 메아리쳤다. 장대비는 넋이라도 나간 양 사방으로 춤을 추며 내렸다. 주룩주룩 공중에 흐르는 빗발이 아니라 쏟아져 내리는 강물 같았다.

폭우 소리를 듣고 놀란 어머니의 입이 딱 벌어졌다. 나제스카처럼 성모마리아를 믿었다면 그녀는 분명 가슴팍에 십자가를 수도 없이 그었을 것이다. 번개는 하얗게 질린 어머니의 창백한 얼굴과 눈동자에 가득 찬 공포를 비취주었다. 극도의 공포가 서린 그 눈빛을 나는 평생 잊을 수가 없다.

비가 그치자 어머니의 떡 벌어졌던 입이 다물어졌다. 무척이나 피곤해 보였다. 마치 천둥아줌마로 변해 바람을 일으키고 비를 만들어낸 듯한 모습이었다. 기운 없는 목소리로 다마라가 물었다.

"너희 아버지, 아무 일 없겠지?"

"무슨 일이 있겠어요? 아버지는 이런 폭우를 많이 겪어 보셨을 거예요."

긴장을 늦추고 웃으면서 어머니는 스스로를 위로했다.

"그렇지? 린커가 경험해보지 않은 일이 또 어디 있겠어?"

비가 그친 후 하늘에 무지개가 나타났다. 먼저 나타난 무지개는 흐리멍덩했는데 뒤따라 나타난 무지개는 무척이나 또렷하고 빛깔도 선명했다. 두 번째 무지개가 나타나자 먼저 나타났던 무지개의 형태와 빛깔도 분명하고 또렷해졌다. 무지개 두 개가 그려내는 산뜻하고 아름다운 모습이 마치 꿩이 빨갛고 노란, 초록과 보랏빛 꼬리를 활짝 펼치고 있는 듯했다. 우리렁의 모든 사람들이 무지개를 바라보다가 아름다움에 매료되었다. 하염없이 그 광경을 구경하고 있는데, 무지개 하나가 갑자기 빛깔이 연해지면서 사라져버렸다. 나머지 하나는 비록 형태는 온전했지만 순식간에 닳아빠진 듯 화려하고 고왔던 색채가 퇴색되었다. 마치 까만 먼지가 날아들어 무지개를 자욱하게 덮고 있는 듯했다. 무지개가 변색되는 것을 보고 모두의 낯빛도 변했다. 불길한 징조였다. 일찌감치 시렁주로 돌아온 어머니는 꺼멓게 변한 무지개가 사라지자 시렁주 밖으로 걸어 나왔다. 어머니의 얼굴에는 눈물구슬이 맺혀 있었다.

한밤중에 이란이 돌아왔다. 어머니를 보자마자 앞발을 그녀의 무릎 위에 올려놓았다. 이란의 얼굴에 눈물이 가득했다. 이란은 슬픈 눈빛으로 어머니에게 아버지의 부재를 알렸다. 그녀는 손을 올려 이란의 머리를 때렸다.

"이란, 내가 너한테 뭐라고 말했지? 왜 린커를 데리고 돌아오지 않았어! 이란!"

아버지는 울울창창한 소나무 숲을 지나다가 번개를 맞았다. 두 그루의 우람한 거목 역시 벼락을 맞았다. 허리 부분이 잘린 나무는 번갯불에 탄 흔적이 역력했다. 이란을 따라 사고 현장에 도착했을 때는 이미 밤이 깊었다. 아버지는 몸을 구부리고 잘려나간 나무의 그루터기에 엎드려 있었다. 머리와 팔을 늘어뜨리고 있는 모습이 마치 길을 가다 피곤해서 쉬고 있는 듯했다. 폭우가 지나간 하늘은 유난스레 맑고 깨끗했다. 달빛은 나무를 골고루 비추고 있었다. 그리고 아버지도 비추고 있었다. 나는 울었다. 어머니도 울었다. 나는 울면서 연달아 "아버지"를 불렀고 어머니는 "린커"를 외쳤다.

한밤중이었지만, 니두 무당은 반듯한 거목 네 그루를

골라 나뭇가지와 가장귀를 쳐내고 아버지를 위해 마지막 누울 자리를 만들었다. 아버지의 침대는 높았다. 니두 무당은 천둥 신이 린커를 데려갔다고 말했다. 그는 천둥은 하늘에서 내려왔으니 하늘로 돌아가야 하므로 아버지의 무덤은 하늘과 더 가까이 있어야 한다고 말했다.

우리는 이른 새벽 아버지를 흰 천으로 싸서 마지막 침상 위에 올려놓았다. 니두 무당은 자작나무 껍질로 아버지를 위해 두 개의 선물을 만들었다. 하나는 둥그런 모양의 태양이었고, 또 하나는 달이었다. 그는 태양과 달을 아버지의 머리에 놓아두었다. 니두 무당은 분명 아버지가 또 다른 세상에서 빛을 품고 있기를 바라고 있을 것이다. 우리가 가진 순록이 많지 않았지만, 니두 무당은 하세에게 순록 한 마리를 잡으라고 했다. 아버지가 또 다른 세상에서 순록을 탈 수 있게 배려한 것이었다. 아버지와 함께 사냥칼, 담뱃갑, 옷, 휴대용 냄비와 주전자가 풍장에 쓰였다. 풍장하게 될 물건들은 니두 무당의 지시에 따라 매장 전 루니의 손에 망가졌다. 사냥칼은 돌로 찍어 이가 빠지게 만들었고, 자작나무 껍질로 만든 담뱃갑은 칼로 구멍을 뚫었다. 옷깃과 소매는 가위로 잘라냈으며 휴대용 냄비와 주전자는 한 귀퉁이를 돌로 찌그러뜨렸다. 이런 의식을 하지 않으면 살아 있는 사람이 재앙을 피할 수 없었다. 하지만 아버지의 물건이 손상되는 것을 보고 있자니 말로 표현할 수 없는 고통이 온몸을 뚫고 지나가는 것 같았다.

아버지의 옷에는 옷깃도, 소매도 없었다. 아버지는 팔이며 목이 춥지 않을까? 아버지의 사냥칼은 칼날이 구부러지고 이가 빠졌다. 아버지는 사냥감 껍질을 어떻게 벗길까? 냄비와 주전자가 줄줄 새니 고기를 삶을 때 국물이 불씨를 꺼뜨리면 어쩌지?

아버지가 가지고 다니던 물건들이 뭐 하나 제대로 된 것이 없다는 사실을 깨닫고 나는 정말 울고 싶었다. 하지만 참았다. 내가 울면 어머니도 따라 울 것이고, 그렇게 되면 스스로를 제어하지 못할 것 같았다.

이란은 아버지가 가장 사랑하던 사냥개였다. 이란도 아버지의 뒤를 따르고 싶은 모양이었다. 발톱으로 땅에 구덩이를 파는 모습이 자신의 무덤을 파고 있는 듯했다. 니두 무당이 이란을 붙잡아 녀석의 몸에 칼을 대려는 순간, 어머니가 막았다. 어머니는 이란을 남겨달라고 했다. 니두 무당은 칼을 거두었다. 어머니는 이란을 데리고 가장 먼저 아버지 곁을 떠났다. 풍장 의식이 아직 거행되기 전이었다.

니두 무당은 어머니가 자살이라도 할까봐 염려스러워 이푸린에게 뒤를 좇으라 했다. 나중에 이푸린은 그때 다마라가 야영지로 돌아오는 도중에 장난을 쳤노라고 말했다. 어린아이처럼 나비를 보면 나비를 잡고, 새를 만나면 새처럼 지저귀고, 들꽃을 보면 꽃을 꺾어 머리에 꽂았다고 한다. 야영지에 도착했을 때 그녀의 머리는 온통 꽃으

새벽

로 뒤덮여 마치 꽃바구니를 이고 있는 듯했다. 그녀는 시렁주에 들어가려고 하지 않고, 땅에 주저앉아 울기 시작했다. 그녀는 린커의 이름을 불렀다. 그리고 "당신 없는 시렁주에 들어가고 싶지 않아. 난 집 안이 썰렁한 게 싫어요"라고 외쳤다.

아버지가 떠났다. 천둥 신이 아버지를 데리고 가버렸다. 이때부터 나는 비오는 날 우르릉 쾅쾅 하는 천둥소리가 좋았다. 마치 아버지와 이야기를 하고 있는 것 같다. 천둥과 번개 속에 숨어 있는 아버지의 영혼이 나에게 말을 걸고 빛줄기를 발사하는 것이라고 느꼈다. 아버지는 당신의 꿈이었던 순록을 바꿔올 수 없었다. 그는 어머니의 웃음과 치마도 가져가버렸다. 다마라는 전에는 잘 웃고 치마를 즐겨 입었지만 아버지가 떠난 후 웃음소리와 치마 모두 자취를 감춰버렸다. 어머니는 예전처럼 순록의 젖을 짜기 좋아했다. 그러나 순록의 젖을 짜다가도 손을 갑자기 멈추고 멍청하게 무엇인가를 생각했다. 거례바빙을 구울 때면 그녀의 눈물방울이 떡을 굽는 뜨거운 돌 위를 적시느라 칙칙 하는 소리가 끊이지 않았다. 사슴 뼈로 만든 비녀로 쪽 지기를 싫어해 그녀의 머리는 봉두난발이었다. 겨울이 돌아오자 어머니의 머리도 추운 겨울을 맞은 듯 윤기가 사라지고 머리칼도 하얗게 새었다.

그녀는 폭삭 늙어버렸고, 나와 루니는 성장했다. 루니는 아버지가 남겨놓은 렌주총과 베리단커총을 메고 이완과 하세를 따라 사냥을 나갔다. 그는 명실상부한 린커의 아들이었다. 총을 쏘았다 하면 백발백중이어서 절대로 총알을 낭비하는 법이 없었다. 우리 우리렁은 그해 겨울 큰 수확을 두 번이나 거뒀다. 사냥이 잘되어서 풍성하게 얻은 가죽으로 밀가루, 식염, 총알을 유감없이 바꿨을 뿐 아니라 다른 우리렁의 순록 스무 마리와도 바꿀 수 있었다. 우리 순록의 대오가 하루가 다르게 불어났다. 전염병으로 거둬들인 순록의 방울을 유용하게 쓸 수 있었다. 방울은 순록을 따라다니며 산과 계곡에서 노래를 불렀다. 마리야는 겨울에 사내아이를 낳았다. 활달한 아이에게 하세와 마리야는 다시라는 이름을 지어주었다. 잘 웃는 작은 다시는 우리에게 수많은 기쁨을 안겨주었다.

아버지가 떠난 후 니두 무당은 사람이 변한 듯했다. 그는 더부룩한 수염을 깨끗이 밀고, 여자 분장도 집어치우고 본연의 남자 모습을 되찾았다. 이푸린이 나와 루니에게 "너희 어거두아마는 무당이 되고 싶지 않은 모양이야" 하고 빈정댔다.

비단 외모만 변한 것이 아니었다. 대화를 끔찍이도 싫어하는 니두 무당이 어느새 사람들을 시렁주로 불러 모아 시시콜콜한 일까지도 의논했다. 전에 혼자서 모든 일을 결정하던 모습과는 전혀 딴판이었다. 어머니는 그의 시렁주에 가는 것을 꺼려해서 모임이 있으면 내가 대신 참석했다. 니두 무당이 나에게 물었다.

"다마라는 왜 안 오지?"

내가 반문했다.

"왜 꼭 어머니가 오셔야 하죠?"

린커가 떠난 후 나는 니두 무당에 대해 요거다 하고 딱 꼬집어 표현할 수 없는 반감을 가지고 있었다. 만약에 그가 전염병에 걸린 순록을 데리고 돌아오지 않았다면 린커는 순록을 교환하러 가지 않았을 테고, 그렇다면 벼락도 맞지 않았을 것이다. 니두 무당이 능히 새끼 순록을 죽일 수 있다는 생각이 들 때마다 나는 그날 벼락이 떨어지도록 그가 꼼수를 쓴 건 아닌지 의심스러웠다. 줄곧 아버지를 질투하던 그가 신통력을 이용해서 벼락을 칼이나 화살처럼 만들어 아버지를 제거한 듯했다.

이동을 할 때면 니두 무당은 어머니를 뒤따라갔다. 그는 몰래 어머니의 뒷모습을 엿보고 싶은 것 같았다. 그에게는 어머니의 뒷모습이 태양이자 달처럼 느껴졌을 것이다. 그것이 아니라면 왜 그토록 어머니를 뒤쫓았을까? 순록은 언제나 일정한 리듬으로 걷지 않아서 니두 무당을 태운 순록과 다마라가 타고 있는 순록은 나란히 함께 갔다. 니두 무당은 어머니와 나란히 가게 되면 얼굴이 벌게지도록 기침을 했다. 한번은 이푸린이 니두 무당에게 "너는 순록을 거꾸로 타는 게 좋겠다. 바람이 적어서 사레가 들지 않을 거야. 근데 순록을 거꾸로 타면 보이는 사람이 다마라가 아니라 나 이푸린일 텐데"라고 말했다.

니두 무당과 다마라가 순간 당황했다. 다마라는 발로 순록의 몸을 차고는 빨리 가라고 재촉했다. 니두 무당은 아예 그 자리에 서서 담배를 피우는 척했다. 그때 나는 어렴풋하게 어머니와 니두 무당 사이에 아마도 무슨 일이 생길 것 같다는 느낌을 받았다. 어머니가 전에 아버지와 시렁주에서 일으킨 바람소리가 떠오르면서 나는 니두 무당에게 경각심이 차올랐다. 그와 어머니가 그런 바람소리를 만드는 것을 바라지 않았다.

　두 해 동안 우리는 빈번하게 이동을 했다. 니두 무당이 다마라의 뒷모습을 보고 싶어서 자주 이동하는 것은 아닌지 의심스러웠다. 나는 니두 무당에게 다마라가 점점 중요해지고 있다는 사실을 깨닫고 있었다. 한번은 우리가 이동을 하려고 시렁주를 모두 거둬들이자 어머니가 주변의 풍경을 보며 감탄사를 연발했다.

　"여기 꽃이 정말 예쁘네. 정말 떠나고 싶지 않아."

　순간 니두 무당은 알록달록한 빛깔의 꽃이 다 시들 때까지 그곳에서 머물기로 결정을 번복했다. 또 한번은 나와 어머니가 순록의 젖을 짜고 있는데, 어머니가 꿈속에서 본 은비녀 이야기를 들려주었다.

　"은비녀 위에 아주 많은 꽃송이가 아로새겨져 있었는데, 무척이나 아름다웠어."

　"사슴 뼈 비녀가 더 예쁘지 않아요?"

　"은비녀가 몇 배는 더 예뻐."

한쪽에서 순록의 등에 안장을 놓고 있던 니두 무당이 우리의 이야기를 듣고 다마라에게 말했다.

"꿈속에서 보았던 물건치고 어디 아름답지 않은 것이 있겠소?"

그는 입으로는 이렇게 말했지만, 로린스키가 우리 야영지를 찾았을 때 은비녀를 하나 가져와달라고 부탁했다. 나는 다마라를 생각해서 부탁한 것이라는 걸 알아차렸다. 례나가 죽은 이후로 로린스키는 여인들이 사용하는 물건을 한 번도 가져다준 적이 없었다. 게다가 그는 올 때마다 언제나 급하게 떠났다. 로린스키는 니두 무당에게 은비녀를 얻고 싶다면 다른 안다를 찾아보라고 부드럽게 말했다. 그는 여인들의 물건은 취급하지 않는다고 했다. 그 이야기가 심사를 뒤틀리게 했는지 화가 난 니두 무당이 로린스키에게 "앞으로 우리 우리렁에 오지 마시오"라고 무지막지하게 말했다. 로린스키는 조금도 주저하지 않았다. 그는 길게 한숨을 쉬고 말했다.

"좋소, 좋아요. 저도 지금 당신들 우리렁에 오는 것이 고통스럽소. 내 마음 같아선 오고 싶지 않지만, 당신들한테도 필요한 물건이 있다고 생각해서 오는 거요. 우리는 오래도록 서로를 알아왔으니까. 내 다리가 날 이곳으로 오게 만드는군요. 하지만 앞으론 내가 올 필요 없을 것 같소. 그럼 내 마음도 그렇게 아프지 않을 것 같구려."

우리는 그를 가슴 아프게 하는 사람이 례나라는 사실

을 알고 있었다. 보이지도 않는 은비녀 하나 때문에 우리가 가장 신뢰하는 안다를 곁에서 밀어내고 말았다. 그 이후로 투르코프가 우리의 삶으로 걸어 들어왔다. 우리는 그의 등에 대고 '다헤이'라고 불렀는데, 다헤이는 메기라는 뜻이었다. 실제로 그는 입이 컸으며 성격도 교활해서 메기처럼 온몸이 점액질로 뒤덮여 있는 듯했다.

니두 무당은 다마라에게 열정을 쏟고 있었지만, 두 해가 흐르는 동안 그녀는 별다른 반응이 없었다. 그러나 깃털로 된 치마가 나타나자 다마라의 태도가 돌변했다. 나는 여인네란 자신이 좋아하는 물건 앞에서 소유욕을 억제하기 어렵다는 사실을 발견했다. 그 치마를 받았다는 것은 그녀가 니두 무당의 감정을 받아들였다는 뜻으로 풀이될 수 있었다. 그러나 그녀가 허락한 감정은 우리 씨족에게는 허락되지 않는 것이어서 두 사람의 운명은 고통과 광기로 정해져버렸다.

우리 모두는 신경 쓰지 않았지만, 니두 무당은 두 해 동안 꿩을 먹을 때 뽑은 털을 정성 들여 선별해서 수집을 하고, 다마라를 위해 몰래몰래 치마를 만들었다. 솜씨가 뛰어난 니두 무당의 치마 속에는 남색의 광목으로 만든 안감 몇 쪽이 숨겨져 있었다. 백합 모양의 치마는 허리 부분은 꼭 붙고 아래가 넓었다. 깃털의 크기와 색깔이 달랐지만 뿌리는 위쪽을 향하도록 하고, 뾰족한 깃털은 아래를 향하도록 재봉이 되어 있었다. 깃털을 고정시킨 실은 낙타사슴의 가는 힘줄이었다. 그는 먼저 깃털 중간에 잡초처럼 생긴 줄기를 몇 가닥 묶은 다음 무명천 위에 재봉을 해서 깃털을 완벽하게 보존했다. 깃털 또한 부드러워 보였다. 니두 무당은 깃털의 위치를 정해놓았는데, 작고 부드러우며 섬세한 잿빛을 띤 깃털은 허리 부분에 모아놓았다. 허리 아래로는 크지도 작지도 않은 깃털이 달려 있었는데, 녹색깃털 바탕에 갈색깃털을 조금 박아 돋보이게 했다. 치마의 아래쪽과 가장자리에는 쪽빛의 광택이 적은 깃털을 사용했는데, 쪽빛 깃털에 군데군데 황색이 뒤섞여 호수 위에 출렁이는 물결처럼 보였다. 위에서 아래까지 훑어보면 치마는 세 부분으로 구성되어 있었다. 윗부분이 잿빛의 강물이었다면, 가운데는 녹색의 숲이었고, 아래쪽은 쪽빛 하늘이었다.

린커가 떠난 후 3년이 되는 봄, 니두 무당이 준 깃털치마를 받고 어머니가 얼마나 좋아하고 감격했는지 모른다. 그녀는 태어나 세상에서 본 치마 중 가장 예쁘다고 말했다. 그녀는 시렁주에서 노루가죽으로 된 요 위에 치마를 평평하게 펼쳐놓고는 손으로 가볍게 쓸어보고, 보고 또 보았다. 그런 다음 밖으로 나가서 흰색 자작나무 위에 치마를 걸어놓고 멀리 갔다가 가까이 왔다가 하면서 그것을 바라보았다. 봄날 따사로운 태양이 깃털치마를 아름답게 비춰주었다. 그러한 아름다움은 정말 여인의 가슴을 설레게 만들었다.

얼굴이 빨개진 다마라가 나에게 "네 어거두아마는 손이 신통한 게 틀림없어. 그렇지 않고서야 어떻게 이렇게 예쁜 치마를 만들 수 있겠니?" 하고 말했다.

그런 말을 하는 어머니가 커다란 꼬리를 치켜세우고 미친 듯이 달리는 친칠라처럼 느껴졌다. 훌륭한 사냥꾼인 니두 무당의 깃털치마는 어머니를 위해 설치해 놓은 '챠를커'라는 덫이었다. 다마라가 치마를 입고 나에게 예쁘냐고 물었다. 나는 마음속으로 그 치마가 오로지 그녀를 위해 탄생했다는 찬탄을 금할 수 없었다. 오랜만에 고개를 치켜든 젊음과 생기발랄함이 그녀를 단정하고 고귀하게 만들었지만, 나는 쌀쌀맞게 대답했다.

"치마를 입으시니까 꼭 커다란 꿩 같네요."

얼굴이 창백해지더니 어머니는 기운이 쭉 빠진 목소리로 물었다.

"내가 그렇게 흉해 보이니?"

나는 이를 앙다물고 고개를 끄덕였다. 다마라가 울었다. 그녀는 오후부터 울기 시작해서 해 질 녘까지 울었다. 그녀는 깃털치마를 잘 싸 두고 나에게 말했다.

"남겨 두었다가 네가 결혼할 때 입으렴. 두 해가 지나면 너한테 쓸모 있을 거야."

다마라는 정식으로 깃털치마를 입지 않았지만, 가끔씩 치마를 꺼내서 입어보고는 취한 듯 한동안 바라보았다. 그럴 때마다 그녀의 눈빛이 유달리 온화해 보였다. 그녀는 무심코 니두 무당의 시렁주 주변을 배회했다. 그러다가 니두 무당이 갑자기 시렁주 밖으로 나오면 화들짝 놀라 "어머" 하고 소리를 지르고 얼른 뒤돌아 도망쳤다. 그녀는 이미 마음을 정복당한 여인이었지만, 그 남자의 그림자를 보는 것조차 겁을 냈다. 다마라는 니두 무당을 위해 심혈을 기울여 두 개의 물건을 만들었다. 노루가죽으로 만든 '바이리'와 '하다오쿠'였다.

바이리는 장갑이었다. 그 당시 우리는 만들기 간편한 벙어리장갑을 꼈었다. 다마라가 니두 무당에게 만들어준 장갑은 짧은 노루 털가죽으로 된 손가락장갑이었다. 손가락장갑은 만드는 데 시간이 많이 걸렸다. 다마라는 족히 보름이 넘게 바느질을 했다. 그녀는 장갑손목에다 무늬 세 개를 수놓았다. 불꽃무늬, 물무늬 그리고 구름무늬였다. 나는 아직도 가운데 불꽃무늬를 중심으로 위아래 각각 물과 구름무늬가 수놓인 장갑을 기억한다. 수를 다 놓은 다음 그녀가 나에게 그 장갑이 어떤지 물었다. 니두 무당을 위해 장갑을 만든다는 걸 알고 있었던 나는 비아냥거렸다.

"구름과 물이 같이 있는 건 맞는데, 왜 물과 불이 함께 있죠?"

내 말에 다마라의 얼굴이 하얗게 질렸다.

"어!"

그녀는 마치 바늘에 찔린 듯했다. 그녀는 이번에는 담

배주머니인 하다오쿠를 만들었다. 담배주머니에는 수를 놓지 않았다. 그 담배주머니는 노루 다리가죽 두 개로 만들었다. 조롱박 모양에 주머니 입구와 양쪽의 이음매에 테를 두르고 줄을 매달았는데, 줄에는 부싯돌 주머니를 매달았다. 다마라는 아버지가 맨 처음 사용했던 부싯돌을 담배주머니에 매달린 부싯돌주머니에 넣어 두었다. 나는 그 사실을 깨닫고 루니와 함께 부싯돌을 훔쳤다. 다마라는 어쩔 수 없이 부싯돌이 빠진 담배주머니를 니두 무당에게 선물했다. 니두 무당은 노루가죽 손가락장갑을 끼고 나서부터 손동작이 갈수록 민첩해졌다. 이상한 일이었다. 그는 사냥하기 어렵고, 가죽도 진귀한 여우와 스라소니를 잡았다. 더할 수 없는 기쁨과 자신감을 얻게 된 니두 무당은 담배주머니를 호신부로 삼아 언제나 오른쪽 허리에 차고 다녔다.

나는 종종 이푸린을 찾아가서 다마라와 니두 무당이 한 시렁주에 살게 되는 꼴을 보고 싶지 않다고 속내를 털어놓았다. 그럴 때마다 이푸린은 그렇게 될 수 없다는 걸 자세히 설명해주었다.

"그건 불가능해. 니두 무당은 린커의 형이야. 우리 씨족의 습속에 따르면 형은 죽은 동생의 아내를 처로 맞을 수 없어. 하지만 형이 죽었다면 동생은 형수를 아내로 맞아들일 순 있어. 예를 들면 니두 무당은 죽었는데 린커가 살아 있고 린커 곁에 다마라가 없다면 린커는 어거두아마가 남겨놓은 딸을 아내로 맞을 수도 있지."

"어거두아마 옆에는 여인이 없잖아요. 아마가 만약 어거두아마가 남겨놓은 딸을 취한다면 노루가죽 속에 들어 있는 신이겠죠. 그럼 아마는 신과 함께 있게 되는데 어떻게 아이를 낳을 수 있겠어요?"

나 못지않게 다마라와 니두 무당의 일을 심각하게 받아들이고 있던 이푸린은 이 이야기를 듣더니 깔깔대고 웃었다. 그녀는 자신의 비뚤어진 코를 문지르며 "아이고, 아이고" 하면서 내 이름을 연방 불러댔는데, 마치 나의 죽은 영혼을 위해 초혼의식을 치르는 듯했다.

"아니 넌 이제 시집갈 나이가 다 됐는데도, 어째 어린아이 같은 말만 하는 거니!"

이푸린은 죽은 린커를 들먹이기 싫어했지만, 어머니와 니두 무당이 서로 상대방에게 마음을 둔 이후부터 모두가 둘러앉은 자리에서 항상 아버지를 들먹였다. 린커가 다섯 살 때 활을 쏠 줄 알았다거나 아홉 살 때 썰매를 만들 줄 알았다는 이야기, 또 열 살 때는 토끼보다 더 빨리 달렸다는 이야기였다. 이푸린은 이야기를 마치고 나면 고개를 어머니 쪽으로 돌려 "다마라, 어릴 적 린커가 어땠는지 보고 싶었다면 얼른 커서 그때 시집오지 그랬어" 하고 말했다.

그 이야기를 들은 어머니는 고뇌에 찬 얼굴로 니두 무당을 바라보았고, 니두 무당은 나쁜 짓을 저지른 사람마냥 고개를 숙였다. 다마라와 니두 무당은 점점 함께 앉아 있고 싶어하지 않았다. 모두가 두 사람에게 적의를 품고 있다는 것을 분명하게 느낄 수 있었다. 이후 다마라는 깃털치마를 펼쳐 볼 때마다 웃었다. 그녀의 웃음소리는 늑대가죽을 펴고 사냥매에게 가죽에 달려들도록 유도한 다시의 기괴한 표정을 떠올리게 했다. 나는 모골이 송연해졌다. 그녀의 괴상한 웃음은 나와 루니를 시렁주 밖으로 떠다밀고 우리를 웃음 짓게 만들었다. 우리는 바보같이 하늘을 멍하니 바라보며 바람이 한바탕 불어 그 요상한 웃음을 데려가기만을 기다렸다.

나는 처녀가 되었고, 루니도 이제 어른이 되었다. 루니는 수염이 나기 시작했다. 다마라는 하루가 다르게 시들고 말라갔다. 하루는 이제 막 말을 배우기 시작한 작은 다시가 우리 시렁주에 왔다가 어머니를 보고 한 마디 툭 던졌다.

"머리에 눈이 왔어요. 안 추워요?"

작은 다시가 흰 머리가 점점 늘어나고 있다고 이야기한다는 걸 알아채고 다마라가 처량하게 대꾸했다.

"응, 추워. 내가 추운들 무슨 방법이 있겠니? 천둥과 번개가 불쌍하게 여긴다면 아마 번갯불로 나를 데려갈 거야. 그럼 더 이상 고통스럽지 않겠지?"

그날 이후로 천둥이 치고 비가 내리면 어머니는 숲으로 뛰어들었다. 나는 그녀가 무엇을 찾으러 가는지 알았다. 하지만 천둥과 번개는 그녀의 목에 걸린 밧줄을 잡아당길 마음이 없는 듯했다. 그들은 오직 자신들이 낳은 빗줄기로 그녀를 때리고 싶은 모양이었다. 그녀는 매번 평안히 돌아왔다. 머리는 풀어헤쳐 산발을 하고 온몸에 비를 맞아 축축하게 젖은 채 오들오들 떨었다. 그녀가 야영지로 돌아오면 니두 무당은 노래를 불렀다. 니두 무당이 노래를 부르면 어린 다시가 마리야의 품으로 파고들어 엉엉 울었다. 노랫소리가 정말로 애수에 차 있었다.

일본인이 왔다. 그들이 오던 그해 우리 우리링에는 두 가지 중요한 사건이 터졌다. 하나는 나제스카가 지란터와 나라를 데리고 어얼구나 강 왼편으로 도망친 것이었다. 이 사건은 이완을 고독의 심연으로 밀어 넣었다. 그리고 나는 한 남자에게 시집을 갔다. 내 중매쟁이는 배고픔이었다.

정오

화롯가 옆, 불빛이 암담해졌다. 목탄의 얼굴이 붉은빛이 아닌 잿빛이다.

목탄 두 덩이가 몸을 곧추세우고 있는 모습이 마치 가슴속에 가득 찬 답답한 이야기가 무엇인지 내가 추측해주기를 기다리고 있는 듯하다.

우리네 습속에 따르면 새벽에 목탄이 이렇게 곧추서 있는 것은 오늘 누군가가 나를 찾아오리라는 암시였다. 때문에 얼른 목탄을 향해 허리를 구부리고 인사를 해야 한다. 그렇지 않으면 손님을 푸대접하게 된다. 저녁에 목탄이 똑바로 서 있는 걸 발견하면 반드시 눕혀놓아야 한다. 그것은 귀신이 오는 것을 예시하기 때문이다. 지금은 새벽도, 저녁도 아니다. 찾아오는 사람이 사람일까 아니면 귀신일까?

정오가 되었지만, 비는 아직 내리고 있다. 안차오얼이

찾아왔다.

안차오얼은 귀신은 아니지만, 그렇다고 사람 같지도 않다. 마지막까지 나와 함께 남아 있는 사람은 분명 신령일 게다. 안차오얼이 시렁주로 걸어 들어오자 목탄이 쓰러졌다. 보아하니 목탄은 정말로 그를 위해 살고, 그를 위해 죽는 것 같다.

안차오얼은 자작나무 껍질로 엮은 바구니를 내 앞에 내려놓았다. 바구니 안에 들어 있는 물건은 그가 야영지를 청소할 때 주운 물건이다. 노루가죽 양말 한 짝, 쇠로 만든 주전자, 한 귀퉁이에 꽃이 수놓인 손수건, 사슴 뼈로 만든 팔찌 하나와 흰 빛깔의 순록방울 몇 개였다. 말할 필요도 없이 이것들은 다지야나 일행이 새벽에 이사할 때 흘리고 간 물건들이다. 예전에 이사를 할 때면 언제나 화로나 시렁주를 만들기 위해 파놓은 구덩이를 흙으로 메워 평평하게 해놓고, 쓰레기를 깨끗이 치운 후 깊이 묻었다. 우리가 묵었던 곳은 흠집도 나지 않았고, 쓰레기 냄새도 나지 않았다. 다지야나 일행은 떠나기 며칠 전부터 짐을 싸기 시작했지만, 막상 출발할 때가 되자 허둥댔다. 그들이 남겨 놓은 물건을 보아하니 사람도 허둥댔지만, 순록도 허둥댄 듯했다. 순록들이 서로 밀치락달치락 비벼대다가 방울을 떨어뜨린 모양이다. 하지만 순록이 방울을 떨어뜨린 데는 충분한 이유가 있다. 파를거의 말마따나 이제 철조망 울타리 안에 갇히게 된 순록은 더 이상 낯익은 산과 숲을 한

가로이 거닐 수 없을 것이다. 그러니 이런 방울이 무슨 소용이란 말인가? 방울을 달고 다니던 순록은 사실 벙어리라는 명찰을 달고 다니는 셈이다.

노루가죽 양말은 보아하니 마커신무의 것이다. 이렇게 큰 양말은 마커신무의 큰 발에나 어울린다. 쇠로 된 휴대용 술병은 라지미의 것이다. 나는 새벽에 그가 술병 주둥이에 대고 술을 마시는 것을 보았다. 술을 마시면서 "구구구"하고 외쳐대던 그는 무척 기뻐 보이기도 하고, 한편으로 고통스러워 보이기도 했다. 나는 그 옛날 다시가 생각났다. 술병을 잃어버린 라지미는 부쑤에 가서 당황해하지 않을까? 라지미가 다급해지면 시반은 불행해졌다. 그는 시반에게 화풀이를 했다. 라지미는 이유 없이 시반에게 욕을 하거나 돌을 던졌다. 심지어 그를 때려죽이려고 했다. 부쑤는 읍이어서 돌을 줍기 쉽지 않을 것이다. 그렇게 되면 라지미는 시반에게 돌을 던지지 못하고, 욕만 할 것이다. 욕은 몸을 상하게 하지 않으니까 시반은 그리 시달리지 않을 것이다. 꽃이 수놓인 손수건은 파를거의 것이다. 그는 여자아이들의 물건을 가지고 놀기를 좋아했다. 나는 전에 그가 이 손수건으로 머리를 싸매고 요란스럽게 흔들며 "헤이헤이" 하고 소리를 지르며 춤추는 모습을 보았다. 허리와 목을 심하게 흔들어댔지만, 춤추는 모습이 보기 좋았다. 그러나 도시에서 1년을 싸돌아다니다가 산으로 돌아온 후 그가 춤추는 모습은 도무지 봐줄 수가 없었다.

허리는 심하게 뒤틀리고, 목도 전후좌우로 돌려댔는데, 그 모습을 보고 있으면 목 근육이 달랑 하나밖에 남은 것은 아닌지 의심스러웠다. 가장 참을 수 없는 것은 그가 춤을 출 때 일부러 쉰 목소리로 "헤이헤이" 하고 외쳐대는 것이다. 그는 목소리가 맑고 깨끗했지만, 일부러 목을 짜 내어 소리를 냈다. 사슴 뼈로 만든 목걸이는 류샤의 것이다. 류샤는 수십 년 동안 그 목걸이를 하고 있었다. 내 큰아들 웨이커터가 손수 갈아서 그녀에게 선물한 목걸이다. 웨이커터가 살아 있을 때 류샤는 매일같이 목걸이를 목에 걸고 있었지만, 웨이커터가 죽은 후에는 보름달이 뜨는 날에만 목에 걸고 달 아래서 울었다. 새벽에 출발할 때 류샤가 손에 이 목걸이를 감고 있는 것을 보았다. 그녀는 다른 곳에 두면 잃어버릴까봐 목걸이를 손에 들고 있었던 것이다. 죽어도 트럭에 오르지 않으려고 버티는 순록 몇 마리를 잡으러 다니느라 모두가 갈팡질팡하는 북새통에 류샤도 목걸이를 잃어버린 모양이다. 가장 잃어버리고 싶지 않은 물건은 아이러니하게도 가장 쉽게 손에서 떠나는 법이다.

안차오얼이 화로에 장작을 몇 개 더 넣었는데, 바람에 쓰러진 나무를 쪼개서 만든 장작이다. 우리는 싱싱한 나무를 벌목해 땔감으로 삼은 적이 없다. 숲에서 땔감으로 사용할 수 있는 것은 자연스레 나무에서 떨어져 말라비틀어진 나뭇가지나 벼락을 맞아 생명력을 잃어버린 나무 그리고 광풍을 맞고 쓰러진 나무였다. 우리는 나중에 숲에 들어와 살게 된 한족과 달랐다. 한족은 생나무를 베어 장작으로 패 집터서리에 가득 쌓아놓았는데, 나는 그것을 볼 때마다 가슴이 아팠다. 몇 해 전 와뤄쟈가 처음으로 한족 마을을 지나다가 집집마다 문 앞에 장작을 잔뜩 쌓아놓은 것을 보고 돌아와서 걱정스럽다는 듯 한마디 했다.

"그 사람들은 나무를 벌목해 외지로 보내는 것도 모자라 매일 살아 있는 나무를 땔감으로 사용하고 있소. 숲은 조만간 한족들이 몽땅 다 벌목하고 불살라서 거덜 날 거요. 그럼 그때 우리와 순록은 어떻게 살겠소?"

와뤄쟈는 내 두 번째 남자이자 우리 민족의 마지막 추장이었다. 그는 미래를 조망할 수 있는 혜안을 가지고 있었다. 그날 다지야나가 우리렁 사람 모두를 소집해 하산하는 문제를 표결에 부쳤을 때 나는 와뤄쟈의 이야기를 떠올렸다. 나는 자작나무 껍질을 니하오가 남겨놓은 신고가 아닌 화롯불을 향해 던졌을 때 와뤄쟈의 미소를 보았다. 그의 미소는 불꽃 속에 있었다.

안차오얼이 내 찻잔에 계속 물을 부어주며 말을 건다.

"아테, 점심에 고기 먹어요."

나는 고개를 끄덕인다. 파를거가 안차오얼에게 나를 '아테'가 아니라 한족이 부르는 것처럼 '할머니'라고 부르도록 한 후부터 안차오얼은 나를 만나도 그 무엇으로도 부르지 않았다. 그는 지금쯤 나를 어니, 고모 그리고 보를건이라고 부르던 사람들이 모두 떠났다는 사실을 떠올렸을 것이다.

아무도 그에게 나를 할머니라고 부르라는 사람이 없으니 이제 아테라고 부른다.

 나를 온갖 풍우를 겪으면서도 쓰러지지 않은 고목이라고 한다면 내 슬하에 있는 아들과 손자들은 나무 위에 있는 무성한 잔가지들이다. 안차오얼은 이러한 잔가지 중 내가 가장 사랑하는 가지이다.

 안차오얼은 언제나 군더더기 없이 간단명료하게 이야기를 했다. 점심에 고기를 먹자고 말하고 그는 고기를 가지러 갔다. 어제 먹고 남긴 꿩 반 마리다. 하산을 결정한 사람들은 확실하게 이 산을 떠나야 한다는 사실을 깨닫고, 떠나기 전 우리와 함께 석별의 정을 나누고 싶어 했다. 며칠 동안 마커신무, 쒀창린 그리고 시반이 매일 사냥을 나갔지만, 그들은 빈손으로 돌아왔다. 요 몇 해 동안 사냥감은 나무와 마찬가지로 점점 줄어들었다. 다행히 어제 시반이 꿩 두 마리를 잡았고, 쒀창린은 강이 갈라지는 지점에서 '량쯔'를 이용해 물고기 몇 마리를 잡아서 돌아왔다. 어젯밤 야영지의 모닥불에서는 향기로운 냄새가 피어올랐다. 마커신무는 사냥감을 찾다가 두 마리 잿빛 학을 보았노라고 말했다. 마커신무가 총을 쏘려고 막 조준을 하고 있는데, 시반이 그를 말렸다. 시반은 자신들이 곧 하산할 테니 저 학 두 마리는 나와 안차오얼을 위해 남겨놓아야 한다고 했다. 나와 안차오얼이 세상에서 가장 아름다운 날짐승을 볼 수 없다면 우리의 눈이 고통스러울 거라는 게 그 이유였다.

오직 나의 시반만이 이렇게 사랑스러운 말을 할 수 있을 것이다.

나는 꿩을 한 조각 잘라서 불 위에 놓고 불의 여신에게 경의를 표했다. 그런 다음 소금을 뿌리고 버드나무 가지로 꿩고기를 꿰어 불에 올려놓고 구웠다. 꿩고기를 먹고 있는데 안차오얼이 갑자기 물었다.

"아테, 비가 와요. 로린스키 개울에도 물이 흐를까요?"

로린스키 개울은 예전에 물이 많았던 계곡이었다. 아이들은 그 계곡물을 즐겨 마셨는데, 물이 마른 지 6, 7년이 되었다.

나는 안차오얼을 향해 고개를 가로저었다. 한바탕 내린 비가 계곡을 구할 수 없다는 것을 나는 잘 알고 있다. 안차오얼은 실망한 듯 먹던 것을 내려놓고 그만 자리를 떴다.

나도 먹던 것을 내려놓고 차를 마신다. 세차게 일어나는 불꽃을 바라보면서 나는 우리의 이야기를 이어나가고 싶다. 비와 불이 오전 내내 주절거렸던 내 수다를 더 이상 듣기 싫어한다면 안차오얼이 시렁주로 가져온 자작나무 바구니에 담긴 물건들에게 이야기를 들려주어야겠다. 이 물건들이 여기 남겨진 이유는 해야 할 일이 있기 때문이다. 나는 노루가죽 양말, 손수건, 술병, 목걸이 그리고 방울에게 이야기를 들려주련다.

만약 70년 전 어얼구나 강 오른쪽 숲에 와봤다면 틀림없이 나무 사이에 걸려 있는 두 개의 물건과 마주쳤을 것이다. 바로 풍장하는 관목과 물품을 저장해 놓는 '카오라오바오'다.

나와 라지다는 카오라오바오 아래에서 만났다. 그 전까지 카오라오바오는 나에게 오직 우리의 생필품을 담아 두는, 숲 속에 있는 창고에 불과했다. 그러나 카오라오바오 밑에서 라지다와 약혼을 한 후부터 이곳은 내 가슴속에 네모난 달이 되었다. 당시 어둡고 적막하던 내 가슴에 빛과 따사로움을 전해주었기 때문이다.

투르코프가 민국 21년(1932년―옮긴이) 가을에 일본군이 온다는 소식을 우리 우리령에 전해주었다. 말을 타고 온 그는 얼마 되지 않는 총알과 밀가루, 식염과 술을 싣고 왔다. 그는 지금은 일본사람들 세상이며, '만주국'을 세운 일본인이 곧 소련을 침공할 거라는 소문이 돌고 있어 주얼간툰의 러시아 안다들이 일본인들에게 해를 입을까 두려워 어얼구나 강 왼편으로 모두 돌아갔다고 했다. 그 바람에 물품이 부족해 물품교환이 마땅치 않다고 했다.

우리는 그가 가져온 보잘것없는 물건을 최상품 녹용과 친칠라가죽 수백 장과 맞바꾸었다. 화가 난 하세가 투르코프에게 분통을 터뜨렸다.

"괜히 일본군 핑계 대고 우리 걸 착복해 가지 마시오. 로린스키는 우리한테 한 번도 이렇게 고약한 심보를 보인적이 없소."

투르코프의 안색이 싹 변했다.

"나는 머리통이 날아갈지도 모르는 위험을 무릅쓰고 당신들한테 물건을 가져다주었소. 당신들이 찾아보시오. 파란 눈의 안다가 몇 명이나 일본사람들이 두 눈 버젓이 뜨고 있는데 장사를 하고 있는지 말이오. 손해 본다는 생각이 든다면 내가 가지고 온 물건을 도로 가져가겠소. 다른 사람을 찾아서 거래하시오!"

당시 우리가 가진 총알은 여명 전 하늘에 떠 있는 별처럼 몇 발 남아 있지 않았다. 밀가루를 넣어 두는 포대도 배가 홀쭉해져 있었고, 순록이 좋아하는 소금은 춘풍을 만난 적설처럼 하루가 다르게 줄어들고 있었다. 투르코프가 가져온 물건은 우리 목숨을 구해줄 수 있는 양식과 다름없었다. 우리는 얼마나 많은 대가를 치르더라도 교환해야 했다. 속으로 '교활하기 짝이 없는 속이 시커먼 놈'이라고 그를 두고 욕을 해댔지만, 물물교환을 해야 했다.

투르코프는 적이 만족한 듯, 야영지를 떠날 때 지란터에게 "일본인은 산에 들어왔다 하면 파란 눈부터 정리하고 있어. 얼른 도망가. 여기서 이러고 있다가 죽지 말고" 하고 일렀다.

원래 담이 콩알만 한 지란터는 놀라서 얼굴이 하얗게 질렸다. 그는 이를 딱딱 부딪치고 덜덜 떨며 울음 섞인 목소리로 물었다.

"전 어려서부터 이곳 숲에서 살았는데 일본사람이 무슨 이유로 절 죽인다는 거예요?"

"무슨 이유로? 그야 자네 눈 때문이지. 눈이 검은색이어야 돼. 물론 이곳에 정착해서 살 수 있다지만, 자네 눈빛이 하늘처럼 파랗잖아. 이런 색깔은 위험하다니까. 기다려봐."

그는 또 나라를 바라보며 "아가씨도 얼른 도망가지 않으면 오빠보다 더 심한 꼴을 당할걸. 왜냐고? 여자잖아. 일본사람들은 파란 눈의 아가씨랑 자고 싶어하거든."

머리칼이 거의 백발이 다되었지만 나제스카는 여전했다. 그녀는 가슴팍에 십자가를 그으며 이완에게 애원했다.

"어떡하면 좋죠? 눈을 어떻게 해야 검정색으로 변할까요? 니두 무당한테 우리 눈빛과 머리칼을 모두 검은색으로 변하게 도와달라고 하면 안 될까요?"

가장 중요한 순간에 그녀는 우리의 신에게 구원을 청하고 있었다. 니두 무당은 가까이 있지만, 성모마리아는 멀리 떨어져 있기 때문인 듯했다.

이완이 대답했다.

"파란 눈이 어때서? 내 여자와 내 딸 모두 파란 눈이야. 일본 놈들이 감히 두 사람을 어떻게 하려 하면 내가 그놈들 다리 사이에 껴 있는 물건부터 정리해놓을 거야."

모두들 이완의 이야기를 듣고 웃었지만, 나제스카는 웃지 않았다. 그녀는 입을 다물지 못하고 걱정스러운 표정으로 지란터와 나라를 바라보았다. 굶주린 사람이 아름다운 버섯 두 개를 따서 독이 있는지 두 눈을 있는 대로 크게 뜨고 의심의 눈초리로 살피고 있는 듯했다. 지란터는 서리 맞은 풀처럼 풀이 팍 죽어 있었다. 나라는 알록달록하게 물들어 있는 자신의 손을 바라보고 있었다. 그녀의 손톱은 분홍빛이 아니라 보랏빛, 파란빛, 노란빛, 초록빛이었다. 그녀는 손톱은 이렇게 염색이 가능한데 왜 눈은 검은색으로 물을 들일 수 없을까 하고 생각하는 듯했다.

지란터는 아버지 이완처럼 민첩하고 용맹스럽지 못했다. 문약한 그는 사냥에도 전혀 흥미가 없었다. 오히려 여자들이 하는 일을 더 좋아했다. 가죽을 다루거나 자작나무 상자를 만들거나 가죽장갑을 꿰매거나 숲에 있는 나물을 캐는 일을 더 즐겨 했다. 우리렁의 여인들은 그를 좋아했지만, 이완은 남자다운 모습이 없다고 아들을 싫어했다. 이완은 사냥을 할 줄 모르는 남자가 장차 어떻게 아내를 얻을 수 있겠냐고 물었다. 나라는 천을 염색하는 일을 가장 좋아했다. 그녀는 염료로 과일이나 꽃에서 즙을 짜서 사용했다. 감나무 열매로 흰색 천을 파랗게 물들이거나 붉은 팥으로 흰색 천을 산뜻한 분홍으로 물들였다. 천 조각이 여유 있으면 백합화 즙으로도 물을 들였다. 나라는 분홍빛 여름 백합화를 채집하여 꽃잎을 찧어 즙을 짜서는 물과 소금을 넣고 솥에서 족히 한나절을 끓였다. 저녁이 되자 그녀는 염색한 천을 강물에 헹궈 초록빛 버드나무 위에 널어놓았다. 제일 먼저 염색한 천을 본 마리야는 저녁노을이 우리 야영지에 내린 줄 알고 모두에게 나와 보라고 고함을 질렀다. 모두들 신령이 출현했다고 생각했다. 만약 나제스카가 나라에게 투덜대는 소리를 듣지 못했다면 아무도 그것이 천이라고 생각하지 못했을 것이다. 나제스카는 천을 염색한 솥을 씻어놓지 않으면 어떻게 저녁을 짓겠냐며 나라에게 불평을 쏟아냈다. 그제야 사람들은 그것이 천이라는 사실을 깨닫고 한숨을 쉬면서 흩어졌다. 나는 그 자리에 그대로 서 있었다. 조금 전과 다름없이 나는 그 천을 저녁노을이라고 여겼다. 천은 확실히 저녁노을이었다. 윤기 흐르는 분홍색은 색이 고르게 염색된 게 아니었다. 그 안에 가느다란 가랑비며 뭉게뭉게 피어오르는 구름이 섞여 있는 듯했다. 이 천은 내 결혼 예복의 장식이 되었다.

나라는 염색한 천을 들고 우리 시령주로 가져와 루니에게 보여주기를 좋아했다. 린커처럼 총을 좋아하는 루니는 나라에게 이렇게 말했다.

"사람은 사냥감이 없으면 굶어 죽어. 하지만 옷은 두꺼운 가죽옷과 얇은 가죽옷 한 벌씩만 있으면 평생 족해. 천이란 건 있으면 좋고, 없어도 그만인 물건이야."

화가 난 나라는 한쪽에 멍청하게 앉아 있는 다마라에게 "아줌마는 왜 루니를 이렇게 바보로 낳았어요?" 하고 물었다.

야단맞은 다마라는 화내지 않았다. 그녀는 나라와 그녀가 들고 온 염색 천을 번갈아 바라보고 한숨을 내쉬며 말했다.

"아무리 염색을 한들 내 깃털치마만큼은 예쁘지 않을 거야. 이 깃털치마 색깔을 누가 염색했는지 알아? 바로 하늘이야. 하늘이 염색해준 색과 견줄 수 있겠니?"

나라는 화가 나서 앞으로 절대로 우리에게 염색한 천을 보여주지 않겠노라 맹세하고 가버렸다. 하지만 그녀는 염색을 했다 하면 또 다시 자랑스럽게 천을 들고 보여주러 왔다.

투르코프가 떠나고 난 다음 나제스카는 도무지 일에 집중할 수 없었다. 그녀는 고기를 썰 때 손가락을 베어 피가 난 적이 한두 번이 아니었다. 나는 그녀가 나라와 함께 이야기를 주고받다가 딸을 울리는 모습을 심심찮게 보았다. 하루는 나와 이푸린이 순록에게 방울을 매주고 있는데 나라가 이푸린에게 뛰어와 물었다.

"일본 사람들이 어디에서 올까요? 어얼구나 강 왼쪽인가요, 아니면 오른쪽일까요?"

이푸린이 벌컥 화를 냈다.

"어얼구나 강하고 일본 사람하고 무슨 상관인데? 왼쪽이든 오른쪽이든 모두 그 사람들 땅이 아니잖아. 그 사람들이 사는 곳은 바다 건너야. 전에 어떤 사람이 뗏목을 타고 일본으로 건너갔는데, 아직도 돌아오지 않았다고!"

"어얼구나 강하고 상관도 없는 일본 사람들이 여긴 왜 오는 걸까요?"

나라가 물었다.

"훌륭한 사냥꾼이 없으면 고기가 있는 곳에 늑대가 들끓기 마련이지."

투르코프의 이야기를 듣고 나제스카의 머릿속에서 도망칠 생각이 싹텄을 것이다. 그러나 그녀의 행동을 부추긴 것은 하세가 겪은 아슬아슬한 경험 때문인 듯하다.

하세는 잃어버린 순록 두 마리를 찾아 나섰다가 자작나무 껍질로 만든 바구니를 매고 황기를 캐어 온 한족 노인을 만났다. 하세가 "어르신, 왜 황기를 채집하고 계신가요? 사슴태반 기름을 달이려고 하시는 건가요?" 하고 물었다.

우리는 무쇠 솥에다 사슴태반 기름을 졸일 때 항상 수장삼이나 황기 같은 약재를 넣고 달였다. 노인은 지금이 어느 때라고 사슴태반을 사냥할 수 있겠느냐며 황기라도 캐서 약방에 팔아 양식으로 바꿔볼까 했다. 노인은 일본 사람이 들어와서 입에 풀칠하기가 더 힘들어졌다고 했다.

"어르신, 일본 사람들이 정말로 파란 눈의 러시아 사람들을 죽이나요?"

"내가 어찌 알겠소. 그런데 일본 사람들이 왔다 하면 눈이 파란 사람들은 얼른 도망을 친다오."

야영지로 돌아온 하세는 저녁식사 때 노인과 우연히

만나 나눈 이야기를 들려주었다. 그의 이야기를 들은 나제스카의 눈빛에 공포와 경악이 가득했다. 그녀는 고기를 꿀떡꿀떡 삼키고 딸꾹질을 했다. 그러면서도 연거푸 입 안으로 고기를 밀어 넣었다. 지란터는 밥을 다 먹지 않았지만, 걱정이 태산이 되어 일어나 가버렸다. 이완은 지란터의 뒷모습을 보며 한숨을 푹 쉬고 말했다.

"저 녀석은 정말로 나 이완의 아들 같지가 않아. 강한 구석이라고는 도무지 없으니!"

줄곧 지란터의 출생에 의심을 품고 있던 이푸린이 한마디 했다.

"흥! 지란터의 눈이 저렇게 파란 걸 보면 당연히 네 아들 같지 않아."

나라는 이푸린의 말을 듣고 발끈하더니 벌떡 자리에서 일어나 맞받아쳤다.

"'흥'이라고 콧방귀 그만 뀌세요. 코가 그렇게 삐뚤어졌는데도 다른 사람을 두고 콧방귀를 뀌다가는 코가 어얼구나 강 왼쪽까지 삐뚤어질걸요."

그녀의 이야기에 모두가 웃었지만, 이푸린은 화가 머리 끝까지 나서 쏘아붙였다.

"내 코가 또 비뚤어진다 해도 어얼구나 강 왼쪽 언덕으로는 비뚤어지지 않을 거다. 거기는 너희 오줌 지린내가 나서 내 코가 더러워질 테니까. 나는 죽었다 깨어나도 내 코를 오른쪽으로 삐뚤어지게 할 거야. 동쪽 바다에 닿도록 삐뚤어지게 할 거라고!"

나제스카는 누가 '일본'이라는 두 글자만 들먹여도 마치 천둥소리를 들은 것처럼 불안에 떨었다. 이푸린의 말에 나라는 화가 나서 가버렸지만 나제스카는 자리에 꼼짝 않고 앉아서 고기를 꿀떡꿀떡 삼키고 있었다. 이완은 그 모습을 보고 놀랐다. 이완이 "나제스카, 당신 배는 딱 하나뿐이오"라고 했지만 나제스카는 대꾸도 하지 않고 계속해서 고기를 먹었다. 이푸린은 방금 전에 내뱉은 말이 좀 심했다고 느꼈는지 한숨을 쉬고 자리를 떴다. 그날 저녁, 두 가지 소리가 야영지를 오고갔다. 하나는 나제스카가 토하는 소리였고, 다른 하나는 나라가 "까아악" 하고 지르는 고함 소리였다. 나제스카는 고기를 너무 많이 먹은 탓이었고, 나라는 까마귀 울음소리를 배우고 있었다. 두 사람이 우리 야영지에 마지막으로 남겨놓은 소리였다.

다음 날 이완은 평상시와 다름없이 새벽에 아침을 먹은 후 하세와 루니를 따라 사냥을 나갔다. 그날 저녁 야영지로 돌아온 그는 시렁주가 텅 빈 것을 발견했다. 평소에 대충 쌓아 두었던 노루가죽 요와 이불이 가지런히 개켜 있었고, 담배가 가득 채워진 담뱃갑은 화롯가 옆에 놓여 있었다. 그가 사용하는 찻잔은 두껍게 눌러 붙어 있던 차 때가 깨끗이 닦여 잠자리에 놓여 있었다. 비정상적인 정결함이 이완의 가슴을 뛰게 만들었다. 사태가 심상치 않다는 것을 알아차린 이완은 옷을 넣어 두는 순록가죽 자루를 살펴보았다. 옷이 반으로 줄어 있었고, 나라가 염색한 천은 밝은 분홍빛 천밖에는 남아 있지 않았다. 통에 담아 둔 말린 육포도 적잖게 줄어 있었다. 보아하니 식량과 옷을 가지고 도망을 친 모양이었다.

그날 새벽, 나는 강변에서 세수를 하러 갔다가 나라를 만났다. 나라는 동그랗게 풀을 뭉쳐 만든 행주에 강바닥 모래를 묻혀 찻잔에 낀 차 때를 닦고 있었다. 내가 물었다.

"그걸 닦아서 뭐하게?"

"차 때가 너무 많이 껴서 찻물을 부으면 말갛지 않을 거 같아서."

세수를 마치고 시렁주로 가려고 하는데, 나라가 나에게 물었다.

"내가 염색한 천은 되게 예쁜데, 루니는 어째서 한 필도 좋아하지 않는 걸까?"

"네가 네 입으로 루니는 바보라고 말하지 않았어? 바보는 당연히 아름다움을 이해하지 못하지."

나라가 입을 이죽거리며 말했다.

"넌 왜 루니를 바보라고 말하는 건데? 우리 우리렁에서 루니가 제일 똑똑해!"

나라는 나에게 염색한 천 중에서 어떤 천이 가장 마음에 드는지 물었다.

"밝은 분홍빛 천이 제일 좋아. 그 천을 보고 모두들 야영지에 저녁노을이 떨어진 줄 알았어."

나라는 밝은 분홍색 천을 나에게 남겨주려는 것이었다. 나는 그렇게 믿는다. 나라와 헤어진 다음에야 나는 어제 저녁에 곰 고기도 먹지 않았는데, 왜 까마귀 소리를 낸 건지 묻는다는 걸 깜빡한 것을 생각해냈다.

모닥불 가에 앉아 저녁식사를 하고 있는데, 고개를 숙인 이완이 혼자 왔다. 발걸음이 버거워 보였다.

마리야가 물었다.

"나제스카와 아이들은?"

이완은 천천히 자리에 앉아 커다란 두 손으로 얼굴을 문지르고 살짝 고개를 들더니 처량하게 말했다.

"도망갔어. 찾으러 가지 마. 떠나고 싶은 사람을 붙잡아 둘 수 없어."

소식을 전해들은 우리는 모두 침묵했다. 오직 이푸린만이 큰 소리를 냈다.

"아이고! 그러게 내가 전에 말했잖아. 나제스카는 언젠가 아이들을 데리고 고향으로 돌아갈 거라고. 지란터는 그 여자가 데려가는 게 옳겠지. 갠 모르긴 몰라도 이완의 혈육이 아니니까. 하지만 나라는 이완의 아이잖아. 왜 나라까지 데려간 거야? 창녀였던 여자라서 마음이 이렇게 모질고 독하다니까."

이완이 이푸린에게 으르렁댔다.

"누구든 나제스카를 창녀라고 하면 그 입을 쫙 찢어 놓겠어."

이푸린은 놀란 듯 말을 멈추고 얼른 입을 다물었다.

나는 시렁주로 돌아와 나제스카가 도망갔다는 소식을 다마라에게 알렸다. 뜻밖에도 다마라가 웃었다.

"잘 도망갔네. 잘 도망갔어. 이 우리링 사람들 모두 도망가면 얼마나 좋겠어."

나는 너무나 화가 나서 "그럼 어머니도 도망가세요" 하고 말했다.

"도망을 간다면 라무 호수로 뛰어들 거야. 거기는 겨울도 없고, 일 년 내내 연꽃이 피어 있으니 얼마나 좋아."

말을 마친 그녀는 자신의 흰머리를 한 움큼 뽑아 화롯불에 던졌다. 그녀의 미치광이 같은 모습을 보면 볼수록 말할 수 없을 만큼 고통스러웠다. 니두 무당의 거처를 찾아가 나제스카가 지란터와 나라를 데리고 도망쳤으니 족장인 당신이 쫓아가야 되지 않겠냐고 물었다. 그가 대답했다.

"네가 뒤쫓으려는 도망자는 손으로 잡으려는 달빛과 같다. 손을 내밀면 잡았다고 느껴지지만, 자세히 보면 빈손이지."

나는 족장으로서 자신의 감정조차도 추스르지 못하고 동정심마저 상실한 그를 경멸했다. 나는 그에게 "우리가 쫓아갈 거예요. 가서 데려 올 겁니다" 하고 소리쳤다.

"너희는 그 사람들을 데려올 수 없어."

이완은 나제스카를 찾으러 가지 않았다. 하세와 루니,

쿤더와 내가 이들을 뒤쫓았다. 우리는 나무 막대기로 큰 나무를 쳤다. 주변에 있는 순록에게 지금 너희가 필요하니 근처에 있으면 어서 우리에게 와달라는 신호였다. 잠시 후 순록 예닐곱 마리가 야영지로 돌아왔다. 우리는 건장한 순록 네 마리를 골라 등에 나눠 탔다.

우리는 나제스카가 어얼구나 강을 향해 도망쳤다는 사실을 알고 있었다. 쫓는 방향을 당연히 그쪽으로 잡았다.

가을날 청량한 공기 아래 잇대어 있는 산은 남색의 그윽한 빛이 출렁였다. 그러나 강에는 은밀한 우윳빛이 떠다녔다. 사람을 찾겠다는 마음이 절절한 나는 출발하자마자 왼쪽과 오른쪽을 향해 "나라"를 목이 터져라 불렀다. 내 외침에 놀라 나무 위에 앉아 있던 부엉이가 날아올랐다. 우리 눈앞으로 휙 날아오른 부엉이의 빛나는 눈빛이 별똥별 같았다. 상서롭지 못한 빛이 비수처럼 내 가슴을 아프게 찔렀다. 쿤더가 나에게 "밤길을 가면서 큰 소리를 지르면 안 돼. 산신을 놀라게 할 수 있어. 그리고 나제스카는 도망간 건데 네가 부르는 소리를 들으면 더 멀리 우리를 피해갈 거야" 하고 말했다.

하세는 "나제스카 일행은 순록을 타지 않아서 어얼구나 강으로 가려면 최소한 이틀이 걸릴 거야. 도착했다고 해도 강을 건널 배를 찾는 것도 보장할 수 없어. 강변에서 배를 기다릴 수밖에 없을 거야" 하고 말했다.

한 조가 된 우리 네 사람이 산을 넘었다. 하세는 어얼구나 강으로 통하는 지름길이 있는데, 길은 험하지만 순록이 앞장서면 문제없을 거라 했다. 우리는 토의 끝에 길을 두 갈래로 나눠 가기로 결정했다. 하세는 루니를 데리고 가고, 나는 쿤터를 데리고 가기로 했다. 나와 쿤더는 그날 밤 나제스카 일행을 못 찾으면 새벽에 야영지로 돌아오기로 했지만, 하세와 루니는 계속해서 어얼구나 강을 향해 가기로 작전을 세웠다.

하세 일행이 떠나고 산 하나를 돌자 쿤더는 나제스카 일행이 우리보다 하루를 앞서 걸어서 따라잡기도 어려울 것이고, 하세와 루니가 뒤를 좇고 있으니 야영지로 되돌아가자고 했다.

"쿤더, 그 사람들은 멀리 못 갔을 수도 있어요. 막상 도망치고 나서 후회를 했을 수도 있고. 그래서 어디 숨어 있을지도 몰라요."

"난 총알도 많이 가져오지 않았어. 그냥 돌아가자. 너한테 무슨 일이 생기면 이푸린한테 내가 뭐라 해명을 할 수 있겠니?"

"기왕 찾으러 나온 거 조금만 더 찾아보고 돌아가요."

쿤더는 더 이상 아무 말도 하지 않았지만, 뺀질거렸다. 그는 순록을 아주 천천히 몰았다.

사실 숲에서 사람을 찾기란 바다에서 바늘을 줍는 것만큼이나 어려운 일이다. 밤이 되었다. 우리 둘은 몹시 피곤했다. 쿤더는 멈춰서더니 "담배 한 대 피우고 정신을 좀 차려야겠어" 하고 말했다.

나도 볼일을 보고 싶었다.

"쿤더, 나 볼일 좀 보고 올게요. 곧 돌아올게요."

내가 무엇을 하려는지 알아차린 쿤더가 너무 멀리 가지 말라고 신신당부했다.

"나는 순록하고 여기서 기다리고 있을게."

나는 순록의 등에서 뛰어내렸다. 양쪽 다리가 너무 뻐근하고 힘이 없었다. 쿤더가 내 등에 대고 혼잣말하는 소리가 들렸다.

"살담배가 이렇게 눅눅한 걸 보니 내일은 분명 비가 올 모양이야. 나제스카, 정말 사람 고달프게 하네."

조용한 밤에는 작은 소리도 낮보다 훨씬 잘 들렸다. 볼일 보는 소리가 쿤더에게 들릴까 염려스러워 나는 계속 숲 속으로 깊이 들어갔다. 높다란 소나무 숲이어서 바람이 조금만 불어도 나뭇가지가 쏴쏴 하는 소리를 냈다. 바람도 소변을 보고 있는 듯했다. 쿤더가 아무 소리도 들을 수 없을 정도로 멀리까지 걸어가서 쪼그리고 앉았다.

볼일을 보고 일어나면서 눈앞에 미로가 펼쳐졌다. 잠시 머리가 어지럽더니 일어서자마자 하늘이며 땅이 뱅글뱅글 돌고 눈앞에서 별이 번쩍번쩍했다. 나는 땅바닥으로 곤두박질을 쳤다. 다시 일어섰을 때 내 양쪽 다리가 원래의 방향과 빗나간 곳으로 땅을 밟고 있었다. 정신없이 걷다 보니 순록의 그림자가 보이지 않았다. 나는 고개를 들고 달을 바라보았다. 달 가는 방향으로 가는 것이 옳았다. 출발할 때 우리 야영지가 뒤쪽에 있었으니 틀림없이 그곳이 서쪽이었다. 그러나 잘못 판단한 것이었다. 나는 목적지와 한참 빗나가 있었으며, 완벽하리만큼 원래 방향과 반대로 가고 있었다. 한참을 걸었지만 쿤더는 보이지 않았다. 나는 큰 소리로 그를 불렀다. 나중에 들은 이야기지만, 내가 떠난 뒤 쿤더는 담배를 다 피우고 그만 순록의 몸에 엎드려 잠이 들고 말았다. 때문에 그는 내가 오랫동안 돌아오지 않았건만, 찾아 나설 생각조차 하지 못했다. 하지만 그가 찾아 나섰다면 나는 라지다를 만나지 못했을 것이다.

서늘한 바람이 잠든 쿤더를 깨웠다. 날은 이미 밝아 있었다. 잠에서 깬 쿤더는 내가 곁에 없다는 걸 알고 야단이 났다. 그는 총을 쏘면서 내 이름을 불렀지만, 그에게서 점점 더 멀어지고 있던 나는 그가 부르는 소리를 들을 수 없었다.

간 떨리는 한밤을 보내고, 나는 일출의 여명을 맞을 수 없었다. 잿빛 구름이 하늘을 뒤덮고 있었다. 태양이 없으니 내가 어느 방향으로 가고 있는지 판단조차 할 수 없었다. 나는 오솔길을 찾았다. 숲에 구불구불하게 난 오솔길은 우리가 아니면 우리 순록이 밟아서 만들어진 길이었다. 오솔길을 따라서 걷다 보면 인적을 발견할 수 있을 터였다. 나는 버섯을 따서 허기를 채웠다. 가장 염려스러운 것은 맹수와 마주치는 일이었다. 린커를 따라 루니와 함께 낙타사슴을 잡으러 갔을 때를 빼놓고 홀로 맹수와 대처한 경험이 없었다. 얼마 걷지 않았을 때 비가 내리기 시작했다. 나는 바위 아래로 뛰어가 비를 피했다. 황갈색 바위 위에서는 초록이끼가 아주 예쁘게 자라나 있었다. 이끼는 구름 모양도 있고, 나무 모양도 있고, 강이며 꽃봉오리 모양도 있었는데, 그 모습이 마치 한 폭의 그림 같았다.

비는 그칠 생각이 없는 듯했다. 바위 아래에서 비를 피하면서 보니 내가 처한 상황이 갈수록 엉망이 되어가는 느낌이었다. 나는 다시 오솔길을 찾아 나섰다. 마침내 관목 숲에서 굽이진 자그마한 오솔길을 찾아냈다. 일출을 보는 것처럼 기분이 들떴다. 그러나 고개를 돌려보니 길은 앞에 있는 산에서 끊어져 있었다. 나는 절망했다. 산기슭에 주저앉아 울고 싶었지만, 눈물이 나오지 않았다. 나는 내 다리를 내리쳤다. 산을 바라보면서 나제스카를 욕하고, 쿤더를 욕하고, 다마라와 니두 무당을 욕했다. 그들이 나를 이 지경으로 몰아넣은 것만 같았다. 한참 욕을 하고 나자 마음속에 있던 공포가 한결 가벼워졌다. 나는 일어나서 강을 찾아가야겠다고 마음먹었다. 강줄기를 찾아 강변을 따라가다 보면 길을 찾을 수 있을 것이다. 나는 시냇가를 찾아 물을 마시고 나서 냇물을 따라 앞으로 걸어 나갔다. 시냇물을 따라가면 분명 강을 찾을 수 있을 것이다. 시냇물은 강에서 모이지 않던가. 나는 자신감에 차 있었지만, 하늘은 줄곧 암담했다. 그리고 나는 시내가 모이는 곳이 강이 아니라 호수라는 사실을 발견했다. 비가 호수 위를 때리는 모습이 솥에서 물이 끓어오르는 듯했다. 정말이지 나는 호수로 뛰어들고 싶었다.

몇 해가 지나고 어느 날, 책 읽기를 좋아했던 와뤄자가 책에 있는 부호를 가리키며 나에게 "이것이 마침표인데 만약에 책 안에 있는 사람이 말을 마치면 이런 부호를 그려"라고 말했다.

나는 이렇게 대답했다.

"내가 산에서 길을 잃었을 때 그런 부호를 본 적이 있어요. 마침표를 숲에 찍었을 때 나는 그 호수를 보았죠. 그런데 마침표 같았던 호수는 내 인생에서 마침표가 아니었어요."

밤에 늑대나 곰을 만날까 두려워 나는 호반에 앉아 하룻밤을 지냈다. 만약에 놈들이 나타나면 호수로 뛰어들 생각이었다. 호수에 뛰어들지언정 맹수에게 내 몸에 있는 선혈을 맛보이고 싶지 않았다. 비가 그치자 별들이 나타났다. 온몸이 젖은 나는 춥고 배가 고팠다. 그날 밤, 나는 호수로 물을 마시러 온 사슴 두 마리를 보았다. 어미 사슴과 새끼 사슴이 호수 맞은편에 나타났는데, 새끼 사슴은 신이 나서 어미 사슴보다 앞서서 걸었다. 새끼 사슴은 개구쟁이처럼 물을 마시면서 입으로 어미 사슴의 다리를 떠밀었다. 어미 사슴은 새끼 사슴의 얼굴을 핥아주었다. 그 순간 내 가슴에서 갑자기 따뜻한 기류가 용솟음쳤다. 누군가 저렇듯 따뜻하게 내 얼굴을 핥아주기를 갈망했다. 호흡이 빨라지고 양 볼이 뜨거워졌다. 눈앞에 있는 흑암의 세계에 갑자기 서광이 비치기 시작했다. 앞서거니 뒤서거니 호수를 떠나는 두 마리 사슴을 보며 나는 가슴속에서 희열과 행복을 느꼈다. 나는 그때까지 사랑하는 사람이 내 얼굴을 핥는 느낌조차 경험해본 적이 없었다. 반드시 살아야 한다고 스스로에게 다짐했다.

날이 밝아오면서 태양이 떠올랐다. 나는 흰 버섯 몇 개와 붉은 팥을 아침으로 먹었다. 높은 산에 올라 부근에 강이 있는지 살펴볼 작정이었다. 하지만 실망하지 않을 수 없었다. 눈앞에 펼쳐진 산이 잇달아 있는 모습이 마치 무덤 같았다. 기분이 울적했다. 강물과 같이 밝게 빛나는 사람의 그림자를 얼마나 보고 싶었는지 모른다. 산에서 내려올 때 다리에서 점점 힘이 빠졌다. 오솔길도, 강도 없다. 어디로 가야 한단 말인가? 도움을 청하는 심정으로 태양을 바라보았다. 태양이 떠오르는 방향으로 가야겠다고 생각했다가 다시 해가 떨어지는 방향으로 걸어야 한다고 생각했다. 머릿속이 웅웅 울리기 시작했다. 거미줄에 걸린 벌처럼 내 머리는 빙빙 돌고 있었다. 앞쪽에서 우지직 하는 소리가 들려왔다. 누군가가 나무를 베고 있는 듯했다. 환청은 아닌지 나는 그 자리에 우뚝 서서 귀를 기울였다. 우지끈 하는 소리가 또 들렸다. 흥분이 일면서 머릿속이 어지러웠다. 나는 소리가 나는 방향으로 미친 듯이 달렸다.

과연 빈터가 나타나고, 위쪽에 부러진 소나무 무더기가 쌓여 있는 것이 보였다. 나무를 뽑고 있는 그림자가 보였는데, 몸에 털이 송송 나 있었다. 놀라서 비명을 질렀다. 사람이 아니라 흑곰이었다. 비명 소리를 듣자마자 곰은 휙 돌더니 앞발을 들고 똑바로 서서 나를 향해 걸어왔다. 그 모습이 마치 사람 같았는데, 나는 아버지가 예전에 들려주었던 이야기를 믿게 되었다. 아버지는 곰은 전생에 사람이었는데 죄를 지어 하느님이 맹수로 만들어 네 발로 걷게 되었다고 했다. 하지만 가끔 사람처럼 몸을 곧추세우고 걸을 수 있었다. 나를 향해 한발 한발 다가오는 곰은 한가롭게 풍경을 구경하는 사람처럼 고개를 흔들고 있었다. 갑자기 이푸린의 이야기가 생각났다. 그녀는 곰은 자신 앞에서 유방을 내보이는 여인을 해치지 않는다고 했다. 얼른 상의를 벗고 나 스스로를 나무라고 주문을 걸었다. 그리고 노출된 유방 두 개는 비가 촉촉하게 내린 후 자라난 싱싱한 노루궁뎅이버섯이라고 나 자신에게 말했다. 만약 곰이 정말로 이 버섯을 먹고 싶어 한다면 내어줄 수밖에 없었다. 이 세상에서 처음으로 내 유방을 본 것은 라지다가 아니라 흑곰이었다.

흑곰은 그 자리에 우뚝 선 채 뭔가 기억을 되살리는 듯했다. 곰은 잽싸게 앞발을 땅에 내려놓고 몇 걸음 전진하다가 몸을 돌려 다시 나무를 뽑으러 갔다.

흑곰이 나를 놓아주었다. 아니 내 유방을 놓아주었다고 말할 수 있겠다. 한시라도 빨리 도망치고 싶었지만 나는 한 발자국도 움직일 수 없었다. 그저 바보같이 곰이 나무를 한 그루, 한 그루 뽑는 것을 바라보았다. 곰이 세 번째 나무를 뽑을 때에야 비로소 내 다리에 힘이 들어갔다. 나는 빈 터를 떠났다. 처음에는 아주 천천히 걸었지만, 곰이 나를 다시 쫓아오면 어쩌지 하는 두려움에 뛰기 시작했다. 나는 아버지의 말을 기억했다. 아버지는 곰이 주변에서 배회하고 있을 때에는 절대로 바람을 안고 달리지 말라고 했다. 그렇지 않으면 바람이 곰의 눈 주위에 난 털을 흩날려 선명하게 목표물을 볼 수 있다고 했다. 나는 멈춰 섰다가 바람이 부는 방향으로 걸어갔다. 그리고 바람을 따라 달렸다. 더 이상 지쳐서 도망칠 수 없었다. 태양은 어느새 중천에 떠 있었다. 나는 벗은 옷을 손에 든다는 걸 깜빡했다. 설사 옷이 있다 한들 입을 경황도 없었을 것이다. 그리고 또 다시 곰을 만나지 말라는 법도 없었다.

나중에 라지다가 이야기하길 흑곰은 '마당질'을 하는 습관이 있는데, 가끔씩 어느 한 곳을 장난삼아 청소를 한다고 했다. 내 생각에 곰들이 마당질을 좋아하는 까닭은 남아도는 힘을 쓸 데가 없어서인 것 같았다. 흑곰의 출현은 내가 가야 할 방향을 정해주었다. 바람을 따라가다 보면 최소한 그리 쉽게 곰의 먹이는 되지 않을 듯싶었다. 바람이 서남풍으로 부는 계절이어서 나는 그쪽으로 걸었다. 걷고 또 걷다 보니 어느덧 태양이 산 아래 떨어지고 있었다. 피곤하고 배가 고픈 내 눈앞에 마침내 자그마한 오솔길이 나타났다. 오솔길을 따라 얼마 걷지 않아서 카오라오바오가 나타났다.

우리령은 산 속에 예외 없이 카오라오바오를 만들었는데 적게는 두서너 개, 많게는 네다섯 개였다. 숲에서 네 개의 굵기가 비슷하고 거리가 적당한 소나무를 선택해서 소나무 잔가지를 쳐낸 다음 다시 수관을 잘라내면 이 네 그루의 소나무는 자연스레 기둥이 되었다. 그런 다음 나무 위에 소나무 가지를 깐 받침대와 직사각형 네 개의 벽을 만들고 지붕은 자작나무 껍질로 덮어놓고, 아래쪽에 틈새를 남겨놓아 물건을 꺼내거나 저장할 때 사용하는 출입구로 삼았다. 이동을 할 때면 우리는 평소에 방치해두거나 남아도는 물건을 안에 넣어두었다. 예를 들면 옷이나 가죽, 음식 등을 필요할 때 꺼내 쓸 수 있도록 준비해두었다. 카오라오바오는 높이 매달려 있어서 짐승들이 쉽게 망가뜨릴 수 없었다. 카오라오바오에 오르내리려면 사다리가 필요했다. 카오라오바오라는 창고는 어른 두 사람의 키만큼 높아서 사다리가 없으면 그 위로 올라갈 수 없었다. 사다리는 보통 카오라오바오 아래 숲 속에 놓아두고 필요할 때 꺼내 썼다. 카오라오바오는 예전에는 족제비나 살쾡이에게 습격을 받기도 했다. 족제비나 살쾡이는 기둥을 타고 올라가 음식을 훔쳐 먹었다. 때문에 카오라오바오를 만들 때면 기둥 껍질을 벗겨서 나무를 미끄럽게 만들거나 얇은 철판으로 기둥을 감싼 다음 톱날을 만들어 제아무리 영민한 녀석들이라도 발톱이 엉망이 되는 대가를 치르게 되어 감히 올라올 엄두를 내지 못했다. 흑곰만은 사다리를 옮기고 위로 기어오를 수 있었지만, 다른 동물들은 풍성한 창고를 바라보며 눈만 껌벅이거나 공연히 입맛만 다셨다.

나는 카오라오바오 근처의 자작나무 아래에서 사다리를 찾았다. 사다리를 세우고 위로 올라갈 생각이었다. 어른들은 항상 우리에게 "너희가 길을 떠날 때면 자기 집을 들고 갈 수 없듯이, 길손도 자기의 솥을 메고 올 수는 없다"라거나 "밥 짓는 연기가 나는 집이라야 길손이 들어오고, 나뭇가지가 있는 나무여야 새가 깃들 수 있다"라는 이야기를 했다. 때문에 카오라오바오의 문을 잠가두지 않았다. 그래서 같은 씨족이 아니더라도 급한 물건이 필요한 상황에 닥치면 카오라오바오에서 물건을 꺼내 쓰고 나서 나중에 되돌려 놓으면 그만이었다. 설령 사용한 물건을 되돌려 놓지 않아도 길손을 원망할 사람은 아무도 없었다.

내가 올라간 카오라오바오 안에는 물건이 그리 많지 않았다. 취사도구와 잠자리만 있었고, 가죽은 보이지 않았다. 그러나 꼭 필요한, 말린 노루고기가 든 바구니와 눈처럼 새하얀 곰 기름 두 통이 있었다. 조금 전 곰이 내 목숨을 해치지 않은 것에 대한 감사의 뜻으로 나는 곰 기름은 먹지 않았다. 말린 노루고기를 씹었다. 빗물 탓인지 육포는 그리 바삭하지 않아서 깨물 때 힘을 주어야 했다. 처음에는 천천히 먹기 시작했는데, 계속해서 먹다 보니 점점 허기가 강렬해져서 나는 고기를 뭉텅뭉텅 게걸스럽게 먹었다. 살았구나 하는 느낌이 들었다. 먹을 것도 있고, 쉴 수도 있고, 그리고 바람과 비를 피할 곳도 있었다. 창고 안에서 허리를 구부리고 앉아 육포를 씹으면서 나는 세상에서 가장 운 좋은 여자라고 생각했다. 육포를 다 먹은 다음 일단 눈을 붙이고 야영지로 가는 길을 찾아볼 작정이었다. 카오라오바오 부근에는 반드시 사람이 있을 것이었다.

태양이 어느새 절반이나 떨어졌지만, 카오라오바오 안에 있는 소나무 틈새로 여전히 따사로운 햇볕의 여운을 느낄 수 있었다. 뱃속에 음식이 가득해지자 피곤이 몰려왔다. 누워서 다리를 들어 올리고 잠시 동안 눈을 붙이려고 하는데, 갑자기 아래쪽에서 뚜벅뚜벅 발걸음 소리가 들렸다. 발걸음 소리가 내 몸 아래쪽에서 멈추더니 곧이어 쿵 하는 소리와 함께 사다리가 땅바닥에 넘어지는 소리가 들렸다. 누군가 사다리를 치우고 있었다. 뒤쫓아 온 흑곰이 나를 영원히 카오라오바오 안에 가둬둘 생각인 것 같았다.

얼굴을 내밀어 보니 아래에는 곰이 아니라 살아 있는 남자가 서 있었다. 그는 받들어총을 하고 나를 바라보고 있었다.

그가 바로 라지다였다. 그 카오라오바오는 그들 우리 렁의 것이었다. 그날 길을 가던 그는 사다리가 세워져 있는 카오라오바오 안에서 나는 소리를 들었다. 흑곰이 물건을 휘젓고 있다 생각하고, 일단 사다리를 치워 퇴로를 끊고 잡을 작정으로 창고 출입구를 향해 총을 조준하고 있었다. 그런데 내 얼굴이 쏙 나오더니 연이어 유방까지 따라 나왔다고 했다. 처음 나를 본 라지다는 경악했다. 머리는 산발을 하고, 양 볼과 몸은 나뭇가지에 긁힌 상처투성이에다 모기에 물려서 몸이 부풀어 있었다. 그러나 내 눈은 그에게 감동을 주었다. 그는 그때 맑고 촉촉하게 젖어 반짝이고 있는 눈이 자기 마음을 움직였노라 고백했다.

라지다는 내가 산에서 길을 잃어 그 지경이 되었다는 것을 알아차리고 아무것도 묻지 않았다. 내가 내려올 수 있게 사다리를 다시 세워놓았다. 땅에 내려오자마자 나는 허물어지듯 그의 품 안에 쓰러졌다. 상반신을 벗고 있다는 사실조차 까맣게 잊고 있었다. 라지다는 부드럽고 따뜻한 유방이 자기 가슴에 묻히자 온몸이 뜨겁게 달아올랐다고 했다. 그는 내 유방이 자기 가슴에 들어온 이상 다른 남자의 가슴에 안기게 하고 싶지 않았다. 나를 아내로 맞아야겠다는 생각은 바로 그 순간부터 싹을 틔웠다.

그때는 해가 지는, 하루 중 가장 아름다운 순간이었다.

루니와 하세는 줄곧 어얼구나 강 줄기를 따라갔지만 나제스카와 지란터 그리고 나라를 데려 올 수 없었다. 그들은 흔적도 없이 사라져버렸다. 자작나무 껍질 배를 찾아서 순조롭게 강을 건너 왼편에 도착했는지 아니면 헤엄을 쳐서 건너가다 물살에 떠내려갔는지 알 수 없는 노릇이었다. 그들이 떠나고 난 뒤 어얼구나 강에 도착했을 때 우리는 모두 침묵했다. 마치 잃어버린, 사랑하는 사람을 애도하고 있는 듯했다.

루니와 하세는 돌아오는 도중 나를 찾고 있는 쿤더와 이푸린을 만났다. 실종된 지 사흘이 지난 탓에 내가 죽었을 거라 여겼다. 나흘 째 되는 날, 무사히 돌아오는 것도 모자라 남자까지 데리고 오리라고 그 누구도 감히 상상조차 못했다.

라지다가 사는 우리링에서는 라지다의 씨족이 가장 컸다. 서른 명 중 그의 집안 식구가 열여섯 명이었다. 그에게는 아버지와 세 명의 형, 두 명의 여동생 그리고 남동생 하나가 있었다. 형들은 모두 아내를 얻어 각자 아이들을 낳아 가족을 불렸다. 우리가 결혼하던 해 그의 막내 남동생은 세 살배기 어린아이였다. 라지다의 어머니는 아이 낳기 좋아하는 여인이었는데, 예순 살에 난산으로 라지미를 낳은 후 죽고 말았다. 그녀는 "응애응애" 하고 울어대는 라지미를 바라보고 웃으며 세상을 떠났다. 내가 라지다를 만났을 때 그는 어머니를 위해 3년 동안 무덤 지키는 일을 끝낸 참이었다. 그렇지 않았다면 우리의 결혼은 훨씬 지체되었을 것이다.

나는 라지다에게 어머니가 정신이 온전하지 못해 돌봐드려야 해서 우리 우리렁을 떠날 수 없다고 했다. 라지다가 이렇게 대답했다.

"그럼 내가 당신 우리렁으로 갈게. 나는 형제가 많아. 형제들이 아버지 곁에 남아 있을 거야."

라지다의 아버지는 선량한 노인이었다. 그는 아들이 우리 우리렁의 '데릴사위'가 되는 것에 동의했을 뿐 아니라 우리가 결혼하는 날, 친히 일행과 함께 와서 라지다를 보내주었다. 게다가 순록 스무 마리를 결혼예물로 가지고 왔다.

나의 결혼 예복은 이푸린이 서둘러 만들어주었다. 이완은 나라가 염색한 밝은 분홍 빛깔의 천을 주었다. 나는 이푸린에게 그 천을 예복의 장식으로 만들어달라고 부탁했다. 남색 드레스의 둥근 옷깃과 말굽형 소매, 가장자리를 모두 분홍 천으로 테를 둘렀다. 나는 이 예복을 입고 두 번 신부가 되었다. 아직도 이 예복을 간직하고 있지만, 지금은 몸에 맞지 않아 입을 수가 없다. 몸이 늙고 쪼그라들어서 옷이 너무 크다. 옷 빛깔도 바래서 남색에 비해 분홍빛은 더 낡고 거무튀튀해져 원래 선명하고 아름다웠던 색깔이 온데간데없다.

결혼식은 소박했다. 두 우리령 사람들이 함께 모여 모닥불 가에 둘러앉아 식사를 했다. 분위기가 즐겁지만은 않았다. 술 취한 이완이 술과 고기를 모닥불 위에 토해내자 이푸린이 눈살을 찌푸렸다. 나는 그녀가 이완의 행동을 불길한 징조로 해석하고 있다는 것을 눈치 챘다. 다마라와 니두 무당의 표정은 냉담했다. 두 사람은 덕담 한 마디 건네지 않았지만, 나는 그래도 그 무엇과도 비교할 수 없을 정도로 행복했다. 그날 저녁 나와 라지다는 서로를 꼭 껴안았다. 새로 만든 시렁주에서 우리 둘 만이 강한 바람소리를 만들어냈을 때 나는 세상에서 가장 행복한 여인이었다. 내 기억이 맞다면 그날 저녁은 둥근 보름달이 떴다. 시렁주의 뾰족한 꼭대기에 은백색의 달이 걸려 있었다. 나는 머리를 라지다의 가슴에 묻고 이렇게 따뜻한 밤을 보낸 적이 단 한 번도 없었다고 고백했다.

"당신을 영원히 따뜻하게 해줄게."

그는 내 양쪽 유방에 입을 맞췄다. 그러고는 한쪽 유방은 자기의 태양이고, 다른 하나는 자기의 달이므로 자기에게 영원히 빛을 가져다줄 것이라 했다. 라지다는 그날 저녁 '영원'이라는 단어를 줄기차게 언급했다. 맹세처럼 들렸지만, 실은 맹세에는 영원이란 단어를 거의 사용하지 않는다.

라지다는 사냥을 좋아했다. 나는 함께 더 오래 있고 싶어서 그가 사냥을 나갈 때면 따라나섰다. 보통 사냥꾼은 여인이 따라오는 것을 금기시했다. 더욱이 여인들이 달거리를 할 때는 액운을 가져온다고 여겼다. 하지만 라지다는 기피하거나 꺼리지 않았다. 야영지 부근에서 사냥을 할 때면 그는 다른 사람들을 따돌리고 나를 데려 갔다. 그와 나는 함께 만들어놓은 함정에 쭈그리고 앉아 있다가 사슴을 잡기도 했고, 관목 사이의 동굴에서는 수달을 잡기도 했으며, 소나무 숲에서는 살쾡이를 명중시켰다. 그러나 흑곰을 만나면 나는 라지다에게 놓아주라고 했다.

사람들은 숲에서 가장 교활한 동물을 여우라고 했지만, 내가 보기에 살쾡이나 스라소니가 가장 교활했다. 스라소니는 고양이처럼 생겼지만 고양이보다 몸집이 훨씬 컸으며, 황갈색에 잿빛 반점이 있었다. 스라소니는 몸통과 꼬리가 몽땅했고, 사지가 길고 가느다랬다. 귀 가장자리에 두 뭉텅이의 긴 털이 솟아나 있었다. 살쾡이는 나무를 가장 잘 탔다. 눈 깜짝할 사이 나무 끝까지 기어 올라갔다. 또한 산토끼나 친칠라, 꿩 그리고 노루의 포식자였다. 살쾡이는 이런 동물을 사냥할 때면 항상 나무를 거점으로 삼았다. 나무 위에서 지나가는 이들을 기다렸다가 덮쳐서 숨통을 끊어놓고 피를 빨아먹은 다음 발톱으로 껍질을 벗긴 후 천천히 고기 맛을 음미했다. 나는 먹잇감의 피를 빨아먹는 행동거지가 잔인하다고 느껴져서 살쾡이가 싫었다. 잔인할 뿐 아니라 교활하기까지 한 살쾡이는 흑곰을 만나거나 멧돼지에게 위협을 받으면 바람처럼 나무 위로 올라갔다가 흑곰과 멧돼지가 나무 아래로 지나가기를 기다려 오줌을 냅다 갈겼다. 흑곰과 멧돼지의 몸에서 지린내가 진동하면 빙빙 돌며 재미있어 했다. 그러다 진력이 나면 김샜다는 듯 뺑소니를 쳤다. 내 눈에 비친 살쾡이는 사냥꾼처럼 총알을 가지고 있는 듯했다. 그 총알은 바로 오줌이었다. 겨울이면 살쾡이는 다 먹지 못한 사냥감을 감춰 두고 만일의 경우를 대비하는, 용의주도한 녀석이었다.

라지다는 살쾡이를 사냥할 때면 총 대신 활을 사용했다. 숲에 매복해 있다가 살쾡이가 나무 위로 오르는 순간 화살을 쏘았다. 목에 화살이 꽂힌 살쾡이는 곤두박질쳤다. 한번은 살쾡이가 나무 위에서 꿩을 좇고 있었다. 라지다가 눈 깜짝할 사이 활시위를 당겼다. 일거양득이었다. 그의 화살이 살쾡이와 꿩을 한 쾌에 뚫었다.

나는 첫 아이인 웨이커터를 낳고, 임신이 수달과 관련이 있는 듯해서 아이를 벤 이후로 수달을 사냥하지 않았다.

수달은 물고기를 좋아해서 수달이 사는 동굴과 수원은 서로 통하게 되어 있었다. 강가에서 주변에 물고기 뼈가 어지럽게 흩어져 있는 동굴은 수달이 사는 동굴이었다. 수달은 여유 만만했다. 낮에는 강에서 한가로이 수영을 하면서 물고기를 잡아먹었고, 저녁에는 동굴로 돌아와 쉬었다. 수달이 있는 동굴을 찾아내면 라지다에게 즉시 알려주었다. 라지다와 함께 살면서 세 번째 봄을 맞았을 때 우리는 아직 눈도 제대로 뜨지 못한 새끼 수달 네 마리를 발견했다. 라지다는 새끼 수달은 대략 출생 후 한 달이 되어서야 눈을 뜰 수 있다고 했다. 우리는 어미 수달이 근처에 있다는 것을 알고, 새끼 수달은 건드리지도 않았다. 저녁에 어미 수달이 강에서 동굴로 돌아왔다. 어미 수달이 반짝이는 머리를 드러내자 라지다가 녀석에게 손을 쓰려 했다. 나는 라지다를 말렸다. 아직 어미를 본 적도 없는 새끼 수달 네 마리가 눈을 떴을 때 보이는 것이 산과 강과 그리고 이들을 뒤쫓는 사냥꾼뿐이라면 분명 상심할 터였다.

우리는 수달 가족을 놓아주었다. 그 후 얼마 지나지 않아 3년 동안 임신하지 못했던 나는 내 안에 새로운 생명이 자라는 기운을 느꼈다. 이 일로 이푸린은 나와 라지다를 다시 보게 됐다. 2년 동안 내 쪼그라진 배를 들먹이며 이푸린은 줄곧 우리 둘에게 빈정댔다.

"라지다는 호랑이같이 생겼는데, 기운은 쥐새끼처럼 약한가봐. 아니면 라지다와 함께 있는 여인이 왜 임신을 못하는 걸까?"

이푸린은 나에게 라지다를 따라 사냥을 나가지 말라고 투덜댔다. 사냥을 나가는 여자가 어찌 아이를 가질 수 있겠냐고 했다. 어느 날 밤, 잠을 이룰 수 없던 이푸린은 야영지를 배회하다 우리의 시렁주에서 들려오는 내 신음 소리와 라지다의 울부짖는 소리를 듣고는 다음 날 삐뚤 코와 입을 실룩이면서 물었다.

"너희는 그 일을 하는데 그렇게 엄청난 힘을 쓰면서 왜 아이는 만들지 못하는 거야?"

당장에 내 양 볼이 화롯불 속에서 활활 타오르는 장작처럼 화끈거렸다.

나는 임신을 한 뒤부터 라지다를 따라 사냥을 나가지 않았다.

라지다는 생김새나 성격이 내 아버지를 많이 닮았다. 비록 체구는 말랐지만, 어깨가 넓고 팔이 길었으며 골격이 튼튼했다. 눈썹은 다른 남자처럼 성기지 않고 촘촘해서 눈이 울울창창한 수풀에 덮여 있는 듯했다. 그 또한 린커처럼 놀리기를 좋아했다. 여름에 무당벌레를 잡아서 내 바지 허리통에 넣기도 하고, 겨울에 눈이 오면 몰래 손에 눈을 뭉쳐 내 목에 밀어 넣었다. 내가 차가워서 펄쩍 뛰면서 "어머" 하고 소리를 지르면 하하 웃었다. 무당벌레는 참을 수 있었지만, 눈은 달랐다. 그가 주먹을 쥐고 시렁주로 들어오면 나는 낄낄대며 얼른 숨었다. 라지다는 "듣기 좋은 말을 해주면 용서해주지" 하고 말했다. 나는 차가운 눈이 무서워 낯간지러운 이야기를 장황하게 늘어놓아 그의 손 안에 든 눈을 녹였다.

어머니는 내 결혼 선물로 불을 주셨는데, 그 불은 지금도 바로 내 눈앞을 지키고 있다. 이 불은 어머니가 아버지와 결혼할 때 어머니의 아버지, 즉 나의 외할아버지인 나지러예예가 딸에게 주었다. 어머니는 그 불을 꺼뜨려본 적이 없었다. 정신이 온전하지 않은 상태에서도 어머니는 이사를 갈 때면 언제나 불씨를 가져가는 걸 잊지 않았다. 이푸린이 바느질한 결혼 예복을 입고 있는 것을 보고 내가 신부가 된다는 사실을 알게 되었을 때 어머니는 내 양 볼을 비비며 탄식했다.

"네가 너만의 남자를 갖게 되었구나. 어니가 너한테 불을 줘야겠다."

어머니는 나지러예예가 자신에게 주었던 불덩어리를 나눠 주었다. 그 순간 나는 그녀를 안고 울었다. 갑자기 그녀가 너무 가련하고 고독하다는 사실을 깨달았다. 우리가 그녀와 니두 무당의 감정을 억눌렀다는 사실이 죄스러웠다. 비록 씨족의 규범은 지키고 보호했을지 모르겠으나 실제로 우리가 한 행동은 그녀의 가슴에 있는 불꽃을 꺼뜨리려는 것이 아니었을까? 철두철미하게 그녀의 마음을 차갑게 얼어붙게 만들어 설사 아직 불씨를 간직하고 있다 해도 차가운 나날을 보내게 한 건 아닌지.

눈앞에 타오르는 불덩어리는 나보다 더 늙었다. 마치 어머니의 그림자를 보고 있는 듯하다.

라지다가 아버지와 닮아서인지 어머니는 그를 좋아했다. 그가 음식을 먹거나 차를 마시거나 총을 닦거나 나와 농담을 하는 모습을 지켜보며 웃음을 지었다. 넋을 놓고 만족스러운 듯 그를 바라보았다. 그런데 내 배가 부풀어

오르자 어머니는 라지다를 보기 싫어했다. 그에게 모종의 혐오감을 표현했다. 이푸린은 다마라가 라지다를 린커의 환영으로 삼고 있었는데, 그가 나를 임신시켰다는 사실을 배신으로 받아들여 원수처럼 싫어하고 있다고 말했다.

나는 아버지와 니두 무당 사이의 은원을 아이를 분만할 때 알게 되었다. 라지다는 나를 도와 분만실을 만들었는데, 우리는 이곳을 '야타주'라고 불렀다. 남자는 절대로 야타주에 들어올 수 없었다. 산부 역시 다른 사람이 분만을 도와주는 것을 꺼렸다. 조산원이 있으면 남편이 일찍 죽는다는 속설이 있었기 때문이다. 진통이 시작되고 야수처럼 울부짖고 있는데, 이푸린이 나를 찾아왔다. 이푸린은 나를 위로하기 위해 신화를 들려주었다. 그 아름다운 이야기가 산통을 줄여줄 수 있으리라고 생각했지만, 오히려 정반대였다. 나는 그 이야기가 사람을 속이는 허튼 수작이라고 고래고래 고함을 질렀다. 고통이 극심해져 나는 완전히 이성을 상실했다. 이푸린이 내 모습을 보더니 "그럼 꾸며낸 이야기 말고 진짜 이야기를 들려주마. 아마 이 이야기를 들으면 더 이상 고함을 지르지 않을 거야!"라고 말했다.

이푸린이 이야기를 시작하자 정말로 나는 고함을 지르지 않게 되었다. 두 남자와 한 여자의 이야기였는데, 그 이야기의 주인공은 린커와 다마라 그리고 니두 무당이었다. 나는 이야기 속으로 빨려 들어갔다.

아프고 고통스러운 이야기를 들으며 나는 산통을 잊게 되었다. 이야기를 다 듣고 나자 웨이커터가 무사히 태어났다. 아기의 울음소리가 이야기에 마침표를 그려주었다.

할아버지가 살아계시던 어느 해 여름, 그는 우리 씨족을 이끌고 위에구쓰건 강변에 이르러 이동 중인 다른 씨족을 만났다. 서로 다른 두 씨족이 만나 사흘 밤낮을 신나게 먹고 마셨다. 모두 사냥감을 잡아오고 모닥불 가에서 술과 고기를 먹고 노래를 부르며 춤을 추었다. 린커와 니두 무당은 그곳에서 다마라를 알게 되었다. 이푸린은 다마라가 그 씨족 중 가장 춤을 잘 추는 아가씨였다고 했다. 잿빛 무명천으로 된 긴 치마를 입고 있던 그녀는 황혼녘에서 한밤중까지, 한밤중에서 여명까지 춤을 출 수 있었다. 모두 그녀가 춤을 추는 모습을 좋아했는데, 특히 린커와 니두 무당이 반하고 말았다. 두 사람은 거의 동시에 할아버지에게 다마라라는 처녀와 결혼하고 싶다고 했다. 할아버지는 난감했다. 그는 두 아들이 동시에 한 여자를 사랑하게 되리라고 상상도 못했다. 할아버지는 이 사실을 넌지시 다마라의 아버지에게 알리고 딸에게 누구를 마음에 두고 있는지 물어봐 달라고 했다. 만약 그녀가 누구 한 사람을 사랑하지 않는다면 문제는 쉽게 해결될 수 있었다. 그런데 이 춤 잘 추는 처녀는 아버지에게 "두 사람 모두 괜찮아요. 뚱뚱한 사람은 부드럽고 성실해 보이고, 마른 사람은 영민하고 명랑해 보여서 좋아요. 전 둘 중 어느 누구라도 괜찮아요"라고 대답했다. 대답을 들은 다마라의 아버지와 우리 할아버지는 곤경에 빠졌다. 오히려 린커와 니두 무당의 혼을 속 빼놓은 그녀는 태평했다. 그녀는 여전히 춤을 추었으며 음악이 끝나면 달콤하게 웃었다.

할아버지는 마지막 방법을 찾아냈다. 린커와 니두 무당을 불러놓고 "너희는 둘 다 내가 사랑하는 아들이다. 너희가 사랑하는 아가씨가 똑같은 사람인데다 이 아가씨 역시 너희 누구도 신랑이 될 수 있다고 하니 둘 중 누군가 양보를 해야겠구나" 하고 말했다.

할아버지는 먼저 니두 무당에게 "다마라가 린커와 함께 있도록 해주겠니?" 하고 물었다. 니두 무당은 고개를 가로저으며 대답했다.

"천둥 번개가 밧줄이 되어 다마라를 꽁꽁 묶어서 린커 앞에 두지 않는 한 그렇게 할 수 없습니다."

할아버지가 린커에게 "너는 다마라가 네 형한테 시집가기를 원하니?"라고 물었다. 린커가 대답했다.

"이 세상이 홍수로 넘실대지 않는 한, 홍수가 절 휩쓸어가서 다마라와 형을 섬에 오롯이 남겨 두지 않는 한 그렇게 할 수 없어요."

다시 할아버지가 입을 열었다.

"좋다, 너희가 정 그렇다면 하늘에 부탁할 수밖에. 너희가 당긴 활시위로 하늘이 판가름을 내줄 것이다."

당시는 우기여서 숲에 흰 빛깔의 버섯이 자라고 있었

다. 우기 때 자라는 흰 버섯을 우리는 노루궁뎅이버섯이라고 불렀다. 크기가 주먹만 한 노루궁뎅이버섯은 털이 송송 나 있었다. 노루궁뎅이버섯을 꿩과 함께 찌면 아무리 입이 짧고 입맛이 까다로운 사람도 그 신선한 맛에 감탄하지 않고는 배길 수가 없었다. 떡갈나무 위에서 생장하는 노루궁뎅이버섯은 재미난 식물이었다. 떡갈나무 위에서 이 버섯을 발견하게 되면 가까이에 버섯과 쌍을 이루는 다른 버섯도 찾을 수 있었다.

할아버지는 위에구쓰건 강변의 숲에서 찾아낸 쌍둥이 노루궁뎅이버섯으로 린커와 니두 무당에게 활솜씨를 겨루게 했다. 말하자면 노루궁뎅이버섯을 맞추는 사람이 다마라를 아내로 취할 수 있었다. 만약 두 사람 모두 명중시킨다면 또 다른 노루궁뎅이버섯을 찾아 과녁을 삼아 승부를 가릴 터였다. 이푸린은 당시 두 그루의 노루궁뎅이버섯이 자라고 있는 떡갈나무는 동일한 선상에 있었는데 시렁주와 시렁주 사이만큼 떨어져 있어 쌍둥이형제처럼 보였다고 했다. 린커와 니두 무당이 활과 화살을 들고 두 나무 앞에 서자 양쪽 우리렁 사람들이 모두 나와 구경을 했다. 하지만 다마라는 나타나지 않았다. 치마를 입은 그녀는 강변에서 홀로 춤을 추고 있었다. 린커와 니두 무당은 활쏘기의 명수들이었다. 태양빛 아래 투명하고 맑게 빛나는 노루궁뎅이버섯은 나무 위에 자라난 귀처럼 보였다. 할아버지의 구령이 떨어지자 린커와 니두 무당은 동시에 활시위를 당겼다. 이푸린은 순간 눈을 가렸다. 오직 슈웅 하는 바람소리처럼, 활시위를 떠난 두 개의 화살이 날아 가는 소리가 들리더니 곧이어 턱, 툭 하는 서로 다른 소리로 분열되어 사라져버렸다. 주위에 정적이 흘렀다. 눈을 떴을 때 이푸린은 린커의 앞쪽에 화살이 관통한 노루궁 뎅이버섯을, 니두 무당의 화살 위쪽에는 조금도 훼손되지 않은 버섯을 보았다. 수많은 사람들이 주시하고 있는 가운데 린커는 다마라를 얻었다. 그날 이후 니두 무당이 활이나 총을 쏠 때 목표물을 관중하는 경우가 드물었다. 하지만 그는 사실 뛰어난 명사수였다.

이푸린은 니두 무당이 일부러 린커에게 다마라를 양보했다고 의심하고 있었다. 과녁을 빗나간 화살을 바라보던 니두 무당의 눈빛이 너무도 침착해 보였다. 그러나 나는 그렇게 생각하지 않는다. 그는 할아버지에게 다마라를 포기할 수 없다고 의사를 분명히 했을 뿐 아니라 린커와 활쏘기로 승부를 결정하는 데 동의했다. 그는 최선을 다했을 것이다. 만약 생각을 바꾸었다면 마지막 순간에 마음을 돌렸을 것이다. 린커의 실망하는 눈빛을 참아낼 수 없었기 때문에.

린커가 신랑이 될 거라는 소식을 알리러 갔을 때 당사자인 다마라는 강가에 앉아 손바닥에 개미 두 마리를 올려놓고 싸우는 모습을 지켜보고 있었다. 린커의 신부가 된다는 사실을 전해들은 그녀는 자리에서 일어나 개미를 던지고 치마에 손을 털고 웃었다. 웃는 모습이 내심 린커에게 시집가기를 바라고 있지 않았나 하는 의심을 품게 했다.

이듬해 순록의 뿔을 자르는 계절이 다가올 즘 린커는 다마라를 우리 우리렁으로 데려왔다. 다마라는 불덩어리와 순록 열다섯 마리를 가지고 왔다. 두 사람의 혼인 날, 니두 무당은 칼로 손가락을 베었다. 이푸린은 선혈이 뚝뚝 떨어지는 니두 무당의 손을 사슴이 먹는 풀이라는 뜻을 가진 녹식초(鹿食草)로 지혈하려 했다. 그런데 니두 무당이 피가 흐르는 손가락을 들어 입으로 호호 불자 기적처럼 피가 멈추었다.

오래전에 사냥꾼 하나가 숲에서 사슴을 만났다. 그는 활을 두 번 쏘았지만, 사슴을 맞히지 못했다. 사슴이 피를 흘리며 도망치자 사냥꾼은 혈흔을 따라 뒤쫓았다. 사냥꾼은 중상을 입은 사슴이 피를 많이 흘려 곧 죽음에 이를 것이라 예상하고 뒤를 좇았지만, 혈흔은 어느새 사라져버리고 사슴은 영영 사라져버렸다. 이 사슴은 신령한 사슴이었다. 사슴은 바닥에서 돋아난 풀로 자신의 상처를 치료했다. 사냥꾼은 사슴의 지혈작용을 도운 풀을 캐서 그 이름을 '녹식초'라고 불렀다. 이푸린은 녹식초도 없이 숨결만으로 지혈하는 니두 무당의 모습을 보며 피를 흘리는 모습을 보았을 때보다 훨씬 더 두려움을 느꼈다고 했다.

이런 일이 있고 난 후 니두 무당은 행동이 점점 더 달라졌다. 그는 며칠 동안 밤낮으로 먹지도 마시지도 않고 하룻길을 걸을 수 있을 만큼 힘이 넘쳤다. 맨발로 가시덤불을 밟아도 찰과상 하나 입지 않았다. 심지어 가시에 찔리지도 않았다. 한번은 그가 강변에서 돌에 걸려 넘어지고 말았다. 화가 나서 그 돌을 걷어찼는데 거석이 새처럼 가볍게 날아 강물에 풍덩 하고 가라앉아버렸다. 초능력을 지닌 사람은 무당이 되어야 한다는 사실을 모두는 잘 알고 있었다.

당시 우리 씨족의 무당이 죽은 지 이미 3년이 흘렀지만, 새로운 무당은 나타나지 않고 있었다. 보통 새로운 무당은 옛 무당이 죽은 후 3년이 되는 해에 탄생했다. 새 무당은 분명 우리 씨족의 사람이었으나 어느 우리렁에서 나타날지 정해져 있는 것은 아니었다. 그런데 뜻밖에도 나의 어거두아마가 무당이 되었다. 이푸린은 당시 사람들이 무당 옷과 모자, 치마, 그리고 북을 비롯해서 굿을 할 때 사용하는 물건들을 마련해서 어거두아마에게 바쳤다고 한다. 그러자 그는 장장 하루 낮과 밤을 울었다. 그의 울음소리를 듣고 야영지 주변의 새들이 모두 달아났다. 곧 다른 씨족의 무당이 우리 우리렁에 와서 어거두아마를 위해 신내림 굿을 했다. 두 사람은 사흘 동안 신무를 추었다. 할아버지는 그들이 신무를 추는 동안 돌아가셨다.

웨이커터를 낳으면서 니두 무당의 이미지도 내 가슴속에서 새롭게 탄생했다. 나는 그와 다마라를 동정하기 시작했다. 운명은 그가 예전에 잘못 당겨놓은 화살을 되돌려줄 생각을 한 듯했다. 그는 그 화살을 행복한 화살로 돌려놓을 권리가 있었다. 나는 니두 무당이 우리가 이동을 할 때마다 어머니 뒤를 따라가는 것에 더 이상 반감을 가지지 않았다. 그러나 그는 영원히 어머니의 뒷모습만 얻을 수 있을 것이다. 번개가 되어버린 예리한 화살이 린커를 데려갔다면 니두 무당에게 박힌 화살은 씨족의 오랜 전통에 부합하느라 녹슨 흔적으로 얼룩덜룩했다. 이러한 화살을 마주한 다마라와 니두 무당의 메마름과 광기는 자연스러운 일이었다.

웨이커터가 세 살 때, 내 동생 루니가 니하오를 아내로 맞았다. 대략 강덕(康德) 5년(1938년—옮긴이)쯤인 듯하다. 결혼을 축하하는 모닥불 잿더미 옆에서 동이 틀 무렵, 다마라는 우리 곁을 영원히 떠났다. 그녀는 니두 무당이 만들어준 깃털치마를 입고 춤을 추다가 세상을 떠났다.

루니와 니하오는 이완 덕에 만났다.

나제스카가 떠나자 이완은 침묵을 지키는 사람으로 변해버렸다. 몇 해 지나지 않아 그는 대머리가 되어갔다. 이푸린은 이완이 다시 여자를 찾아야 된다며 내심 챙기고 있었다. 이완은 이푸린이 누군가에게 자기 배필을 부탁했다는 사실을 알고 불같이 화를 냈다. 그는 이푸린에게 "내 평생 오직 한 여인이 있소. 그리고 그 여인은 나제스카요. 내 평생 오직 아들과 딸 남매를 두었는데, 바로 지란터와 나라요. 아무도 내 가족을 바꿀 수 없소"라고 소리쳤다.

이푸린은 언제나 다른 사람에게 화를 돋우고 울렸지만, 이번에는 오히려 이완의 태도에 자기가 화가 나서 울었다.

이완은 우리 우리령의 대장장이였다. 봄이면 그는 야영지에 불을 피워 놓고 모두를 위해 연장을 만들어 주었다. 연장을 벼리거나 새로 만드는 일은 보통 나흘이나 닷새가 필요했다. 이때 쇠를 달구는 불은 절대로 꺼뜨릴 수 없었다. 그가 대장장이 노릇을 할 때면 지란터, 나라, 루니와 나는 신이 나서 그가 작업하는 것을 구경했다. 한번은 개구쟁이 루니가 노루가죽으로 된 풀무에 오줌을 갈겼다. 그 사실을 알고 이완은 "풀무의 저주를 받아 좋은 일이 없을 거야" 하고 말했다. 정말 그해 풀무질로 만들어진 연장들은 결함이 생겼다. 나무 베는 칼의 손잡이를 망치로 두드리자 손잡이가 부러져버렸고, 낚시 바늘 갈고리도 둔탁해졌으며, 총머리도 학의 머리통처럼 구부러졌다. 이후로 풀무질을 할 때 이완은 우리에게 멀찌감치 서서 구경하는 것은 모른 척해주었지만, 절대로 가까이 다가오는 것을 허락하지 않았다. 더욱이 망치, 풀무, 집게, 받침쇠, 화로와 같이 대장간에서 소용되는 기물은 손도 못 대게 했다. 풀무질을 할 때면 우리뿐 아니라 여인네들도 가까이 다가가서 볼 수 없었다. 여자는 물과 같아서 가까이 다가가는 행동은 화롯불을 꺼뜨리는 것과 다름없었다.

다른 우리렁 사람들도 이완의 대장장이 솜씨가 뛰어나다는 것을 알았다. 봄이 되면 그들은 종종 나무의 표식을 따라 우리 야영지를 찾아왔다. 이들은 이완에게 줄 품삯으로 술이나 고기를 가져왔다. 이완은 절대로 이들을 실망시키지 않았다. 돌덩이도 가루로 만들 수 있는 그의 두 손은 천생 대장장이가 되기 위해 태어난 듯했다. 그를 찾아온 사람들은 만족해하며 연장을 들고 우리 야영지를 떠났다.

　나제스카가 떠난 후 이완은 대장장이 작업을 하는 시기를 가을로 변경했다. 숲 속 낙엽이 춤추듯 공중에 흩날리는 모습이 나비처럼 노루가죽 풀무에 그리고 이완의 몸 위에 떨어졌다. 그가 쇠를 쳐대는 소리는 여전히 힘차게 울려 퍼졌다. 망치로 두들겨 만들어진 연장 또한 여전히 섬세해서 그를 찾는 사람도 여전히 많았다. 그해 가을 '아라이커'라 불리는 사냥꾼이 순록에 딸을 태우고 우리의 야영지를 찾아왔다. 그는 이완에게 나무 베는 칼 두 자루를 만들어달라고 부탁했다. 아라이커의 딸은 열세 살 정도 되어 보였다. 그녀 역시 우리네 여인들처럼 선천적으로 둥글납작한 얼굴형을 답습하고 있었지만, 아래턱이 살짝 뾰족해서 아리따워 보였다. 양옆으로 늘어뜨린 머리카락으로 광대뼈를 가렸고, 앞머리로 이마를 가려 가늘고 긴 눈이 더욱 선명해 보였다. 눈동자에서는 빛이 났다. 땋은 머리 위에 보랏빛 들국화를 몇 송이 꽂고 아주 부드럽게 웃고 있던 그녀가 바로 니하오였다! 이푸린은 그녀를 보자마자 단박에 마음에 들어 했다. 그 소녀는 언젠가 분명 우리 우리렁으로 시집을 오게 될 것인데, 자기 아들 진더의 아내로 삼겠노라고 말했다. 결혼적령기에 이른 루니 역시 이푸린과 마찬가지로 한눈에 니하오에게 반해버렸다. 루니는 이푸린을 중매쟁이로 내세울 생각이었는데, 그녀가 니하오를 진더에게 시집보내겠다는 이야기를 듣고는 니하오가 우리렁을 떠날 때 과감하게 사람들이 보는 앞에서 청혼을 했다. 루니는 니하오에게 "나는 당신이 웃는 얼굴이 좋소. 당신을 내 심장에 담아 보호할 거요. 나와 결혼해주시오"라고 청했다.

나무 베는 칼을 얻기 위해 이완을 찾은 아라이커는 뜻밖에 사위를 얻게 되었다. 그는 린커를 알고 있었다. 그는 린커처럼 잘생기고 용감한 루니를 발견하고, 니하오를 그에게 시집보내기로 결정했다. 루니의 공개구혼으로 진더는 절망의 눈물을 흘렸다. 이푸린은 화를 꾹 참고는 아라이커에게 너무 어린 딸을 그리 일찍 시집보낼 필요가 없거니와 이처럼 훌륭한 아가씨의 혼담을 중매쟁이 하나 없이 얼렁뚱땅 해치울 수는 없는 노릇이라며 은근히 충동질을 해댔다.

니하오가 우리 야영지를 떠나던 그날 밤, 이푸린은 진더를 나무에 묶어놓고 몽둥이찜질을 한바탕 했다. 그녀는 패기도 없고, 줏대도 없는 놈이라고 진더에게 욕을 퍼부었다. 사람들이 보는 앞에서 눈물을 흘린 행동은 결국 루니에게 패배를 인정하는 꼴이었고, 여자 하나 때문에 눈물을 질질 짜는 남자가 변변한 놈이겠냐며 화를 냈다. 진더는 확실히 볼품없었다. 매를 맞으며 진더는 "아야, 아야" 하고 소리를 질러댔는데, 그 소리가 이푸린의 분노를 더욱 부추겨 매질이 가혹해졌다. 이푸린은 진더가 제 아비 쿤더마냥 여자들 발밑을 기어다니는 허리 구부정한 개미처럼 온몸에 천박스러움과 비겁함이 배어 있다며 여자들한테 짓밟혀도 싸다고 욕을 해댔다. 그녀는 몽둥이가 부러져서야 매질을 멈췄다. 진더를 매질하는 소리가 온 우리렁에 쩌렁쩌렁 울렸지만, 아무도 이푸린을 말리려고 나서지 않았다. 이푸린의 성질머리를 잘 알고 있었기에 만약 섣불리 말렸다가는 진더가 더 심한 매질을 당할 게 뻔했다.

루니는 이푸린의 그악스러운 행동을 보고 있자니 늑대에게 턱밑까지 쫓기고 있는 듯한 느낌이 들었다. 벼랑 끝에 선 루니는 대담하게 행동하기 시작했다. 이푸린이 진더에게 매타작을 한 다음 날, 그는 사냥을 나갔다가 사흘 후 다시 돌아오겠노라며 야영지를 떠났다.

사흘 후 루니는 정말로 돌아왔다. 그가 노획한 사냥감은 바로 니하오였다. 그의 사냥감은 아라이커가 호송해왔다. 아라이커는 결혼식 때 신부 쪽 친족이 신랑 집으로 신행을 오는 대오를 이끌고 있었다. 일행은 희희낙락 우리 우리령으로 걸어 들어왔다. 아직 성인이 되지도 않은 딸을 기꺼이 시집보내도록 루니가 아라이커를 어떻게 설득했는지 우리는 알 수 없었다. 다만 화려하고 아름답게 치장한 니하오가 애교스럽고 수줍게 웃는 모습만 볼 수 있었을 뿐이다. 그 모습에서 우리는 그녀의 가슴속에서 터져 나오는 희열과 루니와 함께 있어 무척이나 행복해하고 있다는 사실을 짐작할 수 있었다.

루니와 니하오의 결혼식은 니두 무당이 맡았다. 다마라는 모닥불 옆에 앉아 있었지만, 여전히 오들오들 떨고 있었다. 니두 무당은 다마라를 바라보면서 의미심장한 말을 루니에게 건넸다.

"오늘부터 니하오는 네 여자야. 남자의 사랑은 불꽃과 같지. 네가 사랑하는 여인이 영원히 추위를 느낄 수 없도록, 네 따뜻한 품에서 즐겁게 살 수 있게 해줘야 돼."

그는 니하오를 바라보면서 말했다.

"오늘부터 루니는 네 남자야. 넌 열심히 루니를 사랑해야 돼. 네 사랑이 루니를 영원토록 강건하게 할 수 있어. 신은 너희한테 이 세상에서 가장 훌륭한 아들과 딸을 선물할 거야."

니두 무당의 이야기를 듣는 여인들의 표정에 변화가 일었다. 니하오는 웃었고, 이푸린은 입을 비죽거렸으며, 감격한 마리야는 고개를 주억거렸다. 다마라는 더 이상 떨지 않았다. 촉촉이 젖은 그녀의 눈이 니두 무당을 바라보고 있었다. 그녀의 얼굴에 마치 석양이 비치는 듯 참으로 오랜만에 부드러운 표정이 떠올랐다.

태양이 산 아래로 떨어졌다. 사람들이 손에 손을 잡고 모닥불을 둘러싸고 춤을 추고 있는데, 다마라가 갑자기 늙어버려 눈앞조차 흐릿하게 보이는 이란을 데리고 나타났다. 이란은 풀이 죽어 있었지만 다마라는 오히려 의기양양했다. 정말 뜻밖이었다.

나는 어머니가 그날 입었던 옷을 영원히 잊을 수 없다. 그녀는 미색의 사슴가죽으로 된 짧은 상의에 니두 무당이 선물했던 깃털치마를 입고, 노루가죽으로 만든 롱부츠를 신고 있었다. 그녀는 반백이 된 앞머리와 옆머리를 긴 머리와 함께 뒤로 빗어 넘겨 높다랗게 감아올린 다음 쪽을 지었다. 얼굴이 유난히 수수하고 깔끔해 보였다. 그녀가 등장하자 모두가 약속이나 한 듯 감탄사를 연발했다. 낯이 익지 않은 신부 측 사람들도 그녀의 아름다움에 경탄했다. 우리는 이전과 확 달라진 그녀의 모습에 놀랐다. 전에 그녀는 구부정한 허리, 잔뜩 움츠린 목, 그리고 죄인처럼 깊이 숙인 고개를 가슴에 묻고 있었다. 그러나 그 순간, 고개를 바짝 치켜든 다마라는 허리를 곧고 반듯하게 폈다. 눈빛 또한 초롱초롱 빛나고 있어 우리는 다마라가 아닌 낯선 사람을 보고 있는 듯했다. 그녀가 입은 깃털치마는 그녀의 하반신을 가을로 장식한 듯, 그 빛깔이 마치 바람과 서리의 세례를 받은 양 오색 찬란했다.

다마라가 춤을 추기 시작했다. 그녀는 춤을 가볍게 추었다. 그녀는 웃고 있었다. 그렇게 후련하고 기분 좋게 웃는 그녀의 웃음소리를 들어본 적이 없었다. 늙고 쇠약한 이란이 모닥불 가에 엎드려 고개를 외로 한 채 애련한 눈빛으로 주인을 쳐다보았다. 장난꾸러기 웨이커터는 가죽 깔개처럼 보였는지 이란을 깔고 앉아 라지다에게 "아마, 아마. 이 깔개가 따뜻해요" 하고 외쳤다. 웨이커터는 풀뿌리를 주워서 이란의 눈을 살살 간질이며 "내일 네 눈이 밝아질 거야. 내가 고기를 줄게. 그럼 볼 수 있을 거야"라고 다정하게 속삭였다. 얼마 전 웨이커터가 고기를 던져주었는데 이란은 거들떠보지도 않고 고개를 숙인 채 지나가버렸다. 이란이 고기를 거들떠보지 않은 이유가 기운을 최대한 빨리 소진하고 싶기 때문인 듯싶었지만, 웨이커터는 이란이 눈이 잘 안 보인다고 생각한 모양이었다.

니하오는 다마라의 치마가 마음에 들었는지, 꽃송이 둘레를 맴도는 나비처럼 그녀의 주변을 맴돌면서 부러운 눈길로 치마를 바라보았다. 하지만 루니는 어머니가 깃털치마를 입고 사람들 앞에서 춤을 추는 모습이 볼썽사나웠는지 나에게 어머니를 모셔갈 방법을 생각해보라고 했다. 하지만 나는 그렇게 하고 싶지 않았다. 어머니에게 넘쳐흐르는 생기를 뺏고 싶지 않았다. 게다가 이푸린과 진더를 빼고 모두가 루니와 니하오의 결혼을 기뻐하고 있었다. 기쁠 때는 마음의 근심을 풀 수 있었다.

모닥불이 점점 사그라졌다. 춤을 추는 사람도 점점 줄어들었다. 신행길을 따라왔던 사람들도 이완의 거처에서 휴식을 취했다. 오직 다마라만 모닥불 가를 빙빙 돌고 있었다. 나는 줄곧 그녀를 지켜보고 있었지만, 너무 피곤해서 시렁주로 돌아왔다. 내가 떠난 그 자리, 어머니 곁에는 깊이 잠든 이란과 참담한 모닥불 그리고 하늘가에 걸린 잔월만이 남아 있었다.

나는 루니가 조금 염려스러웠다. 루니는 너무 제멋대로여서 니하오가 견뎌내지 못하고 상처를 받을까 두려웠다. 그녀는 너무 어렸다. 나는 시렁주로 곧장 돌아가지 않고 루니의 시렁주로 다가가 동정을 살펴볼 생각이었다. 그런데 루니의 시렁주에 도착하기도 전에 니하오가 밖으로 뛰쳐나오는 것을 보았다. 그녀는 울고 있었다. 나를 발견하더니 품속으로 뛰어들면서 루니더러 나쁜 놈이라고 했다. 루니의 몸에 달린 화살 하나가 자기를 모해하려 한다고 고해바쳤다. 웃음이 나왔지만, 나는 니하오를 다독이면서 함께 루니를 욕해주었다. 나는 니하오에게 루니가 다시 몸에 달린 화살로 해치려들면 내가 벌을 주겠노라고 했다. 그제야 니하오는 루니의 시렁주로 돌아갔다. 그녀는 남자에게 시집가는 것이 벌을 받는 일인 모양이라며 구시렁거렸다. 달갑지 않은 표정으로 바라보는 루니에게 나는 "너무 조급하게 빼앗으려 하지 마. 이제 네 사람이 됐잖니. 그치만 너무 어리잖아. 한 2년 동안은 잠자코 있다가 나중에 신부로 맞아도 돼" 하고 말했다. 루니는 한숨을 쉬더니 고개를 끄덕였다. 그래서 두 해 동안 루니와 니하오는 함께 살긴 했지만, 둘의 관계는 남매처럼 순결했다.

나는 시렁주 안으로 돌아왔다. 어머니가 홀로 춤을 추고 있을 거란 생각이 들자 온몸에 한기가 돌았다. 이가 딱딱 부딪히며 떨렸다. 라지다가 어둠속에서 나를 따뜻한 품속으로 끌어당겼지만, 나는 여전히 추었다. 그가 꼭 껴안아줬지만, 덜덜 떨었다. 잠을 이룰 수 없는 내 눈앞에 어머니의 춤추던 모습이 언뜻언뜻 나타났다.

동이 트자마자 나는 주섬주섬 옷을 입고 어젯밤 모두가 모여 있던 곳으로 걸어갔다. 그곳에는 잿더미 세 개가 있었다. 하나는 이미 꺼져버린 모닥불이었다. 두 번째는 사냥개였다. 이란은 꼼짝하지 않았다. 나머지는 사람이었다. 어머니는 하늘을 향해 반듯하게 누워 있었다. 비록 눈을 뜨고 있었지만 시선은 흔들리지 않았다. 어머니가 입고 있는 깃털치마와 반백의 머리카락만이 아침 바람에 살며시 흔들리고 있었다. 한꺼번에 눈앞에 나타난 잿더미가 고스란히 내 가슴속에 아로새겨졌다.

린커가 떠나고, 어머니도 떠났다. 나의 부모 중 한 사람은 천둥 번개에, 또 한 사람은 춤을 추다가 세상을 떠났다. 우리는 어머니를 아버지처럼 나무 위에 묻었다. 하지만 어머니의 풍장은 소나무가 아닌 자작나무에서 치러졌다. 어머니를 위한 수의는 깃털치마였다. 니두 무당이 다마라의 장례를 치르는데, 남쪽나라로 돌아가는 기러기가 보였다. 나무 가장귀 같은 형태를 만든 기러기 떼가 나는 모습이 마치 번개처럼 보였다. 번개는 검은 구름 사이에서 흰 빛으로 나타나지만, 하늘을 나는 기러기는 명랑한 하늘에 검은 선으로 나타났다. 니두 무당이 다마라를 위해 부른 장송곡이 '혈하(血河)'와 관련된 곡이었는데, 그녀에 대한 깊고 깊은 니두 무당의 사랑을 짐작할 수 있었다.

우리 조상들은 사람이 이 세상을 떠나면 또 다른 세상으로 간다고 여겼다. 그 세상은 우리가 전에 살았던 세상보다 행복했다. 행복한 세상으로 가는 도중에 아주 깊고 깊은 혈하를 지나야 하는데, 이 혈하는 죽은 자의 살아생전의 행위와 품성을 검증받는 곳이었다. 만약 선량한 사람이 이곳에 도착하면 자연스럽게 다리가 떠올라 평안하게 강을 건널 수 있었다. 만약 생전에 온갖 못된 짓만 일삼은 사람이라면 혈하는 다리를 내주는 대신 돌 하나를 불쑥 내밀었다. 생전에 불량한 행위를 했지만 회개의 뜻이 있다면 이 돌을 딛고 뛰어서 건널 수 있지만, 그렇지 않으면 혈하에 빠져 죽게 되어 그 영혼이 완전히 사라져 버렸다.

어머니가 이 혈하를 건너지 못할까 염려스러워서였을까? 니두 무당은 어머니를 위해 이런 노래를 불러주었다.

도도한 혈하여,

다리를 세워다오,

네 앞에 서 있는 여인은

선량한 여인이란다!

만약 그녀의 발에 선혈이 묻어 있거든

그렇게 너를 밟도록 해주렴,

그녀의 선혈이란다.

만약 그녀의 가슴속에 눈물이 남아 있거든

그녀가 간직하게 해주렴,

그녀의 눈물이란다.

만약 여인의

발에 묻은 선혈과

가슴속에 간직한 눈물이 싫어

그녀를 위해 돌을 꺼내놓는다면

부디 그녀가

평안히 건널 수 있게 해주렴.

원망을 해야 한다면

나를 탓해주렴.

그녀를 행복의 피안으로 데려다주기만 한다면

장래에 내가 혈하에 묻힌들 두려울 게 없단다!

나도 목메어 울지 않으련다.

    니두 무당이 노래를 부르는 동안 니하오는 줄곧 와들와들 떨고 있었다. 마치 노랫가락 한 마디 한 마디가 모두 말벌로 침을 놓는 듯했다. 당시 우리는 그녀의 전생이 진혼곡과 관련되어 있다는 사실을 눈치 채지 못했다. 그녀는 물고기처럼 우리가 볼 수 없는 강에서 살고 있었는데, 니두 무당의 진혼곡이 낚싯밥이 되어 그녀를 낚아 올린 것이었다. 하지만 우리는 시어머니의 갑작스런 죽음에 놀란 모양이라고 대수롭지 않게 여겼다. 루니는 그런 니하오를 바라보는 것이 가슴 아파 줄곧 그녀의 손을 잡고 있었다. 어머니를 풍장하고 장지를 떠날 때 니하오가 물었다.

"어머니의 유골은 어느 날 나무 위에서 떨어져 내리겠죠? 그럼 땅에 떨어진 유골도 싹이 나겠죠?"

다마라가 세상을 떠난 후 니두 무당은 만사를 귀찮아했다. 언제 사냥을 나가야 하는지, 순록의 뿔을 언제 잘라야 하는지, 이동은 언제 해야 좋은지 전혀 관심이 없었다. 그는 점점 수척해졌다. 족장으로서 니두 무당이 부적합하다고 생각한 사람들은 라지다를 새로운 족장으로 추대했다.

족장이 된 라지다가 첫 번째로 한 일은 우리렁이라는 대가족을 핵가족으로 나눈 일이다. 아직은 함께 사냥을 나갔지만 사냥감을 야영지로 가지고 온 후에는 가죽과 녹용, 웅담 등은 우리렁의 공동 소유로 삼아 필요한 생필품으로 바꾸었으며 짐승의 고기는 각 가정의 사람 수대로 공평하게 나누었다. 이는 명절 전에는 우리렁 사람들이 더 이상 함께 모여 식사를 하는 대신 각자 알아서 식사를 해야 한다는 뜻이었다. 이 결정을 가장 옹호한 사람은 루니였다. 루니는 이푸린이 사람들 앞에서 천진난만한 니하오를 비웃는 꼴을 더는 당하고 싶지 않기도 했거니와 진더가 니하오를 탐욕스럽게, 때로는 원망 서린 눈길로 바라보는 것이 싫었다. 이푸린은 이 결정을 필사적으로 반대했다. 그녀는 라지다의 생각은 인간미가 결여되고 분열을 초래하는 결정이라고 했다. 이완과 니두 무당에게서 함께 모여 식사할 기회조차 앗아간다면 말 상대가 없어진 두 사람은 이 세상에서 가장 고독한 자들로 전락할 것이라고도 했다. 설사 니두 무당은 매일 마루신과 이야기를 한다고 치지만, 이완은 매일 순록과 이야기할 수 없는 노릇이라고 했다. 하지만 이푸린의 속셈은 따로 있었다. 그녀는 니두 무당과 이완의 고독을 빌어 자기 이야기를 하고 있었다. 그녀는 쿤더, 진더와 함께 앉아서 식사하기를 싫어했다. 항상 이들 부자를 혐오스러워했다. 나는 그녀의 혐오와 역겨움이 대체 어디서 비롯됐는지 마리야에게서 자초지종을 듣고 나서야 수수께끼를 풀 수 있었다.

원래 영웅적인 기질이 뛰어났던 쿤더는 어느 해 아바 강변에서 열리는 장에 사냥감을 교환하러 갔다가 몽고족 아가씨를 사랑하게 되었다. 그러나 쿤더의 아버지는 두 사람의 결혼에 동의하지 않았다. 그의 아버지와 우리 할아버지는 일찌감치 쿤더와 이푸린의 혼사를 정해놓고 있었다. 어쩔 수 없이 이푸린을 아내로 맞게 된 쿤더는 그 후 우울해 했다. 정신적으로 건강하지 못한 남자를 가장 경멸했던 이푸린은 쿤더를 아무짝에도 쓸모없다며 항상 몰아세웠다. 이런 며느리가 못마땅했던 쿤더의 아버지는 어느 날 그만 이푸린에게 "만약 네가 쿤더를 이렇게 대접할 줄 알았다면 애당초 결혼을 무르고 몽고아가씨를 며느리로 데려올 걸 잘못했다" 하고 말했다. 그 바람에 이푸린은 쿤더가 왜 항상 맥이 풀려 있었는지 알게 되었다. 성격이 괄괄한 이푸린은 화가 나서 그 길로 우리 우리렁으로 달려와 다시는 쿤더 곁으로 돌아가지 않겠노라고 맹세했지만, 그녀는 임신을 하고 있었다. 아버지의 지령을 받은 쿤더는 이푸린을 데려가려고 여러 번 우리 우리렁으로 찾아왔지만, 번번이 그녀에게 욕만 실컷 얻어먹고 돌아가야 했다. 이푸린은 진더를 낳고 아이에게 아버지가 없어서는 안 되겠다 싶어 쿤더를 받아들이기로 결정했지만, 그가 우리 우리렁으로 옮겨온다는 조건을 달았다. 우리 우리렁으로 온 그날부터 쿤더는 고분고분 순종하는 나날을 보냈지만, 이푸린은 화가 났다 하면 그에게 화풀이를 해댔다. 쿤더는 진더를 위해 치밀어 오르는 울분을 꾹꾹 억누르며 입도 벙긋하지 않고 살았다. 하지만 이푸린이 더 이상 잠자리를 하지 않는 방법으로 쿤더에게 벌을 주고 있다는 사실은 모두 감쪽같이 몰랐다. 한번은 하세와 함께 사냥을 나간 쿤더가 술을 많이 마시고는 울면서 자신은 남자답게 살 수 없노라고 고백했다. 우리 우리렁에 온 후 이푸린이 욕구를 한 번도 받아준 적이 없다고 했다. 그를 위해 비열한 종자를 하나 낳은 것만으로 족하다며 요구를 거절한다고 했다. 마리야는 이런 행동이 너무 심하다고 느껴져 이푸린에게 넌지시 충고를 해보았지만, 그녀는 불같이 화를 내며 영원히 쿤더와 잠자리를 하고 싶지 않다고 선언했다. 이푸린은 한밤중에 쿤더가 그 짓을 하면서 자기를 다른 여자로 여길 것이라는 생각이 떠오르면 구역질이 난다고 했다. 마리야는 초록색 즙이 넘쳐흘렀던 쿤더라는 싱싱한 풀이 이푸린이 손아귀에 쥐고 오랫동안 못살게 구는 통에 말라비틀어졌다고 했다. 나는 이푸린이 다른 사람의 행복과 진심을 두고 왜 그렇게 질투하고 멸시했는지 알 것 같았다. 쿤더가 가여웠지만, 이푸린도 가여웠다. 두 사람 역시 니두 무당과 다마라처럼 사랑 때문에 고통을 받고 있었다.

나는 라지다에게 말 못할 사정이 있는 이푸린도 그렇고, 니두 무당과 이완 역시 외로운 사람들이니 모두가 예전처럼 함께 모여 식사를 하는 편이 좋겠다고 했다. 하지만 라지다는 생각이 달랐다.

라지다는 고독한 자들은 가족과 즐거움을 누리고 사는 사람들과 함께 있으면 더욱 외로울 뿐, 오히려 혼자 있도록 내버려두면 아름다운 추억이 그들과 함께할 것이라고 했다. 이완과 니두 무당에게 이 세상에서 나제스카나 다마라와 같이 두 사람의 가슴을 확실하게 차지할 여인이 더는 없을 것이었다. 이푸린 또한 쿤더를 역겨워하지만, 두 사람은 같이 살아가야 할 부부로 두 사람 사이의 장벽을 제거할 수 있는 유일한 방법은 둘이 오랜 시간을 함께 보내는 것이라고 했다. 라지다는 이푸린과 쿤더 두 사람이 주구장창 함께 있다 보면 서로 늙고 약해져가는 얼굴을 바라보면서 마음이 부드러워질 것이라 했다.

새로운 족장의 결정은 이푸린의 저주와 욕설 그리고 저항 속에서 집행되었다. 이푸린은 언제고 저녁식사 때면 야영지에 모닥불을 피워놓고 홀로 앉아 음식을 먹었다. 그녀의 손에 들린 음식에 집착을 버리지 못한 까마귀가 주위에 나타나면 그녀는 까마귀에게 욕을 퍼부었다. 라지다에게 향한 욕을 애꿎은 까마귀가 얻어먹고 있다는 건 누구나 알 수 있었다. 라지다는 신경 쓰지 않았다. 그는 시간이 흘러 이푸린이 자신을 욕하는 게 재미없어지면 쿤더, 진더와 함께 앉아 식사를 하게 될 것이라고 했다. 과연 눈이 내릴 무렵부터 이푸린은 더 이상 야영지에 모닥불을 피우지 않았다. 그녀는 자신의 시렁주, 화롯가에 앉아 식사하는 법을 배우기 시작했다. 그러나 그녀는 라지다에게 여전히 불만이 많았다. 지나칠 정도로 생트집을 잡았다. 그녀의 집에 나눠 준 고기 양이 적다거나 고기 속에 뼈가 많다고 했다. 라지다는 토를 달지 않았다. 사냥감을 나눌 때면 그는 언제나 이푸린을 불러 먼저 고르라고 했다. 이푸린은 당당하게 가장 좋은 부위의 고기를 가

저갔으나 라지다가 맨 마지막에 남은 고기를 가져간다는 사실을 알고는 좀 미안했는지, 그 이후로 살점이 적게 붙은 고기를 집었다.

그해 여름에서 겨울까지 투르코프는 우리 야영지에 나타나지 않았다. 벌써부터 밀가루가 부족했다. 라지다가 하세와 함께 주얼간툰으로 생필품을 교환하려고 준비를 하고 있는데, 키가 작고 뚱뚱한 한족인 쉬차이파라는 산둥 사람이 말을 타고 우리 야영지를 찾아왔다. 주얼간툰에 상점 둘을 개설하고 있는 그는 생김새부터 선량해 보였다. 그는 라지다의 큰형과 무척 친한 사이였는데, 부탁받은 물건을 우리에게 가져다주러 특별히 찾아온 것이었다. 늘 동생 걱정을 하고 있던 라지다의 형이 밀가루와 소금, 그리고 술을 우리 우리렁으로 가져다달라 쉬차이파에게 부탁했다. 그는 주얼간툰이라고 불리던 곳이 지금은 우치뤄푸가 되었고, 일본인들이 이곳에 '만주축산주식회사'를 세운 다음부터는 사냥감을 교환하려면 모두 만주축산주식회사로 가야 한다고 했다. 그런데 일본인들은 사냥한 물건을 가로채거나 착복한다는 것이었다. 이를 테면 친칠라가죽 한 장은 달랑 성냥갑 하나로 바꿔주고, 친칠라가죽 세 장은 총알 한 개, 친칠라가죽 여섯 장은 술 한 병, 친칠라가죽 일곱 장은 차 한 상자와 바꿔 줘서 안다들이 도저히 장사를 할 수 없는 상황이라며 떠날 사람은 이미 다 떠났다고 했다.

이푸린이 "일본 사람들이 투르코프보다 훨씬 속이 새까맣소?" 하고 묻자 투르코프를 잘 알고 있던 쉬차이파가 "투르코프는 벌써 소련으로 돌아갔어요. 마음보 나쁜 사람이 심보 고약한 사람을 만나면 훨씬 더 심보 고약한 사람이 살아남는 법 아니겠소?" 하고 대답했다.

나는 로린스키가 생각나서 쉬차이파에게 물어보았다.

"로린스키는 좋은 사람이었지만, 불운했어요. 요 몇 해 동안 술에 절어 살았어요. 작년 겨울 자란툰에서 우치뤄푸로 물건을 운반하다가 늑대를 만났는데 말이 놀라 미친 듯이 내달렸어요. 다행히 물건은 아무 일도 없었는데 그 사람은 말한테 끌려가다 죽었소."

이푸린이 "흥, 물건은 당연히 아무 일도 없었을 테지. 원래 죽은 거니까" 하고 대꾸했다.

쉬차이파는 "이 일이 있고 난 다음부터 안다들은 감히 경솔하게 물건을 전달하러 산으로 들어오지 않았어요. 일본인들한테 이 사실을 들켰다가는 재미없거든요"라고 말했다.

물건을 내려놓은 그는 술 몇 모금과 고기 두 점을 먹고 우리링을 떠났다. 라지다는 그에게 친칠라와 노루가죽을 선물했다.

쉬차이파가 떠난 후 얼마 지나지 않아서 눈이 내리는 날, 말을 탄 세 사람이 우리를 찾아왔다. '요시다'라는 일본군 상위와 통역인 한족 왕루, 그리고 길잡이 역할을 맡은 루더라는 어윈커 사람이었다. 난생처음 들어본 일본어는 왁자지껄기도 하고, 혀 짧은 소리가 나서 너무 우스웠다. 작은 다시와 웨이커터도 덩달아 웃었다. 요시다는 우리가 웃는 모습을 보더니 눈썹을 찌푸리고 즐겁지 않다는 표정을 지었다. 왕루는 마음이 좋은 사람이었다. 그는 요시다가 우리의 웃음에 적의를 나타내자 "어윈커 사람들은 누군가 듣기 좋은 이야기를 하면 웃지요"라고 둘러댔다.

요시다는 찌푸렸던 눈살을 펴며 말했다.

"재작년 너희와 같은 수렵민족 대부분이 산 아래로 소집되었다. 회의를 열어 각기 부족장을 새롭게 선출했는데, 너희는 여기에서 누락됐다. 하지만 우리는 너희를 잊지 않았다. 우리가 왔으니 너희는 행복하게 살게 될 것이다. 소련 놈들은 모두 나쁜 놈들이다. 앞으로 그놈들과 왕래하지 말도록. 일본인이야말로 너희가 가장 신뢰할 수 있는 친구다."

우리는 그가 우리말을 알아듣지 못한다는 것을 알고 있었다. 왕루가 옮긴 말을 듣고 이푸린은 "늑대가 토끼를 잡아먹을 때면 언제나 토끼더러 아름답다고 하지!"라고 말했다. 하세도 "우리의 친구라면서 어떻게 친칠라가죽 한 장을 성냥갑 한 개와 바꿔줄 수 있지? 로린스키는 최소한 다섯 갑은 줬는데" 하고 말했다. 라지다가 "일본인들은 솥단지만 가져온 것 같아. 우리 고깃덩이를 넣을 솥단지 말이야" 하고 말했다.

루니가 "일본인의 혀가 이렇게 짧은 걸 보니 고기 먹는 게 그리 쉽지는 않겠어" 하고 말하자 모두가 웃었다. 하지만 줄곧 머리를 숙이고 있던 이완은 웃지 않았다. 정신없이 자신의 양손을 바라보고 있는 그의 얼굴에는 두 개의 녹슨 쇠로 만든 연장을 바라보듯 망연한 빛이 떠올랐다. 요시다는 통역과 길잡이가 따라서 웃고 있는 것을 보고 자기 이야기에 모두가 찬성한다는 뜻으로 여겼는지 따라 웃더니 엄지를 치켜들었다.

우리가 모두 불려가 요시다의 이야기를 듣고 있었지만, 니두 무당은 모습을 보이지 않았다. 요시다가 왕루에게 우리 우리렁에서 집합하지 않은 사람이 있는지 묻고 있는데, 니두 무당이 나타났다. 그는 손에 북을 들고 신복을 입고 있었지만, 신모는 쓰지 않은 채 성글고 반백이 된 머리를 풀어헤치고 있었다. 그 괴상한 모습에 놀란 요시다가 벌벌 떨었다. 뒤로 한 발 물러나더니 니두 무당을 가리키며 왕루에게 "저 사람은 누구야?" 하고 물었다.

"니두 무당입니다. 신이죠."

"신? 뭘 하는 사람인데?"

나는 그에게 신은 강물을 마르게도 할 수 있고, 말라 비틀어진 물을 넘쳐흐르게도 할 수 있으며, 숲에 노루가 뛰놀게 할 수도 있고, 맹수가 자취를 감추게 할 수 있다고 대답했다. 그러나 왕루는 신은 사람들의 병을 치료해줄 수 있다고만 통역했다. 요시다의 눈빛이 반짝였다. 그가 "그럼 의사야?" 하고 물었다. 왕루가 그렇다고 대답했다. 요시다는 바지통을 걷더니 나뭇가지에 긁혀 피가 난 다리를 가리키며 니두 무당에게 물었다.

"당신, 이 상처를 감쪽같이 없앨 수 있어?"

왕루의 얼굴에는 당황한 빛이 역력했지만, 니두 무당은 오히려 편안해 보였다. 니두 무당은 왕루에게 말하길 그 상처를 없애고 싶다면 타고 온 말을 제물로 바쳐야 한다고 통역해달라 했다.

평소 미치광이 같고 의기소침해 있던 니두 무당은 더할 나위 없이 차분하고 침착해 보였다. 요시다는 니두 무당이 자신의 말을 죽이려 한다고 여겼는지 몹시 화를 냈다.

"내 말은 전쟁에 쓰이는 말이오. 수백 마리 말 중에서 가려 뽑은 말이란 말이오. 내 좋은 친구요. 절대로 죽일 수 없소."

니두 무당이 "만약 당신이 전마를 살려 두면 당신 상처는 절대 아물지 않을 거요. 나는 칼을 사용하지 않고 당신 말을 죽일 것이오. 굿을 해서 당신 말의 생명을 빼앗겠소" 하고 말했다.

요시다는 웃었다. 니두 무당의 신통력을 결코 믿지 않는 그는 정말 굿을 해서 자신의 상처를 감쪽같이 없애준다면 전마를 기꺼이 바치겠노라고 큰 소리를 쳤다. 하지만 만약 실패한다면 니두 무당은 모두가 보는 앞에서 굿을 할 때 쓰는 모든 물건을 불사르고 자기 앞에 꿇어앉아 용서를 구해야 한다고 으름장을 놓았다. 왕루가 통역을 마치자 시렁주 안에 죽음과 같은 정적이 흘렀다. 황혼 녘이 짙어가는 그때 태양은 반쯤 떨어져 있었다. 니두 무당이 "어두운 밤이 오면 굿을 시작할 수 있소" 하고 말하자 요시다가 의미심장하게 "당신이 기다려야 하는 건 당신의 어두운 밤일 게요" 하고 말했다. 왕루는 이 말을 니두 무당에게 옮기고 "오늘밤에 꼭 굿을 하지 않아도 괜찮아요. 몸이 좋지 않으면 다음에 하세요" 하고 덧붙였다.

니두 무당이 한숨을 쉬고 왕루에게 말했다.

"나는 저 남자한테 내가 어두운 밤을 가져올 수 있다는 걸 알리고 싶소. 그 어두운 밤은 내 것이 아니라 저 사람 것이란 말이오!"

깜깜한 밤이 내렸다. 니두 무당이 북을 치며 신무를 추기 시작했다. 우리는 시렁주 구석에 움츠리고 앉아 그를 걱정스럽게 바라보았다. 순록의 전염병 사건이 발생한 후 우리는 그의 신통력에 의심을 품었다. 그는 가끔 하늘을 바라보며 웃기도 하고, 또 가끔은 고개를 숙이고 신음하기도 했다. 그가 화롯가에 가까이 앉아 있으면 나는 그의 허리에 매달려 있는 담배주머니를 볼 수 있었다. 어머니가 만들어 준 담배주머니였다. 그런데 오늘, 그는 평소와 달리 늙고 쇠해 보이지 않았다. 기적처럼 허리를 꼿꼿하게 편 그는 격렬한 가락이 울려 퍼지도록 북을 쳤다. 가볍고

민첩한 양발을 바라보면서 나는 같은 사람이 춤을 출 때 또 다른 자태를 보일 수 있다는 사실이 믿기지 않았다. 활력이 넘쳐흐르는 그는 바로 내가 어릴 때 보았던 니두 무당이었다.

당시 안다오얼을 임신하고 있던 나는 몸을 풀 날이 얼마 남아 있지 않았다. 격렬한 심장박동을 느끼며 니두 무당이 춤추는 모습을 바라보고 있는데, 배가 간헐적으로 뒤틀리며 통증이 느껴지기 시작했다. 손바닥과 이마에 땀이 송골송골 맺혔다. 라지다를 향해 손을 뻗었다. 그는 내가 놀라서 손바닥에 땀이 흥건하게 밴 것으로 착각하고 내 귀에 살짝 입을 맞추고 안심시켜주었다. 나는 극심한 통증을 참으며 니두 무당의 굿을 모두 지켜보았다. 니두 무당의 춤사위가 루니의 결혼식 때 어머니가 추었던 춤사위와 똑같다는 것을 왜 그때 깨닫지 못했을까. 이 춤 역시 니두 무당의 마지막 춤이었다. 춤이 끝나자 요시다가 화롯불에 가까이 다가가 다리를 들어 올렸다. 우리는 그가 내지르는 괴성을 들었다. 그의 다리에 난 상처가 정말로 사라져버렸다! 방금 활짝 피어난 꽃처럼 선명했던 상처는 니두 무당이 만들어낸 바람 속에 어느새 시들어 떨어져버렸다.

우리는 니두 무당의 뒤를 따라 시령주 밖으로 나와 요시다의 전마를 보러 갔다. 달빛이 휘황하게 눈밭을 비치고 있었다. 야영지 소나무 숲에는 오직 말 두 마리만 서 있었다. 땅바닥에 쓰러져 있던 요시다의 전마는 숨이 멎어 있었다. 그 말을 바라보고 있자니 먼 옛날 여름밤 야영지에 쓰러져 있던 잿빛 새끼 순록이 생각났다. 몸에 상처 하나 없이 비명에 간 전마를 어루만지며 요시다는 니두 무당을 향해 왁자지껄하게 뭐라 떠들어댔다. 왕루가 요시다의 말을 통역했다.

"신의 사람, 신의 사람, 우리는 당신이 필요하오! 신의 사람, 신의 사람. 당신은 나를 따라 나서시오. 일본을 위해 일해봅시다."

니두 무당은 기침을 몇 번 하더니 휙 돌아서서 우리 곁에서 멀어져갔다. 그의 허리가 다시 굽어졌다. 천천히 걷고 있는 그가 물건을 내던지기 시작했다. 북채를 던지고 신고를 던졌다. 신복과 치마마저 벗어 던졌다. 신복 위에는 금속으로 만든 장식물이 잔뜩 달려 있어 눈밭에 떨어질 때 쨍그랑, 쨍그랑 소리를 냈다. 우리는 죽은 전마를 에워싸고 하늘에서 떨어진 거석을 지키고 있는 양 멍청하게 니두 무당의 뒷모습을 바라보며 꼼짝하지 않고 서 있었다. 니하오만이 천천히 그의 뒤를 쫓아가며 버린 물건을 일일이 주워들었다. 니두 무당이 하나를 버리면 그녀는 하나를 집었다. 그는 몸에 그 어떤 법기와 신복 한 오라기도 걸치지 않고 나서야 땅바닥에 쓰러졌다.

그날 밤 분만을 위한 야타주를 세우지 못한 탓에 나는 니두 무당의 시렁주에서 안다오얼을 낳았다. 니두 무당은 떠나버렸지만, 우리의 마루신은 아직 곁에 있다는 사실을, 그 신이 나를 도와 조산의 난관을 무사히 건너게 해주리라는 사실을 나는 알고 있었다. 나는 이푸린을 내 곁에 남겨 두지 않았다. 니두 무당이 살던 시렁주 안에서 빛과 용기가 내 두 다리처럼 나를 지탱해주고 있다는 것이 느껴졌다. 빙설의 세상에 울려 퍼지는 안다오얼의 울음소리를 들으며 나는 시렁주의 뾰족한 지붕 위로 아주 밝게 빛나는 파란 별을 보았다. 니두 무당이 그 빛줄기를 발산하고 있다고 믿었다.

요시다가 우리 야영지를 떠났다. 그는 전마를 타고 왔지만, 돌아갈 때는 걸어서 갔다. 그는 나머지 말 두 마리를 우리에게 선물로 주었다. 그는 넋이 나가 있었다. 예리한 무기를 가진 사람이 맨손인 사람과 격투를 벌이다가 패배의 쓴맛을 보고 가슴 가득 슬픔을 간직하고 있는 모습이었다.

다시는 말을 정말 좋아했다. 그는 말들의 주인이 되었다. 그해 겨울 그는 하루도 빠짐없이 볕이 잘 드는 양지바른 산기슭에 말을 풀어놓고 마른 풀을 먹였다. 웅달진 산기슭의 풀은 모두 두껍게 내려앉은 눈에 파묻혀 있었다. 이푸린은 예전에 쿤더가 바꿔 온 비쩍 마른 말을 얼마 기르지도 못한 기억이 있어서 말에 대해 반감이 가장 심했다. 그녀는 우리 우리렁에 온 첫 번째 말도 행운을 가져다주지 못했는데, 더군다나 일본인이 남겨놓고 간 말은 재앙을 가져올 것이라고 호언장담했다.

이듬해 봄이 일찍 찾아왔다. 아직 걷지 못하는 안다오얼을 유모차에 태워놓고 웨이커터에게 지켜보라고 한 다음 나는 라지다와 함께 소금을 넣은 함정을 만들러 갔다.

낙타사슴과 사슴은 알칼리 토양을 핥아먹기 좋아하는 습성이 있었다. 사냥꾼들은 이들이 출몰하는 곳을 한 자 높이만큼 땅을 파고, 나무못으로 구덩이를 하나하나 뚫고, 소금을 넣고, 파놓은 흙을 덮었다. 그렇게 하면 땅이 알칼리화되었다. 우리는 사슴이 이곳을 지나다가 멈춰 서서 알칼리 토양을 핥을 때까지 기다렸다가 총을 발사했다. 소금을 묻어 놓은 함정은 사슴에게 무덤과도 같은 곳이었다.

우리 우리령에는 크고 작은 소금 함정이 두 군데 있었다. 이태 동안 비가 내렸다. 다음 날 한밤에 함정 근처에 숨어 있었지만 사냥감을 한 마리도 얻지 못했다. 라지다는 우리 소금 함정이 수원과 너무 가까이 있어서 위치가 좋지 않다고 했다. 그는 낙타사슴과 사슴이 좋아하는 양지바른 언덕에 소금 함정을 만들어야 한다고 했다. 라지다는 산을 한번 휘둘러보고 나서 우치뤄푸의 쉬차이파를 찾아 소금 두 포대를 사 가지고 와 함정을 만들었다.

우리는 이틀 동안 열심히 새로운 소금 함정을 만들었다. 라지다가 내 귀에 대고 "푹신푹신하고 말랑말랑한 함정이 꼭 멋진 침대 같아. 여기서 딸아이를 하나 만들어야겠어" 하고 속삭였다. 순간 내 눈앞에 마치 꽃나비가 우리 딸을 둘러싸고 있는 광경이 펼쳐졌다.

"정말 좋은 생각이군요."

내가 맞장구를 쳤다. 따사롭기 그지없는 봄볕이 새로운 함정을 비추고 있었다. 환하게 내리쬐는 빛줄기가 마치 대지에 스며들어 땅속에 묻힌 소금의 싹을 싱싱하고 예쁘게 틔워줄 것 같았다. 우리는 열렬하게 서로를 끌어안고 봄볕에 시원한 바람을 주입시켰다. 정말 사무치게 감동적인 영접과 같은 사랑이었다. 내 몸 아래에는 훈훈한 함정의 대지가 있었고 내 몸 위에는 내가 사랑하는 남자가, 그리고 사랑하는 남자 위에는 파란 하늘이 있었다. 나는 그에게 안겨 있는 동안 줄곧 하늘에 떠 있는 구름을 바라보았다. 하얀 구름이 동쪽에서 서쪽으로 끊임없이 흘러가고 있는 모습이 마치 하늘에 흐르는 강물 같았다. 내 몸 아래로도 강물이 흐르고 있었다. 여인의 몸 아래 유일하게 흐르는 어두운 강물, 이 강물은 사랑하는 남자를 위해 용솟음치고 있었다.

어느 여름날, 나는 새벽에 일어나 순록의 젖을 짜고 있다가 갑자기 기절하고 말았다. 깨어나 보니 라지다가 빙그레 웃으며 부드러운 목소리로 말을 걸었다.

"새로 만든 함정이 꽤 쓸만 한가봐. 당신 뱃속에 작은 꽃사슴이 들어있는 걸 보니."

안다오얼을 가졌을 때도 기절한 적이 있었다는 생각이

났다. 그때 라지다는 무척 놀랐다.

순록의 뿔을 자를 즘에 야영지에 세 사람이 찾아왔다. 그중 두 사람은 우리가 익히 알고 있던 길잡이 루더와 통역사 왕루였다. 나머지 한 사람은 일본인으로, 요시다가 아닌 '스즈키 히데오'였다. 키가 작고 깡마른 그는 팔자수염을 기르고, 군복을 입고, 총을 메고 있었다. 우리 야영지에 오자마자 그는 술과 고기를 달라고 했다. 술과 고기를 먹은 후 그는 우리에게 노래하고 춤도 추라고 했다. 왕루가 일본인이 우치뭐푸 동쪽에 '관동군 서림(栖林) 훈련 주둔지'를 만들었다고 알려주었는데, 이곳이 나중에 '동대영(東大營)'이라고 불리는 곳이다. 스즈키 히데오는 우리 우리령의 남자들을 모아 산 아래에서 훈련을 받게 하기 위해 찾아왔다. 열네 살 이상의 남자라면 반드시 훈련에 참가해야 한다고 했다. 라지다가 "우리는 산에 사는 사냥꾼입니다. 왜 산을 내려가야 하나요?" 하고 물었다.

왕루가 "하산해서 한 달 정도만 있으면 돼요. 어쨌든 지금은 일본인들 세상이라 이들한테 맞섰다가는 사서 고생하는 꼴이니까 하산해서 줄도 맞추고, 구호도 외치고, 총검술도 연습하고, 하라는 대로 하세요" 하고 말했다.

라지다는 "그럼 우리더러 군인이 되라는 뜻 아니오? 우리는 일본병사 놀음은 할 수 없소" 하고 말했다. 왕루가 대답했다.

"그게 어디 군인이 되라는 뜻이오. 훈련 받으라는 말이지. 싸움도 하지 않고 곧 돌아올 거요."

라지다가 한숨을 푹 쉬고는 "그럼 우린 하이란차와 같은 병사가 되는 셈이네" 하고 말했다.

예전에 아버지에게 하이란차 이야기를 들은 적이 있다.

하이란차는 어원커 사람이었다. 그는 어려서 부모를 모두 잃고 하이라얼에서 목동 일을 했다. 주인집 말들은 그가 일하기 전에는 항상 늑대에게 해를 입었지만, 그가 목동 일을 하고 나서부터 늑대는 감히 얼씬도 하지 못했다. 잠을 잘 때면 그가 내지르는 호랑이 같은 포효 소리가 수십 리 밖까지 울려 퍼졌다. 늑대는 그가 돌보고 있는 말 무리를 피해 다녔다고 한다. 건륭황제 때 하이란차는 군에 입대했다. 그는 신쟝으로 출정하여 준가얼(准噶尔, 몽고어로 왼손이라는 뜻을 가지고 있으며 울란바토르몽고의 한 부락을 말함—옮긴이) 반란을 평정하며 반란군 대장을 생포하는 전공을 세웠다. 이때부터 이름을 날리기 시작했다. 건륭제는 그를 귀애하여 미얀마, 타이완, 시장 등지로 군대를 이끌고 출병하라고 명했다. 그는 가는 곳마다 혁혁한 공을 세워 어원커의 대장이 되었다. 아버지가 "하이란차는 용맹했을 뿐만 아니라 잘생기고 건장했단다. 너도 이다음에 커서 하이란차 같은 남자를 찾으렴" 하고 이야기를 할 때마다 나는 고개를 가로저었다.

"안 돼요. 잠을 잘 때 호랑이처럼 소리를 지르면 귀청이 떨어질 텐데 그럼 어떡해요?"

아버지는 배꼽을 잡고 웃으셨다.

이푸린이 콧방귀를 뀌었다.

"흥, 만약 하이란차가 오늘까지 살아 있다면 일본 놈들이 감히 우리가 있는 곳으로 왔겠어? 하이란차는 코쟁이 영국 놈들도 쫓아냈는데 어디 납작코에 땅딸막한 일본인을 두려워했겠어? 하이란차가 놈들의 창자를 꺼내지 않으면 그게 이상한 거지!"

놀란 왕루가 이푸린에게 "이 일본인은 어워커 말을 조금 알아들어요. 머리가 땅에 떨어지고 싶지 않으면 이 사람 앞에서 함부로 지껄이지 말아요" 하고 나지막하게 중얼거렸다.

이푸린이 "사람은 머리통이 딱 하나지. 다른 사람이 베어주지 않으면 나중에는 농익은 과일처럼 물러서 땅바닥에 떨어지고 말아. 일찍 떨어지나 좀 늦게 떨어지나 그게 뭐 대수라고?"

말투에 담긴 긴장된 분위기가 느껴졌는지 스즈키 히데오가 왕루에게 물었다.

"이 미개인들이 지금 뭐라 하는 건가?"

그는 요시다처럼 우리를 '산사람'이라고 부르지 않고 '미개인'이라고 불렀다.

"하산해서 훈련을 받는 건 좋은 일이니까 따라가서 훈련을 받겠다고 합니다."

여우처럼 의심이 많은 스즈키 히데오가 이푸린을 가리

키며 물었다.

"그런데 저 여인은 전혀 즐겁지 않아 보이는데?"

"저 여인은 남자만 훈련을 받는 것이 싫다고 합니다. 산에 있는 여인들은 남자들처럼 강인한데 왜 데려가지 않느냐고 묻고 있습니다."

왕루가 기지를 발휘했다.

"하하, 저 여자 괜찮군. 코만 삐뚤어지지 않았다면 더 좋았을 뻔했어."

왕루가 스즈키 히데오의 말을 옮기자 모두가 웃었다. 이푸린도 웃었다.

이푸린이 "왕루, 통역해줘. 만약 내 코가 삐뚤어지지 않았다면 저 남자는 산에서 절대 나를 만나지 못했을 거라고 말이야. 난 황후가 되었을 테니까" 하고 말했다.

말을 마친 이푸린이 한숨을 폭 쉬더니 쿤더와 진더를 힐끗 훑어보았다. "나는 두 남자가 떠나는 게 좋아. 둘이 군영에서 강인해진다면 나 이푸린한테는 복이 되는 셈이니까" 하고 말했다.

이푸린은 쿤더와 진더가 떠나기를 바랐지만, 마리야는 달랐다. 막 열네 살이 된 아들 다시도 훈련을 받아야 했다. 그녀는 남편 하세가 하산하는 것은 괜찮았지만, 아들과의 이별이 못내 안타까웠다. 다시가 고생할 것을 떠올리며 벌써부터 눈물바람이었다. 스즈키 히데오는 마리야를 가리키며 왕루에게 "이 여인은 왜 우는 거요?" 하고 물었다. 왕루가 "이 여인은 기뻐서 울죠. 막 열네 살이 되어 훈련을 받을 수 있게 된 자기 아들이 복이 많다고 생각하고 있습니다. 그녀는 훈련을 받지 않은 남자는 진정으로 사내대장부가 될 수 없다고 생각한답니다" 하고 대답했다.

"이 우리렁의 여인들은 모두 훌륭하군!"

스즈키 히데오가 칭찬했다. 곧 그의 시선이 니하오에게 쏟아졌다.

불나방과 같은 스즈키 히데오의 눈빛이 참을 수 없다는 듯 등불과 같은 니하오를 향해 날아왔다.

성숙해진 니하오는 루니에게 풍만함을 더해주는 여인이었다. 임신을 한 그녀는 루니와 가장 열정적으로 사랑을 나누고 있었다. 그녀는 루니가 하산하게 된 것이 아쉽고 서운했다. 니하오는 총명했다. 스즈키 히데오의 따가운 시선이 느껴지자 팔을 루니의 어깨에 올려놓았다. 이러한 행동으로 일본인에게 자기가 사랑하는 사람은 바로 지금, 자기가 기대고 있는 남자란 것을 보여주고 있었다.

소집된 남자들이 우치궈푸로 훈련을 받으러 출발했다. 그들은 야영지를 떠나며 숲에서 흰나비가 군무를 추고 있는 것을 보았다. 찬란한 태양 아래 흰나비 무리에 묻혀 그들은 마치 눈밭을 걷고 있는 느낌이었다. 여름에 흰나비가 많으면 겨울에 눈이 많이 왔다. 라지다가 손을 뻗어 나비 한 마리를 잡고는 고개를 돌려 나를 바라보며 "당신한테 눈꽃 한 송이를 선물하리다" 하고 말했던 장면도 아직 눈에 선하다. 그가 웃으며 손을 펼치자 그 흰나비는 과연 나를 향해 날아왔다. 남자들을 배웅하는 여자들 모두가 그 모습에 즐겁게 웃었다.

야영지에 남게 된 우리 여자들은 처음에는 그 무엇과 비교할 수 없을 만큼 기뻤다. 우리는 순록의 뿔을 자른 후 함께 모여 차도 마시고, 음식도 먹고, 일도 했다. 그러나 곧 남자들 없이 여러 가지 일들을 대처하기 어렵다는 사실을 깨달았다. 매일 야영지로 돌아오는 순록이 몇 마리 모자랐는데, 남자들이 있었다면 순록을 찾는 것은 그들의 몫이었지만, 이제는 우리가 해야 했다. 순록 두서너 마리를 찾기 위해 우리는 총출동해서 반나절을 보내기도 했다. 그럴 때마다 야영지에 남겨놓은 아이가 맹수에게 해를 입을까봐 나는 웨이커터를 등에 업고, 안다오얼은 유모차에 태워 나무에 매달아놓았다. 유모차에 꼼짝 없이 앉아 있게 된 안다오얼은 울고불고 생난리였지만, 내버려 둘 수밖에 없었다. 한번은 돌아와서 안다오얼을 유모차에서 내려놓고 보니 얼굴이 부어올라 있었다. 보아하니 말벌이 아이의 보드라운 얼굴을 꽃송이로 착각했는지 심하게 쏘아놓았다. 울다 지친 아이는 목이 다 쉬어 있었다. 남자들의 부재는 사냥 나갈 사람이 없다는 것을 의미했다. 특히 신선한 고기 맛에 길들여진 이푸린은 이 상황을 참지 못했다. 남자들이 총을 메고 하산하기도 했거니와 설사 우리 수중에 총이 있다 한들 총 쏘는 법을 몰라서 아무 짝에도 쓸모가 없었다. 하지만 이푸린은 사냥을 나가기로 마음을 먹었다. 그녀는 나와 라지다가 소금 함정을 만든 사실을 기억하고는 이완의 시령주에서 총을 가져와 거동이 불편한 나와 니하오를 야영지에 남겨 두고 마리야와 함께 함정으로 향했다. 두 사람은 사흘 밤 동안 함정을 지켰지만, 빈손으로 돌아왔다. 새벽녘 야영지로 돌아온 두 사람의 창백한 얼굴은 태양이 떠오르지 않는 여명과 흡사했다. 그러나 이푸린은 포기하지 않았다. 그녀는 끈질긴 면이 있었다. 나흘째 되는 날, 그녀는 여전히 마리야와 함께 함정으로 향했다. 그날 밤은 이슬비가 내리고 있었다. 사슴은 비가 내린 밤에 숲 속을 뛰어다니는 것을 좋아하는 습성이 있었다. 때문에 출발 전 이푸린은 자신감에 차 있었다. 이푸린은 나와 니하오에게 "고기를 삶을 솥이나 준비해 둬. 오늘 밤 우리 사냥총이 진가를 발휘할 테니까" 하고 말했다.

이푸린의 이야기는 거짓이 아니었다. 다음 날 이른 아침, 그녀와 마리야는 사슴을 메고 돌아왔다. 사냥총이 사슴의 목을 정확하게 관통했다. 사슴은 바람을 등지고 뛰어다니기 좋아했다. 때문에 그녀와 마리야는 바람이 부는 쪽으로 숲에 매복해 있었다. 자정이 지난 한밤중 발소리가 들려오더니 함정에 어미 사슴과 새끼 사슴 두 마리가 나타났다. 이푸린은 새끼 사슴을 선택했다. 몸을 옆으로 놀란 새끼 사슴이 마침 이푸린을 마주 보고 있어서 과녁을 맞히듯 손쉽게 잡을 수 있었지만, 어미 사슴은 등을 지고 있었다. 마리야는 이푸린이 번개처럼 방아쇠를 당기자 피웅 하는 소리가 들리더니 새끼 사슴이 함정에 쓰러졌다고 말했다. 마리야는 신이 나서 이푸린을 칭찬했지만, 나는 가슴이 저려왔다. 그곳 함정에서 임신을 했던 나로서는 어미 사슴이 새끼 잃는 것을 바라지 않았다.

나는 삼각형 천막을 세우고 사슴의 머리를 잘라 풍장을 했다. 그런 다음 내장을 꺼내 시렁주에 모셔놓고 마루신에게 제사를 드렸다. 니두 무당의 법기와 신복은 니하오가 잘 간직하고 있었다. 라지다는 니하오의 거동으로 미루어 그녀가 장차 무당이 될 듯하니 니두 무당이 모셨던 마루신도 그녀의 거처에 옮겨놓자고 했다. 어려서부터 마루신을 보고 싶었던 나는 마침내 이푸린이 사냥해 온 새끼 사슴에게 제사를 지낼 때 오랜 숙원을 이룰 수 있었다.

노루가죽 주머니에 담겨진 열두 개의 신상을 우리는 통틀어 '마루'라고 불렀다. 그중에 가장 중요한 신이 '서와커'였는데, 우리의 조상신이었다. 서와커신은 실은 둘로 조각된 한 쌍의 나무 신상으로 남자와 여자였다. 이 신은 손도 있고, 발도 있었으며, 귀와 눈도 있었고, 사슴의 가죽으로 만든 옷도 입고 있었다. 이들의 입은 너무 많은 짐승의 피가 칠해져 검붉었다. 나머지 신상은 서와커 신상과 관련이 있었다. 서와커신은 북소리를 좋아해서 우리는 사슴가죽으로 조그마한 북을 만들었으며, '가헤이'라는 새를 타고 다니기도 좋아해서 이 새의 가죽을 벗겨 두었다. 서와커신은 또 순록 타기를 좋아해서 순록의 뿔과 고삐도 있었다. 그밖에 노루가죽 주머니에는 서와커신이 좋아하는 친칠라가죽과 물오리가죽, 흰 꼬리를 가진 작은 동물인 커루나쓰의 가죽 그리고 얇게 압축된 철판으로 뱀의 형상을 모방해서 만든 뱀신, 흰색 자작나무로 만들어진 참새 모양의 어린아이를 보호하는 우마이신과 낙엽송의 굽은 가지로 만들어진 순록을 보호하는 아롱신과 곰의 신인 웅신이 있었다.

니하오에게 신상에 대한 이야기를 듣는 동안 내 귀에는 바람소리가 줄곧 맴돌고 있었다. 이 바람소리는 마루신의 신상에서 나오는 소리였다. 나는 니하오에게 "어떻게 신상을 잘 알아?" 하고 물었다. 니하오는 "어려서 할아버지가 이 신들을 조각하는 걸 봤거든요" 하고 대답했다. 니하오는 신상들이 어떤 일을 맡고 있는지 잘 알고 있었다.

나는 오랫동안 그 나무와 나뭇가지, 짐승의 가죽으로 만들어진 신상을 바라보았다. 모두 우리가 살아가고 있는 산과 숲에서 나온 것들이었다. 만약 이 신상들이 정말 우리를 보우해줄 수 있다면 우리는 이 산과 숲에서 행복할 수 있을 것이며 다른 곳에서 살지 않아도 될 것이었다. 비록 이 신상들은 내가 상상한 것처럼 아름다거나 신기하지 않았지만, 그들의 몸에서 나오는 신기한 바람은 내 귀에 새가 날갯짓을 하는 소리처럼 들렸다. 나는 경외심을 갖게 되었다. 지금까지 내가 눈도 밝고, 귀도 밝은 것은 이러한 바람소리를 들을 수 있었기 때문이다.

그날 밤 우리는 모닥불을 피워놓고 사슴고기도 먹고, 술도 마셨다. 술이 거나해진 이푸린과 니하오는 표현 방식이 무척이나 달랐다. 이푸린은 울었지만, 니하오는 노래를 불렀다. 즉흥적인 니하오의 노랫소리는 이푸린의 울음소리를 반주 삼아 처량하게 들렸다. 이푸린의 울음은 나를 잊게 했다. 니하오의 노래 역시 나를 망각하게 했다. 요시다가 남겨놓은 말들은 울음과 노랫소리에 놀라 울부짖었다. 마리야는 행여 말들이 밧줄을 끊고 야영지를 도망칠까봐 말들을 묶어 놓은 곳으로 정신없이 달려갔다. 우치뤄푸로 떠날 때 다시는 말들과의 이별을 가장 아쉬워했다. 그는 마리야에게 말들을 잘 보살펴달라고 여러 번 부탁했다. 말을 어디로 데려가 풀을 먹여야 하는지, 어느 시냇물을 마시게 해야 하는지 꼼꼼하게 일러주었다. 다시가 떠난 후 마리야는 마치 자신의 두 눈을 보살피듯 말들을 알뜰살뜰 돌보았다.

내 평생 아름다운 밤에 관한 추억 중 하나가 바로 울음소리와 노랫소리가 융화된 그날 밤이었다. 우리는 야영지의 모닥불이 사그라질 때까지 앉아 있다가 시렁주로 돌아왔다. 그날 밤은 바람이 무척이나 찼다. 웨이커터가 내 품 안으로 파고들어오더니 옛날이야기를 해달라고 졸랐다. 나는 라지다가 해준 이야기를 들려주었다.

 라지다의 할아버지가 젊은 시절 사냥을 나갔을 때다. 그날 야영지로 돌아올 수 없게 된 일행은 시렁주를 만들었다. 그리고 남자 일곱 명이 시렁주 안에서 각자 한 귀퉁이씩 차지하고 잠을 잤다. 한밤중, 자리에서 일어난 라지다의 할아버지는 시렁주 안이 환한 것을 발견했다. 둥그런 보름달이 시렁주 위에 걸려 있었다. 그는 달을 바라보다가 고개를 숙여 잠이든 사람들을 바라보았다. 잠들어 있는 모습이 천태만상이었다. 어떤 사람은 호랑이처럼 누워 있는가 하면 어떤 사람은 뱀처럼 둘둘 감고 있었고, 엉거주춤하게 서 있는 곰처럼 잠이 든 사람도 있었다. 라지다의 할아버지는 보름달이 뜨는 날에는 사람들이 본색을 드러내는데 잠을 자는 모습에서 그들이 전생에 무엇이었는지 알 수 있다고 했다. 누구는 전생이 곰이었고, 누구는 호랑이, 또 누구는 뱀, 그리고 토끼도 있었다.

 웨이커터가 물었다.

 "할아버지는 무엇으로 환생했나요?"

 "할아버지는 자기가 잠잘 때 어떤 모습이었는지 알 수 없었단다."

 "그럼 전 오늘 밤에 잠을 자지 않을래요. 잠자지 않고 어머니가 무엇이었는지 볼래요."

 "호호, 오늘은 보름달이 뜨지 않았으니까 내가 전생에 무엇이었는지 볼 수 없을 텐데."

나는 웨이커터를 꽉 끌어안았다. 시렁주 위의 별을 바라보다가 나는 라지다가 너무 그리웠다.

가을이 오면 남자들이 돌아올 거라 생각했지만, 떠난 지 두 달이 흘렀건만 그 어떤 소식도 들리지 않았다. 우리는 야영지 부근에서 세 차례나 이사를 했지만, 결국 순록을 위해 먼 길을 떠나기로 결정을 내렸다. 야영지 부근에는 순록이 먹을 만한 이끼나 버섯이 없었다. 순록들은 날이 갈수록 먹을 것을 구하러 더 멀리 가서 때로는 이틀에 한 번 꼴로 야영지로 돌아왔다. 새끼 순록을 야영지에 묶어놓았지만, 소용이 없었다. 순록을 찾기 위해서 우리는 고생을 해야 했다. 이푸린이 "이곳을 떠나야 해" 하고 말했다. 우리 모두는 물건을 챙겨 베이얼츠 강을 따라 서남쪽으로 이동했다.

우리는 당장 필요 없는 물건은 카오라오바오에 놓고, 생필품을 싸고, 70여 마리가 되는 순록과 말 두 필을 이끌고 이틀 동안 이동을 시작했다. 나는 가장 앞서 가면서 도끼로 나무에 숫자를 써 두었다. 이푸린이 "우리가 이동하는 표시를 남겨놓지 않으면 좋으련만. 남자들이 돌아와서 우리가 어디로 갔는지 몰라 다급해하다가 죽을 정도로 만들었으면 좋겠어" 하고 말했다.

내가 "어떻게 그럴 수 있어요? 곧 겨울이 닥칠 텐데 그럼 누가 사냥을 나가요? 우리가 먹을 고기를 어디서 구할 수 있겠냐고요?" 하고 묻자 이푸린이 큰 소리로 말했다.

"보아하니 네가 먹고 싶은 건 순록이나 곰 고기가 아니라 라지다 몸에 있는 고기일 테지?"

그녀의 말에 순록을 타고 있던 니하오가 몸을 흔들며 웃는 바람에 하마터면 땅으로 떨어질 뻔했다. 맨 뒤에서 말을 끌고 오던 마리야는 웃다가 엉덩방아를 찧었다. 내 뒤에는 마루왕이, 그리고 그 뒤에는 불씨를 짊어지고 있는 순록이, 그리고 그 뒤를 순록의 무리가 따라오고 있었다. 순록 위에 앉아 있던 웨이커터도 한마디 거들었다.

"어니, 아마의 고기를 드시려거든 발에 있는 고기는 절대 드시지 마세요. 냄새가 지독해요!"

웨이커터의 말에 모두가 배꼽이 빠져라 웃었다.

몇 시간을 더 걸어가고 있는데, 이푸린이 내 손에 들린 도끼를 받아 쥐고 나더러 순록 위에 앉아서 쉬라고 했다. 그녀는 도끼로 나무에 표시를 할 때마다 "아이고" 하고 소리를 질렀다. 마치 그 소리가 도끼에 찍힌 나무가 입을 열고 외치는 소리 같았다. 남자들이 없는 이동은 정말 고달팠다. 게다가 목적지도 명확하지 않아서 우리의 진행 속도는 더더욱 더뎠다. 하룻길도 꾸물대다가 이틀씩 걸렸다. 순록이 우리를 대신해서 새로운 야영지를 정해주었다. 순록은 강가 산자락에 피어난 버섯 군락을 발견하고 발길을 멈췄다. 우리도 따라 멈췄다. 우리는 시렁주를 두 개만 세웠다. 나는 니하오와 머물고, 마리야와 이푸린이 함께 있었다. 새로운 야영지에 온 후부터 순록은 더 이상 멀리

가지 않았다. 매일 순록이 제시간에 돌아오는 걸 보니 이사를 제대로 온 모양이었다.

북부 숲의 가을은 낯가죽이 얇은 사람처럼 가을바람에게 핀잔 몇 마디를 듣자마자 곧 고개를 숙인 채 떠나버렸다. 겨우 9월 말이었는데 양지바른 산기슭에서는 들국화가 드문드문 피어 있었다. 갑자기 이틀 동안 광풍이 불자 생기 가득했던 세상은 흔적도 없이 사라져버렸다. 나뭇잎을 벗어던진 나무는 벌거숭이가 되었고, 나무 밑에는 낙엽이 두껍게 앉았다. 찬바람이 일면서 날씨가 돌변했다.

눈발이 일찌감치 날렸다. 보통 첫눈은 그리 많이 내리지 않을 뿐더러 땅에 내리자마자 녹았다. 때문에 우리는 눈꽃이 흩날리며 춤추는 모습을 대수롭지 않게 바라보았다. 그런데 눈은 온종일 내렸다. 저녁이 되어 야영지 주위에 불을 피울 때 보니 눈이 두껍게 쌓여 있었다. 게다가 하늘에는 아직도 구름이 빼곡했다. 나는 먹이를 찾으러 나간 순록이 걱정이 되어 이푸린에게 물었다.

"눈이 내일까지 내리지 않을까요?"

이푸린이 의기소침한 사람을 위아래로 훑어보듯 하늘을 쓱 쳐다보더니 "원래 첫눈은 이렇게 많이 내리지 않는데. 그리 사납게 내리진 않을 거야" 하고 말했다.

경험 많은 이푸린의 말은 믿을 만했다. 나는 안심하고 시렁주로 돌아왔다. 니하오가 아직 태어나지 않은 아이를 위해 장갑을 만들고 있었다. 개구쟁이 안다오얼이 수시로 손을 뻗어 실을 잡는 바람에 니하오는 순조롭게 일을 할 수 없었다. "여름에 흰나비가 많더니 겨울에 눈이 정말 많이 내리네요" 하고 니하오가 말했다.

니하오의 이야기를 들으니 라지다와 이별하던 그날이 떠올랐다. 내가 한숨을 쉬자 니하오가 따라서 한숨을 쉬었다. 우리는 각자 남편을 걱정하고 있었다. 훈련받을 때 혹시 매를 맞지는 않는지, 배부르게 먹고 있는지, 잠은 잘 자고 있는지, 오늘처럼 추운 날에는 일본인들이 두꺼운 옷을 주는지, 만약 동상에라도 걸리면 어쩌지 하는 걱정이었다.

그날 밤 눈이 많이 내렸다. 화롯가에서 반사된 노란 불빛을 통해 나는 시렁주에 날리는 눈꽃을 보았다. 눈꽃은 연기가 나가는 자그만 구멍 속으로 솜털이 보송보송한 머리를 들이밀었다. 그러나 모래알보다도 더 약해빠진 눈꽃은 자그마한 온기도 참지 못하고 시렁주로 들어오자마자 곧 녹아버렸다. 잠시 눈꽃을 바라보던 나는 불이 너무 세차게 타오르지 않게끔 젖은 장작 몇 개를 화롯불에 밀어 넣었다. 날이 밝을 때까지 화롯불은 천천히 타오를 것이다. 나는 안다오얼을 안고 잠이 들었다.

이튿날, 눈은 그치기는커녕 더 많이 내렸다. 시렁주 바깥쪽에 쌓인 눈에 무릎이 푹푹 빠졌다. 기온은 차가워졌고, 숲은 공활하고 아득했으며, 강은 이미 얼어버렸다. 시렁주를 걸어 나오는데, 이푸린이 비틀거리며 다가오는 모습이 보였다. 깜짝 놀란 그녀는 "이를 어쩜 좋아. '바이짜이' 아니야?" 하고 물었다. 우리는 폭설로 인한 재앙을 바이짜이라고 불렀다. 바이짜이는 사냥을 방해할 뿐 아니라 순록을 위협했기 때문에 더욱 두려웠다. 순록은 두꺼운 적설을 헤치고 이끼를 찾을 수가 없어서 굶어 죽었다.

우리는 근심에 싸여 순록이 돌아오기를 기다렸지만, 오전이 다 지나도록 야영지에는 순록의 그림자조차 비치지 않았다. 눈꽃은 여전히 하늘에서 춤을 추고 있었다. 바람이 심했다. 살바람 탓에 바깥에 조금만 서 있어도 온몸이 덜덜 떨렸다.

이푸린은 나와 니하오는 야영지에 남아 있으라 하고, 마리야와 함께 순록을 찾아 나섰다. 배가 부른 우리 두 사람은 짐 덩어리였다. 순록이 어디로 갔는지 이푸린도 알 수 없었다. 평소 같으면 발자국을 따라 찾아 나섰을 테지만 폭설이 순록의 자취를 묻어버렸다.

나와 니하오는 날이 어두워질 때까지 초조하게 기다렸다. 하지만 순록은 종적이 아련했고, 이푸린과 마리야도 감감 무소식이었다. 처음에 우리는 순록만 걱정하고 있었지만, 나중에는 이푸린과 마리야까지 걱정이 더해져 좌불안석했다. 시렁주 밖으로 수도 없이 뛰어나와 두 사람이 돌아오는지 확인해보았지만, 번번이 실망하고 돌아섰다. 조급해진 우리가 울음을 터뜨리려는 순간, 이푸린과 마리야가 모습을 드러냈다. 눈을 잔뜩 뒤집어쓰고, 머리에는 고드름을 이고 있었는데, 마치 눈사람처럼 보였다. 눈이 너무 많이 내려 두 사람은 얼마 못 가서 움직일 수가 없었다. 순록의 종적이 묘연했고, 우리 두 사람이 찾아 나설까 염려스러워 되돌아왔다고 했다.

그날 밤 우리는 뜬눈으로 밤을 새웠다. 우리는 마루신 앞에 꿇어앉아 순록이 무사히 이 난관을 극복할 수 있게 해달라고 기도했다. 남자들 생각이 간절했다. 만약 그들이 곁에 있었다면 바이짜이가 발생했다 해도 대처할 방법이 있었을 것이다. 순록은 총명해서 폭설이 내리면 절벽 아래로 피할 거라며 이푸린이 우리를 위로했다. 절벽 아래는 눈이나 바람이 적고 먹을 수 있는 이끼도 있을 테니 녀석들은 나흘이나 닷새는 너끈히 버티다가 눈이 그치면 길을 찾아서 야영지로 돌아오리라고 했다.

그해 첫눈은 내 평생에 가장 많이 내린 눈이었다. 족히 이틀 밤낮으로 내렸다. 사흘째 되는 날, 우리가 순록을 막 찾아 나서려는데 남자들이 돌아왔다. 하세의 말에 따르면 일본인들은 남자들에게 훈련을 며칠 더 시킬 생각이었는데, 라지다가 구름을 살펴보고 날씨가 급변할 것을 가늠했다고 한다. 산에 남겨 두고 온 여인들이 걱정스러워진 라지다는 왕루를 찾아 바이짜이가 발생하면 순록들이 재앙을 겪게 될 것이라며 산으로 돌아가야 한다고 스즈키 히데오에게 통역해줄 것을 부탁했다. 스즈키 히데오가 허락하지 않자 라지다는 관동군을 관할하고 있는 요시다를 찾아갔다. 니두 무당이 춤을 추어 그의 전마를 죽음으로 내몬 대신 상처를 치료받은 일을 경험한 탓인지 요시다는 우리렁 사람들에게 모종의 경외심을 품고 있었다. 그는 스즈키 히데오에게 총을 돌려주고 남자들을 돌려보내게 했다. 이들이 돌아올 때 벌써 눈이 내리기 시작했다. 옛 야영지에 도착하기 전 우리가 남겨놓은 나무표지를 발견한 남자들은 베이얼츠 강을 따라 우리를 찾아왔다.

이틀 동안 걷느라 남자들은 제대로 쉬지도 못했을 뿐 아니라 오는 도중에 산토끼 한 마리로 허기를 대충 채웠다. 라지다는 순록이 벌써 이틀 동안이나 야영지로 돌아오지 않았다는 사실을 전해 듣고는 물을 몇 모금 마시고 흩어져 찾으러 나서기로 했다. 세 갈래로 길을 나누었는데 하세와 다시 그리고 이완이 하나가 되고 쿤더와 루니, 진더가 같이 다니게 되었고 라지다는 혼자서 순록을 찾으러 나섰다. 모두 썰매신발을 신고 있었지만, 라지다는 말을 탔다. 그는 말과 순록이 오랫동안 함께 있어서 말은 순록의 냄새에 익숙할 것이라고 했다.

우리 우리렁에는 썰매신발이 열 벌 정도 밖에 없었다. 소나무로 만들어진 썰매신발은 밑창에 낙타사슴의 가죽을 붙여놓았다. 썰매신발 길이는 아홉 뼘 정도였는데, 앞쪽은 구부러지고 뒤쪽은 비스듬하게 경사가 져 있었으며 중간에는 썰매신발을 발에 묶을 수 있는 가죽 띠가 달려 있었다. 눈이 온 후 사냥을 나갈 때 남자들은 항상 썰매신발을 신었다. 보통은 사흘 길을 가야 하는 거리도 썰매신발을 신으면 하루 만에 갈 수 있었다. 돌아온 남자들은 우리와 몇 마디 나누지도 못하고 썰매신발을 신고 야영지를 떠났다. 나는 마지막으로 말을 타고 야영지를 나서는 라지다를 배웅했다. 눈밭에 오직 우리 두 사람만 남게 되었다. 라지다가 내 배를 가리키며 물었다.

"곧이겠지?"

내가 고개를 끄덕이자 라지다가 눈을 맞추며 웃었다.

"당신 뱃속에서 딸아이가 나오면 다시 하나를 보내줄게. 당신 배를 놀리지 말아야지."

다음 날 저녁 라지다가 돌아왔다. 하지만 그는 두 번 다시 나와 인사를 나눌 수 없었다. 말 위에 엎드려 있는 그는 꼼짝도 하지 않았다. 말은 지친 듯 가쁜 숨을 몰아쉬더니 털썩 엎드렸다. 연일 분주하게 달렸던 라지다는 너무 피곤한 나머지 말 위에서 잠시 눈을 붙였다가 그만 엎드려 잠이 든 모양이었다. 그는 동사하고 말았다. 주인의 움직임을 느낄 수 없던 말이 이상한 낌새를 알아차리고 야영지로 돌아왔다.

나는 라지다에게 다른 사람들처럼 썰매신발을 신고 가라고 권하지 않은 것을 얼마나 많이 후회했는지 모른다. 만약 썰매신발을 신고 갔더라면 졸지도 않았을 것이고, 나와 그가 사냥터에서 얻은 아이를 잃어버리지도 않았을 것이다. 나는 뻣뻣하게 굳은 라지다를 보고 그만 기절했다. 깨어나 보니 내 뱃속은 텅 비어 있었다. 사산한 아이는 이푸린이 흰색 포대에 담아서 양지바른 언덕에 던졌다. 뱃속의 아이는 과연 여자아이였다.

이푸린이 울었다. 그녀는 라지다와 죽은 아이를 두고 울었다. 마리야도 울었다. 마리야는 라지다뿐 아니라 말 때문에 울었다. 마리야는 지치고 목말라 하는 말에게 물을 먹였다. 일어나서 물을 마신 말은 다시 쿵 하고 쓰러지더니 더 이상 숨을 쉬지 않았다. 마리야는 죽은 말 때문에 상심할 다시를 떠올리자니 가슴을 칼로 도려내는 듯했다.

나도 울었다. 냇물이 된 내 눈물은 볼을 타고 흘렀지만, 강물이 된 내 눈물은 가슴에서 흘렀다. 눈에서 흐르는 게 눈물이라면 가슴 밑바닥에서는 피가 흘렀다. 라지다가 내 몸에 신선하고 농밀한, 부드럽고 뜨거운 피를 한 방울, 한 방울 주입하고 있었다.

사흘째 되는 날, 썰매신발을 신고 떠났던 남자들이 야영지로 돌아왔다. 바이짜이 때문에 흩어진 우리 순록 중 3분의 2는 응달진 산비탈 아래로 걸어 들어갔는데, 폭설에 서북풍이 불어 담벼락처럼 높다랗게 눈이 쌓여 사흘 동안 갇히게 되었다고 한다. 빠져나오지도 못하고 먹을 것도 구할 수 없는 순록들은 대부분 얼어 죽거나 굶어 죽고, 오직 네 마리만이 간신히 살아남았다. 마루왕이 이끌고 있던 3분의 1은 시냇물이 흐르는 낭떠러지 아래로 피했다. 그곳은 눈이 적고 바위에 먹을 만한 이끼도 있어서 새끼 순록 몇 마리만 얼어 죽었을 뿐 다른 순록은 모두 살아남았다. 하지만 살아남은 순록을 모두 합쳐도 서른 마리 정도에 불과했다. 바이짜이를 겪으며 줄어든 순록의 수는 전염병이 만연했던 때와 비슷했다.

우리는 라지다를 야영지 부근에 풍장했다. 그가 떠나자 모두들 이완을 새로운 족장으로 추대했다.

그해 겨울은 나에게 까마득하게 긴 밤이었다. 맑고 쾌청한 한낮에도 내 눈앞에는 여전히 어둠이 드리워져 있었다. 남자들이 사냥에서 돌아오는 발걸음소리가 야영지에 울려 퍼지면 나는 이전처럼 기대에 가득 차서 라지다를 마중하려고 시렁주 밖으로 뛰어나갔다. 마중 나간 여인들 모두 자기 남자를 찾아 돌아가는데 나 홀로 외로이 차가운 바람 속에 서 있었다. 찬바람은 점점 라지다의 부재를 깨닫게 해주었다. 그 바람이 나를 라지다의 영혼이 있는 곳으로 데려가주기를 얼마나 소망했는지 모른다. 하지만 시렁주에서 들려오는 웨이커터와 안다오얼의 웃음소리가 나를 화롯가로, 아이들 곁으로 되돌아오게 만들었다.

니하오는 봄에 사내아이를 낳았다. 루니는 그에게 궈거리라고 이름을 지어주었다. 모두 궈거리를 좋아했다. 하지만 이푸린은 아니었다. 그녀는 강보에 쌓인 궈거리를 볼 때마다 언제나 힐끔힐끔 곁눈질을 하고는 이마에 난 붉은 점이 크면 이완의 것과 같겠다는 둥, 이완처럼 그도 좋은 운명이 아닐 거라는 둥 옹이 박힌 이야기만 했다. 물론 그녀가 이런 이야기를 할 때면 이완은 그곳에 있지 않았. 루니는 이푸린의 이야기에 개의치 않았다. 그는 진더가 니하오에게 장가들지 못한 일을 이푸린이 여전히 불만스럽게 여기고 있다는 것을 잘 알고 있었다. 궈거리가 태어난 지 얼마 되지 않아 이푸린은 진더의 결혼을 서둘렀다. 진더의 상대는 성격이 온순한 제푸린나라는 아가씨였는데, 입이 약간 비뚤어져서 항상 토라진 듯 보인다고 했다. 진더는 그런 여자는 싫다고 했지만, 이푸린은 마음에 든다고 했다. 진더가 "난 코가 삐뚤어진 엄마를 둔 것도 모자라 입이 비뚤어진 여자랑 결혼을 해야되나요?" 하고 묻자 이푸린은 미치광이처럼 화를 내며 고함을 질러댔다.

"네 녀석한텐 좋아하는 건 데려오지도 못하고, 싫어하는 건 문 앞까지 배달되게 되어 있어. 그게 바로 너와 네 아비의 운명이야!"

"억지로 결혼 시키시면 낭떠러지에서 떨어져 죽어버리겠어요."

이푸린이 싸늘하게 웃었다.

"그럴 배짱이 있는 녀석이라면 나 이푸린의 아들이지."

우기가 다가오자 남자들이 모두 우치뤄푸에 갔다. 사냥에서 노획한 것을 필요한 물건으로 바꿔 오려는 것이었다.

하세는 동대영에 불려간 남자들은 매일 줄 맞춰 달리기를 하고, 격투와 총검술을 훈련하고, 정탐을 배웠다고 했다. 다시는 가장 영민해서 정찰대에 편입되어 사진 찍는 기술도 배웠다. 일본인들은 일본어를 가르치기도 했는데, 이완은 일본어로 말하기를 거절했다. 일본어로 말하라고 강요를 받으면 그는 혀를 옆으로 쭉 빼 물고 일본어를 할 수 없다고 스즈키 히데오에게 표현했다. 때문에 일본어를 배울 때면 이완은 굶고 매를 맞았다. 스즈키 히데오는 이완을 벌주면서 "네놈 혀가 말을 할 수 없다면 자연히 음식도 먹을 수 없겠지" 하고 비아냥거렸다.

다시 동대영으로 간 남자들은 40여 일 동안 훈련을 받고 가을에 돌아왔다. 그런데 그들이 바꿔 온 물건이 너무 적어서 가련할 정도였다. 혜안이 있는 이완이 친칠라가죽 20여 장과 노루가죽 여섯 장을 동대영 부근에 있는 동굴에 숨겨놓고 만주축산주식회사에 가져다주지 않았기 망정이지, 그것마저 챙기지 않았더라면 물건이 더욱 형편없었을 터였다. 훈련이 끝난 후 이완은 동굴에서 몰래 물건을 가져다가 어둠을 틈타 우치뤄푸의 쉬차이파를 찾아가 탄알과 술 그리고 소금으로 바꿨다. 그의 꾀가 없었다면 순록이 줄어 생활고를 겪고 있던 우리는 더욱 힘겨웠을 것이다.

민국 31년, 강덕 9년(1942년—옮긴이), 봄에 우리 우리렁에 두 가지 중대한 사건이 발생했다. 하나는 니하오가 무당이 된 일이고, 나머지 하나는 이푸린이 강제로 진더의 결혼식 날짜를 잡은 일이었다.

그해 설 명절인 '아니예'가 막 지나자 니하오의 행동이 괴상해졌다. 어느 날 저녁 눈이 펑펑 오고 있는데 니하오가 갑자기 루니에게 노을을 보러 나가겠다고 했다. 루니가 눈이 내리는데 노을이 어디 있겠느냐고 묻는데도, 니하오는 아무 말 없이 맨발로 뛰어 나갔다. 루니가 니하오의 노루가죽장화를 들고 뒤쫓으며 "당신 신발을 신지 않았어. 발에 동상이 걸린다고!"라고 외쳤지만 니하오는 깔깔대고 웃으며 고개조차 돌리지 않고 앞으로 내달렸다. 루니는 우리 우리령에서 달리기가 가장 빨랐지만, 니하오를 따라 잡을 수 없었다. 달릴수록 더 빨라진 그녀는 흔적도 없이 사라졌다. 놀란 루니는 이완과 나를 불렀다. 우리가 찾으러 나서려고 하는데, 니하오가 회오리바람처럼 한걸음에 달려왔다. 여전히 맨발로 눈밭 위를 달리고 있는데, 사슴처럼 날렵했다. 시렁주로 돌아온 후 니하오는 아무 일도 없었다는 듯 귀거리를 껴안고는 옷을 걷어 올리고 젖을 물렸다. 정말 아무 일도 일어나지 않은 듯했다. 두 발도 멀쩡했다. 내가 그녀에게 물었다.

"니하오, 어디 갔다 온 거야?"

그녀는 화로를 가리키며 "저 여기 앉아서 귀거리한테 젖을 먹이고 있었는데요" 하고 대답했다. 내가 다시 "발은 얼지 않았어?" 하고 묻자 그녀는 "화롯불 옆에 앉아 있었는데 발이 얼기는요" 하고 대답했다.

나와 루니는 서로를 바라보았다. 우리 두 사람은 니하

오가 무당이 되려는 모양이라고 짐작했다. 그해가 니두 무당이 죽은 지 꼭 3년이 되는 해여서 우리 씨족에서 새 무당이 나와야 했다. 이 일이 있고 난 후 얼마 지나지 않아 니하오는 병이 났다. 그녀는 밤이고 낮이고 눈을 뜨고 화롯가에 누워 있었다. 먹지도, 마시지도 않았으며 말도 하지 않고 그렇게 장장 일주일을 누워 있더니 하품을 하고 일어나 앉았다. 방금 한숨 자고 일어난 사람 같았다.

"눈이 멎었어요?"

그녀가 자리를 보존하기 일주일 전에는 눈이 내리고 있었다. 루니가 눈이 일찌감치 멎었다고 대답했다. 니하오는 귀거리를 가리키며 "한숨 자고 일어난 것뿐인데 애는 왜 이렇게 말랐죠?" 하고 물었다. 니하오는 일주일 동안 귀거리에게 젖을 물리지 않았다. 순록의 젖을 먹일 수밖에 없어서 아이는 그렇듯 말라 있었다.

니하오가 일어나 앉자마자 마리야가 혼비백산 뛰어 들어와서는 마루왕이 죽었다고 알렸다. 마루왕은 스무 해를 살았다. 우리는 모두 마루왕을 애도했다. 마루왕이 세상을 떠나면 목에 매달았던 방울을 벗겨내어 무당의 시렁주에 놓아두었다. 그리고 새로운 마루왕을 선출해 무당이 직접 새 마루왕의 목에 방울을 달아주었다.

우리는 수를 다하고 땅바닥에 누워 있는 마루왕을 보았다. 세월의 풍상을 온몸으로 맞은 마루왕의 몸에 남은 듬성듬성한 털은 잔설을 떠올리게 했다. 우리는 마루왕

앞에 무릎을 꿇었다. 니하오는 마루왕의 목에 달린 구리 방울을 풀더니 입에 넣었다. 놀란 루니가 소리쳤다.

"니하오, 왜 방울을 먹는 거요?"

그가 말을 마치기도 전에 그녀는 방울을 깨끗이 먹어 치웠다. 방울은 산오리 알이나 소의 목에 있는 울대뼈처럼 커서 쉽게 삼킬 수 없었다. 하지만 니하오는 아무 일도 없다는 듯 딸꾹질조차 하지 않았다.

해마다 4월 말에서 5월까지는 어미 순록이 새끼를 낳는 시기였다. 우리는 이때가 되면 강이 가깝고 이끼가 풍부한 산골짜기에 출산 장소를 정해놓고, 수컷들을 암컷 순록 우리에 풀어놓아 새끼를 밸 수 있게 유도했다. 아직 어미 순록이 새끼를 낳으려면 달포가 남아 있었기에 우리는 새끼 순록을 낳는 장소를 물색하는 대신 야영지에 꼼짝 않고 있었다. 구리로 만든 방울을 꿀꺽 삼킨 니하오가 뜬금없이 새로운 마루왕이 태어나고 있다고 했다.

니하오의 말이 옳았다. 갑자기 흰 무늬가 있는 어미 순록이 비명을 지르더니 이어 순백의 새끼 순록이 탄생했다. 새끼 순록은 대지 위에 떨어진 구름송이와 다름없었다. 갓 태어난 새끼 순록을 향해 달려가던 니하오가 멈춰 서더니 입을 벌리고 양손을 뻗어 아주 가볍게 구리방울을 입에서 토해냈다. 그녀는 한 손에 방울을 들고 갓 태어난 마루왕을 향해 천천히 걸어갔다. 반짝반짝 빛나는 구리 방울은 새로 만든 것처럼 깨끗했다. 니하오의 몸속에는 분명히 맑은 강물이 흐르고 있을 것이다. 아니라면 세월의 때가 덕지덕지 묻은 구리방울을 이렇게까지 완벽하게 닦아낼 수 없었다.

그 새끼 순록이 우리의 마루왕이 되었다. 니하오가 구리방울을 순록의 목에 걸었다.

우리가 죽은 마루왕을 매장하러 갈 때 니하오가 노래를 불렀다.

> 흰 눈처럼 하얀 너,
> 봄으로 녹아들었구나.
> 네 발 아래 꽃처럼 피어난 발자국,
> 벌써 푸르디푸른 풀로 자라났구나.
> 하늘에 나타난 흰 구름송이 둘,
> 밝게 빛나는 네 눈이로구나.

니하오가 노래를 부를 때 비취빛 하늘에 둥그렇고 하얀 구름송이 둘이 나타났다. 구름은 우리가 익히 보아왔던 죽은 마루왕의 맑은 눈동자처럼 보였다. 사랑스럽다는 듯 니하오를 품에 안고 머리칼을 어루만지고 있는 루니의 얼굴에 따사로우면서도, 한편으론 고뇌에 찬 표정이 떠올랐다. 루니는 우리 씨족의 새로운 무당이 탄생하길 염원하고 있었지만, 사랑하는 여자가 신령에게 좌지우지될 때 받게 될 고통을 원치 않았다.

풀은 파릇파릇 돋아나고, 꽃은 피고, 강남 갔던 제비는 돌아오고, 강물은 출렁였다. 니하오가 우리 씨족의 무당이 되는 의식이 봄빛 아래 치러졌다.

법도대로라면 새로운 무당이 굿을 전수받으려면 반드시 늙은 무당의 우리렁을 찾아가야 했다. 하지만 임신 중인 니하오가 걱정된 루니는 이완에게 늙은 무당을 우리 우리렁으로 청해 굿을 전수받자고 했다. 굿을 전수해주기 위해 우리 우리렁으로 초대를 받고 온 제라 무당은 일흔이 넘었지만, 허리가 곧고 반듯했으며 치열도 고르고 머리칼도 새까맸다. 목소리 또한 크고 낭랑했으며 연거푸 술을 세 사발이나 들이켰는데도 눈 하나 깜박하지 않았다.

우리는 시렁주 북쪽에다가 불기둥 둘을 세웠다. 왼편의 것은 자작나무였고, 오른쪽은 소나무로 반드시 거목이어야 했다. 이 두 그루의 거목 앞에 작은 기둥 둘을 세워야 했는데, 마찬가지로 오른편은 소나무, 왼편은 자작나무여야 했다. 그리고 나서 두 개의 불기둥 사이에 가죽으로 된 밧줄을 매달아놓고 무당이 신령에게 바치는 제물을 매달아놓았다. 순록의 심장과 혀, 간, 폐 등이었다. 작은 기둥에는 순록의 심장에서 솟구치는 피를 발라놓았다. 시렁주의 동쪽에는 나무로 만든 태양을 걸어놓고, 서쪽에는 달을 걸어놓았다. 또 나무로 만든 기러기 한 마리와 뻐꾸기 한 마리를 걸어놓았다.

굿을 전수받는 의식이 시작되었다. 온 우리렁의 사람

들이 모닥불 가에 앉아서 제라 무당이 니하오에게 굿하는 법을 가르치는 모습을 지켜보았다. 니하오는 제라 무당이 수선해놓은 무당 옷을 입고 있었다. 그 옷은 실은 니두 무당이 남긴 옷이었다. 니두 무당은 니하오보다 키도 크고 뚱뚱해서 옷이 맞을 수 없었다. 새로 신부가 된 것처럼 무복을 입은 니하오는 아름답고 단정해 보였다. 무복 위에는 나무 조각을 엮어 만든 인간의 척추 모형과 근육과 뼈를 상징하는 일곱 개의 쇠막대기와 번개를 상징하는 조형물, 크고 작은 구리거울이 매달려 있었다. 그녀가 두르고 있는, 눈부시게 아름다운 숄은 물오리와 물고기, 백조와 뻐꾸기가 장식되어 있었다. 그녀가 입고 있는 치마에는 수많은 작은 구리방울이 주렁주렁 매달려 있었으며 열두 가지 색깔로 채색된 술이 달려 있었다. 이것은 12개의 띠를 상징했다. 그녀가 쓰고 있는 모자는 머리 위에 커다란 자작나무 껍질로 만든 밥그릇을 엎어놓은 모양을 하고 있었다. 모자 뒤쪽에는 직사각형의 천으로 된 발이 드리워져 있었고, 꼭대기에는 두 개의 자그마한 구리로 만든 사슴의 뿔이 솟아 있었다. 사슴뿔에는 빨갛고 노랗고 파란, 무지개를 상징하는 댕기가 매달려 있었다. 모자 앞쪽에 드리워진 붉은색 가느다란 댕기는 니하오의 콧등에 닿아 있었는데, 가느다란 댕기 사이로 투시된 그녀의 눈에 신비감을 더해주었다. 굿을 전수받기 전 제라 무당의 가르침에 따라 니하오는 먼저 온 우리렁 사람들 앞에서 몇 마디 했는데, 무당이 된 후 자신의 생명과 신이 부여해준 능력으로 우리 씨족을 보호하겠으며, 우리 씨족의 숫자와 순록 무리를 흥왕하게 하고 사냥감이 해마다 늘어나게 하겠다는 이야기였다. 말을 마치고 그녀는 왼손에 북을 들고, 오른손에는 노루다리로 된 북채를 움켜쥐고 제라 무당을 따라 춤을 추기 시작했다. 제라 무당은 비록 고령이었지만, 춤사위에 활력이 넘쳐흘렀다. 그녀가 북을 치자 수많은 새들이 멀리서 날아와 우리 야영지에 있는 나뭇가지 위에 내려앉았다. 북 치는 소리와 새들의 지저귐이 어우러진 소리는 감동 그 자체였다. 내 평생 가장 듣기 좋은 소리였다. 제라 무당을 따라 정오에서부터 날이 어두워질 때까지 줄곧 춤을 춘 니하오는 족히 예닐곱 시간 동안 춤을 추었다. 두 사람은 잠시도 쉬지 않았다. 니하오를 몹시도 아꼈던 루니는 물 한 사발을 받쳐 들고 한 모금이라도 마시게 하고 싶어 안달을 냈지만, 니하오는 그가 들고 있는 물 사발을 보지 못한 양 눈길조차 주지 않았다. 니하오가 북을 치는 소리는 시간이 흐를수록 좋아졌다. 춤도 갈수록 잘 춰서 보기 좋았다. 두 사람이 춤을 멈추었다. 루니가 들고 있던 사발의 물이 이전보다 더 많아졌다. 이마에서 떨어진 땀방울이 사발의 물을 불려놓은 것이었다.

제라 무당은 우리 야영지에 사흘을 머물면서 계속해서 춤을 추었다. 그녀의 북소리와 춤은 니하오를 무당으로 거듭나게 만들었다.

이완은 떠나는 제라 무당에게 답례로 순록 둘을 딸려 보냈다. 제라 무당을 배웅해주는 사람들 틈바구니에 이푸린이 보였다. 검은색 의상을 입은 그녀는 까마귀처럼 보였다. 이푸린이 아들 진더의 혼인 날짜를 정하기 위해 나서는 길이었다. 그녀는 우치뤄푸에서 진더가 훈련을 마치고 돌아오면 제푸린나를 신부로 맞게 될 것이라 했다. 이푸린은 아들 혼례에 반드시 덕과 명망이 높은 무당을 모셔야 한다며 제라 무당을 초대하고 싶어 했다. 그러나 초대를 받은 제라 무당은 입을 비죽이더니 고개를 가로저었다. 그녀는 순록에 올라타고 손을 흔들더니 이완을 불러 출발하자고 했다. 야영지 근처에 있는 소나무 아래에서 딱따구리가 나무를 쪼는 청아한 소리가 들렸는데, 그 소리마저 제라 무당이 남긴 북소리의 여운처럼 느껴졌다.

제라 무당과 이완이 떠나자마자 진더와 이푸린이 입씨름을 했다. 진더는 이푸린에게 평생 여인과 결혼하지 않겠다고 선언했다.

"저는 입이 삐뚤어진 여자하고 한 시렁주에 앉아 있지 않을 거예요. 만약 그렇게 하시겠다면 절 무덤에 들여보내는 편이 나을 겁니다."

말을 마친 진더는 촉촉하게 젖은 눈으로 니하오를 바라보았지만, 니하오는 입을 비죽이고 얼른 고개를 숙였다.

"그럼 넌 무덤 속으로 들어가야겠구나."

이푸린이 쌀쌀맞게 비웃었다.

남자들을 동대영으로 떠나보낸 후 이푸린은 결혼준비를 시작했다. 그녀는 평소 비축해 놓았던 천을 모두 꺼내놓고 진더와 제푸린나를 위해 예복을 한 벌씩 만들었다. 나는 이푸린의 솜씨가 부러워서 안다오얼을 안고 예복을 만드는 모습을 보러 갔다. 이푸린은 물고기가죽으로 된 옷을 꺼내 내 앞에 펼쳐놓았다. 담황색에 얼룩덜룩한 잿빛 무늬가 있는 옷은 양옆 옷자락이 터져 있었고 통소매에 앞 매듭단추가 있어서 단순하면서도 아름다웠다. 그 옷은 우리 할머니가 젊었을 때 입었던 옷이었다. 할머니는 중간 정도의 키에 체형이 약간 말랐지만, 이푸린은 키가 크고 뚱뚱해서 그 옷을 입을 수가 없었다. 이푸린은 물고기가죽 옷이 노루가죽 옷보다 더 튼튼하다며 그 옷을 내 몸에 대어 보더니 기쁘다는 듯 "이 옷은 네가 입어야 되겠는걸. 옷이 끼지 않고 잘 맞을 거야. 너한테 줄게" 하고 말했다.

"진더의 신부 제푸린나라면 이 옷이 잘 어울릴 거예요. 가지고 계셨다가 며느리한테 주세요."

"휴우, 제푸린나는 우리처럼 피를 나눈 사이가 아니잖아. 할머니가 남겨 주신 옷을 왜 제푸린나한테 줘?"

이푸린이 내쉬는 한숨소리에서 나는 그녀가 이 결혼을 그다지 만족스럽게 여기고 있지 않다는 사실을 깨달았다.

"너무 진더한테 고집부리지 말아요. 진더가 제푸린나

를 좋아하지 않는데, 그렇게 결혼을 강요해서 되겠어요?"

내가 넌지시 그녀에게 말을 붙였다. 이푸린은 눈을 크게 뜨고 나를 한참 동안 쳐다보았다.

"너는 라지다를 좋아했지. 그런데 라지다는 지금 어디 있지? 이완은 나제스카를 좋아했어. 그런데 나제스카는 아이들을 데리고 떠나지 않았니? 린커와 네 큰아버지 니두 무당은 네 아마였던 다마라를 좋아해서 결투를 벌이게 됐어. 진더는 니하오를 좋아했지만, 니하오는 루니한테 시집가지 않았니? 난 깨달았어. 사랑하는 건 반드시 잃게 된다는 사실을. 오히려 사랑하지 않은 것이 오래도록 함께 있다는 사실을 말이야."

이푸린이 한숨을 푹 쉬었다. 가슴속 깊이 상처를 간직한 여인은 인간에게 가장 중요한 행복이 어떤 것인지 설파하고 있었다. 나는 참을 수 없었다. 사랑했다면 찰나의 행복이 떠나가버린들 무엇이 두렵겠는가.

이푸린은 진더를 위해 붉은 빛을 띤 남색 천으로 좌우로 옷자락을 튼 창파오를 만들고 목과 소매 깃에는 옅은 초록색으로 테두리를 둘렀다. 제푸린나가 입을 예복은 자투리 천과 노루가죽을 이어 만들었다. 몸에 꼭 끼는 상의에 하반신은 좀 넓고 긴 치마를 만들었는데 반달형 옷깃과 말굽형 소매, 허리 부분에는 비취빛 가로줄로 테두리를 둘러 무척이나 아름다웠다. 순간 니두 무당이 어머니를 위해 만들어준 깃털치마가 생각났다. 제푸린나를 위한 예복은 테두리를 두른 사슴가죽 신발과 잘 어울렸다. 이푸린은 두 사람을 위해 노루가죽으로는 이불을, 멧돼지가죽으로는 요를 만들어주었다. 그녀는 신부가 곰가죽으로 만든 요에서 잠을 자면 아이를 낳을 수 없다고 했다.

남자들이 동대영에서 훈련을 받고 돌아왔을 때 이푸린은 결혼에 필요한 물건을 모두 갖춰놓았다.

늦은 여름, 숲에 사는 식물의 성장이 가장 왕성한 계절이었다. 이푸린이 진더에게 제푸린나를 데려오라고 했다. 진더는 더 이상 반대하지 않았다.

동대영에서 돌아온 다시는 훨씬 더 의젓해졌다. 그는 황토색 외투를 가져왔다. 동대영에서 기마술을 배웠으며 정찰대를 따라 몰래 어얼구나 강 왼쪽을 다녀왔다고 했다. 마리야는 다시가 소련에 갔다 왔다는 이야기를 듣고 놀라서 땅바닥에 주저앉아 끊임없이 주절거렸다.

"돌아오지 못하면 어쩌려고? 일본 놈들이 우리 집 독자를 낭떠러지 아래로 밀어버리고 있네그려."

그녀가 주절거리는 소리를 듣고 모두가 웃었다. 다시는 우리에게 어얼구나 강 오른쪽에 다녀온 이야기를 해주었다. 그는 다른 두 사람과 함께 어둠을 틈타 자작나무 배를 타고 어얼구나 강 오른쪽으로 건너갔다. 그들은 배를 강변의 숲 속에 숨겨 두고, 도로를 따라 걸으며 철로를 찾았다. 그리고 그 일대 교량과 도로의 숫자 그리고 병력 배치를 살피고 기록했다. 다시는 사진을 찍는 일을 맡았고,

글을 쓸 수 있는 사람은 기록담당, 다른 한 사람은 매일 철로를 오가는 열차의 종류와 수, 그리고 열차 칸의 수를 세는 일을 맡았다. 세 사람은 총과 비상식량주머니를 메고 있었다. 비상식량은 이레나 여드레 동안 먹을 수 있는 말린 고기와 비스킷이었다. 어느 날 다시가 철로에 있는 아치형 교량을 찍고 있는데 순찰을 하고 있던 소련군이 그를 발견하고는 소리지르며 쫓아와 모두 놀라 숲 속으로 도망쳤다. 다행히 카메라를 목에 걸고 있었기 망정이지 그렇지 않았다면 경황이 없어 카메라를 잊어버렸을 거라고 다시가 말했다. 그날부터 소련군이 도로와 교량을 순찰하는 인원과 횟수를 늘리는 바람에 정탐이 갈수록 어려워져 일행은 소련 영토에서 일주일을 머문 후 자작나무 배를 숨겨놓은 곳을 찾아 왼쪽 언덕으로 돌아왔다. 일본인들이 정탐 성과에 만족해하며 세 사람에게 각각 상으로 외투 한 벌씩을 선물했다.

다시의 이야기를 듣고 있던 이푸린은 갑자기 이완에게 "당신이야말로 다시처럼 정찰을 배워 소련에 가면 나제스카를 찾아서 돌아올 수 있지 않겠어?" 하고 물었다.

이완은 커다란 두 손을 마주 잡고, 아무 말도 하지 않았다. 그는 우울한 표정을 짓더니 자리를 떠났다. 한숨을 내쉰 쿤더는 이푸린에게 몇 마디 쏘아붙이고 싶은 모양이었지만, 입을 다물어버렸다.

하세가 일본군대가 소련 영토에 정찰을 보낸 점으로 미

루어 만주국의 변경을 그곳까지 넓힐 모양이라고 했다. 그 말을 들은 이푸린이 열변을 토했다.

"흥, 꿈 깨라고 해. 저희 놈들 땅이 아닌 이곳에서 먹고 마시는 강도질도 모자라 소련까지 챙기시겠다는 거야? 일본 놈들이 소련을 이렇게 얕잡아 봐도 되는 거야? 내 보기에 놈들이 괜히 쓸데없는 짓거리를 하고 있어!"

여름 야영지에서 가을 야영지로 옮기려고 할 즘에 이푸린은 이동하기 전에 결혼을 마무리 짓겠다며 나섰다. 그녀와 쿤더는 색시 쪽 우리렁에 가서 날을 잡아왔다.

이완 일행이 진더를 데리고 제푸린나를 우리 우리렁으로 맞아들이던 날은 햇빛이 찬란했다. 진더는 최신 유행의 두루마기를 입고 있었지만, 표정이 싸늘했다. 이푸린이 재단한 예복과 신발을 신은 제푸린나는 머리에 온통 들꽃을 꽂았다. 삐뚤어진 입가에 걸린 미소로 보아 무척 기쁜 모양이었다. 이푸린은 제라 무당에게 진더의 결혼식을 맡길 생각이었지만, 이완이 우리 씨족의 무당이 결혼식을 주관해야 한다고 주장하는 통에 양보할 수밖에 없었다. 니하오가 우리렁 사람들을 대신하여 두 사람에게 축복을 비는 이야기를 했다. 제푸린나는 얼굴 가득 웃음을 지으며 진더를 바라보았지만, 그의 눈길은 니하오를 향하고 있었다. 그 눈길이 처량해 보여 나는 무척이나 괴로웠다.

결혼식이 끝나고 사람들이 모닥불 가에 둘러앉아 피로연을 즐겼다. 진더는 세심하게 모두에게 술을 한잔씩 올리고 손을 흔들며 모여 있는 사람들에게 즐겁게 먹고, 마시고, 노래 부르고, 춤을 추라 하면서 정작 자기는 너무 피곤해서 좀 쉬어야겠다고 했다. 모두들 그가 결혼 때문에 시달려서 시렁주로 돌아가 잠시 휴식을 취하겠거니 생각했다. 진더를 따라 다시도 일어났다. 말을 타러 가려는 것이었다. 매일 오후 강변에서 그가 말을 달리는 것을 모두가 알고 있었다.

저녁이 되었다. 모닥불 가에 모습을 드러낸 다시가 울고 있었다. 모두들 하세와 루니가 곰과 결투를 벌이는 곰춤을 추는 것을 즐겁게 지켜보고 있었다. 거나하게 취한 두 사람은 곰처럼 으르렁거리는 소리를 내며 다리를 구부리고 몸을 좌우로 흔들었다. 그 모습이 무척이나 재미있었다. 다시를 발견한 마리야가 깜짝 놀라 다가갔다. 무슨 일이 벌어진 건지 묻기도 전에 니하오가 모닥불 옆에서 벌떡 일어서더니 다시에게 "진더지?" 하고 물었다. 다시가 고개를 끄덕였다.

말을 타고 돌아오는 길에 다시는 야영지 근처 말라죽은 소나무 위에 걸려 있는 진더의 시체를 보았다. 그 나무는 나도 본 적이 있었다. 초록빛 소나무 잎이 다 떨어져 말라비틀어진 나무에는 오직 사슴의 뿔처럼 양쪽으로 비스듬하게 뻗어 나온 나뭇가지만 있었다. 장작을 주우러 나선 내가 그 죽은 소나무에 도끼를 휘두르려는 순간, 함께 있던 이푸린이 말렸다.

"왜요, 이 소나무 진즉에 죽었는데요. 왜 못 베게 해요?" 하고 묻자 이푸린이 "이 나무에서 뻗어 나온 나뭇가지가 사슴뿔처럼 생겼잖아. 이 나무를 함부로 베면 안 될 것 같아. 혹시 알아? 어느 날 나무가 되살아날지?" 하고 말했다.

당시 이푸린도 이 나무가 진더의 생명을 앗아가리라고 상상도 못했을 것이다. 뿔처럼 솟아난 나뭇가지는 너무 비쩍 말라 부엉이도 앉아 있을 수 없을 듯 보였지만, 어느 누가 그렇게 생긴 나뭇가지가 진더가 목을 매달 수 있을 만큼 버텨줄지 가늠이나 했겠는가. 나뭇가지가 강철로 변했던지 아니면 진더가 깃털로 변했을 것이다.

니하오는 선량한 진더가 목을 매어 죽을 때에도 생기발랄하게 살아 있는 나무를 해치고 싶지 않아 그 나무를 선택했을 것이라고 짐작했다. 진더는 목을 매어 죽은 사람은 반드시 목을 맨 나무와 함께 화장해야 하는 우리네 풍습을 잘 알고 있었다.

우리가 현장에 도착하자 그 소나무는 까마귀처럼 까악까악 하는 소리를 내더니 이내 서쪽으로 기울어졌다. 나무에 매달려 있던 진더도 서쪽으로 기울어졌다. 나무는 마치 진더를 안고 있는 것처럼 쿵 하는 소리와 함께 땅바닥으로 쓰러지더니 부러졌다. 그런데 이상한 일이 벌어졌다. 나무는 부러졌지만 사슴뿔처럼 생긴 나뭇가지는 조금도 다치지 않았다. 이푸린이 발로 나무를 죽기 살기로 밟으며 목청이 찢어져라 비명에 가까운 소리를 질렀다.

"귀신아, 귀신아!"

그녀가 온 힘을 다해 나뭇가지를 밟았지만, 나뭇가지는 꿈쩍도 하지 않았다. 여전히 그녀를 향해 두 팔을 벌리고 있는 듯했다. 이푸린은 울부짖었으나 쿤더는 울지 않았다. 고통으로 쿤더의 얼굴이 일그러졌다. 그는 이푸린을 향해 중얼거렸다.

"이번에야말로 진더는 너 이푸린의 아들이 됐군."

니하오 같은 무당은 세상에 둘도 없을 것이다. 그녀는 하루에 결혼식과 장례식을 한꺼번에 치른 무당이 되었다. 그것도 한 사람의 장례식과 결혼식을 치른 것이다. 목매달아 죽은 사람은 보통 그날 초상을 치렀다. 우리는 진더가 살아생전 입었던 옷이며 사용했던 물건을 전부 가져와 함께 화장했다. 니하오가 불을 붙였다. 제푸린나가 불구덩이 속으로 뛰어들면서 울부짖었다.

"진더, 나를 버리지 말아요! 진더, 나도 당신과 함께 갈래요!"

나는 마리야와 함께 제푸린나를 말렸지만, 그녀는 기어코 불을 밟았다. 그녀는 힘이 정말 셌다. 이완이 불구덩이에서 끌어냈을 때 그녀는 땅바닥에 주저앉아 처참하게 울었다.

불빛이 밤하늘을 찢으며 제푸린나의 얼굴을 붉게 비추었다. 그런데 뜻밖에 다시가 제푸린나 앞에 꿇어앉아 이렇게 고백했다.

"당신은 진더를 따라가려고 했지만, 진더는 당신을 원하지 않았어요. 마음속에 당신을 담아두지 않은 남자를 좇아가려는 짓은 너무 어리석지 않나요? 나하고 결혼합시다. 난 당신을 아내로 삼을 거요. 당신이 불구덩이 속으로 뛰어들지 않게 할게요."

만약 누군가 나에게 내 평생 수많은 사람의 심금을 울리고 흥분하게 한 순간이 언제였는지 묻는다면, 진더를 화장하는 현장에서 다시가 막 과부가 된 제푸린나에게 구혼을 하는 순간이었노라고 주저 없이 대답할 것이다. 약골 다시는 그 순간만큼은 위엄과 무용을 갖춘 용사처럼 보였다.

모두 놀라 멍해졌다. 오직 불꽃만이 멍해 있지 않았다. 불꽃은 갈수록 활활 타올라 이상한 향기가 코끝에 스며들었다. 진더의 육체가 막 녹아내리면서 타는 냄새라는 것을 아무도 몰랐다.

한참을 멍청하게 있던 마리야가 갑자기 정신이 든 사람처럼 다시를 껴안고 연거푸 "다시, 다시, 네가 취했구나! 제푸린나는 너보다 나이도 많고 입도 삐뚤어진데다 지금 과부가 됐어. 네가 미쳤구나. 아니면 너 바보가 된 거니? 다시, 다시!" 하고 울부짖었다.

다시는 말없이 마리야를 품에서 떼어 놓았다. 여전히 제푸린나 앞에 꿇어앉아 그녀를 부드러운 눈길로 바라보았다. 그 눈빛이 마치 제비가 제 둥지를 바라보고 있는 듯했다. 갑작스런 청혼에 놀라 제푸린나는 더는 울지 않았다. 다시를 바라보는 그녀는 단비를 만난 말라비틀어진 풀처럼 보였다. 모두가 입을 굳게 다물고 있는데, 니하오가 노래를 불렀다. 타닥, 타닥 불꽃이 노래에 장단을 맞추었다.

> 멀고 먼 곳으로 영혼이 떠난 사람아,
> 까만 밤을 두려워하지 마렴.
> 여기 있는 불꽃은,
> 네 여행길을 비춰주기 위해서란다.
> 멀고 먼 곳으로 영혼이 떠난 사람아,
> 더는 사랑하는 사람들을 걱정하지 마렴.
> 별도, 은하도, 구름도, 달도 있는 그곳에,
> 내가 도착할 수 있게 너를 위해 노래를 불러줄 테니.

불꽃이 점점 작아지더니 이내 꺼져버렸다. 소나무와 진더가 재로 변하자 까만 밤이 다시 고개를 숙이고 돌아왔다. 우리는 야영지로 돌아왔다. 모닥불은 이미 꽃처럼 시들어버렸고, 야영지에는 애달픈 슬픔이 가득했다. 이푸린이 울었다. 마리야도 울었다. 나는 두 사람 중 누구를 위로해야 좋을지 갈피를 잡을 수 없었다. 옆에 있는 다시에게 조용히 물었다.

"정말로 제푸린나를 아내로 맞을 생각이니?"
"말씀드린 대로예요. 그렇게 할 거예요."
"정말 제푸린나가 좋으니?"
"진더는 제푸린나를 원하지 않았지만, 우리 시렁주로 시집 온 이상 제푸린나는 이제 우리 사람이 아니겠어요? 입 삐뚤어진 과부를 제가 아내로 삼지 않으면 누가 데려 가겠어요? 전 제푸린나가 눈물 흘리는 모습을 보고 싶지 않아요. 너무 가련해요."

다시의 고백에 내 눈이 젖었다. 다행이었다. 달이 없는 밤이어서 다시는 내 눈물을 보지 못했다. 그날 밤은 별빛도 암담했다. 어두운 밤에 앉아 있으면 사람도 까만 밤이 된다.

진더가 떠난 그날 밤, 쿤더의 시렁주에서 이푸린의 비명 소리가 들렸다. 그들의 시렁주는 내 시렁주에서 가장 가까웠다. 진더의 죽음으로 화가 난 쿤더가 이푸린에게 매질을 가하는 소리일 거란 생각이 들어 옷을 입고 말리러 갔다. 나는 가까이 다가가서 이푸린이 내지르는 소리를 자세히 들을 수 있었다.

"쿤더, 싫어. 아파, 아프단 말이야. 싫단 말이야."

쿤더는 아무 말도 하지 않았지만, 나는 그가 무겁고도 숨 가쁘게 헐떡이는 소리와 채찍으로 갈기는 듯한 바람소리를 들었다. 그는 마치 이푸린을 향해 "두두두" 총알을 발사하고 있는 듯했다. 쿤더가 이푸린에게 어떻게 벌주고 있는지 알 수 있었다. 나는 시렁주로 돌아왔다. 방금 전까지 잠들어 있던 웨이커터가 자리에서 일어나 화롯불에 장작을 더 넣고 있었다.

"어니, 밖에서 늑대가 울부짖는 소리가 들려요. 화롯불을 활활 태워야겠어요. 늑대가 놀라 도망가게요. 늑대가 와서 안다오얼을 물고 가면 안 되잖아요!"

다음 날 새벽, 이완은 가을 야영지로 떠날 채비를 하라고 했다. 모두에게 상처를 주었던 야영지에서 빨리 벗어나려는 의지를 알 수 있었다. 하룻밤 새 이푸린은 수척해졌다. 눈자위가 붉게 부어오른 그녀는 걸을 때 다리를 약간 절름거렸다. 우리는 동정의 눈빛을 담아 그녀를 바라보았지만, 마리야만은 철천의 원수를 바라보는 눈빛을 투사하고 있었다. 나는 마리야가 진심으로 이푸린을 책망하고 있다는 것을 알았다. 만약 그녀가 진더가 싫어하는 결혼을 강행하지 않았더라면 그가 자살하지 않았을 테고, 진더가 자살하지 않았다면 다시가 제푸린나를 안쓰러워하며 아내로 맞겠다는 생각을 품지 않았을 것이다. 마리야에게 제푸린나를 받아들이라는 이야기는 그녀더러 맨발로 꽁꽁 언 강물을 건너라는 것처럼 어려운 일이었다.

마리야가 "네가 정말로 제푸린나를 아내로 맞겠다면 진더를 위해 3년상을 치를 때까지 기다려야 한다"고 말하자 다시는 "기다릴게요" 하고 대답했다.

마리야가 "제푸린나는 현재 이푸린 집안사람이니 3년

동안 가족과 함께 살아야 한다"고 말했다.

이푸린과 쿤더는 대답 대신 제푸린나를 쳐다보았다.

"전 제가 살던 곳으로 돌아가겠어요. 3년이 지나서도 절 아내로 맞고 싶으시면 찾아와주세요. 찾아오시지 않아도 당신을 원망하지 않을 거예요."

"찾아갈 거요!"

다시는 흔쾌하게 대답했다.

가을 야영지를 향해 출발을 하려고 하는데, 다시가 제푸린나를 말에 태우고 바래다주겠다고 나섰다. 이완이 다시에게 우리가 가는 방향을 일러두었지만, 루니는 그래도 마음이 안 놓였는지 가는 길목에 서 있는 나무에 도끼로 표시를 남겼다. 마리야는 모든 것이 실감이 나지 않았는지 잠잠히 있더니 황혼 녘이 되어 계곡이며 강물이 금빛 저녁노을에 물드는 모습을 보며 울음을 터뜨렸다. 루니가 도끼를 휘둘러 나무에 표시를 하려고 하자 마리야가 달려와 그의 손에서 도끼를 빼앗고 고함을 질렀다.

"다시가 우릴 찾을 수 없었으면 좋겠다. 그냥 내버려둬. 나는 두 번 다시 그 녀석을 보고 싶지 않아."

그녀의 고함 소리가 계곡에 메아리쳤다. 메아리가 된 그녀의 목소리가 계곡 사이를 쉴 새 없이 오갔다. 마리야의 외침이 맞나 싶을 정도로, 날카롭던 그녀의 목소리는 나무와 구름, 미풍에 부딪혀 부드럽게 변했다.

그해 가을부터 나는 암석화를 그리기 시작했다.

만약 이완이 풀무질을 하지 않았다면, 풀무질을 하는 곳의 진흙이 쇠처럼 연마되지 않았다면, 그곳의 진흙이 아름답고 곱게, 부드럽고 매끄럽게 변하지 않았다면 나는 그 진흙을 물감으로 삼을 엄두도 내지 못했을 것이다.

내가 바위에 그림을 그리지 않았다면 어려서부터 나를 졸졸 따라다니기 좋아했던 이렌나도 그림을 배우지 않았을 테고, 그랬다면 그녀의 청춘의 그림자도 그렇게 일찍 베이얼츠 강을 따라 흘러가지 않았을 것이다.

그러나 나는 그림을 그리는 행위는 무죄라고 생각한다. 그림은 내 가슴속에 있는 많고 많은 사념과 몽상을 이야기할 수 있도록 도와주었다.

베이얼츠 강 지류인 아냥니 강변의 풍화된 암벽 위에 그려진 그림은 핏빛이다. 우리 조상들은 진홍색 진흙을 이용해서 암벽 위에 순록과 낙타사슴, 사냥하는 사람, 사냥개 그리고 북 모양의 그림을 그렸다.

내가 암벽화를 그릴 때 아냥니의 암벽화는 발견되기 전이었지만, 아냥니의 암벽화는 그 이전에도 존재했다.

나는 어얼구나 강 오른쪽 언덕 곳곳에 암벽화를 남겨 놓았다. 그중 몇 군데를 이렌나가 알고 있는 것을 제외하면 아무도 암벽화가 어디에 있는지, 어떻게 생겼는지 몰랐다. 이제 이렌나가 존재하지 않으니 암벽화에 대해 알고 있는 사람은 오직 나밖에 없다. 세월과 바람 탓에 이미 진토가 되었거나 빗물에 씻겨 희미해진 암벽화의 자취는 꽃잎처럼 산 속 깊은 곳에 떨어져 내렸을 것이다.

  나는 이완이 대장장이 일을 마치고 나면 그곳에 남은 진흙을 비벼서 기다란 연필처럼 만든 다음 시렁주 안 응달에서 말려 두었다. 그리고 나서 물감처럼 사용했다. 나는 이마치 강변의 암석에 첫 작품을 남겼다. 푸른색의 암석에 적홍색 물감이 떨어지자 암울한 하늘에 노을빛이 나타난 듯했다. 처음으로 그린 그림이 바로 남성의 몸일 줄은 나 스스로도 상상조차 하지 못했다. 그림 속 남성의 머리는 린커였고, 팔과 다리는 니두 무당이었으며, 넓고 단단한 가슴은 영락없는 라지다였다. 나와 관계를 맺었지만 떠난 세 사람을 조합하자 눈앞에 아름다운 남성이 모습을 드러냈다. 나는 그 남자의 주변에 순록 여덟 마리를 동, 서, 남, 북 방향으로 한 마리씩 그린 다음 동남, 동북, 서남, 서북쪽 방향으로 순록을 한 마씩 더 그렸다. 마치 여덟 개의 별이 한가운데 있는 그 남자를 에워싸고 있는 듯했다. 라지다가 떠난 후 내 가슴 밑바닥에는 더 이상 윤기를 머금게 할 부드러운 감정이 넘쳐흐르지 않았다. 그런데 정말 이상한 일은 암석에 그림을 완성한 후 내 가슴속에 새로이 따사로운 봄물이 범람하기 시작한 것이었다. 마치 적홍색 염료가 혈액이 부족한 심장으로 침투한 듯 나에게 힘과 생기를 불어넣었다. 내 심장은 곧 꽃송이처럼 활짝 피게 될 것이다.

  그해 가을 니하오는 두 번째 아이를 낳았다. 그녀는 딸

아이의 이름을 쟈오쿠퉈칸이라고 지었는데, 백합화라는 뜻이었다.

밤이 되면 야영지에서 쿤더가 이푸린을 규탄하는 소리가 울렸다. 이푸린은 언제나 "쿤더, 싫어. 아프단 말이에요!"라는 소리만 질러댔다. 이푸린의 등은 낙타등처럼 점점 굽었지만, 쿤더의 허리는 오히려 꼿꼿해졌다. 한번은 술에 취한 쿤더가 하세에게 "이푸린은 나한테 진더를 낳아줘야 해. 잃어버린 아이를 다시 찾아와야 해" 하고 말했다.

겨울 사냥이 시작될 무렵 남자들은 또 동대영으로 훈련을 받으러 떠났다. 이푸린은 이를 갈며 "일본 놈들이 남자들을 군대로 편입시켜서 아예 잡아뒀으면 좋겠어!" 하고 말했다.

그러나 쿤더는 돌아왔다. 돌아오지 않은 사람은 이완이었다.

다시가 우리에게 그간 무슨 일이 벌어졌는지 이야기를 해주었다.

하루는 제식훈련을 받고 있는데 쿤더가 자꾸 실수를 했다. 우향우를 하면 그는 좌향좌를 하는 바람에 대열에서 어긋났다. 화가 난 스즈키 히데오가 쿤더를 훈련장 한가운데 세워놓고 셰퍼드를 풀었다. 셰퍼드가 단숨에 쿤더를 덮쳐 얼굴과 팔을 물어뜯으려고 했다. 처음에는 이완을 비롯해서 모두가 갑작스럽게 벌어진 상황을 멍청하게 지켜보고만 있었다. 그러다가 스즈키 히데오의 웃음소리를 듣고 분노가 치민 이완은 폭발하고 말았다. 그는 날아가듯 뛰어들어 오른손으로 꼬리를 꽉 움켜쥐고 셰퍼드를 밧줄처럼 빙빙 돌렸다. 셰퍼드가 비명을 지르듯 울부짖었다. 셰퍼드의 꼬리가 몸통에서 떨어져 나왔다. 꼬리를 잃어버린 셰퍼드는 이완을 향해 미친 듯이 달려들었으나 이완은 순식간에 셰퍼드를 자신의 바짓가랑이 아래로 짓누르고 필사적으로 발길질을 했다. 셰퍼드는 꼼짝도 하지 않았다. 이완은 힘이 장사였다. 스즈키 히데오는 넋이 나간 채 이완이 방금 전까지 생생하게 살아 있던 셰퍼드를 눈 깜짝할 사이 죽은 쥐처럼 만들어버린 과정을 바라보았다. 그의 이마에 땀이 구슬처럼 맺혀 있었다. 이완은 셰퍼드의 꼬리를 들고 한 발 한 발 스즈키 히데오를 향해 다가갔다. 그가 가슴을 향해 꼬리를 내던지자 스즈키 히데오는 그제야 반응하기 시작했다. 그는 포효하듯 사병 둘을 불러 이완을 군영 서쪽 끝에 있는 감옥으로 끌고 가라고 했다. 그날 저녁 감옥에서는 가죽 채찍을 휘두르는 소리가 들렸지만, 이완의 비명 소리는 아무도 들을 수 없었다. 이완은 고통을 참으며 신음 소리조차 내지 않았다. 그날 밤 이완은 도망쳤다. 감옥의 철문은 잠겨 있었지만, 창문은 막대로 된 철망으로 만들어져 있었다. 이완은 망치 같은 손으로 철망을 망가뜨리고 새장을 벗어난 새처럼 가볍게 동대영을 빠져나갔다. 일본 병사 둘이 사냥개를 이끌고 산 속으로 추격했지만, 이완은 흔적도 없이 사라졌다.

다시가 이야기를 들려주는 동안 쿤더는 화롯가에 쪼그리고 앉아 고개를 푹 숙이고 있었다. 창피하기도 하고 미안한 모양이었다. 이푸린이 쿤더를 쏘아보더니 퉤 하고 침을 뱉고는 "일본 놈 셰퍼드 한 마리도 어쩌지 못하면서 여자한테 그 짓만 잘하는 게 무슨 남자라고!" 하고 비웃었다.

쿤더는 잠자코 있었다. 모닥불에서 치익, 치익 하는 소리가 나는 것을 보니 그가 눈물을 불꽃 속에 뿌리고 있는 모양이었다.

그날 밤부터 야영지에는 고통스럽게 울부짖던 이푸린의 목소리가 들리지 않았다. 그 고통은 이제 쿤더에게 전이된 듯했다. 이푸린의 등은 더 이상 낙타등처럼 구부러지지 않았다. 그녀는 큰 소리로 사람들과 이야기를 나누었다. 반면 쿤더의 허리는 쏟아지는 폭설을 지탱하고 있는 양 굽어지기 시작했다.

사라진 이완을 대신하여 우리는 루니를 새로운 족장으로 추대했다. 그해 겨울 우리는 곰 세 마리를 사냥했다. 곰을 위해 풍장의식을 행하며 니하오는 곰을 위한 노래를 불렀는데, 그 노래는 우리 씨족에게 대대로 전해지게 되었다.

곰 할머니,

당신은 쓰러져,

아름다운 잠이 들었군요!

당신의 육체를 먹는 것은

새까만 까마귀랍니다.

우리는 당신의 눈을

경건하게 나무 사이에 올려놓습니다.

마치 신의 등불을 올려놓듯이 말입니다.

우리령으로 돌아온 지 얼마 지나지 않아 다시가 말을 타고 제푸린나를 만나러 갔다. 마리야는 하루 종일 한숨을 쉬었다. 이푸린은 마리야가 가슴 아파 하는 이유를 알면서도 염장을 질러댔다. 그녀는 마리야에게 "다시가 제푸린나를 아내로 맞게 되더라도 너무 걱정하지 마. 제푸린나 결혼 예복은 내가 도와줄게" 하고 말했다.

성격이 온순한 마리야도 이때만큼은 분노를 참지 못했다. 화가 난 마리야는 이푸린에게 "입이 삐뚤어진 그 여자를 데려온다 해도 당신이 예복을 만들 필요는 없어. 당신이 만든 예복을 입는 사람의 운명이 어디 순탄하겠어" 하고 쏘아붙였다.

이푸린은 냉소를 날리며 마리야의 이야기를 바로잡아 주었다.

"그 말은 틀린 말이지. 다시가 아내로 삼는 건 입이 삐뚤어진 아가씨가 아니라 입이 삐뚤어진 과부잖아."

마리야는 격노했다. 그녀는 이푸린에게 다가가 코를 잡아 비틀며 이푸린은 전생에 늑대였다고 욕을 해댔다. 이푸린은 여전히 싸늘하게 웃으며 "좋아, 좋아. 내 코를 비틀어줘서 고마워. 지금껏 그 누구도 내 코를 바르게 잡아준 적이 없거든" 하고 말했다.

마리야는 이푸린의 코를 잡고 있던 손을 놓았다. 그녀는 몸을 돌리고 엉엉 울며 자리를 떠났다. 이 일이 있고 난 후 서로의 마음을 가장 잘 이해해주던 두 사람은 생판 모르는 사람처럼 서로를 대하게 되었다.

다시 봄이 되었다. 강덕 10년(1943년—옮긴이)에 찾아온 봄이었다. 이 해 우리는 개울 아래가 훤히 들여다보일 정도로 깨끗하고 맑은 개울가에서 스무 마리 새끼 순록의 탄생을 지켜보았다. 어미 순록은 보통 새끼를 한 마리만 낳았으나 그해에는 어미 순록 네 마리가 새끼를 두 마리씩 낳았다. 태어난 새끼들도 모두 건강했다. 모두가 활짝 웃었다. 우리는 개울물이 흐르는, 봄빛이 흐드러진 계곡을 로린스키 계곡이라 이름을 붙여 더 할 나위 없는 우정을 보여주었던 러시아 안다를 기념했다. 계곡물이 시원하고 달아서 순록뿐 아니라 우리도 즐겨 마셨다. 그때부터 순록 새끼가 태어나는 계절이 오면 우리는 로린스키 계곡을 들먹였는데, 멀리 살고 있는 친척을 입에 올리는 느낌이 들었다.

웨이커터는 이제 많이 커서 루니에게서 배운 활쏘기로

나뭇가지에 앉아 있는 새를 가뿐하게 잡을 수 있었다. 루니는 웨이커터가 우리 우리렁에 새로 탄생한 훌륭한 사냥꾼이라고 인정했다. 안다오얼도 키가 많이 컸다. 안다오얼은 귀거리와 함께 놀았다. 귀거리보다 몸집도 있고 머리 하나가 더 컸지만 무시당하기 일쑤였다. 귀거리는 개구쟁이였다. 둘이서 놀 때면 주먹을 날려 안다오얼을 쓰러뜨리고 울기를 기다렸다. 땅에 쓰러진 안다오얼은 울지 않았다. 그는 귀거리에게 하늘에 구름이 몇 송이나 있는지 알려주었다. 귀거리는 화가 나서 안다오얼을 발로 밟았지만, 그는 여전히 울지 않았다. 오히려 안다오얼은 깔깔대고 웃었다. 오히려 화가 난 귀거리가 울음을 터뜨렸다. 땅바닥에 누워 있던 안다오얼이 일어나서 왜 우는지 이유를 물으면 귀거리는 "내가 때려서 쓰러졌는데 너는 왜 안 우는 거야? 발로 밟았는데 왜 안 우냐고?" 하고 물었다.

"네가 날 때려서 땅에 쓰러트리면 나는 구름을 볼 수 있으니까 잘된 일 아니야? 왜 울어야 돼? 그리고 몸이 간질간질 했는데 밟아주었으니까 웃음이 나올 수밖에 없잖아?"

사람들은 어릴 때부터 안다오얼을 모자란 아이라고 했지만, 나는 그 아이를 좋아했다. 안다오얼은 자기 아버지와 똑같았다.

안다오얼과 귀거리는 둘 다 새끼 순록을 무척 좋아했다. 순록의 뿔을 자르는 계절이 되면 새끼 순록은 사방을 돌아다니며 풀을 뜯어 먹었다. 우리는 대오에서 뒤쳐진 새끼 순록들이 늑대에게 습격당하지 않을까 염려스러워 아주 천천히 걷는 녀석들은 밧줄로 묶어 야영지로 데리고 돌아왔다. 안다오얼과 궈거리는 새끼 순록을 밧줄에 묶어 끌고 다니기를 좋아했다. 둘은 주머니에 소금을 쑤셔 넣고 새끼 순록을 로린스키 계곡으로 끌고 갔다. 녀석들은 손바닥에 소금을 올려놓고 새끼 순록이 핥아먹게 하는 것도 좋아했다. 나는 로린스키 계곡에서 빨래를 하고 있다가 안다오얼이 속이 상해 울고 있는 모습을 보았다. 궈거리가 안다오얼이 울고 있는 이유를 알려주었다. 안다오얼이 새끼 순록은 소금도 먹고 물도 마셔야 하는데, 소금을 개울물에 뿌리면 물과 소금을 한꺼번에 먹을 수 있으니 좋을 것 같다며 나름대로 머리를 굴렸다. 궈거리가 소금을 물에 뿌리면 떠내려 갈 거라고 했지만, 안다오얼은 그 말을 믿지 않았다. 그는 주머니에 있는 소금을 물에 뿌렸고, 흰색 소금은 곧바로 물에 녹아버렸다. 안다오얼은 얼굴을 수면에 대고 핥아보았지만, 소금 맛이 나지 않았다. 그는 땅바닥에 주저앉아 방성대곡하며 물은 사기꾼이라고 욕을 했다. 그날 이후 안다오얼은 생선을 먹지 않았다. 물속에서 잡아온 음식은 모두 귀신이 붙어 있어서 뱃속에 들어가면 온몸을 물어뜯어 어망처럼 구멍이 숭숭 날 것이라고 했다.

그해 여름 '탄저병'이 유행하자 일본인들은 동대영의 소집 훈련을 취소했다. 탄저병이란 전염병이 우리에게 자유를 가져다주었다.

탄저병으로 서너 군데 우리렁이 피해를 입었다. 탄저병에 걸린 사람은 피부와 눈알이 낙엽처럼 노랗게 물이 들었다. 그들은 음식이나 물을 먹고 마시지 못했고, 배는 북처럼 부풀어 올라 걸을 수 없었다. 루니가 들려준 이야기에 따르면 탄저병에 감염된 몇 군데 우리렁 순록들은 돌봐줄 사람이 없어서 손실이 더욱 크다고 했다. 일본 의사들이 탄저병이 돌고 있는 우리렁에 들어가 주사를 놓았지만 나아지기는커녕 여러 사람이 죽었다. 우리 우리렁은 탄저병에 감염되지 않았다. 행여 탄저병이 옮아올까 걱정이 된 루니는 산을 내려가는 것도 막았고, 이웃 우리렁으로 가는 것은 더더욱 금했다.

탄저병이 황충처럼 기승을 부리는 동안 마리야는 극도로 흥분했지만, 다시는 우울해했다. 마리야는 제푸린나가 살고 있는 우리렁에 탄저병이 만연하여 하늘이 입이 삐뚤어진 처녀를 데려가주기를 바랐다. 그렇게 되면 다시에게 새로운 신부를 구해줄 수 있었다. 하지만 다시는 진심으로 제푸린나를 걱정하고 있었다. 그는 루니에게 말을 타고 가서 제푸린나를 보고 오겠다고 성화를 부렸지만, 허락을 받지 못했다. 루니는 족장으로서 다시가 탄저병을 옮겨오도록 방관할 수 없다고 했다. 다시는 "그럼 탄저병이 지나가기를 기다렸다가 올게요" 하고 말했다.

"만약 탄저병이 널 영원히 거기에 머물게 한다면 누가 마리야와 하세를 돌봐야 하지?"

다시는 아무 말도 하지 못했다. 그는 결국 우리 우리렁에 남아 있었지만 매일 눈살을 찌푸리고 있었다.

탄저병은 독을 품은 꽃처럼 거의 석 달 동안 피어 있었다. 가을이 깊어서야 꽃이 시들해졌다. 그 질병은 서른 명이 넘는 목숨을 앗아갔다. 라지다의 대가족도 탄저병에 휘말려 오직 한 사람만이 살아남았다. 라지다의 동생 라지미였다. 라지다의 우리렁에 아홉 사람만 남았다는 소식을 듣고 나는 피붙이를 잃은 가련한 라지미를 우리 우리렁으로 데려왔다. 비록 라지다는 내 곁에 있지 않았지만, 나는 라지미를 우리 가족이라고 여겼다.

열세 살이었던 라지미는 키가 작고 비쩍 말라 있었다. 본래 성격이 활달했지만 눈앞에서 가족이 한 사람, 한 사람 여명 전 작별을 고하고 떠난 후 그는 말이 없는 아이로 변해갔다. 내가 찾아갔을 때 그는 돌덩이처럼 강변에 쪼그리고 앉아 있었다. 그는 아버지의 유품인 나무로 만든 하모니카를 손에 꼭 쥔 채 꼼짝하지 않고 나를 바라보았다.

"라지미, 나랑 같이 가자."

라지미는 하모니카를 입으로 가져가 가볍게 한 번 불었다. 눈물이 그의 볼을 타고 줄줄 흘러내렸다.

제푸린나는 살아 있었다. 다시는 기쁨에 들떴지만, 마

리야는 한숨을 쉬기 시작했다.

다시는 라지미를 무척 좋아했다. 그는 라지미에게 승마 기술을 가르쳐주었다. 두 사람이 함께 말에 올라타고 있으면 형제처럼 보였다. 나는 라지미의 웃음소리를 들을 수 있었다. 그의 하모니카 음색은 더 이상 슬프지 않았다. 하모니카에는 이제 따사롭고 온화한 봄기운이 가득했다. 봄기운이 하모니카 몸통에 있는 리드를 가볍게 스쳐 지나가면 즐거운 선율이 흘러넘쳤다. 비단 웨이커터 같은 어린 아이뿐 아니라 이푸린과 마리야와도 하모니카 소리를 좋아했다. 야영지에 울려 퍼지는 하모니카 소리는 즐겁게 지저귀는 새 한 마리가 우리 곁에 있는 것 같았다. 우리를 명랑하게 해주었다.

해마다 9월에서 10월까지는 순록이 발정하여 교배를 하는 시기였다. 이때 수컷인 순록들은 짝을 얻기 위해 결투를 했다. 때문에 머리에 입는 상처를 미연에 방지하기 위해 수컷의 뿔을 잘라주거나 머리에 굴레를 씌워놓아야 했다. 전에는 이 일을 이완과 하세가 나서서 했지만, 지금은 다시와 라지미가 대신 했다. 보통은 씨를 퍼뜨리는 수컷 순록을 제외하고 다른 수컷들을 모두 거세했다. 나는 순록이 거세를 당할 때 내지르는 처참한 비명 소리가 무서웠다. 당시 순록을 거세하는 방법은 아주 잔인했다. 순록을 땅에 쓰러뜨린 다음 천으로 고환을 싸매고 나무 몽둥이로 으스러뜨렸는데, 그때마다 순록의 비명 소리가 계곡에 울려 퍼졌다. 때로 목숨을 잃은 순록들도 있었다. 나는 이들이 단순히 상처를 입어 죽는 것이 아니라 기가 막혀 숨이 끊어지는 것이라고 생각했다. 성인 남자들도 순록을 거세할 때 차마 손을 못 대었는데, 열세 살 라지미는 이 일을 잽싸고 깔끔하게 해냈다. 어려서부터 아버지를 따라 이런 손재주를 익혔다고 했다. 라지미는 나무 몽둥이로 수컷의 고환을 민첩하게 으스러뜨려 고통을 덜어주었다. 거세를 하고 나면 모니카를 불어 순록을 위로했다. 순록들은 라지미 덕에 빨리 회복할 수 있었다.

다시와 라지미는 낮에는 교배를 하는 순록을 묶어 두었다가 밤이 되면 풀어주었다. 수컷은 먹이를 먹으며 암컷과 교배를 했다. 그해 우리 우리렁에서 거세를 당하다가 죽은 순록은 한 마리도 없었다. 모두 건강했다.

그해 겨울 순록을 탄 허바오린이라는 남자가 우리 야영지를 찾아와 니하오를 청했다. 허바오린은 열 살 난 아들이 중병에 걸렸는데, 고열이 가시지 않고 음식도 삼키지도 못한다며 니하오에게 치료해달라 했다. 원래 무당은 달가워하며 다른 이들의 병을 낫게 해주러 가야 했는데, 니하오는 가겠다는 말은 했지만 눈살을 찌푸렸다. 루니는 그녀가 아픈 아이를 너무 걱정한 것이라고 여겨 위로했다.

"니하오, 그 아이도 궈거리나 쟈오쿠퉈칸처럼 좋아질 거야."

무당복이며 굿할 때 필요한 물건을 챙겨 길을 떠나기

전 니하오는 화롯가에서 놀고 있는 쟈오쿠퉈칸은 아랑곳하지 않고 궈거리만 품에 안고 입을 맞추고 또 맞추었다. 그녀의 눈에 눈물이 번뜩였다. 그녀는 야영지를 떠나 한참을 가서도 고개를 돌려 궈거리를 안타깝게 바라보았다.

궈거리를 낳고 니하오는 줄곧 그 아이의 곁에 있었다. 니하오가 떠나고 이틀 동안 궈거리는 엄마를 그리 보고 싶어 하지 않았다. 궈거리는 안다오얼과 함께 루니를 따라 눈밭에서 곰이 결투하는 춤을 배우며 즐거워했다. 이틀이 지나자 궈거리는 루니에게 엄마를 내놓으라며 어니는 내 것인데 왜 다른 사람이 데려갔냐며 투정을 부렸다. 루니가 "어니는 아이의 병을 고치러 갔어. 곧 돌아올 거야" 하고 대답했다. 궈거리는 살쾡이처럼 나무 위에 올라 어니의 그림자가 나타나는지 보겠다고 했다. 니하오가 우리렁으로 돌아오는 그 시각, 궈거리는 야영지 부근의 가장 높은 소나무로 기어 올라갔다. 나뭇가지에 앉자마자 혼령처럼 나타난 까마귀 한 마리가 궈거리를 향해 덮쳐왔다. 궈거리는 손을 뻗어 잡으려고 했지만, 까마귀는 훌쩍 솟구쳐 하늘을 향해 날아올랐다. 균형을 잃은 궈거리가 그만 땅으로 추락했다. 때는 오전이어서 야영지로 돌아오는 순록을 맞이하느라 서 있었던 나와 마리야는 궈거리가 추락하는 모습을 똑똑히 볼 수 있었다. 궈거리는 화살을 맞은 커다란 새처럼 나무 위에서 양팔을 벌리고 고함을 지르며 추락했다. 이 세상에 마지막으로 남긴 외침은 바로 "엄마아!"였다.

나와 마리야는 피범벅이 된 귀거리를 안고 시렁주로 뛰어갔다. 니하오는 이미 돌아와 있었다. 우리렁으로 오자마자 그녀에게 신이 내렸다. 귀거리를 본 그녀의 목소리가 차분했다.

"알고 있었어요. 나무에서 떨어졌지요."

니하오는 울면서 자기가 야영지를 떠나면서 아픈 아이를 구하면 아이 하나를 잃어야 한다는 사실을 알고 있었다고 고백했다. 내가 그 까닭을 묻자 니하오는 "하늘은 그 아이를 원하는데, 내가 그 아이를 남겨 놓았으니 내 아이가 그 아이 대신 하늘에 가야 해요" 하고 대답했다.

"그럼 그 아이를 구하러 가지 않으면 되잖아!"

마리야가 울면서 말하자 니하오는 쓸쓸하게 대답했다.

"전 무당이잖아요. 어떻게 죽어가는 아이를 구하지 않고 바라만 보고 있어요?"

니하오는 손수 하얀색 포대를 만들어 귀거리를 양지바른 산기슭에 던졌다. 니하오는 그곳에서 귀거리를 위해 마지막 노래를 불렀다.

아이야, 아이야,
넌 절대로 지옥에 가지 마렴.
그곳은 빛이 없어 너무 춥단다.
아이야, 아이야,

하늘나라에 부디 가렴.

거기에는 빛이 있고

그리고 반짝이는 은하수도 있어

너는 신성한 순록을 키울 수 있단다.

  겨울이면 얼음을 녹여 물을 만들어야 했다. 우리가 꼭 해야 하는 일이었다. 우리는 얼음으로 만든 정으로 강물 위에 있는 얼음을 깨서 자작나무 껍질 통이나 주머니에 담았다. 야영지가 가까우면 직접 들고 돌아왔고, 야영지가 멀면 순록으로 얼음을 운반했다.

  그해 겨울, 루니와 니하오는 미친 사람들 같았다. 매일 수원지에 가서 얼음을 가져왔는데 길이 얼마나 멀든 상관하지 않고 오로지 두 사람이 얼음을 운반해왔다. 저녁을 먹은 후 두 사람은 얼음을 깨러 갔다. 가서는 한 번, 두 번, 세 번, 달이 서쪽으로 기울 때까지 오가며 지칠 대로 지쳐서 시렁주로 돌아왔다. 바닥에 머리를 대자마자 둘은 잠이 들었다. 두 사람은 길고긴 겨울밤을 얼음을 운반하며 보내버릴 심산인 듯했다.

  야영지 앞에 높다랗게 쌓여 있는 얼음은 한낮의 태양빛 아래 보석처럼 오색 찬연한 빛을 발했다. 니하오는 얼음덩이 앞에 멍청하게 서서 눈물을 흘렸는데, 그 모습을 항상 나에게 들켰다. 이푸린은 니하오가 상심한 모습을 보면 콧노래를 흥얼거렸다. 그녀는 니하오가 진더에게 시집가지 않은 것을 여전히 마음속에 꼭 담아두고 있었다. 니하오의 불행은 진더에 대한 이푸린의 죄책감을 가볍게 해줄 것이다.

강덕 11년(1944년—옮긴이) 여름, 길잡이 루더와 통역사 왕루가 스즈키 히데오를 데리고 산으로 올라왔다. 중국어를 잘할 수 있게 된 스즈키 히데오가 우리 우리령 사람들을 모두 불러놓고 이완이 우리령에 온 적이 있는지 물었다. 우리가 그런 사실이 없다고 대답하자 만약 이완이 돌아오면 반드시 그를 동대영으로 압송해오라고 했다. 스즈키 히데오는 우리에게 일장 연설을 했다.

"이완은 악당이자 우리의 적이다. 만약 이완이 돌아왔는데도 보고하지 않으면 요시다 장관이 너희를 모두 잡아들이라는 명령을 내릴 것이다. 그리고 탄저병은 지나갔으니 올해의 소집 훈련은 예정대로 진행한다. 훈련을 잘 받지 않으면 소련군을 어떻게 대적할 것인가?"

일본군은 이미 그들의 종말이 곧 닥쳐오리라는 사실을 예감하고 있었다. 그는 루니에게 우리가 겨울에 사냥해서 얻은 물건을 모두 가져오라고 했다. 우치뤄푸에 사냥감을 가져가면 그가 책임지고 우리에게 필요한 물건으로 바꿔주겠노라고 했다. 보아하니 그는 장사도 겸하고 싶은 모양이었다. 그해는 라지미가 막 열네 살이 되는 해이기도 했다. 탄저병의 마수에서 도망친 그를 두고 일본인들은 놀라워했다. 스즈키 히데오가 모두가 훈련을 받아야 한다고 엄포를 놓자 라지미는 멀리멀리 숨었다. 하지만 그는 천진난만한 소년에 불과했다. 숨어 있으면서 그는 하모니카를 불었다. 산들바람처럼 들려오는 하모니카 소리가 그가 숨은 곳을 알려주었다. 하모니카 소리를 찾아간 스즈키 히데오가 몇 살인지 묻자 라지미는 당당하게 열넷이라고 밝혔다. 스즈키 히데오는 라지미의 손에 있는 하모니카를 뺏어 불어보았다. 하지만 소리가 나지 않자 고개를 가로저으며 라지미에게 돌려주었다. 한 곡 불어보라 하자 라지미가 멋들어지게 하모니카를 불었다. 스즈키 히데오는 기뻐하며 라지미에게 열네 살이 되었으니 만주국을 위해 충성해야 한다며 동대영으로 갈 차비를 하라고 했다. 다시와 잠시도 떨어질 수 없었던 라지미는 다시가 가는 곳이라면 당연히 따라가고 싶어 했다. 라지미가 고개를 끄덕였다. 스즈키 히데오가 하모니카를 가리키며 그걸 꼭 챙겨서 요시다 장관에게 연주를 들려주자고 했다. 다시는 스즈키 히데오가 요시다에게 환심을 살 요량으로 하모니카를 챙기라고 한 것을 눈치 채고, 야영지에 있는 말을 가리키며 말했다.

"저 말은 요시다 장관님이 남겨놓은 전마인데, 여러 해 동안 말을 보지 못해서 장관님이 보고 싶으실 겁니다. 동대영으로 가져가서 보여드리면 어떨까요?"

스즈키 히데오는 동의했다. 그는 우리의 겨울 사냥감을 말에 싣고 가면 좋겠다고 했다.

루니는 순진하게 사냥감을 모두 가져가면 스즈키 히데오가 분명 우리 물품을 가로챌 것이라는 걸 잘 알고 있었다. 포동포동하게 살진 토끼를 늑대의 입 안으로 밀어 넣는 것과 다름없는 행위였다. 스즈키 히데오가 술을 마시며 회포를 풀고 있는 틈을 타 루니는 나에게 친칠라가 죽 세 묶음과 웅담 두 개를 쑤셔 넣어 주면서 야영지 부근 나무 동굴 안에 감추라고 했다. 동대영으로 출발하기 전 스즈키 히데오는 물품 수량에 의심을 품고 루니에게 왜 이렇게 적은지 물었다. 루니는 작년 겨울에는 사냥감도 줄어들었고 총탄도 부족해서 얼마 잡지 못했노라고 대답했다. 스즈키 히데오가 은닉한 사냥물품이 있으면 총알을 모두 회수해 가겠다고 으르렁거렸지만, 루니는 천연덕스럽게 은닉한 물품을 찾아내면 자신이 가진 총까지도 넘겨주겠노라고 했다. 스즈키 히데오는 수색하지 않았다. 그는 우리가 은닉한 물건을 찾아내기란 거의 불가능하다는 사실을 알고 있었다.

야영지에는 오직 여자들과 아이들만 남았다. 우리는 다시 바빠졌다. 순록도, 아이들도 돌봐야 했다. 며칠이 지나 과연 루더가 스즈키 히데오가 보냈다며 물건을 가져왔는데 밀가루 한 포대, 성냥 한 포, 찻잎 두 포대와 소금 조금이었다. 이푸린이 가장 기대하고 있던 것은 술이었으나 보내온 물건이 턱없이 적은 데다가 기대하고 있던 술도 찾을 수 없었다. 그녀는 루더에게 분풀이를 했다. "오는 길에 당신이 술을 다 먹어 치운 거 아니야?" 하고 이푸린이 화를 내자 루더는 "스즈키 히데오가 산 위에 남아 있는 사람들이 모두 여자와 아이들뿐이니 술은 필요 없을 것이라 했소. 이 우리렁만이 아니라 다른 우리렁으로 배달해 준 물품에도 술은 모두 빠져 있었소. 그리고 나 루더는 우치뤄푸에서 언제든지 술을 사 마실 수 있는 사람이오. 굳이 다른 사람의 입속에 있는 물건을 빼앗을 필요가 없단 말이오" 하고 말했다.

이푸린이 "퉤!" 하고 루더를 향해 일갈하고는 "일본 놈들 노예가 되어 살아 있는 지도마냥 해마다 놈들을 데리고 산을 오르락내리락 하는 대가로 월급을 받고 있잖아. 당연히 먹을 것, 마실 것 걱정이 없겠지" 하고 말했다.

루더는 한숨을 푹 쉬더니 물건만 내려놓고 물 한 모금 마시지 않고 가버렸다.

자작나무 통에 감나무로 담가 둔 술 한 통을 나는 이푸린에게 주었다. 그날 저녁, 술 두 사발을 들이켠 그녀는 휘청거리며 야영지를 떠났다. 그녀는 술을 많이 마신 날이면 강변에 가서 물 마시는 것을 좋아했다. 곧 강변 쪽에서 애달픈 소리가 들려왔다. 처음에는 그 소리가 울음소리란 것을 깨닫지 못했다. 마침 우기 때여서 나는 불어난 강물이 세차게 흐르는 소리인 줄 알았다. 니하오는 그 소리가 이푸린의 울음소리란 것을 알아챘다. 이푸린이 생전 처음 실컷 울고 있는 울음소리였다. 우리는 그녀를 말리지 않았다. 시렁주 밖에 조용히 앉아 그녀가 돌아오기를 기다렸다.

강가에서 목 놓아 우는 소리는 깊은 밤까지 계속되었다. 깊은 밤 이푸린이 휘청휘청 야영지로 돌아왔다. 둥근 보름달이 떠 있던 그날은 대낮처럼 환했다. 은백의 달빛이 그녀를 둘러싸고 있었다. 그녀는 머리를 풀어헤친 채 왼손에 춤추고 있는 뱀을 들고 있었다. 시렁주 앞 공터까지 걸어온 그녀는 우리 앞에서 뱀과 함께 춤을 추기 시작했다. 이푸린의 동작을 따라 뱀도 그녀의 손에서 이리저리 춤을 추었다. 갑자기 뱀이 기적처럼 이푸린의 손에서 우뚝 서더니 고개를 치켜들었다. 마치 이푸린의 귀에 대고 귓속말을 하는 듯했다. 잠시 후 이푸린이 땅바닥에 "털썩" 소리가 나도록 꿇어앉았더니 뱀에게 이야기를 했다.

"다마라, 미안해. 잘 가."

뱀은 이푸린의 품에서 뛰어나와 몸을 몇 번 쭉쭉 펴더니 구불구불 곡선을 그리며 풀밭으로 사라졌다.

나는 이푸린이 왜 뱀을 보고 우리 어머니의 이름을 불렀는지, 그녀가 어떻게 살아 있는 뱀을 잡았는지 알 수 없었다. 다음 날 이푸린에게 왜 뱀을 보며 우리 어머니 이름을 불렀는지 물었다. 하지만 그녀는 "내가 정말로 뱀을 잡아가지고 돌아왔어? 너 혹시 잘못 본 거 아냐? 술을 너무 많이 마셔서 아무것도 기억 안 나" 하고 말했다.

그녀의 말이 사실인 듯해서 더 이상 묻지 않았다. 여러 해가 흘러 이완의 장례식에 이완의 수양딸이라며 나타난 젊은 여인 둘을 보면서 우리는 그녀들의 내력을 이리저리 추측해 보았다. 그때 이미 폭삭 늙어버린 이푸린이 말하길, 소복을 차려입고 나타난 처녀들은 분명 어느 해 이완이 산에서 놓아주었던 흰 여우 한 쌍이 틀림없다고 했다. 우리는 예전에 이완이 깊은 산중에 흰 여우 한 쌍을 놓아준 이야기를 들은 적이 있었다. 이완이 젊었을 때 홀로 산에서 사냥을 한 적이 있었다. 그는 하루 온종일 걸었지만 사냥감을 발견할 수 없었다. 황혼 녘 이완은 갑자기 동굴에서 뛰어나온 순백의 여우 두 마리를 보았다. 흥분한 그가 서둘러 조준을 하고 방아쇠를 당기려는 순간, 여우가 입을 열어 말을 했다.

"이완, 우리는 당신이 명사수란 걸 잘 알아요."

이완은 사람 말을 하는 여우가 신령하다는 것을 깨닫고 그 자리에서 무릎을 꿇고 여우를 놓아주었다. 이완의 장례식에서 이푸린은 나에게 뱀에 대해 이야기를 털어놓았다.

"그해 강변에서 나는 울고 있다가 물속으로 뛰어들어 죽고 싶었어. 그런데 뱀 한 마리가 내 등으로 가만히 기어오르더니 목을 감고 눈물을 닦아주더라. 난 그 뱀이 사연이 있는 뱀이라고 생각해서 야영지로 데려왔어. 춤을 추며 같이 놀고 있는데, 뱀이 내 귀에 대고 속삭이는 거야. '이푸린, 당신이 춤을 춘들 날 이길 수 있겠어?' 하고 말이야. 그 목소리가 다마라의 목소리라는 걸 금방 알 수 있었어. 그래서 얼른 꿇어앉아 뱀을 놓아주었지."

이푸린이 들려준 이야기는 거짓이 아니었다. 난 알 수 있었다. 꺼져가는 촛불처럼 생이 얼마 남지 않은 이푸린이 나에게 거짓말을 할 이유가 없었다. 뱀이 하는 이야기는 듣지 못했지만, 나는 이푸린이 외쳤던 "다마라"는 분명히 들었다. 이푸린이 뱀 앞에 꿇어앉은 모습도 틀림없이 보았다. 그날 이후 나는 내 아들과 손자들이 뱀을 잡는 것을 허락하지 않았다.

1944년의 여름 훈련은 우리 우리렁 남자들에게 마지막 훈련이었다. 다음 해 일본은 전쟁에 패배하고 항복했다. 그해 소집훈련은 무척 짧아 20여 일밖에 되지 않았다. 남자들은 돌아왔다.

그러나 라지미와 말은 돌아오지 않았다. 다시는 유난히 우울해 보였다. 요시다 장관이 라지미의 하모니카 연주를 좋아해서 곁에 두고 마부로 삼아서 돌아올 수 없었다고 했다. 다시의 말도 그곳에 남아 있었다. 나는 라지미가 걱정스러웠다. 루니에게 왜 라지미를 데려가겠다고 고집을 피우지 않았느냐고 물었다. 루니는 "데려가겠다고 고집을 부렸지만 스즈키 히데오가 허락하지 않았어. 요시다가 라지미와 라지미가 부는 하모니카 연주를 좋아했어. 다시가 스즈키 히데오한테 라지미는 남아 있고 싶어 하지 않는다고 했지만, 스즈키 히데오는 도리어 다시를 협박했어. 라지미가 남아서 마부가 되지 않으면 다시와 라지미가 좋아하는 말을 죽이겠다고 말이야. 그래서 어쩔 수 없이 남게 됐어."

하지만 다시의 말은 라지미에게 불행을 안겨주었다.

1945년 8월 초순, 소련의 비행기가 상공에 출몰했다. 산 속에 포탄이 떨어지는 소리가 전해왔다. 소련의 붉은 군대가 어얼구나 강을 건너 동대영을 공격하기 시작했다. 일본의 종말은 코앞으로 다가왔다.

나중에야 우리는 라지미에게서 당시 상황이 어떠했는지 듣게 되었다. 소련군이 들어오기도 전 동대영은 이미 혼란에 휩싸였다. 일본군은 문건을 불사르고 물품을 정리해서 퇴각 준비를 서둘렀다. 일본 천황이 아직 정식으로 항복을 선언하지 않았지만, 요시다는 대세가 이미 기울었다는 사실을 알고 있었다. 동대영을 떠나기 전 그는 지도 한 장을 라지미의 품속에 넣어주며 이렇게 일렀다.

"나는 네 목숨을 보호해줄 수 없구나. 말을 타고 산으로 돌아가거라. 넌 어려서 길을 잃을 수도 있으니까 이 지도를 꺼내 보렴. 소련군을 만나더라도 절대로 네가 일본군 마부 노릇을 했다는 사실은 말하지 말고."

그는 라지미에게 보병용 총 한 자루와 성냥 한 보루 그리고 비스킷을 주었다. 막 떠나려는데 요시다가 마지막으로 하모니카 연주를 부탁했다. 라지미는 '이별의 밤'이라는 곡을 연주했다. 이 곡은 그의 아버지가 알려준 곡으로 피붙이들이 차례로 탄저병으로 쓰러질 때마다 그는 죽은 가족을 위해 연주했다. 우울하고 서글픈 곡을 들으며 요시다는 눈물을 흘렸다. 요시다는 라지미가 말 위에 오르는 것을 도와주면서 마지막으로 말했다.

"너희 부족은 대단해. 너희 춤은 전마를 죽일 수도 있고, 너희 음악은 상처를 아물게 할 수도 있지 않니."

라지미는 우리가 어디에 머물고 있는지 알 수 없었지만, 분명 베이얼츠 강 유역에 있으리라고 직감했다. 그는 이 강줄기를 따라 우리를 찾았다. 그 당시 포탄의 습격이 빈번해서 순록들은 흩어져 있었다. 우리는 하루 대부분을 순록을 찾는 데 소비했다. 포성이 대지에 쏟아져 우렛소리를 만들어냈다. 초대받지 않은 불청객이 들이닥치면 우리는 모두 놀라서 정신이 아득해졌다. 놀란 새가 날아다니고, 숲에는 깜짝 놀라 도망 다니는 동물들을 볼 수 있었다.

그러나 우리의 사냥총은 고물이나 다름없었다. 총알을 모두 써버렸던 것이다. 밀가루도 떨어졌고, 말린 고기도 얼마 남아 있지 않았다. 굶지 않으려면 어쩔 수 없이 사랑하는 순록을 죽여야 했다.

이처럼 고단한 시기에 나는 베이얼츠 강변에서 와뤄쟈를 만났다.

나의 첫 번째 중매쟁이가 배고픔이었다면 두 번째 중매쟁이는 전화의 불길이었다.

소련이 침공하면서 포성이 울려 퍼지자 이 일대에 주둔하고 있던 일본 병사들은 흩어져 도망쳤다. 길목과 나루터를 이미 소련군이 점령하고 있어서 일본병사들은 숲으로 숨어들었다. 산 속 지형에 익숙하지 않던 이들은 왕왕 숲에 들어왔다가 길을 잃었다. 와뤄쟈는 족장이었다. 당시 그들 씨족은 스무 명 정도였다. 소련군의 명을 받은 와뤄쟈는 부족민을 이끌고 길 잃은 도망병을 추격하고 있었다. 내가 그를 우연히 만났을 때 그는 막 도망병 둘을 잡은 참이었다.

당시 도망병들은 도끼로 나무를 베어 뗏목을 만들어 베이얼츠 강을 따라 아래로 내려갈 셈이었다. 와뤄쟈가 부족민을 이끌고 포위해오자 일본 병사들은 중과부적이란 것을 깨닫고 도끼와 총을 버리고 투항했다.

정오였던 그 시각, 베이얼츠 강물은 강렬한 태양빛에 눈이 부셨다. 강물 위를 파란색 잠자리가 떼를 지어 날아다녔다. 몸이 마른 와뤄쟈는 강변에 서 있었는데, 보통사람과는 다른 분위기를 풍기고 있었다. 그는 털이 빠져 맨송맨송한 노루가죽 바지에 사슴가죽으로 된 조끼를 걸치고, 팔뚝을 모두 드러낸 채 목에는 보랏빛 물고기 뼈를 매단 가죽 끈을 걸고, 머리 뒤쪽으로 긴 머리를 묶고 있었다. 나는 머리 모양을 보고 그가 추장이란 것을 알았다. 오직 추장만이 머리를 길게 기를 수 있었다. 깡마른 얼굴에 몇 가닥 초승달 모양의 상처 자국이 나 있었다. 부드럽고 우울해 보이는 눈빛은 이른 봄에 내리는 이슬비 같았다. 그와 시선이 마주쳤을 때 나는 가슴속 저 밑바닥을 뚫고 훈훈한 바람이 불어오는 것을 느꼈다. 나는 울고 싶었다.

그날 밤, 우리 두 부락민은 강변에서 시렁주를 세우고 모닥불을 피워 함께 음식을 먹었다. 남자들은 일본 도망병에게서 노획한 총과 탄알로 200근이 넘는 멧돼지를 사냥했다. 멧돼지는 본래 무리를 이루어 활동하기를 좋아했으나 포화가 이들을 흩트려놓았다. 무리에서 홀로 떨어져 나온 녀석이 날카로운 이빨로 버드나무 껍질을 먹고 있다가 우리에게 잡혔다. 우리가 멧돼지 고기를 불에 굽고 있는데, 일본 병사들이 탐욕스러운 눈길로 주황색 불꽃을 바라보고 있었다. 자기들에게 고기를 나눠 주지 않을 것이라고 생각하고 있었는지, 맨 처음 구워진 고기를 건네며 자리에 와서 먹으라고 하자 눈물을 쏟아냈다. 그들은 어설픈 중국어로 와뤄쟈에게 자신들을 잡은 이유가 죽이려는 것이 아니냐고 물었다. 와뤄쟈는 죽이려는 것이 아니라 소련군에게 전쟁포로로 넘겨줄 작정이라고 했다. 일본군 포로 하나가 소련군의 수중에 들어가면 반드시 죽게 될 터이니 우리와 함께 산 속에 살게 해주면 순록을 대신 잘 길러주겠노라 했다. 와뤄쟈의 대답을 기다리지도 않고 이푸린이 나섰다.

"우리가 네놈들을 여기 남겨 두면 두 마리 늑대를 남겨

두는 셈이잖아! 너희는 왔던 곳으로 되돌아가."

자리에서 일어난 그녀는 일본군 포로들 뒤로 가더니 강철처럼 뻣뻣한 멧돼지 털을 두 사람의 옷깃에 집어넣었다. 유치한 행동이었지만, 두 사람이 따가워 소리를 꽥꽥 질러대자 모두가 웃음을 터트렸다.

다음 날 우리는 와뤄쟈가 이끄는 부락민과 강변에서 헤어졌다. 그는 포로를 우치뤄푸로 압송할 예정이었고, 우리는 계속해서 잃어버린 순록을 찾아 나서야 했다. 와뤄쟈가 가는 방향이 어얼구나 강 쪽이란 것을 알고 나는 그에게 라지미를 찾아달라고 부탁했다. 부탁을 들은 그가 나에게 했던 말이 아직도 기억난다.

"라지미와 함께 당신 곁으로 돌아가리다."

의미심장한 말이었지만, 그때 나는 깨닫지 못했다. 때문에 열흘이 좀 넘어 그가 라지미를 데리고 불쑥 눈앞에 나타나 청혼했을 때 나는 그만 기절하고 말았다.

한 남자 때문에 행복해서 쓰러질 수 있다면 그 여인은 결코 헛된 삶을 산 것이 아니라고 이야기하고 싶다.

와뤄쟈의 아내는 난산을 겪다가 스무 해 전에 그의 곁을 떠났다. 그는 그 여인을 여전히 마음 깊이 사랑하고 있어서 다른 여인을 봐도 마음이 움직이지 않았다. 그는 고독하게 홀로 부족민을 데리고 산을 떠돌며 사냥에 몰두했다. 그는 자신의 삶이 더 이상 행복하지 않으리라 생각했다. 그런데 베이얼츠 강변 언덕에서 처음으로 나를 바라보았을 때 심장이 떨렸다고 고백했다. 나는 정오의 태양 볕에게 감사해야 마땅하다. 태양빛은 내 얼굴의 슬픔과 피로와 온화함과 강인함을 선명하게 드러내주었다. 이처럼 복잡한 표정이 와뤄쟈의 마음을 움직였을 것이다. 그는 무궁무진하고 의미심장한 표정을 지을 수 있는 여인이라면 함께 비바람을 맞을 수 있을 것이라고 생각했다. 정오의 태양은 창백했던 내 얼굴을 온화하게, 우울한 내 눈빛은 맑고 깨끗하게 만들어주었다. 와뤄쟈는 내 두 눈이 꼭 호수 같아 쉼을 허락해줄 것 같았다고 했다. 그는 루니에게서 라지다가 내 곁을 떠났다는 이야기를 듣자마자 나를 아내로 맞이하겠노라 단번에 결정했다.

깨어나 보니 나는 와뤄쟈의 품에 안겨 있었다. 남자의 품은 모두가 다르다. 라지다의 품에 안기면 숲에 부는 바람을 뚫고 지나가는 듯한 느낌이 들었다. 와뤄쟈의 품속에서는 봄물에서 헤엄치는 물고기가 된 느낌이었다. 라지다가 울창한 고목이라면 와뤄쟈는 나무 위에 깃든 따뜻한 새 보금자리 같았다. 그들은 모두 내 사랑이었다.

라지미는 우리렁에 돌아오게 됐지만, 그는 이전처럼 온전한 라지미가 아니었다. 우리를 찾아 헤매던 나날이 이어지던 어느 날, 라지미는 소나무 숲을 지나고 있었다. 창공을 선회하고 있던 소련군 전투기가 폭탄을 투하하자 격렬한 폭발음에 놀란 말이 라지미를 태우고 미친 듯이 내달렸다. 라지미는 눈앞이 깜깜해질 정도로 말 위에서 심하게 요동쳤다. 달리던 말이 마침내 멈춰 서자 라지미는 말안장이 뜨겁게 젖어 있다는 사실을 깨달았다. 안장에는 자홍색 선혈이 흥건했다. 음낭이 파열되어 고환이 흔들리다가 그만 터져버렸다. 단단한 껍질 속에 갇힌, 부화되지 못한 새와 같은 그의 고환을 전투기는 흉악한 매처럼 날름 집어가버렸다. 그 새는 아직 채 노래도 불러보지 못했다.

라지미는 자신이 진정한 남자가 아니라는 사실을 깨닫고 죽을 결심을 했다. 그는 풀로 밧줄을 엮어 하모니카를 잘 묶어 말의 목에 매달았다. 우리를 찾아온 말의 목에 매달린 하모니카가 세상에서 그의 부재를 증명해줄 것이라 여겼다. 라지미는 보병용 총으로 자살할 생각을 하고 먼저 총을 시험해 보았다. 그 총성이 전쟁포로를 압송하고 있던 와뤄쟈의 주의를 끌었다. 그는 라지미를 구해 우치뤄푸로 데려갔다. 우치뤄푸의 동대영은 이미 폐허가 되어 있었다. 요시다는 어얼구나 강변에서 할복자살을 했으며 일본 병사들은 모두 소련군의 포로가 되어 있었다.

라지미는 말을 데리고 우리에게 돌아왔다. 다시를 본 말은 눈물을 흘렸다. 말은 마른 풀도, 물도 거부했다. 다시는 말의 속내를 알아차렸다. 말을 물가로 끌고 가 목을 베었다. 다시와 라지미는 말을 묻고 울었다. 단지 말 때문에 울고 있지 않다는 것을 우리 모두는 알고 있었다.

그날 이후 우리 우리렁 사람들은 말을 기르지 않았다.

순록을 거세하는 일은 라지미가 도맡았다.

그해 가을 만주국이 멸망했다. 만주국의 황제는 소련으로 압송되어 갔다. 니하오는 그해 늦가을 사내아이를 하나 낳았다. 아이 이름은 예얼니쓰네, 검은 자작나무라는 뜻이었다. 아이가 이 나무처럼 튼실하고 건강하게 비바람을 모두 이겨낼 수 있기를 바랐다. 아이를 낳은 후 그녀의 표정이 한결 밝아졌다.

니하오는 연이어 두 차례의 결혼식을 거행했다. 다시의 결혼식과 내 결혼식이었다. 다시는 스스로가 맹세한 대로 입이 삐뚤어진 제푸린나를 아내로 맞았다. 다시의 결혼식에서 술에 취한 마리야는 술기운을 빌어 이푸린의 머리에 밀가루를 뿌렸는데, 머리와 얼굴에 밀가루를 뒤집어 쓴 이푸린은 몸에 곰팡이가 핀 것처럼 보였다. 나와 와뤄쟈의 결혼식은 성대하고 시끌벅적했다. 와뤄쟈의 부족과 우리 우리렁 사람들이 함께 모여 마음껏 먹고 마시고 노래를 불렀다. 나는 예전에 이푸린이 만들어주었던 결혼 예복을 입고 신부가 되었다. 깃과 소매, 허리에 분홍빛 레이스가 아로새겨진 남색 예복이었는데, 와뤄쟈도 마음에 들어 했다. 그는 내 결혼 예복이 비 온 뒤 하늘에 나타난 무지개처럼 보인다고 했다. 결혼식이 봄물처럼 기쁨이 넘쳐 흐르고 있을 때 가면을 쓴 사람이 말을 타고 우리 야영지에 나타났다. 대춧빛 말을 타고 있는 그 사람은 무척이나 기민하고 용맹스러워 보였다. 다시와 라지미가 동시에 부러운 듯 탄식을 뱉어냈다. 가면을 쓴 사람은 말에서 뛰어내리더니 모닥불가로 걸어와 술을 한 사발 따라 단숨에 들이켰다. 사발을 잡고 있던 커다란 그의 두 손은 너무나도 낯익었다. 그가 가면을 벗기도 전에 우리는 한 목소리로 그의 이름을 소리쳐 불렀다.……이완!

황혼

시렁주가 어두어진 걸 보니 황혼 녘이다. 화롯가에서 따뜻한 기운이 흐르고 하늘빛이 어두워진 탓에 졸음이 몰려온다. 밖으로 나가 신선한 공기를 마셔야겠다.

비가 그쳤다. 서녘 하늘에서 주홍색 저녁노을을 담은 구름이 떠다닌다. 만약 석양이 황금빛 북이라면 이 저녁노을은 멀리멀리 퍼지는 북소리다. 공중에 떠다니는 구름이 빗방울에 씻겨 흰 빛이 되었다. 야영지가 어느새 초록으로 변해 있었다. 안차오얼이 시렁주를 철거한 빈터에 소나무를 심어놓은 것이다.

야영지에는 오직 시렁주가 하나 남아 있다. 안차오얼은 분명 내가 빈터를 보고 고통스러워할까봐 나무를 이곳에 옮겨 심었을 것이다. 신선한 공기와 갑작스럽게 나타난 초록빛 소나무를 마주하고 있노라니 따뜻한 고양이 두 마리가 나에게 달려와 촉촉한 혀로 양쪽 뺨을 핥아주는 것처럼 피곤이 말끔히 사라진다.

　순록은 야영지를 벗어나 먹이를 찾으러 나갔다. 낮에 순록을 위해 피어놓았던 모닥불은 이미 재로 변했지만, 초목을 태운 잿더미에 아직 따사로운 온기가 넘치고 있다.

　순록은 별처럼 저녁에는 눈을 깜박이며 여기저기를 돌아다니지만, 낮에는 야영지로 돌아와 휴식을 취했다.

　오직 열여섯 마리의 순록이 남아 있다. 순록을 몇 마리나 남겨놓을 것인지를 두고 다지야나는 골머리를 앓았다. 그녀는 순록을 많이 남겨 두면 나와 안차오얼이 보살피기 힘들 테니 걱정스럽고, 그렇다고 적게 남겨 놓자니 우리가 허전해 할까봐 염려스러웠다. 결국은 나와 안차오얼이 함께 남을 순록을 정했다. 우리는 앞으로도 이동을 할 것이기 때문에 신상을 실은 마루왕과 불씨를 실어 나르는 순록은 반드시 필요했다. 두 마리는 다지야나가 우리를 위해 남겨 두었다. 나머지 순록들은 나와 안차오얼이 반반씩 선택했다. 안차오얼은 가슴 가득 사랑스러움과 연민의 정을 품고 있다. 그가 선택한 순록 예닐곱 마리는 늙고 허약한 놈들이었으며, 그중 두 마리는 해수병을 심각하게 앓고 있었다. 나는 우리의 순록이 건강하기를 바라는 마음에서 건강한 순록 두 마리와 생육이 왕성한 시기에 있는 어미 순록 세 마리, 그리고 생기발랄한 새끼 순록 둘을 골랐다. 내가 순록을 다 고르자 다지야나는 눈물을 글썽이며 "어니의 눈은 아직 밝게 빛나고 있어요!" 하고 말했다.

안차오얼이 한 손에 물통을 들고, 다른 손에 보랏빛 들국화를 들고 멀리서 걸어오고 있다. 내가 보랏빛 들국화를 좋아한다는 사실을 알고 강변에 물을 뜨러 가는 길에 특별히 꺾어온 것일 게다. 안차오얼은 시렁주 바깥에 나와 있는 나를 보고 웃었다. 그는 나에게 들국화를 건네주고 물통의 물을 방금 옮겨 심은 소나무 위에 뿌려주었다.

나무에 물을 다 주고 난 뒤 그는 물통을 내려놓고 잠시 숨을 돌렸다. 그러고는 시렁주 안으로 들어가 말리고 있는 박쥐를 들고 나와 청석 위에 올려놓았다. 동글납작한 자갈로 박쥐를 곱게 가는 품새가 탕약을 만들어 해수병을 앓고 있는 순록의 콧구멍에 넣어 줄 모양이다.

시렁주로 돌아와 보니 내가 밖으로 나가기 전보다 화롯불이 더 활활 타오르고 있다. 보아하니 안차오얼이 박쥐를 가지고 나갈 때 장작을 더 넣어 둔 모양이다. 불빛이 시렁주를 밝게 비추고 있다. 자작나무 껍질로 만든 꽃병을 찾아서 보랏빛 들국화를 꽂을 생각이다.

나는 오랫동안 그 꽃병을 사용하지 않았다. 그 꽃병은 내가 보랏빛 들국화를 좋아한다는 사실을 알고 와뤄쟈가 만들어준 것이다. 보랏빛과 어울리도록 그는 조금 어두운 색깔에 물결무늬가 있는 자작나무 껍질을 선택했다. 한 뼘 길이의 꽃병은 옆에서 보면 납작했으며 위아래의 넓이가 똑같았지만 꽃병 입구가 조금 안쪽으로 말려 있었다. 와뤄쟈는 들국화를 꽂을 때는 높고 가느다란 꽃병을 사용할 수 없다고 했다. 높고 가느다란 꽃병은 꽃을 조금밖에 꽂을 수 없을 뿐더러 꽂아놓은 꽃들도 구속당하고 있는 것처럼 보여 금방 싫증이 난다고 했다. 들국화는 꽃송이도 잔잔하고 잎이 무성해서 입구가 널쩍하고 몸체가 낮은 화병에 넣어야 꽃이 활기차 보인다고 했다.

나는 평소 노루가죽으로 만든 포대에 좋아하는 물건을 넣어두었다. 로린스키가 례나에게 주었던 손거울, 와뤄쟈가 나에게 선물했던 꽃병, 니두 무당과 니하오가 사용했던 노루가죽으로 만든 북채, 린커가 총을 닦을 때 사용하던 사슴가죽, 라지다가 사냥칼을 넣고 다니던 자작나무 껍질로 만든 칼집, 이푸린이 나에게 선물한 나비 한 쌍이 수놓인 손수건, 이롄나가 남겨준 가죽에 그린 그림, 제푸린나가 나에게 선물해준 사슴뿔 무늬와 나무 무늬의 레이스가 달린 어깨에 메는 가죽가방 등등이었다. 이것들은 모두 고인이 된 사람들이 남겨준 물건이다.

물론 가죽 포대 안에는 살아 있는 사람이 선물한 물건도 들어 있다. 예를 들면 마커신무가 세 가닥으로 난 나무뿌리로 만들어준 촛대, 시반이 상수리나무 위에 넣어 말린 뿔로 만들어준 타구, 다지야나가 사다 준 매화와 까치 그림이 새겨진 은비녀, 그리고 파를거가 시내에서 사다 준 돋보기안경, 류샤가 선물한 이미 멈춰버린 손목시계도 있다.

비록 아흔 살이 되었지만, 눈은 하나도 나빠지지 않아 나는 돋보기안경이 필요 없다. 가끔 감기에 걸리지만, 하루나 이틀 정도 기침을 하고 나면 금방 괜찮아져서 타구도 장식품에 불과하다. 나는 달빛과 화롯불에서 뿜어져 나오는 빛을 좋아했다. 때문에 내 시렁주에서는 촛대가 검은 밤에 유용하게 쓰이지 않는다. 태양과 달은 내 눈에는 두 개의 동그란 시계이다. 태양과 달의 얼굴을 보고 시간을 읽는 것이 평생 습관이 되어 손목에 놓인 손목시계는 장님에 불과하다. 만약 검은 머리에 은비녀를 꽂는다면 시렁주에 내려앉은 하얀 새처럼 아름다울 테지만, 지금 온통 백발로 변한 머리칼에 은비녀를 머리에 꽂으면 아름다움이 묻혀버리기 때문에 비녀도 그냥 내버려두었다. 와뤄쟈가 곁에 있다면 좋았을 뻔했다. 책 읽기 좋아하는 그에게 은비녀를 책 갈피표로 삼으라고 주었을 텐데.

노루가죽 포대를 열어보니 안에 있는 물건들이 마치 오랫동안 만나지 못했던 옛 친구들처럼 연달아 나와 악수를 청한다. 나는 북채를 만졌다. 자작나무 칼집은 내 손등에 닿았다. 방금 내 손을 찌른 은비녀를 만지작거리자 차가운 손목시계가 육중한 몸을 내 손바닥에 누인다.

나는 자작나무 꽃병을 찾아 물을 붓고 보랏빛 들국화를 꽂아 노루가죽담요 앞에 늘어놓는다. 꽃병에 꽂힌 꽃은 믿을 만한 남자를 찾는 아가씨처럼 더욱 단정하고 아름다워 보인다.

안차오얼이 들어왔다. 박쥐를 곱게 다 간 모양이다. 그가 거례바빙을 건네준다. 나는 반으로 나누어 반을 그에게 주었다.

 하산하기 전 류샤는 두 주머니 가득 거례바빙을 구워 주었다. 거례바빙은 한 달을 두어도 상하지 않는다. 그녀는 장장 이틀 동안이나 이 비스킷을 구웠다. 연기를 너무 많이 쐰 탓인지 그녀의 눈이 이틀 내내 빨갛게 부어 있었다. 내가 차와 거례바빙을 먹는 모습을 보고 안차오얼이 다시 밖으로 나간다. 그는 한가하게 빈둥대는 성미가 못 된다. 저녁노을이 떨어진 모양이다. 시렁주 꼭대기 하늘색이 진한 잿빛으로 변했다. 청명한 여름밤, 이렇게 진한 잿빛 하늘은 얼마 지나지 않아 달과 별과 조화를 이루어 진한 남색하늘이 만들어질 것이다.

 내 이야기는 아직 끝나지 않았다. 방금 열었던 노루가죽 주머니 속의 물건들은 분명 이른 아침에 귀를 열어 두었을 것이다. 오전에는 비와 장작불처럼, 오후에는 안차오얼이 주어온 물건들처럼 내 이야기를 들었을 것이다. 남은 이야기를 이들에게 더 들려주고 싶다. 방금 내 옆에 앉게 된 보랏빛 들국화야, 내 이야기가 듣고 싶지 않다면 조급하게 굴 필요 없단다. 마음을 가다듬고 다른 녀석들과 함께 앉아 있으렴. 내 이야기가 끝나면 자작나무 꽃병이 너에게 이야기를 들려주도록 할 테니까. 꽃병은 내 부탁을 거절하지 않을 거야. 너를 안고 자기 몸에 담긴 맑고 청아한 액체를 너에게 먹이고 있는 녀석이니까.

이완이 나와 와뤄쟈의 결혼식에서 가면을 벗는 순간, 야영지가 들썩들썩했다. 루니는 어린아이처럼 팔짝팔짝 뛰면서 환호했다. 그가 이완의 술잔을 채워주고, 하세가 신선한 노루의 간을 잘라 건네주었다. 이완은 단숨에 두 번째 술잔을 들이켜고 노루의 간을 삼켰다. 나와 와뤄쟈 앞으로 오더니 세 번째 술잔을 비우고 우리의 결혼을 축복해주었다. 나는 그의 잔에 술을 따라주며 귀환을 환영했다. 이완은 네 번째 잔을 비운 다음 하루나 이틀 정도 우리 야영지에 머물겠다고 했다. 그는 현재 군인이었다. 그는 동대영에서 도망친 후 산에서 우연히 일본 놈들을 쳐부수는 연합군 분대를 만났는데, 상황이 안 좋아 이들은 소련 영토로 철군을 준비하고 있었다. 철군에 길잡이가 된 이완은 이들을 안전하게 어얼구나 강 왼편으로 데려가야 했다. 그는 연합군 부대에서 이름난 병사였다. 그가 속한 부대는 현재 소련군과 손을 잡고 일본 놈들을 쳐부수고 있었다. 그는 산 속에 숨어 있는 일본군을 전멸시키고 나서 돌아오겠노라고 했다.

마리야는 악몽을 꾸고 있는 듯 이완을 바라보면서 가슴을 쓸어내리며 "아이고, 맙소사, 아이고" 하고 되뇌었다. 그녀는 눈앞에 있는 이완을 허깨비처럼 도무지 믿지 못했다. 이푸린은 풀이 죽어 있었다. 허리에 무거운 돌을 차고 있는 듯 몸이 순식간에 아래로 처졌다. 쿤더는 얼굴 가득 눈물을 흘리며 이완을 바라보았다. 오랫동안 누명을 쓰고 암흑에 묻혀 있던 사람이 마침내 누명을 벗고 광명을 찾은 것 같은 모습이었다.

격정을 참지 못한 라미지가 하모니카를 불었다. 고환이 으스러진 후 처음으로 부는 하모니카였다. 그는 이완뿐 아니라 아름다운 대춧빛 말을 환영하기 위해 송가를 부르고 있었다. 그는 하모니카를 불면서 점점 그 말에게 다가갔다. 다시도 라지미 뒤를 따라 말을 향해 걸어갔다. 두 사람은 눈물을 글썽였다. 하모니카 선율에 감동을 받은 듯 말의 눈도 촉촉하게 젖어 있었다.

하모니카 선율이 멀리서 흐르는 시냇물이 계곡 사이를 빠져나가듯 사라지자 마리야가 이완에게 뜬금없이 "소련에 가면 나제스카와 아이들을 찾아볼 거예요?" 하고 물었다.

이완이 두 손으로 얼굴을 비비더니 10여 년 전에 나제스카가 떠났을 때 했던 이야기를 되뇌었다.

"나는 나제스카를 찾으러 가지 않을 거요. 떠나고 싶은 사람을 다시 찾아올 수 없는 노릇이지."

이완은 이틀을 우리와 함께 있다가 대춧빛 말을 타고 떠났다. 그가 떠날 때 다시가 지도를 건네주었다. 그것은 요시다가 라지미에게 준 지도였다. 돌아온 라지미가 지도를 불사르려 하자 다시가 빼앗으며 "지도 위에 꼬불꼬불하게 이해할 수 없는 글자가 많이 있는데 남겨 놓으면 아마도 유용하게 쓸 거야" 하고 말했다. 이푸린이 "일본이 패

전했는데 놈들 물건을 남겨 두면 손해밖에 뭐 더 볼 게 있겠어" 하고 말했지만, 다시는 몰래 지도를 감춰 두었다.

이완이 떠나던 그날, 깊은 밤에 쿤더가 이푸린을 매질하는 소리가 들렸다. 이푸린은 여전히 아프다며 소리를 질렀다. 그동안 이푸린은 이완이 만들어준 채찍을 손에 쥐고 허리를 쭉 펼 수 있었는데, 이완이 나타나면서 채찍의 주인이 뒤바뀌었다. 채찍은 이제 쿤더가 들고 있었다. 그해 초겨울, 노쇠한 이푸린이 뜻밖에도 임신을 했다. 야영지 어디서나 그녀가 입덧하는 소리를 들을 수 있었다. 쿤더가 이푸린을 대하는 태도가 확실히 부드러워졌다. 우리는 쿤더가 정말로 아이를 원한다는 사실을 잘 알고 있었다. 그는 이푸린에게 전에 없이 자상하게 굴었다. 쿤더는 이푸린 손끝에 찬물 한 방울 닿지 않게, 장작도 패지 않게, 순록에게 소금을 먹이지도 못하게 했다. 순록이 소금을 먹다가 장난기가 발동하여 혹시 그녀의 배를 발길질이라도 해서 자기가 오매불망 바라던 꽃송이가 떨어질까 두려워했다. 이푸린은 앉아서 바느질만 해야 했다. 쿤더는 혹시 이푸린이 허리라도 삐꺽해서 태기를 건드릴까 시시때때로 이푸린에게 태중이란 사실을 상기시키고, 요모조모 신경을 썼다.

이푸린은 쏟아지는 쿤더의 관심에 전혀 무관심했다. 심지어 냉소를 날리기도 했다. 그녀는 여전히 하고 싶은 일을 했다. 겨울이 깊어졌다. 큰 눈이 내리던 어느 날, 이푸린이 실종되었다. 그녀가 어디로 갔는지 아무도 보지 못했다. 쿤더는 입이 바짝 마를 정도로 애를 태웠다. 그는 눈을 입속으로 밀어 넣었다. 내장에서 화염이 솟구치고 있는 모양이었다. 저녁이 되자 눈이 그쳤다. 이푸린이 귀신처럼 야영지에 나타났다. 머리를 산발한 채 썰매신발을 신은 그녀는 얼굴이 눈물자국으로 범벅이 되어 있었다. 노루 가죽으로 만든 바지는 자줏빛 선혈로 물들어 있었다. 그녀는 우리 앞에 양다리를 벌리고 서 있었다. 두 다리가 미친바람에 나부끼는 메마른 나무 가장귀처럼 격렬하게 떨렸다. 다리 가운데로 선혈이 한 방울, 두 방울 흘러내렸다. 선혈은 설원을 진한 팥알처럼 물들였다.

이푸린은 썰매신발을 신고 눈 덮인 산마루와 골짜기를 하루 종일 오가며, 쿤더가 그토록 그리고 있던 그 작은 생명을 사그라트렸다. 이푸린이 쿤더를 바라보던 그 눈빛을 영원히 잊을 수 없다. 복수의 쾌감이 깔린 눈빛 그 너머에는 말로 형용할 수 없는 서글품과 애절함이 담겨 있었다.

그날 밤 쿤더가 이푸린을 매질하는 소리가 야영지에 울려 퍼졌다. 이번에는 정말 가죽혁대로 매질하고 있었다. 이푸린은 소리를 지르지 않았다. 아픈 영혼이 그녀의 육체를 마비시킨 모양이었다. 그 후 두 사람 사이에는 대화가 거의 없었다. 그날 밤을 보낸 후 두 사람은 모두 폭삭 늙어버렸다. 그리고 침묵했다. 그들은 서로 풍화되어 가는 암석을 바라보고 있는 두 덩이 돌이 되었다.

1946년 가을, 내가 다지야나를 낳았다. 와뤄쟈는 아이를 너무 좋아해서 언제나 품에 안고 화롯가에 앉아 이해하든 못하든 시를 읊어주었다. 다지야나는 옹알이를 하며 와뤄쟈의 긴 머리칼을 한 움큼 쥐고 마치 풀을 먹는 새끼 양처럼 입에 가득 넣었다. 타액으로 젖은 그의 머리칼은 항상 쫙 달라붙어 빗질이 잘 되지 않았다. 나는 깨끗한 물로 그의 머리를 감겨주었다.

와뤄쟈는 한족과 왕래가 빈번했다. 그는 어려서부터 중국어를 배워서 중국어 서적을 읽을 수 있었다. 평소 시를 쓰기 좋아했던 그는 시인이었다. 지금 내 이야기가 재미있다면 와뤄쟈에게 받은 영향이 크다.

우리 결혼식이 끝나자 와뤄쟈는 자신의 부족을 둘로 나누었다. 그는 치야라를 새로운 족장으로 임명하고 스무 명의 부족민을 이끌도록 했다. 치야라는 와뤄쟈 대신 부족민을 이끌고 베이얼츠 강 일대를 떠돌며 사냥을 하게 됐지만, 큰일을 결정할 때면 자신들의 추장을 만나러 와야 했다.

나머지 열 명이 넘는 사람이 와뤄쟈를 따라 우리 우리렁에서 함께 생활했다. 이러한 결정은 나를 위해 한 것이었다. 그는 한 부족의 추장이었지만 우리 우리렁에서는 루니의 결정을 따라야 했다. 온화하고 도량이 넓은 그의 행동은 그들 씨족 중 마펀바오, 즉 말똥무더기라는 별명으로 불리는 사내의 불만을 샀다. 그는 와뤄자가 반역자이며 자신의 씨족을 판 남자라고 했다.

마리야는 다시가 제푸린나를 아내로 얻은 후 냉가슴을 앓고 있었다. 비록 입 밖으로 아무런 이야기도 하지 않았지만, 제푸린나를 대하는 태도를 보면 누구나가 마리야가 제푸린나를 싫어한다는 사실을 당장에 알 수 있었다. 그녀는 한 번도 제푸린나를 똑바로 쳐다보지 않았다. 일을 시킬 때에도 시선은 언제나 다른 곳을 바라보고 있었다. 그녀는 제푸린나가 마치 독이 든 꽃이라도 되는 것처럼 굴었다. 예전에 그토록 성실한 일꾼이던 마리야는 제푸린나가 온 다음부터 모든 일을 그녀에게 떠넘기고, 먹고 게으름을 피우는 사람으로 변해버렸다. 제푸린나가 눈곱만큼이라도 순종하는 태도를 보이지 않으면 먹을 것을 주지 않았다. 하루는 마리야가 제푸린나에게 자기 머리를 빗기라고 했다. 잠시 후 빗에 가득 머리카락이 낀 것을 보고 자기를 대머리로 만들 생각이냐며 다시를 불러 세웠다. 그녀는 다시에게 빗을 건네주며 제푸린나가 자기 머리를 전부 뽑아놓기 전에 그 빗으로 제푸린나의 눈을 찔러 장님을 만들라고 했다. 빗을 건네받은 다시는 뜻밖에도 자신의 눈을 찔렀다. 놀란 마리야가 달려들어 빗을 뺏으며 울부짖었다.

"다시, 다시! 내가 나를 죽일 셈이구나!"

다시는 장님이 되지 않았지만, 한쪽 눈을 다쳤다. 마리야는 제푸린나를 뼈에 사무치도록 미워했다.

하루는 다시가 야영지에서 장작을 패고 있었다. 제푸린나는 남편을 도와 패놓은 장작을 쌓아놓았다. 다시가 잠시 쉬는 동안 도끼를 땅바닥에 내려놓았다. 마리야는 미처 주의를 기울이지 못한 제푸린나가 장작을 안고 도끼를 넘어가는 모습을 보았다. "아녀자가 도끼를 넘을 수 없다"는 우리 부족의 금기사항이었다. 도끼를 넘어가면 바보 같은 아이를 낳는다는 속설이 있었다. 마리야는 그 광경을 보고도 제푸린나에게 알려주지 않았다. 오히려 땅바닥에 꿇어앉아 떨어진 장작을 줍게 했다. 장작을 줍다가 자칫 잘못하면 도끼가 제푸린나를 향해 튀어오를지도 모를 상황이었다. 이 광경을 지켜본 와뤄쟈의 부락민은 마리야의 횡포가 이만저만이 아니라고 생각했다. 그 순간 다시가 도끼를 줍지 않았다면 제푸린나는 다리가 잘렸을 거라고 했다. 설사 절름발이로 만들더라도 마리야는 여전히 제푸린나를 괴롭힐 것이었다.

그러나 이 사건은 곧이어 벌어진 일과 비교해보면 그리 심한 일도 아니었다.

마리야는 제푸린나가 임신을 한 상태에서 도끼 위를 넘어갔으니 뱃속의 아이가 저주를 받아 분명 바보가 태어날 것이라며 낙태를 강요했다. 제푸린나는 이틀 밤낮을 울었다. 그녀는 다시를 괴롭히고 싶지 않았다. 몰래 산꼭대기로 올라가 아래로 굴러 떨어져 아이를 유산했다. 눈물범벅이 된 제푸린나가 선혈로 바지가 축축하게 젖은 채 야영지에 나타났을 때 나는 얼마 전 이푸린의 모습을 떠올렸다. 비슷한 모습이었지만 다른 점이 있다면 한 사람은 사랑을 위한 것이었고, 다른 한 사람은 증오를 위해 그러한 행동을 감행했다.

제푸린나를 향한 마리야의 증오 그리고 이푸린과 쿤더의 불화는 우리 우리링 상공을 두 송이 먹구름처럼 잔뜩 짓누르고 있었다. 그리고 와뤄쟈 씨족의 상공에 서서히 응집되고 있는 먹구름은 바로 말똥무더기, 마펀바오였다.

마펀바오는 숲에서 나는 버섯이었다. 공 모양으로 생긴 이 버섯은 막 피어났을 때는 흰색이지만 자라면서 갈색으로 변했다. 버섯 안에는 스펀지 모양의 식물기관이 들어 있었는데, 아이들은 마펀바오를 가지고 놀기를 좋아했다. 이 버섯은 밟히면 뿌웅 하는 소리를 내며 순식간에 쪼그라들었는데 찢어진 곳에서 재와 비슷한 가루가 흩날렸다. 이 버섯은 약재로도 쓰였는데 목이 부어 아프거나 외상으로 인해 출혈이 생겼을 때 마펀바오 안에 있는 가루를 바르면 곧 나았다.

마펀바오라고 불리는 사람은 키가 작고 뚱뚱했으며, 술고래였다. 멀리서 그가 걸어오면 꼭 공이 굴러오는 것처럼 보였다. 그에게는 아홉 살이 된 딸이 있었는데, 웨이커터보다 세 살이 어린 그 아이의 이름은 류샤였다. 류샤는 마펀바오를 전혀 닮지 않았다. 몸매도 호리호리하고 눈썹과 입이 동글동글해서 웃으면 아주 예뻤다. 마펀바오는 술에 취했다 하면 류샤에게 술주정을 했다. 신발을 벗기라고 하기도 하고, 담뱃불을 붙이라고도 했다. 딸의 동작이 조금만 느려도 지체 없이 손찌검을 했다. 류샤가 얼굴을 감싸쥐고 시렁주 밖으로 뛰어나오면 모두들 마펀바오의 소행인 것을 짐작했다. 와뤄쟈가 들려준 류샤의 엄마는 이랬다.

류샤의 엄마는 청순하고 아름다운 다우르족(주로 네이멍구, 헤이룽장, 신장에 분포하고 있는 중국 소수민족—옮긴이)의 여인이었다. 어느 해 이른 봄, 그녀와 다우르족 처녀 둘이서 어얼구나 강에서 물고기를 잡고 있었다. 봄바람이 세차게 불어오더니 얼어 있던 강물이 갑자기 갈라지면서 크고 작은 얼음 조각으로 나뉘었다. 젊은 여인 셋은 허둥대며 각각 얼음 덩어리 위에 올라섰다. 두 여인이 올라탄 얼음 조각은 작긴 했지만 순조롭게 강가로 떠내려갔다. 그러나 류샤 엄마가 디딘 커다란 얼음조각은 강물을 따라 한가운데로 흘러가더니 눈 깜박할 사이에 커다란 얼음과 부딪혀 물속으로 가라앉았다. 다우르족 사람들은 대개는 수영을 할 수 있었지만, 막 해동이 된 강물은 너무 차가웠다. 다리에 쥐가 난 그녀는 강물에서 허우적거렸다. 강변에 도착한 여인 둘이서 고함을 질렀다. 마침 우치뤄푸에서 탄약을 바꿔 돌아오던 마펀바오가 그곳을 지나고 있었다. 그는 옷을 벗고 뼈가 시릴 만큼 차가운 강물에 뛰어들어 그녀를 구해냈다. 그녀의 아버지는 딸이 마음에 두고 있는 사람이 있었는데도, 마펀바오에게 시집을 가서 은혜에 보답해야 한다고 주장했다. 그때부터 여인은 마펀바오를 따라 산에 와서 살게 되었다.

와뤄쟈는 처음 두 사람을 보자마자 잘못된 만남이라는 생각이 들었다고 했다. 두 사람은 전혀 어울리지 않았다. 외모와 성격뿐 아니라 생활습관도 그러했다. 더욱이 그 여인의 마음속에는 마펀바오가 존재하지 않았다. 그녀는 류샤를 낳고 얼마 지나지 않아 도망쳤다. 혹시 마펀바오가 찾아올까 두려워 마음에 두고 있던 남자와 부락을 떠나면서 소식을 완벽하게 단절했다.

마펀바오는 이때부터 폭음을 했으며 여자란 여자는 모두 증오했다. 그는 류샤를 혐오했다. 그녀가 크면 제 엄마처럼 천박한 여자가 될 것이라고 했다. 어린 류샤는 엄마처럼 생선을 좋아했다. 생선을 보았다 하면 무척이나 즐거워했다. 그러나 마펀바오는 생선을 일부러 불 속에 넣고 태워버리고 나서 류샤에게 "넌 네가 좋아하는 걸 얻을 수 없다는 것도 알아야 해" 하고 말했다.

웨이커터는 류샤를 좋아했다. 류샤가 얼굴을 감싸쥐고 눈물을 흘리며 시렁주 밖으로 뛰어 나오는 모습을 볼 때마다 마펀바오를 증오했다. 웨이커터는 마펀바오를 골려주려고 안다오얼을 데리고 숲에 가서 바구니 가득 마펀바오를 따 가지고 왔다. 둘은 크고 작은 마펀바오를 그의 시령주 입구에 늘어놓고 그가 나오기를 기다렸다. 마펀바오는 시령주를 나오자마자 마펀바오를 밟아 분말이 얼굴을 뒤덮어 기침을 해댔다. 입구를 지키고 있던 웨이커터가 큰 소리로 "여기 좀 와서 보세요. 마펀바오가 마펀바오를 밟았대요!" 하고 소리쳤다.

라지미가 가장 먼저 달려왔다. 그는 마펀바오가 낭패를 당한 꼴이 우스워 참지 못하고 웃었다. 마펀바오는 격노했다. 라지미를 향해 달려들어 가슴팍에 세찬 주먹을 날리며 욕을 했다.

"남자도 아닌 주제에 감히 날 비웃어!"

라지미는 모욕적인 언사에 상처를 입었지만, 조금도 기가 꺾이지 않았다.

"너처럼 소견머리가 애들 같은 게 남자라고 할 수 있어?"

두 사람이 서로 맞붙어 싸웠다. 마펀바오가 라지미의 목을 비틀면 라지미는 발로 마펀바오의 바짓가랑이를 찼다. 마펀바오가 "사람들, 얼른 와서 보시오. 이 남자도 아닌 놈이 날 제 놈하고 똑같이 만들려고 하고 있소!" 하고 고함을 질렀다.

이 일이 있고 난 후 마펀바오는 다시 우리 우리렁 사람과 말을 섞지 않았다. 우리도 점점 그를 싫어했다. 그는 류샤에게 난폭하게 굴었을 뿐 아니라 와뤄쟈를 대하는 태도도 공경하기는커녕 비웃고 조롱해서 영 마뜩찮았다. 그는 와뤄쟈가 과부 하나 위하자고 자신의 부족을 분열시킨 죄인이라고 했다. 그러나 와뤄쟈는 마펀바오의 고충을 이해했기에 다투지 않았다.

류샤는 재주가 많은 아이였다. 그 아이는 나물이나 과일을 따는 일을 좋아했다. 류샤는 후에 웨이커터에게 고백하길 산에서 하는 일을 좋아하게 된 건 아버지의 질책이나 욕을 피할 수 있을 뿐 아니라 홀로 산에 있다 보면 신선한 바람을 맞거나 새들의 지저귀는 소리를 듣고 있으면 마음이 편안하고 기쁘기 때문이라고 했다.

하루는 와뤄쟈와 루니가 곰을 잡아왔다. 그들이 곰을 메고 야영지로 들어오자 우리는 모두 일어서서 거짓으로 눈물을 흘리는 척했다. 마펀바오는 그날 술선수범해서 곰 가죽을 벗겼다. 보통은 곰가죽을 벗기기 전에 먼저 곰의 고환을 잘라내 나무 위에 걸어놓았다. 고환을 잘라낸 곰이야말로 온순해진다고 여겼기 때문이다. 마펀바오는 곰의 고환을 잘라낸 후 풀잎에 싸서 라지미에게 건네더니 나무에 걸라고 했다. 고환을 라지미에게 건네줄 때 그의 얼굴에 아주 기괴한 웃음이 떠올랐다. 라지미는 아무 말도 하지 않았다. 얼굴이 창백해진 라지미는 두 손을 덜덜 떨면서 곰의 고환을 받아들고 휘청휘청 소나무를 향해 걸어가 나뭇가지에 올려놓았다. 제자리로 오는 그의 눈에 눈물이 맺혔다.

곰을 잡아오면 우리링 사람들은 한자리에 모여 곰 고

기를 먹었다. 그 시간은 우리에게 가장 즐거운 시간이었다. 곰 고기를 먹고 나면 곰 기름을 조금씩 나눠 마셔야 했다. 그러나 마펀바오가 라지미에게 가한 모욕적인 행동을 본 우리렁 사람들은 잔뜩 화가 나 있었다. 곰 고기를 먹을 때 분위기가 침울했다. 마펀바오는 모두가 자기에게 반감을 가지고 있다는 걸 알아채고 일부러 큰 소리로 웃고 떠들며 방자하게 굴었다.

류샤는 아버지의 모습이 보고 싶지 않아 곰 고기를 조금 먹고 자리에서 일어났다. 그녀는 바구니를 들고 감나무에 열린 감을 따러 나섰다. 마침 감이 익는 계절이었다. 쟈오쿠퉈칸이 류샤를 따라가겠다고 졸랐다. 더운 날씨였는데 니하오가 작렬하는 태양빛 아래서 바들바들 떨었다. 그녀가 아이에게 "류샤를 따라가면 안 돼" 하고 말했지만 쟈오쿠퉈칸은 "나도 갈래요, 갈래요" 하고 졸랐다. 급기야 아이가 울음을 터뜨렸다. 루니가 니하오에게 "아이가 놀고 싶어 그러니 따라가서 놀라고 합시다. 아이들이 그리 멀리 가지 않을 것이오" 하고 말했다. 니하오가 아이에게 다짐을 받았다.

"혼자서 돌아다니면 안 돼. 꼭 류샤를 따라가야 한다. 엄마 말 꼭 들어야 한다?"

"알았어요, 알아요!"

니하오는 쟈오쿠퉈칸이 류샤를 뒤쫓아 가는 모습을 보며 부들부들 떨었다.

곰 고기를 먹을 때는 금기사항이 많았다. 곰 고기를 칼로 썰 때는 제아무리 예리한 칼일지라도 우리는 그 칼을 '커얼건디'라고 불렀는데, '날이 무딘 칼'이라는 뜻이었다. 그러나 마펀바오는 일부러 칼을 휘두르며 너스레를 떨었다.

"와, 이 칼 좀 봐. 너무 날카로운데. 믿지 못하겠다는 사람은 머리카락을 한번 잘라봐. 분명히 쐐악 하고 단숨에 잘라질 테니!"

또한 곰 고기를 먹을 때는 뼈를 함부로 버릴 수 없었다. 그러나 마펀바오는 고기를 깨끗이 발라먹은 뼈를 아무 데나 던졌다. 마치 돌을 던지듯 모닥불에 던지기도 했다. 와뤄쟈는 화가 나서 만약 또 다시 곰 뼈를 함부로 던지면 손목을 잘라놓겠다고 했다. 곰 뼈를 씹고 있던 마펀바오는 불손하게 "손목을 자르려거든 두 쪽 다 잘라주세요. 손이 없으면 아무것도 할 수 없으니까 당신들이 마루신처럼 나를 떠받들 거 아니겠소. 그럼 얼마나 한가하고 좋겠소" 하고 말했다.

말을 마치고 난 마펀바오가 "아악" 하고 비명을 질렀다. 곰 뼈가 목에 걸린 모양이었다. 그의 얼굴 표정이 순식간에 익살스럽게 변했다. 입은 쩍 벌어지고, 눈이 튀어나오고, 볼 살이 떨리고 있었다. 입가가 오그라들면서 방금 전까지 붉게 빛나던 얼굴이 갑자기 파랗게 변했다. 그는 팔을 흔들어댔지만, 말 한 마디 제대로 못했다. 와뤄쟈가 그의 입에 손을 집어넣고 후벼 팠지만 곰 뼈를 찾아내지 못했다. 깊숙이 박힌 모양이었다. 숨이 막혀 낮은 소리를 질러대는 마펀바오의 이마에는 식은땀이 맺혔다. 그는 간절한 눈빛으로 그의 부족사람들을 쳐다보았다.

　우리는 먼저 그에게 곰 기름을 몇 국자 먹이고 등을 쳐주었다. 입 안과 식도가 부드러워져 등을 두드려주면 곰 뼈가 잘 익은 과일처럼 뱃속으로 굴러 떨어질 거라고 생각했다. 그러나 곰 뼈는 이가 자라나기라도 한 건지 단단하게 식도를 물고 있었다. 이 방법도 효과가 없었다. 누군가 물구나무서기를 하면 곰 뼈를 자연스럽게 토해낼 수 있을 것이라고 했다. 루니가 밧줄을 가져다 마펀바오의 양쪽 발목을 묶어 야영지의 자작나무 위에 매달아놓고 어깨를 쳐주었다. 그러나 곰 뼈는 비옥한 토양을 찾은 씨앗처럼 필사적으로 그의 식도에 매달려 미동도 하지 않았다. 서둘러 그를 나무 위에서 내렸다. 마펀바오의 얼굴빛이 이제 자색이 되어 있었다. 보아하니 숨이 곧 멎을 것 같았다. 온 힘을 다해 라지미를 향해 팔을 휘두르는 그의 눈에 후회의 빛이 가득했다. 그는 라지미에게 용서를 구하고 있는 듯했다. 라지미가 한숨을 쉬더니 마펀바오를 향해 괜찮다는 듯 손을 저어 보이고는 자리에서 일어났다. 그는 함부로 버린 곰 뼈를 누군가의 영혼을 대하듯 정성스럽게 주웠다. 마펀바오의 눈에서 눈물이 흘렀다.

　그러나 라지미가 주워 온 뼈는 마펀바오의 목구멍을 막고 있는 곰 뼈를 조금도 헐렁하게 만들지 못했다. 그의 숨결이 점점 약해졌다. 우리는 생각해낼 수 있는 방법을 모두 써봤지만 효과가 없었다. 곰 뼈는 검이 되어 마펀바오의 목을 잘라놓겠다고 굳게 결심한 모양이었다.

모두의 눈길이 약속이나 한 듯 니하오에게 쏠렸다. 오직 그녀만이 그를 구원할 수 있었다.

니하오가 바들바들 떨었다. 비애에 찬 그녀는 말없이 루니의 가슴에 머리를 묻었다. 루니는 그녀를 보며 만약 마펀바오를 구하게 되면 두 사람이 사랑하는 딸 쟈오쿠둬칸을 잃게 될 것을 짐작했다. 루니도 벌벌 떨기 시작했다.

그러나 니하오는 무당 옷을 걸쳤다. 그 무당 옷은 커다란 산보다 더 무거웠을 것이다. 그녀는 신모를 머리에 썼다. 분명 신모는 가시나무로 만든 것처럼 그녀의 이마에 생채기를 낼 것이다. 그녀가 춤을 추며 울리는 신고는 뜨거운 불에 달군 쇠로 만든 것처럼 손에 화상을 입힐 것이다. 숨이 점점 약해지고 있는 마오펀바오를 시렁주에 떠메다 놓고 니하오가 춤을 추기 시작하자 루니는 쟈오쿠둬칸을 찾으러 나섰다.

하늘이 어두워지지 않으면 굿을 할 수 없어서 그 시각에는 신이 강림하기가 어려웠다. 곧 어둠이 내릴 시각이었지만, 여름이어서 하늘은 여전히 밝고 환했다. 어둠을 만들기 위해 니하오는 겨울에나 사용하는 짐승 가죽 휘장으로 가볍고 얇은 자작나무 휘장 위를 덮었다. 또 동쪽으로 난 문의 휘장을 싸매어 사람이 들어오지 못하게 하고 화롯불도 껐다. 그러자 시렁주 꼭대기에서만 하늘이 빛을 내려보냈다.

시렁주 안에는 나와 와뤄쟈만 남아 있었다. 와뤄쟈의 손에는 순록의 선혈이 묻어 있었다. 니하오가 마펀바오를 구하겠다고 결정했을 때 우리는 재빨리 야영지에 남아 있던 새끼 순록을 잡아왔다. 와뤄쟈가 새끼 순록을 죽여 마루신에게 바쳤다.

춤을 추기 시작하자 니하오는 니하오가 아니었다. 유약함은 사라지고 격정에 가득 찬 모습만 보였다. 북소리가 울리자 내 심장도 함께 뛰기 시작했다. 처음에 마펀바오가 "욱욱" 하고 내지르는 소리를 들을 수 있었지만, 어느 순간부터 북소리에 묻혀버렸다. 니하오가 시렁주 가운데를 돌자 하얀 하늘빛이 그녀를 밝게 비추었다. 그녀는 찬연한 촛불 같았다. 화염이 된 그 빛이 그녀를 점화시켰다.

두 시간 정도 춤을 추자 시렁주에 갑자기 음풍이 불었다. 마치 한겨울 삭풍처럼 휘잉휘잉 울었다. 시렁주의 꼭대기에서 쏟아지는 빛은 흰색이 아닌 노을빛이 되어 있었다. 태양이 산 아래로 떨어진 모양이었다. 처음에는 기이한 바람은 사방에 가득하더니 점점 한 곳으로 모여 소리 내어 울었다. 바람이 마오펀바오의 머리 위에 모였다. 나는 그 바람이 곰 뼈를 불러내는 바람이란 것을 직감했다. 과연 니하오가 북을 내려놓고 춤을 그치자 마펀바오는 갑자기 "아악" 하고 소리를 지르고 곰 뼈를 토해냈다. 선혈이 묻어 있는 곰 뼈는 시렁주 한가운데로 떨어졌다. 그가 토해 낸 뼈는 마치 하늘에서 떨어진 장미꽃 같았다.

니하오는 서 있었고, 마펀바오는 소리를 죽여 가며 울고 있었다. 니하오는 잠시 입을 다물었다가 노래를 부르기 시작했다. 기적처럼 살아난 마펀바오가 아닌, 활짝 피지도 못하고 시들어 버린 자신의 한 떨기 백합화 쟈오쿠튀칸을 위한 노래였다.

> 태양이 잠자러 가서,
> 숲에는 빛이 없네요.
> 별들은 아직 나오지 않았고,
> 바람은 나무를 엉엉 울리네요.
> 나는 백합화,
> 가을이 아직 오지 않았는데
> 당신은 이렇게 아름다운 여름에
> 어째서 시들어버리나요?
> 당신이 시들자
> 태양도 따라서 지네요.
> 그러나 당신의 향기는 사라지지 않아요.
> 달은 아직 떠오를 수 있으니까요.

니하오가 노래를 다 부를 때까지 기다렸다가 우리는 그녀를 따라 시렁주 밖으로 나왔다. 루니가 쟈오쿠튀칸을 안고 야영지로 걸어오고 있었다. 류샤는 울면서 그 뒤를 따르고 있었다.

류샤는 감을 따면서 쟈오쿠퉈칸을 옆에 꼭 붙어 있게 했지만, 감나무가 빽빽하게 들어선 곳을 발견하고 정신없이 감을 따다가 그만 쟈오쿠퉈칸을 챙기는 것을 깜박했다. 쟈오쿠퉈칸이 언제 곁에서 사라진 건지 알 수 없었다. 쟈오쿠퉈칸의 처참한 비명 소리가 들리고 나서야 류샤는 감 따기를 멈췄다. 비명 소리가 들린 쪽으로 달려가 보니 쟈오쿠퉈칸은 이미 땅바닥에 누워 있었다. 자작나무 나뭇가지 아래에 매달려 있던 말 벌통에 부딪힌 쟈오쿠퉈칸은 말벌에게 쏘여 얼굴조차 제대로 알아볼 수 없었다. 자작나무 뒤로 곱디고운 홍백합화가 흐드러지게 피어 있었다. 쟈오쿠퉈칸은 분명 백합화를 향해 달려갔을 것이다.

숲 속에서 사는 황갈색에 검은 줄무늬가 있는 말벌은 보통 벌에 비해 엄청나게 크고, 꼬리 부분에 독침이 있었다. 보통 벌집을 들락거리면서 한가롭게 벌꿀을 따지만, 실수로 벌집을 훼손했다가는 보복을 당했다. 쟈오쿠퉈칸은 순백의 백합화 앞에 이런 장애물이 매달려 있을 줄 상상도 못했을 것이다. 그녀는 벌집에 부딪혀 하늘나라로 갔다. 딸을 찾으러 간 루니의 눈에 류샤가 힘겹게 쟈오쿠퉈칸을 안고 돌아오는 모습이 보였다. 독침 때문에 발작을 일으킨 쟈오쿠퉈칸이 바들바들 떨고 있었다. 루니가 품에 안자 아이는 미소를 살짝 짓더니 "아마!" 하고 부르고는 곧 눈을 감았다.

그날 저녁 야영지는 슬픔이 가득했다. 니하오는 쟈오쿠퉈칸의 얼굴에 박혀 있는 독침을 뽑아내고 상처를 깨끗하게 씻긴 후 아이를 분홍색 옷으로 갈아입혔다. 루니는 벌집 뒤에 피어 있던 백합화를 한 아름 따와 품에 놓고, 아이를 흰색 포대에 넣었다.

니하오와 루니는 마지막으로 아이의 이마에 입맞춤했다. 나는 와뤄쟈와 하얀 포대를 들고 양지바른 산기슭을 향해 걸어갔다. 내 두 손에 들려 있는 쟈오쿠퉈칸은 구름송이처럼 너무나 가벼웠다.

양지바른 산기슭으로 향할 때는 하늘에 달이 걸려 있었는데, 야영지로 돌아올 때는 비가 내렸다. 와뤄쟈가 나에게 속삭였다.

"니하오한테 앞으로 아이 이름을 지을 때 절대 꽃 이름은 넣지 말라고 하시오. 세상에 피어 있는 꽃 중에 어디 명이 긴 꽃이 있소? 백합화라고 부르지 않았다면 말벌이 아이를 해치지 않았을 게요."

나는 가슴속에서 증오가 끓어올랐다. 마펀바오가 그렇게 막돼먹게 행동하지 않았더라면 니하오가 꼭 살려내지 않아도 될 사람을 구하느라 쟈오쿠퉈칸이 목숨을 잃지 않을 수 있었다. 나는 불쾌하고 언짢아 소리를 쳤다.

"쟈오쿠퉈칸이라는 꽃은 당신 부족민 때문에 시들었다고요. 만약 당신이 마펀바오 같은 형편없는 놈을 데려오지 않았다면 우리는 평안하게 지냈을 거예요! 그 혐오스러운 놈을 더 이상 보고 싶지 않아요!"

나는 빗속에 서서 울었다. 와뤄쟈가 나를 향해 손을 내밀었다. 그의 손은 따뜻했다.

"내가 내일 치야라한테 마펀바오를 우리렁으로 데려가라 하면 되겠소? 나는 나와 함께 있는 여인이 눈물을 흘리는 모습을 보고 싶지 않소."

와뤄쟈는 나를 품에 끌어안고 손으로 가볍게 머리칼을 쓰다듬어주었다.

그러나 와뤄쟈가 계획을 실행하기도 전에 마펀바오는 자해하는 방식으로 우리에게 용서를 구했다.

쟈오쿠퉈칸이 죽은 지 이틀째 되는 날, 하늘이 맑았다. 새벽같이 류샤의 울음소리가 들렸다. 나와 와뤄쟈는 마펀바오가 딸에게 분풀이를 하고 있다는 생각이 들어 말리기 위해 뛰어갔다. 그러나 눈앞에 펼쳐진 광경을 보고 깜짝 놀랐다. 낯빛이 청황색이 된 채 마펀바오는 노루가죽요 위에 누워 있었다. 그는 바지를 입은 채 다리를 꼬고 있었지만, 혁대가 보이지 않았다. 피로 물든 그의 바짓가랑이가 검붉게 변해 있었다. 옆에는 쪼글쪼글 말라비틀어진 마펀바오 몇 개가 놓여 있었다. 보아하니 마펀바오를 손으로 쥐어짜서 그 분말을 지혈하는 데 사용한 듯했다.

마펀바오는 와뤄쟈를 보더니 힘겹게 미소 지었다. 그 웃음에 서늘한 빛이 번뜩였다. 그는 잔뜩 쉰 목소리로 "그 물건이 없으니 정말 좋군요. 몸이 가벼워진 듯해요. 마음도 혼란스럽지 않고요" 하고 말했다.

마펀바오는 동이 틀 무렵 사냥칼로 자신의 고환을 잘라냈다. 그 후로 그는 라지미와 가장 좋은 친구가 되었다. 니하오와 루니도 더 이상 그를 '살려내지 말았어야 할 사람'으로 여기지 않았다.

마펀바오의 사건이 있고 난 후 우리는 평안한 나날을 보냈다. 봄과 가을이면 여전히 하산하여 사냥감이나 그 노획물로 필요한 물건을 구해왔다. 1948년 봄, 니하오는 다시 딸아이를 낳았다. 이완이 지어준 아이 이름은 베이얼나였다. 니하오가 아이를 낳자마자 이완이 말을 타고 우리 야영지를 찾아왔다. 그의 복장이 달라져 있었다. 어느새 군장을 하고 있었다. 다시가 이완에게 준 지도는 평범한 지도가 아니었다.

"다시가 나한테 준 지도는 보통 지도가 아니었어. 거기엔 산맥과 강의 이름뿐 아니라 일본관동군이 건설한 군사시설도 표시되어 있었어. 지도 덕분에 탱크와 탄약이 숨겨져 있는 동굴을 찾아냈지. 거길 지키고 있던 일본 병사 둘은 일본 천황이 항복한 사실조차 모르고 있더군. 우리는 지금 산 속을 누비고 다니는 토비 소굴을 찾아 소탕 작전을 벌이고 있는 중이야. 산에는 도주하고 있는 국민당 병사도 있고, 반공 토비도 있어. 이 사람들을 발견하면 즉시 알려줘."

이완은 또 우리가 경악할 만한 소식도 전해주었다. 왕루와 루더가 매국노라는 죄명으로 체포되었으며, 만약 이 죄명이 성립되면 사형이 언도될 거라 했다. 우리는 이해할 수 없었다. 루니가 격해진 심정을 그대로 토로했다.

"왕루와 루더는 일본 놈들이 못된 짓을 하는 데 협조하지 않았어. 한 사람은 일본말을 알았고, 다른 한 사람은 길을 알았을 뿐이야. 그 사람들은 일본군한테 이용당한 거라고. 두 사람한테 죄를 묻는다면 왕루의 죄는 혀에 있고, 루더의 죄는 다리에 있으니까 혀와 다리를 잘라내면 돼. 그걸로도 충분한데 왜 굳이 두 사람의 머리를 잘라내야 한단 말이야?"

와뤄쟈가 "어쩌면 우리는 오직 왕루와 루더의 표면적인 것만 봤는지도 모르지. 두 사람은 일본인들을 도왔을 뿐 아니라 자기들한테 이득이 된 일을 했을 게요. 아니면 아무것도 모르는 우리를 기만했는지도 모르지" 하고 말했다.

루니는 와뤄쟈가 왕루와 루더를 꼼꼼히 따지고 드는 것이 맘에 들지 않았는지 "두 사람을 매국노로 몰아붙인다면 라지미도 그 범주에서 벗어날 수 없지! 관동군에 남아 요시다를 위해 하모니카를 불어줬으니 말이오" 하고 말했다.

루니가 말을 마치자마자 오래전부터 입을 꼭 닫고 살던 이푸린이 갑자기 입을 열었다.

"라지미가 요시다를 위해 하모니카를 불어준 건 일본이 전쟁에 패했기 때문 아니야?"

깊고 그윽한 그녀의 목소리가 마치 협곡에서 불어오는 삭풍처럼 들려왔다. 우리는 깜짝 놀라 그녀를 바라보았지만, 그녀는 여전히 고개를 숙인 채 양말을 깁고 있었다.

비록 왕루와 루더 때문에 루니는 기분이 좋지 않았지만, 딸이 태어나자마자 이완이 우리렁을 찾아온 것을 예사롭게 넘기지 않았다. 이완이 자신에게 복된 소식을 가져온 것이라고 느꼈는지 아이 이름을 지어달라고 부탁했다. 한참을 생각하던 이완이 "베이얼나라고 부르지" 하고 말했다.

이푸린이 다시 입을 열었다.

"이완 옆에 여인이 남아 있지 않는데, 여자아이 이름을 지어달라고 하다니! 분명 그 아이를 잃게 될 거야."

이푸린은 여전히 고개를 숙인 채 손을 부지런히 놀리고 있었다.

루니가 바들바들 몸을 떨었다. 이완은 한숨을 쉬며 루니에게 "내가 지은 이름에 신경 쓰지 마. 니하오하고 의논해서 다른 이름을 지어줘" 하고 말했다.

루니가 "애써 이름을 지어주셨는데 어떻게 하루도 불러보지 않고 버리겠어요? 그냥 베이얼나라고 부르죠" 하고 말했다.

루니의 목소리가 음울했다.

이완은 하루를 머물고 우리 곁을 떠났다. 우리는 시렁주에서 나와 이완에게 작별인사를 하고, 그가 말을 타고 하산하는 모습을 지켜보았다. 구부정한 허리를 한 이푸린만이 야영지 옆 아담한 나무 아래 앉아 사냥칼로 손장난을 치고 있었다. 물이 흘러가듯 말굽 소리가 점점 멀어지고 나서야 이푸린이 한숨을 푹 쉬었다.

"우리 대장장이가 사라졌으니 앞으로 총 머리나 낚시바늘이 부러지면 누굴 찾아가지? 날이 넓은 칼이나 도끼날이 무디어지면 누구를 찾아가지?"

이푸린의 말을 들으며 나는 내가 가지고 있는 물감이 떠올랐다. 그것은 바로 이완이 대장일을 하고 남겨놓은 적홍색 진흙이었다. 이완이 떠나던 그날 봄빛이 따사롭던 오후, 나는 홀로 잘 마른 물감을 들고 베이얼츠 강 작은 지류에 있던 하얀색 암석을 찾아냈다. 불꽃 모양의 무늬가 새겨진 신고, 즉 무당 북과 북을 둘러싸고 있는 일곱 마리 새끼 순록을 그렸다. 나는 북을 달이라고 여겼다. 그리고 북을 에워싸고 있는 일곱 마리 새끼 순록을 달을 둘러싸고 있는 북두칠성으로 여겼다. 그 강은 이름이 없었다. 내 그림을 남겨놓은 그곳을 나는 원두옹 강이라고 부르기로 했다. 원두옹은 신의 북, 즉 신고라는 의미가 담겨 있었다. 원두옹 강은 지금은 로린스키 계곡처럼 말라버렸다.

나는 원두옹 강에 가장 만족스러운 암석화를 남겼다. 그 맑디맑은 강물에 맨발로 서서 암석에 그림을 그리고 있으면 물고기들이 발뒤꿈치를 가볍게 입맞춤했다. 여태껏 보지 못한 하얀색 돌기둥 둘이 강물에 서 있는 것을 본 호기심 많은 녀석들은 내 발을 슬그머니 물었다. 돌기둥이 아니라는 사실을 깨닫고 깜짝 놀라 수면 위로 뛰어올랐다가 다시 첨벙 하고 물속으로 뛰어들어 유유히 헤엄을 쳤다. 나는 계속해서 태양이 내려앉은 산을 그렸다. 그날 석양이 흰 빛깔의 암석과 흐르는 강물을 황금빛으로 물들였을 때 나는 까만 밤에 떠오를 둥그런 달과 북두칠성을 완성했다.

나는 원두옹 강을 비춰준 달이 두 개였던 시절이 있었다는 걸 믿는다. 달 하나는 하늘가에 걸린, 신이 받쳐 올리는 달이고, 암석에 그려진 다른 하나의 달은 나의 꿈이 받쳐 들고 있었다.

달이 떠오른 후에야 나는 야영지로 돌아왔다. 와뤄쟈가 시렁주 밖에 서서 초조하게 나를 기다리고 있었다. 그를 본 그 순간 갑자기 만감이 교차했다. 감정을 추스르지 못하고 나는 그만 울어버렸다. 암석의 그림과 현실의 그림에 감동을 받았기 때문이었다. 나는 와뤄쟈에게 어디에서 무엇을 하고 왔는지 말하지 않았다. 그림을 그린 것이 나와 암석 사이의 비밀이라는 생각이 들었다. 와뤄쟈는 아무것도 묻지 않았다. 그는 순록의 젖을 끓여서 가져다주었다. 좋은 남자는 여자가 어디에 다녀왔는지 꼬치꼬치 캐묻지 않았다.

그날 밤 와뤄쟈는 나를 꼭 껴안았다. 다지야나의 달콤하게 코고는 소리가 봄바람처럼 시령주를 떠다니고 있었다. 나와 와뤄쟈는 그렇게 완전무결하게 하나로 합쳐졌다. 물과 물고기처럼, 꽃송이와 빗방울처럼, 서늘한 바람과 새소리처럼, 달과 은하수처럼 조화를 이루었다.

그날 밤 와뤄쟈는 낮은 목소리로 자신이 작사한 노래를 들려주었다. 그의 노래는 니하오의 노래와 사뭇 달랐지만, 따뜻했다.

> 아침 이슬은 눈을 적시고,
> 정오의 태양은 등줄기를 비추네.
> 황혼 녘 순록의 방울소리 가장 청아하고,
> 저녁 작은 새는 숲으로 돌아가야 한다네.

가사의 마지막 구절인 "저녁 작은 새는 숲으로 돌아가야 한다네"를 노래하면서 와뤄쟈는 내 등을 가만히 두드렸다. 내 눈이 촉촉하게 젖어들었다. 까만 밤, 그는 내 눈물을 보지 못했다. 나는 머리를 그의 가슴에 깊숙이 묻었다. 새 한 마리가 따뜻한 둥지에 포근히 안겨 있는 느낌이었다.

제푸린나는 유산을 한 이후로 임신이 되지 않았다. 그녀는 창백하고 누렇게 뜬 낯빛으로 니하오의 거처를 찾아 마루신 앞에 꿇어앉아 정성스럽게 기도를 했다. 그 모습을 보고 있자니 젊은 시절 마리야가 니두 무당이 있는 곳에 가서 마루신에게 아기를 보내달라고 기도했던 모습이 떠올랐다. 마리야는 두건을 쓰고 갔지만, 제푸린나는 머리에 아무것도 쓰지 않았다. 심지어 머리핀조차도 꽂지 않았다. 제푸린나는 자기의 결함을 잘 알고 있어서 언제나 머리를 돌돌 말고 묶은 다음 입매가 비뚤어지지 않은 곳으로 빗어 넘겼다. 상현달 옆에 자리잡은 빽빽한 구름 같은 머리가 부족한 부분을 보완해주어 얼굴이 단정해 보였다. 마리야는 제푸린나에게 유산을 강요한 것을 후회하고 있는 듯했다. 순록의 뿔을 자르는 계절이 될 때마다 마리야의 눈에서 또다시 눈물이 후드득 후드득 떨어졌다.

1950년 건국 이후 두 번째 되는 해, 우치뤄푸에는 공급수매 합작사(농민들에게 생필품이나 농기구 등을 판매하고 대신 농산품 등을 사들이는 상업적 성격의 공공기관—옮긴이)가 세워졌다. 한족 안다인 쉬차이파가 아들인 쉬룽다와 함께 합작사를 경영했다. 합작사는 가죽이나 녹용 등과 같은 제품을 수매한 후 우리에게 총과 총탄, 솥, 성냥, 식염, 옷감, 식량, 담배와 술, 설탕, 차 등과 같은 물건을 지급해주었다.

그해 여름, 라지미는 우치뤄푸에서 여자아이를 주워 왔다.

다시와 함께 우치뤄푸에 간 라지미는 합작사에서 물건을 맞바꾼 후 여인숙에 하룻밤을 묵게 되었다. 이튿날 아침 식사를 하고 야영지로 출발하려고 하는데, 다시가 제푸린나에게 필요한 약을 구할 수 있는지 합작사에 한 번 더 다녀오겠다고 했다. 라지미는 불임증 치료약을 구하러 간다는 걸 눈치채고 기다리기로 했다. 무료해진 그는 산책을 나갔다. 막 문을 열고 여인숙 옆 마구간을 지나는데 갑자기 안에서 아이가 킥킥 웃는 소리가 들렸다. 라지미는 여인숙 주인이 오죽 칠칠맞으면 아이가 마구간에 기어들어간 것도 모르고 있을까 하고 생각했다. 말 발길질에 아이가 채이기라도 하면 어떡할까 싶어 라지미는 서둘러 여인숙으로 되돌아갔다.

"주인장, 당신 아이가 마구간 안으로 기어들어갔는데, 가서 봐야 하지 않겠소?"

"허허, 내 아들은 여인숙 일을 돕고 있고, 딸아이도 열네 살이오. 마구간에 기어들어갈 아이가 어디 있다고 그러시오? 잘못 들은 것 아니오?"

"아니오. 마구간에서 분명 어린아이 웃음소리가 들렸소."

"손님이 잘못 들었을 게요. 나는 거기 볼일 없소. 요 며칠 여인숙에 묶은 손님 중에 아이를 데리고 온 사람도 없었소. 마구간에 정말 아이가 있다면 그 아이는 분명 하느님 아이일 게요. 그 아이는 좀 좋겠소? 하느님 아이이니 여인숙을 열고 이렇게 고달프게 살 필요가 없을 테니 말이요!"

라지미가 결코 잘못 듣지 않았다고 고집을 피우자 주인

은 "좋소, 나랑 같이 가서 살펴봅시다. 만약 아이가 없으면 당신은 입고 있는 가죽옷을 몽땅 나한테 벗어주고 가야 할 것이오" 하고 말했다. 라지미가 그러겠노라 대답했다.

마구간에 다다를 즘 두 사람은 눈앞에 펼쳐진 광경을 보고 멍해졌다. 건초더미 위에는 강보에 싸인 아이가 누워 있었다. 은회색 말이 아이의 얼굴을 혀로 닦아주고 있었다. 아이는 가려운지 줄곧 킥킥거리고 웃었다.

아이는 남색 천에 하얀 꽃이 수놓인 강보에 싸여 있었다. 희고 보드라운 얼굴에 까만 눈을 데굴데굴 굴렸다. 아이의 한쪽 손이 강보 밖으로 나와 있었다. 아이는 누군가가 자신을 보고 있다는 걸 알아차리고 손을 점점 더 세차게 흔들며 웃었다. 라지미는 한눈에 그 아이가 마음에 들었다고 했다. 아이는 정말 예쁘고 귀여웠다.

여인숙 주인은 "이 아이는 분명 문제가 있을 거요. 아니라면 여기에 버렸겠소?" 하고 말하더니 아이의 눈과 귀 코와 입, 혀 그리고 손을 검사했다. 이상이 발견되지 않자 강보를 열어젖히고 몸이나 다리에 문제가 있는지 살폈다. 모두 정상이었다. 강보를 열고 여자아이라는 사실도 알았다.

"천벌을 받을 거야! 이렇게 영리하고 예쁘게 생긴 아이를 왜 버렸을까?"

"내가 키우겠소."

라지미가 대답했다.

"태어난 지 달포쯤 되어 보이는데, 젖은 어떻게 먹일 거요? 대체 당신이 어떻게 키운단 말이오?"

"순록 젖을 먹여 키우면 되오."

주인은 라지미의 고환이 으깨졌다는 사실을 알고 있었다. 그는 라지미에게 "당신이 딱인 것 같소. 하느님이 이 아이를 당신한테 보내준 모양이오. 앞으로 이 아이를 당신 딸로 삼아 당신이 늙어서 이 아이한테 보살핌을 받으면 좀 좋겠소?" 하고 말했다.

주인 딸도 누가 마구간에 아이를 버렸다는 이야기를 듣고 하던 일을 멈추고 뛰어왔다. 그녀는 어제 저녁에 말발굽 소리가 들리는가 싶더니 곧바로 사라졌다고 했다.

"이렇게 늦은 시간에 웬 손님일까 생각했지요. 손님을 맞으려고 등불을 켜려고 더듬더듬 성냥을 찾았어요. 근데 문 두드리는 소리가 들리지 않는 거예요. 잠결에 잘못 들었나 싶어 자리에 다시 누웠죠. 근데 또 말발굽 소리가 멀어져 가는 거예요. 토비들이 도망 다니고 있다는데 혹시 토비가 아닐까 겁도 나고 불안해서 문 단속 한 번 더 하고 잠들었어요. 보아하니 어젯밤에 누군가 말을 타고 와서 아이를 버리고 간 모양이에요."

강보에는 아이가 어디에서 왔는지 언제 출생했는지 적혀 있는 쪽지조차 없었다. 아이는 유치가 나지 않은 것으로 미루어 태어난 지 두 달, 혹은 석 달쯤 된 듯했다. 얼굴을 보아하니 어원커 혈통이 아니었다. 오뚝한 콧날, 커다란 눈, 치켜 올라간 입매, 순백색 피부는 어원커 부족에게 절대 찾아볼 수 없는 얼굴이었다. 여인숙 안주인도 부모가 한족인 모양인데 왜 아이를 버렸는지 모르겠다고 했다. 여인숙 주인이 "좋은 가문의 여자가 낳은 사생아가 아니면, 누군가 복수를 위해 원수의 아이를 몰래 훔쳐 버린 건 아닐까?" 하고 말하자 안주인이 "복수를 하려고 하면 늑대 밥이 되라고 산에다 버리지, 말까지 타고 와서 여인숙 마구간에 버렸겠어요? 분명히 아이를 살리고 싶었던 거예요"라고 대꾸했다.

라지미와 다시는 아이를 안고 산으로 돌아왔다. 두 사람이 아이를 주워 오리라고 어느 누구도 예상치도 못한 일이었지만, 우리 모두는 이 아이를 좋아했다. 아이는 아리따웠고 방긋방긋 잘 웃었다. 라지미는 와뤄쟈에게 아이의 이름을 지어 달라고 했다. 와뤄쟈가 "마구간에 버려졌는데 아이를 말이 밤새 돌보고 해치지 않았으니 성을 '마' 씨로 하는 게 어떨까. 그리고 아이가 이렇게 잘 움직이는 보니 크면 춤추는 걸 좋아할 테니 이름을 이칸이라고 하면 좋겠다. 마이칸" 하고 말했다.

이칸은 빙글빙글 돌며 춤을 춘다는 뜻을 담고 있었다.

마이칸은 우리 우리렁에 말할 수 없는 기쁨을 가져다 주었다. 나는 매일 순록의 젖을 짜서 라지미에게 가져다 주었다. 라지미는 젖을 끓였다가 반쯤 식히고 아이에게 먹였다. 가끔은 젖을 너무 급히 먹이는 바람에 아이가 사레가 들려 내가 뛰어가 도와주어야 했다. 당시 두 살이었던 베이얼나는 아직 엄마 젖을 먹고 있었다. 비록 젖이 풍부하지 않았지만 니하오는 자주 마이칸에게 젖을 먹였다. 니하오가 젖꼭지를 마이칸의 입에 밀어 넣으면 베이얼나는 무지무지하게 억울한 일을 당한 것처럼 엄마의 옷깃을 끌어당기며 쉬지 않고 울어댔다. 하지만 니하오는 언제나 마이칸에게 젖을 먹이고 베이얼나를 안았다.

제푸린나는 마이칸을 좋아했지만, 마이칸을 안고 있는 그녀의 얼굴은 언제나 수심이 가득했다. 제푸린나는 정말 아이를 갖고 싶어 했다. 마리야는 마이칸을 볼 때마다 혀를 부자연스럽게 말아 올렸다. 마치 불꽃이 된 마이칸에게 화상이라도 입은 것처럼. 그녀는 "아이고, 나는 이렇게 예쁘고 똑똑하게 생긴 애는 처음 봐!" 하고 말했다.

그러나 이푸린은 마이칸을 아주 쌀쌀맞게 대했다. 마이칸이 온 지 두 달이 되도록 그녀는 눈길 한 번 주지 않았다. 가을이 깊어지자 라지미는 마이칸에게 예쁜 겨울옷을 입히고 싶어 한 손에 아이를 안고, 다른 손에 손질이 잘 된 노루가죽을 겨드랑이에 끼고 이푸린을 찾아갔다.

그제야 이푸린은 처음으로 마이칸을 바라보았다. 그녀는 마이칸을 힐끗 보고는 "이건 물 위에 있는 불이 아니야?" 하고 말했다. 말뜻을 헤아리지 못한 라지미는 웃기만 했다. 이푸린이 한마디 덧붙였다.

"풀밭 위에 있는 물고기가 아니냐고!"

라지미는 이푸린이 마이칸의 옷을 지어주고 싶지 않아

일부러 이상한 말을 하며 부탁을 거절하는 줄 알았다. 돌아서서 걸음을 내딛으려고 하는데, 그녀가 "노루가죽은 거기 둬. 사흘 뒤에 찾으러 와" 하고 말했다.

사흘 후 이푸린은 옷을 다 지어놓았다. 그런데 그 옷은 정말이지 이상했다. 옷깃도, 소매도 없이 커다란 포대자루처럼 생긴 옷을 보고 화가 난 라지미가 눈을 부릅떴다. 나는 라지미를 달랬다.

"이푸린은 나이가 들어 솜씨가 예전 같지 않아. 그리고 정신도 좀 이상하고. 이렇게 옷을 만드는 게 정상이야."

내가 그 옷을 잘라 옷깃이며 소매를 만들고 녹색 명주실로 수를 놓아주자 흡족했는지 라지미는 더 이상 이푸린을 원망하지 않았다.

이완은 스스로가 얘기했던 것처럼 산으로 돌아오지 않았다. 나와 루니는 그가 염려스러웠다. 그해 겨울 쉬차이파가 식량과 식염 그리고 술을 싣고 우리를 찾아왔다. 이완이 장사를 하는 몽고사람에게 부탁하여 합작사에 돈을 보내와 쉬차이파에게 그 돈으로 물건을 사서 우리 우리렁에 전달해달라 부탁했다고 한다. 이완은 지금 자란툰에 있으며 두 해가 지나면 우리를 보러 올 터이니 걱정하지 말라 했다고 한다.

우리는 처음으로 가죽이나 녹용 없이 물건을 가져보는 호사를 누렸다. 뜻밖의 선물에 모두가 기뻐했다. 하세가 "이완은 잘됐어. 그 덕에 이런 보급품을 얻어먹을 수 있게 됐잖아" 하고 말하자 쉬차이파가 "내가 보기에 군인 월급이며 보급품을 얻어먹고 사는 게 산에서 음식을 먹거나 순록을 기르는 일보다 더 좋은 일 같지는 않소" 하고 대답했다.

이푸린이 걸어와 그에게 순록의 젖을 끓여 만든 차를 한 잔 건네주었다. 쉬파이차는 몇 해 동안 이푸린을 보지 못했는데, 늙고 왜소해진 데다 허리까지 완전히 굽은 그녀가 뜻밖이었는지 한숨을 쉬고 "산이 사람을 쉬 늙게 만드나 봅니다" 하고 말했다.

그는 라지미가 우치뤄푸의 여인숙에서 여자아이를 주워왔다는 이야기를 듣고 한마디 했다.

"사람들이 그 아이가 선녀하고 견줄 만큼 예쁘게 생겼다던데, 나한테도 좀 보여주쇼."

라지미는 "지난 6개월 동안 혹시 아이를 찾으러 온 사람 없었소?" 하고 물었다.

"버린 아이는 땅에 뿌린 물과 다름없는데 누가 찾으러 온단 말이오?"

라지미는 안심하고 마이칸을 안고 나왔다. 그는 줄곧 마이칸을 버린 사람이 후회하다가 다시 찾으러 오지 않을까 염려하고 있었다. 쉬차이파가 쯧쯧 혀를 차며 "정말 예쁘게 생겼네. 나중에 내 손자 녀석 마누라로 얻어가야겠소!"라고 말했다. 라지미의 낯빛이 순식간에 변했다.

"마이칸은 내 딸이오. 이 아이가 크더라도 다른 남자한테 주지 않을 것이오."

모두가 라지미의 이야기를 듣고 웃었다.

쉬차이파는 바깥소식을 전해주었다.

"지금 산 밖에서는 토지개혁이 진행되고 있소. 과거에 더할 수 없이 의기양양했던 지주는 지금 된서리를 맞아 다들 풀이 죽었다오. 지주의 토지며 집이며 소나 말은 이제 가난한 사람들이 나눠 가졌을 뿐만 아니라 소작농들은 지주 타도에 앞장서고 있다오. 꽁꽁 묶여 거리에서 조리돌림을 당하고 있는 지주들은 헤진 신발처럼 넋이 나갔다오. 전에 비단옷을 몸에 둘둘 감고 금지옥엽 같던 지줏댁 처녀들도 지금은 마부한테조차 시집가지 못할 형편이라오. 세상이 천지개벽을 했소."

쉬차이파의 이야기에 반응을 보이는 사람이 없었다. 오직 이푸린만이 목소리를 높였다.

"잘했어. 정말 잘했어. 우리도 소련 사람들이나 일본 사람들한테 이렇게 해야 돼. 우리가 놈들한테 뺏긴 물건을 도로 찾아와야 한다고. 지주는 타도할 수 있는데 왜 놈들은 타도할 수 없는 거야!"

누구도 이푸린의 이야기에 맞장구를 치지 않았다. 그녀는 모두를 쭉 훑어보고 고개를 흔들더니 천천히 일어나 쉬차이파가 방금 했던 이야기인 "산이 사람을 쉬 늙게 만들어"를 되뇌고 가버렸다.

그날 저녁 우리는 야영지에 모닥불을 피우고 친칠라

고기를 구워 먹으며 술을 마셨다. 그리고 모닥불을 둘러싸고 춤을 추었다. 나는 모닥불에서 멀찌감치 떨어져 너울너울 춤추고 있는 주황색 불꽃을 감상했다. 찬란한 빛은 가까이 있는 숲은 물론이고 멀리 있는 산등성이의 굽은 허리도 비쳐주었다. 만약 하늘에서 사냥을 하는 존재가 있다면 이 불은 사냥감일 것이다. 이러한 사냥감은 하늘과 우리 모두에게 쾌락을 안겨주었다. 나는 하늘도 마음껏 사냥감을 만끽하고 있으리라 믿었다. 모닥불이 재로 변할 때 그 연기와 화염이 하늘로 날아가지 않던가? 와뤄쟈는 홀로 서 있는 나를 발견하고 살며시 등 뒤에 와서 양팔로 내 목을 껴안고 내 귀에 사랑을 고백했다.

"나는 산, 당신은 물. 산은 물을 만들 수 있고, 물은 산을 기를 수 있지. 산과 물이 서로 만나면 천지가 영존한다오."

만약 우리가 살고 있는 어얼구나 강 오른쪽 언덕을 하늘 아래 우뚝 선 거인으로 비유한다면 크고 작은 강은 거인의 몸에 가로, 세로로 놓인 혈관이고, 수많은 산맥은 거인의 뼈였다. 그 산들은 다싱안링 산맥에 속해 있었다.

나는 살면서 수많은 산을 만났지만, 모든 산을 기억할 수 없다. 어얼구나 강 오른쪽 언덕에 있는 산들은 대지 위에 빛나는 별이었다. 이 별들은 봄과 여름에는 초록색으로 빛을 발하고, 가을에는 황금빛으로, 겨울에는 은백색으로 빛났다. 나는 이들을 사랑한다. 이들도 사람처럼 각자 성격과 자태를 지녔다. 키가 작고 매끄러운 산은 엎어놓은 화분 같고, 우뚝 솟아 수려하게 서로 잇대어 있는 산은 순록의 아름다운 뿔과 같다. 산에 있는 나무는 피와 살이 뭉쳐 있는 듯 보인다.

산맥은 강물과 달리 대부분 이름이 없었지만, 우리는 산에 이름을 붙여주었다. 높이 솟은 산을 '아라치 산'이라고 불렀고, 하얀 빛깔의 바위가 노출되어 있는 산을 '카라치 산'이라고 불렀으며, 야거 강과 루지댜오 분수령 위에 마미송이 잔뜩 자라나 있는 산을 '앙거치'라고 불렀고, 다싱안링 산맥 북쪽에 소뿔처럼 생긴 산을 '아오커리두이 산'이라고 불렀다. 산에 흐르는 샘물은 대부분 시원하고 달았지만, 씁쓸하고 떫은 샘물이 흐르는 산도 있었다. 우리는 이 산은 가슴 가득 우수에 차 있는 것 같다고 해서 '선루쓰카 산'이라고 불렀다.

마펀바오는 산에 이름 지어주기를 좋아했다. 리트머스 이끼가 많아 순록들이 떠나기 싫어하는 산을 '모훠푸카 산'이라고 이름 지어주었는데, 이는 리트머스 이끼가 많이 나는 산이라는 뜻이다. 산에 황기가 잔뜩 피어 있는 산은 '아이쿠시야마 산'이라고 불렀는데, '황기가 가득 피어난 산'이라는 뜻이다. 우리는 산 이름을 여전히 기억하고 있지만, 구체적으로 그 산이 어디에 있는지는 잊었다. 그러나 우리가 영원히 기억하고 있는 산은 진 강 하류에 있는 예쓰위앤커 산이다.

1955년 봄, 순록이 새끼를 낳는 계절이 돌아왔다. 우리는 웨이커터와 류샤의 결혼식을 진행하기로 했다. 웨이커터는 그해 봄 동안 류샤를 위해 사슴 뼈를 갈아서 목걸이를 만들었다. 둘은 사람들을 따돌리고 산나물을 뜯거나 친칠라를 잡으러 다니기도 했다. 와뤄쟈는 성인이 된 두 사람은 이제 함께 있어야 된다고 했다.

니하오가 두 사람의 결혼식을 맡게 되면 류샤를 보고 죽은 쟈오쿠퉈칸을 떠올리며 괴로워할까봐 모두 걱정하고 있었는데, 마침 우리 씨족의 추장이 세상을 떠났다는 소식이 들려왔다. 니하오는 씨족의 무당이기에 반드시 추장을 위해 장례를 거행해야 했는데, 그렇게 되면 자연스럽게 류샤의 결혼식을 피할 수 있었다.

추장의 장례는 니하오뿐만 아니라 우리 우리렁의 족장인 루니도 참석해야 했다. 두 사람이 떠날 때 우리는 웨이커터의 결혼식에 대해 함구하고 있었다. 혹시 니하오가 반대할까 걱정됐기 때문이다. 안다오리 추장이 죽었으니 결혼식을 미뤄야 된다고 할지 모르지만, 생명이란 태어나면 죽는 것이고, 근심이 있으면 기쁨도 있고, 장례식이 있으면 결혼식도 해야 한다. 금기가 너무 많아서도 안 된다고 생각한 나는 니하오와 루니를 떠나보내고 우리렁 사람들과 결혼식을 준비했다.

니하오와 루니는 아들과 딸을 야영지에 두고 떠났다. 니하오는 나에게 아이들을 잘 보살펴달라고 부탁했다. 나는 그녀를 안심시켰다. 아홉 살이 된 딸아이 다지야나와 두 살 어린 니하오의 딸 베이얼나는 사이가 좋아 그림자처럼 꼭 붙어 다녔다. 마이칸도 다섯 살이 되었다. 다지야나와 베이얼나는 마이칸을 불러 함께 놀았다. 여자아이 셋이서 야영지를 뛰어다니며 장난치는 모습이 마치 나비 세 마리가 팔랑팔랑 날아다니는 듯했다. 니하오의 아들 예얼니쓰녜는 그해 열 살이 되었다. 아이는 일찍 철이 들어 고생스러워도 잘 참고 견뎠으며, 일도 성실하게 잘해서 죽은 귀거리보다 사람들에게 더 많은 사랑을 받았다. 예얼니쓰녜는 니하오가 거례바빙을 먹을 때면 그 위에 곰기름을 발라주었으며, 루니가 차를 마시고 싶어 하면 재빨리 물을 끓였다. 여덟 살이 되어 루니를 따라 친칠라 사냥을 나간 아이는 돌아올 때는 항상 장작으로 쓸 나뭇짐을 등에 지고 왔다. 와뤄쟈는 예얼니쓰녜는 분명 부드러움을 갖춘 훌륭한 남자로 성장해서 사람들에게 사랑을 듬뿍 받게 될 것이라고 했다. 예얼니쓰녜는 새끼 순록을 무척 좋아했다. 마펀바오, 라지미와 함께 순록이 새끼를 낳는 광경을 지켜보며 새끼 순록이 태어나면 좋아서 어쩔 줄 몰라 하며 팔을 휘두르고 환호했다. 때로 배고픈 새끼가 먹이를 찾으러 나간 어미를 기다리고 있으면 어미 순록을 찾아와야 했다. 예얼니쓰녜 또한 순록을 찾으러 나선 사람들을 따라갔다. 그는 어미 순록을 발견하면 차근차근 타일렀다.

"너도 네 엄마가 주는 젖을 먹고 자랐어. 네 엄마가 그때 젖을 주지 않았다면 넌 지금쯤 세상에 없을 거야."

니하오와 루니가 떠난 지 사흘째 되던 날, 와뤄쟈는 웨이커터와 류샤의 결혼식 주례를 맡아보았다. 결혼식 하루 전날 밤에 내린 비로 결혼 당일은 공기가 무척이나 신선했다. 숲 속 새소리도 유달리 흥겨웠다.

결혼식은 진 강변 산자락에서 거행되었다. 호리호리하고 가냘픈 몸매의 류샤는 내가 만들어준 예복을 입고, 들꽃으로 만든 화환을 쓰고, 목에는 웨이커터가 정성스럽게 사슴 뼈를 갈아 만든 목걸이를 걸었다. 그녀는 아름다웠다. 그날 아주 말쑥하게 옷을 차려입고 수염도 말끔히 깎은 마펀바오는 이 결혼이 흡족한지 얼굴에 미소가 가시지 않았다. 자해를 한 후 그는 목소리도 허스키하게 변했고, 얼굴 근육도 약간 처졌다. 라지미가 마펀바오에게 웨이커터와 류샤의 결혼을 기념하여 이 산에 이름을 지어주라고 했다. 마펀바오는 소나무가 울울창창한 그 산을 예쓰위앤커 산이라 부르겠노라 했다. 예쓰위엔커는 소나무 숲이라는 뜻이었다.

와뤄쟈는 곧 그 이름을 사용했다. 그는 두 사람을 축복했다.

"웨이커터와 류샤에게, 두 사람의 결혼을 새끼 순록의 탄생을 기다리면서 우리는 축복합니다. 도도하게 흐르는 진 강의 물결이 두 사람의 사랑의 비이슬이 되기를, 웅장

한 예쓰위앤커 산이 두 사람의 행복의 요람이 되기를, 진 강이 영원히 두 사람을 휘돌아 흐르기를, 그리고 예쓰위앤커 산이 영원히 두 사람의 꿈의 동반자가 되기를!"

늠름하고 씩씩한 웨이커터를 바라보면서 나는 라지다를 떠올렸다. 내가 길을 잃고 배고픔에 시달리고 있을 때 우연히 만난 내 생의 첫 번째 남자, 라지다! 내 눈가가 촉촉이 젖었다. 와뤄쟈가 따사로운 눈길로 나를 바라보았지만, 그 순간만큼은 열렬하게 라지다가 그리웠다. 내 생의 등잔에는 아직 라지다라는 기름이 남아 있었다. 그의 불꽃은 비록 꺼졌지만 항상 잔존하고 있었다. 와뤄쟈는 내 등잔에 새로운 등잔기름을 부어넣고 부드럽게 그 등불을 켜주었지만, 그가 켜준 등잔은 실은 기름이 반쯤 남아 있는 옛 등잔이었다.

결혼식을 마치고 우리는 고기를 먹고, 술을 마시고, 춤추고 노래했다. 결혼식 음식은 제푸린나가 준비했다. 그녀가 만든 햄은 단연 인기를 끌었다. 그녀는 노루고기를 잘게 썰어 뽕잎과 미나리, 파를 섞어 소금을 뿌리고 반죽하여 창자에 넣었다. 그리고 솥에 물을 끓이고 3~5분 정도 삶아낸 다음 건져내서 썰었다. 그 맛이 일품이었다. 그녀는 솥을 걸어놓고 오리를 푹 삶아 오리탕을 만들고 부추를 썰어 넣었다. 그 덕분에 오리고기는 기름졌지만, 느끼하지 않았다. 그밖에도 노루고기를 말갛게 끓여내고 순록의 젖으로 만든 치즈와 생선 지짐, 백합죽이 있었다. 나는 여러 결혼피로연에 가보았지만 그렇게 풍성한 음식은 처음이었다. 와뤄쟈는 제푸린나의 솜씨를 여러 번 칭찬했다. 칭찬을 들은 그녀의 얼굴이 빨개졌다.

마리야는 이푸린과 마찬가지로 허리가 완전히 굽었다. 모닥불 가에 함께 앉아 결혼축하주를 마시고 있었지만, 두 사람은 한 마디 말도 하지 않았다. 심지어 서로에게 눈길 한 번 주지 않았다. 마리야는 종일 기침을 했고 기침 발작이 일어나면 숨을 헐떡였다. 이푸린은 마리야의 기침 소리가 들리면 기쁜 소식이라도 들은 것마냥 눈썹을 의기양양하게 치켜떴다. 얼굴에는 평소에 쉽게 볼 수 없는 미소가 떠올랐다.

평범한 모닥불을 한낮의 꽃턱잎이라고 한다면 모색창연한 어둠 속에서 피어오르는 모닥불은 수줍게 피어나는 꽃봉오리였다. 저녁에 활짝 피어났던 모닥불은 깊은 밤이 되자 만발했다. 모닥불이 만발하자 마판바오도, 쿤더도 술이 취했다. 손이 바들바들 떨릴 정도로 취한 쿤더가 햄을 자르다가 손을 베었다. 손가락 사이로 선혈이 흘러내렸다. 마펀바오가 혀 꼬부라진 소리로 쿤더를 위로했다.

"두려워하지 마. 나 마펀바오를 잘게 썰어 상처에 바르면 곧 지혈이 될 거야."

그의 취중 농담을 들은 사람들은 웃었지만, 쿤더는 감동을 받아 눈물을 흘렸다.

쿤더가 "내 몸은 상처투성이인데, 자네같이 커다란 마

편바오가 곁에 있어 지혈을 할 수 있으니 참 다행이야" 하고 말했다.

안다오얼은 평소 술을 입에 대지 않았지만, 형의 결혼에 신이 나 술잔을 들었다. 마편바오가 안다오얼의 어깨를 툭 치며 농을 걸었다.

"내가 딸이 둘 있으면 말이야, 거 뭐냐…… 큰 류샤하고 작은 류샤가 있었으면 하나는 웨이커터한테 시집보내고, 하나는 자네한테 시집보냈을 텐데. 자네 두 형제가 한날한시에 똑같이 장가갔으면 얼마나 좋겠나."

안다오얼이 진지하게 물었다.

"그럼 저는 큰 류샤하고 결혼하나요, 아니면 작은 류샤하고 결혼하나요?"

곧 결혼할 나이가 됐지만, 바보스러울 정도로 순진함이 전혀 나아질 기미를 보이지 않는 안다오얼이 천진난만하게 물었다. 그 모습에 모두가 더욱 즐거워했다.

결혼식을 거행한 그날 밤, 야영지에는 출산을 대기하고 있던 마지막 어미 순록이 새끼를 낳았다. 그런데 새끼가 기형이었다. 까만색 순록은 그렇지 않았지만, 흰색 순록은 간혹 기형인 새끼를 낳았다. 기형으로 태어난 새끼는 오래 살지 못했다. 대개 사흘을 넘기지 못하고 죽었다. 이푸린은 기형인 새끼 순록을 '꼬맹이'라고 불렀다. 기형인 새끼 순록은 죽은 후 세상을 떠난 아이처럼 아무렇게나 버려졌는데 순록의 귀와 꼬리 위, 허리와 목 아래에 홍남색 천

조각을 매어주었다. 그리고 곧게 자란 자작나무 위에 새끼 순록을 묶고 무당을 청해 살풀이를 했다.

그런데 이상한 것은 순백색이 아닌 잿빛을 띤 어미 순록이 기형인 새끼를 낳은 데다가 수컷인 기형 새끼는 흰 눈처럼 온몸이 희었다. 꼬리도 없고 다리가 셋이었으며 비뚤어진 얼굴에 두 눈의 크기도 달랐다. 우리렁 사람들은 라지미가 강가에서 기형 새끼 순록을 받았다는 사실을 전해 듣고 춤을 추다 말고 몰려들었다. 새끼 순록은 어른이 보기에도 얼굴빛이 달라질 정도로 이상해 보였다. 제대로 일어서지도 못하고 어미 순록의 다리 밑에 웅크린 모습이 잔설 무더기 같았다. 마리야는 "어머나!" 하고 놀라더니 떨리는 음성으로 "니하오는 언제 돌아올까?" 하고 물었다. 마리야는 기형 순록을 보고 몸이 휘청거렸지만, 어느 누구도 그녀를 붙잡아주지 않았다. 다시가 그녀를 부축해주었다.

와뤄쟈는 기형 순록이 나타나면서 결혼식의 즐거운 분위기가 가라앉는 것을 눈치 채고, 신화 한 토막을 이야기해주었다. 나는 그때 그가 즉흥적으로 이야기를 지어낸 것을 전혀 몰랐다.

"아주 오래전에 아름다운 흰 백조가 새끼를 품고 있었어. 껍질을 깨고 나온 백조는 모두 흰색이었는데, 그중 아주 못생긴 녀석이 하나 있었어. 다리도 짧고, 목도 짧고, 온몸이 어두운 잿빛이어서 다른 백조들은 그 녀석을 모른 체했지. 하지만 어미 백조는 녀석을 버리기는커녕 정성을 다해 먹였지. 새끼 백조들은 무럭무럭 자랐어. 흰 백조인 엄마를 따라 강에 가서 물고기도 잡아먹을 수 있게 됐어. 어느 날 흰 백조가 새끼들을 데리고 강에서 놀고 있는데, 광풍이 불어오더니 흉악한 매가 나타나 백조를 향해 달려왔어. 새끼 백조들은 놀라 모두 도망을 쳤는데, 못생기고 까만 녀석만 엄마를 구하러 갔어. 그런데 힘이 턱없이 모자란 녀석은 엄마가 매한테 물려가는 모습만 바라볼 수밖에 없었어. 바람이 잦아들고 강물도 평온해지자 새끼 백조들은 다들 모여서 즐겁게 놀았지만, 못생긴 새끼 백조는 속이 상해 강변에 서서 애달프게 울었어. 마침 길 가던 사냥꾼이 새끼 백조의 울음소리를 듣고 까닭을 물었어. 새끼 백조는 '매가 우리 엄마를 물어갔어요. 강 맞은편 바위 위에 있어요. 전 날개에 아직 힘이 없어 엄마를 구할 수 없었어요. 제발 우리 엄마를 구해주세요' 하고 사냥꾼한테 애원했지.

사냥꾼이 '엄마를 구하려면 네 목숨을 잃을 수도 있는데 무섭지 않니?' 하고 묻자 못생긴 새끼 백조가 '엄마를 구할 수만 있다면 제가 대신 죽어도 괜찮아요' 하고 대답했지.

사냥꾼이 강을 건너 산기슭 아래로 가서 바위에 있는 매에게 활을 쏘자 매는 곤두박질치며 추락하고 백조는 살아났지. 그런데 가장 못생긴 새끼 백조는 강변에서 그만 목숨을 잃었어. 사냥꾼이 자초지종을 들려주자 어미 백조는 울었어. 백조가 사냥꾼한테 못생긴 새끼 백조를 다시 살릴 수 있다면 다른 새끼들을 모두 잃어도 괜찮다고 말했어. 사냥꾼이 웃으며 말없이 그 자리를 떠났지. 그가 떠난 후 갑자기 강물이 불어나더니 새끼 백조들을 향해 밀려왔어. 새끼 백조들은 놀라 비명을 질렀지만, 언덕 위에 쓰러져 있던 못생긴 새끼 백조가 날개를 파닥였지. 못생긴 새끼 백조는 갑자기 온몸이 희고 목이 긴 아름다운 백조로 변했어. 반면 강물에 둥둥 떠다니는 죽은 새끼 백조들은 어찌된 일인지 모두 어두운 잿빛으로 변해 있었어. 사방에 널려 있는 쓰레기 같아 보였어."

그의 이야기가 모두에게 감동을 주었다. 우리는 더 이상 우울해하지 않았다. 예얼니쓰네는 기뻐서 기형 순록을 가리키며 외쳤다.

"내일 아침이면 너도 아름다운 새끼 순록으로 변할 거야! 눈은 별보다 초롱초롱하고, 다리도 비 온 뒤의 무지개처럼 자라날 거야."

그 말에 모두가 위안을 느끼고 있는데, 이어서 아이가 한 말에 모두의 낯빛이 그만 변해버렸다.

"만약 우리 엄마가 위험에 처하면 나도 그 못생긴 새끼 백조처럼 대신 죽을 거야!"

우리는 새끼 순록이 사흘을 넘기지 못할 것을 알고, 니하오가 어서 돌아와 순록을 위해 살풀이굿을 해주길 소망했다.

오후에 하늘에서 비가 내렸다. 가늘게 내리던 빗줄기가 점점 굵어졌다. 보통 혼례기간 동안 비가 내리면 길조였기에 우리는 우리렁으로 돌아온 후 빗소리를 들으며 심란한 마음에 평정을 되찾았다.

밤새 내리던 비가 새벽에 멈추었다. 시렁주를 나와서 주위를 바라보니 선경을 걷고 있는 듯 멀리 있는 산이며 가까이 있는 산이 모두 하얀 안개에 덮여 있었다. 야영지에도 안개가 자욱했다. 마치 공중을 날아다는 느낌이었다. 와뤄쟈는 나보다 훨씬 더 일찍 일어난 모양이었다.

"강변에 다녀왔소. 진 강물이 많이 불어났더군. 강변에 있는 버드나무도 잠겨버렸어. 물안개도 가득해. 비가 하루 더 내리면 강물이 넘칠 듯하오. 야영지도 안전하지 못할 것 같으니 언제든 높은 곳으로 이동할 준비를 해놔야 할 것 같소."

나는 기형으로 태어난 새끼 순록이 내내 마음에 걸렸다. 와뤄쟈에게 새끼 순록이 아직 살아 있는지 물었다. 그가 웃었다.

"녀석은 아직 살아 있소. 어미 젖도 빨아먹고 비틀비틀 몇 걸음 걷기도 했다오."

"어머, 그래요? 다리가 셋밖에 없는데 어떻게 걸었을까요?"

"믿지 못하겠으면 가서 한번 보구려."

나는 진 강변으로 걸어갔다. 수면에 떠다니는 물안개가 산보다 더 컸다. 강물 흐르는 소리는 들렸지만, 물결은 보이지 않았다. 라지미가 어미 순록에게 굴레를 씌우고 있었다. 과연 기형인 새끼 순록이 비틀비틀 걷고 있었다. 라지미가 "이 녀석은 물안개를 좋아하는 모양이에요. 기를 쓰고 강물 속으로 걸어 들어가려고 하네요. 근데 고작 세 걸음이나 다섯 걸음 정도 걷다가 넘어져요."

"라지미, 그 녀석을 잘 돌봐줘. 녀석이 죽으면 야영지로 데려와. 니하오가 돌아올 때까지 기다리자. 절대로 까마귀밥이 되게 하지 말고."

안개의 적은 태양이 틀림없다. 오후에 태양이 어두운 구름의 얼굴을 찢었다. 안개가 소풍 나온 흰 코끼리 무리라면 태양은 예리한 화살이었다. 태양이 화살을 쏘는 족족 안개를 명중시켰다. 안개는 재빨리 태양의 포로가 되어 사라져버렸다. 날이 맑아지자 모두의 마음도 밝아졌다. 비만 내리지 않는다면 우리는 야영지에 남아 있을 터였다. 야영지 일대에 이끼가 풍부해서 순록은 멀리 가지 않아도 먹을 것을 찾을 수 있었다. 우리는 막 몸을 푼 어미 순록을 찾아와 새끼에게 젖을 먹여야 했는데, 그 일도 할 필요가 없었다. 우리에게 현재의 야영지는 보물과도 같은 곳이었다.

아이들은 기형 순록을 좋아했다. 안개가 걷히자 아이들은 그 순록을 보기 위해 강변으로 달려왔다. 다지야나는 베이얼나와 마이칸과 함께 초록풀잎으로 화환을 만들어 기형 순록의 목에 씌우고는 녀석이 이상해 보이지 않는다고 했다. 예얼니쓰네는 모닥불을 피워 모기와 등에를 쫓아주었다.

예얼니쓰네와 기형 새끼 순록이 사고를 당한 것은 황혼녘 때였다. 우리는 야영지에서 저녁준비를 하느라 바빴다. 다지야나와 베이얼나가 울면서 강변에서 뛰어오더니 기형 새끼 순록과 예얼니쓰네가 물에 떠내려가 보이지 않는다고 않는다고 했다. 웨이커터가 자작나무 배를 타고 뒤를 쫓고 있다고도 했다.

태양이 서산으로 기울었다. 마이칸이 배가 고프다며 칭얼거리자 라지미가 아이를 안고 야영지로 돌아왔다. 야영지로 오기 전 그는 다지야나에게 기형 순록에게 문제가 생기면 반드시 자기를 부르러 오라고 단단히 일러두었다.

다지야나와 베이얼나, 예얼니쓰네는 기형 순록과 함께 놀고 있는데, 웨이커터가 작살을 들고 오는 것을 보았다. 다지야나와 베이얼나는 물고기를 잡으러 온 것을 알아차리고 뒤를 따랐다. 강물이 불어 물고기가 평소보다 많았다. 웨이커터는 굽이진 수역으로 갔다. 그곳은 강물이 역류해서 물고기가 마치 새장으로 날아들어 온 새처럼 뛰어놀아 작살로 쉽게 잡을 수 있었다. 강물 한가운데 커다란 바위에 서서 작살로 잡은 물고기를 언덕으로 던지면 다지야나와 베이얼나가 버드나무 가지에 물고기를 꿰었다. 절명하지 않은 물고기는 언덕 위에 올라온 후에도 여전히 머리와 꼬리를 파닥거리며 흔들었다. 다지야나와 베이얼나는 몸부림치는 물고기를 보며 까르르 웃었다. 물고기가 꼬리로 아이들의 얼굴을 치는 바람에 흰색 점액질이 묻었다.

웨이커터는 눈 깜짝할 사이에 작살로 물고기를 낚았다. 그 일은 너무 쉬웠다. 그는 편안한 자세로 정확하게 물고기를 잡아 올렸다. 언덕 위에 물고기가 많아지자 다지야나와 베이얼나는 눈코 뜰 새가 없었다. 다지야나가 베이얼나에게 "물고기 목걸이를 만들어 기형 순록한테 화환처럼 걸어주면 좋겠다. 풀로 엮어 만든 화환 대신 물고기 화환으로 바꿔줄까?" 하고 물었다.

"좋아. 새끼 순록이 물고기 목걸이를 하면 얼굴도 더 단정해 보일지 몰라."

아이들이 깔깔대고 웃는데 강 언덕에서 예얼니쓰녜의 고함 소리가 들려왔다.

"돌아와, 돌아와."

웨이커터는 진 강 상류에서 물고기를 잡고 있었고, 기형 순록과 예얼니쓰녜는 하류에 있었다. 둘 사이의 거리가 산 하나 정도 떨어져 있어 하류의 상황을 분명하게 볼 수 있었다. 기형 순록이 날아가듯 언덕에서 순식간에 강물로 뛰어들었다. 순록은 마치 커다란 물고기로 변한 듯했다. 예얼니쓰녜가 소리를 지르며 미친 듯이 내달아 강물 속으로 뒤쫓아 갔다. 강 한가운데에서 기형 순록과 예얼니쓰네는 소용돌이를 만난 듯 뱅글뱅글 돌면서 부침을 거듭했다. 누가 순록이고 누가 사람인지 구분이 안 될 정도였다. 웨이커터는 "맙소사!" 하고 소리를 지르고 얼른 강 언덕으로 뛰어올라와 작살을 내동댕이쳤다. 세 사람은 하류를 향해 정신없이 뛰어갔지만, 예얼니쓰네와 기형 순록은 이미 불어난 물살에 휘말려 있었다. 웨이커터는 언덕 위 버드나무에 정박해 두었던 배를 밀어 강물에 띄우고 예얼니쓰네를 구하기 위해 노를 저었다. 다지야나와 베이얼나는 야영지로 뛰어와 우리에게 이 사실을 알렸다.

우리는 강 언덕으로 뛰어갔다. 태양은 이미 반쯤 떨어지고 있었다. 태양빛에 서쪽 강물이 노란 빛깔로 물들어 있어 강물이 마치 둘로 나뉜 것 같았다. 반은 푸른색, 나머지 반은 황금빛이었다. 몇 해가 지나서 나는 급류마을에 있는 가게에 들렀다가 한쪽은 밝고, 한쪽은 어두운 두 필의 천이 옷걸이에 걸려 있는 걸 보고 진 강에서 봤던 풍경을 떠올렸다. 그때 진 강은 분명 반은 어둡고, 반은 밝게 나뉘어 있었다. 가게의 옷감이 좁게 개켜 있었던 반면 강물의 옷감은 우리 시야가 다 담을 수 없을 정도로 쫙 펼쳐져 있었다.

와뤄쟈와 마펀바오는 자작나무 배를 하나 더 띄우고 예얼니쓰네를 찾으러 나섰다.

우리는 강변에서 초조하게 기다렸다. 모두가 굳게 입을 다물었다. 오직 베이얼나만이 기형 순록의 다리가 하나

더 생긴 걸 봤다며 다지야나에게 물었다.

"순록 다리가 하나 더 생겼지, 그치? 분명히 봤지? 순록이 오빠보다 더 빨리 달렸어. 다리가 셋이면 어떻게 그렇게 빨리 달릴 수 있겠어, 안 그래?"

베이얼나는 이야기를 하면서 덜덜 떨었다. 아이의 이야기를 듣는 우리도 덜덜 떨고 있었다.

석양이 강 위의 맑고 아름다운 빛과 그림자를 가져가버리자 진 강은 다시 단색의 강이 되어버렸다. 어두운 하늘빛 때문에 강의 빛깔이 낡고 케케묵어 보였다. 찰랑찰랑 흐르는 강물소리는 마치 누군가 칼을 휘두르는 소리처럼 들렸다. 칼질을 할 때마다 심장이 찔리는 것처럼 아팠다.

별이 뜨고, 달이 떴다. 예얼니쓰네를 찾으러 간 사람들은 돌아오지 않았지만, 언제 왔는지 루니와 니하오가 우리 뒤에 조용히 서 있었다. 니하오의 첫마디가 "기다려도 소용없어요. 우리 예얼니쓰네는 이미 떠났어요"였다.

니하오가 그 이야기를 하자마자 강물에 두 척의 자작나무 배 그림자가 나타났다. 마치 우리를 향해 헤엄쳐오는 커다란 물고기 같았다. 두 척의 배 위에는 모두 네 사람이 있었다. 세 사람은 서 있었고, 한 사람은 누워 있었다. 누워 있는 사람은 이제 영원히 누워 있게 될 바로 예얼니쓰네였다.

예얼니쓰네는 강물에 떠내려가면서 씻겨졌지만, 니하오는 그래도 진 강의 강물로 아이의 몸을 씻기고 옷을 갈아

입혔다. 나와 와뤄쟈는 아이를 하얀 포대에 넣어 예쓰위 앤커 산의 남쪽 기슭에 던졌다. 웨이커터와 류샤의 결혼을 기념하여 이름 붙인 산이었다. 이 산은 내 마음속 무덤이었다.

니하오는 예얼니쓰녜가 엄마를 구하기 위해 죽었노라 했다. 그녀는 루니와 순록을 타고 돌아오는 길에 한시라도 빨리 아이들을 만나고 싶어 지름길인 험난한 바이스라쯔(헤이룽장 성에 있는 지명—옮긴이)를 택했다. 바이스라쯔의 길은 좁고 구불구불했다. 길 위쪽은 가파른 절벽이었고, 아래쪽은 깊은 골짜기였다. 정말 급한 일이 아니면 우리는 이 길을 가지 않았다. 두 사람을 태운 순록은 이 길에 들어서자 다리를 부들부들 떨기 시작했다.

큰 비가 두 번이나 내려서 지면이 무척 습하고 미끄러웠다. 두 사람은 속도를 늦추고 조심조심 순록을 몰았지만, 길 폭이 너무 좁았다. 게다가 비 때문에 길가의 진흙이 흐물흐물하고 질퍽했다. 굽이진 곳을 지나가는데, 니하오를 태우고 앞장서서 걸어가던 순록이 진흙을 밟고 몸이 휘청하면서 니하오와 함께 깊은 계곡으로 떨어졌다. 눈앞의 니하오와 순록이 순식간에 보이지 않자 순간 루니는 가슴이 철렁했다. 그렇게 깊은 계곡으로 사람과 순록이 떨어졌으니 그 결과가 뻔했다. 그런데 기적이 일어났다. 순록은 깊은 계곡으로 떨어져 죽었지만, 니하오는 계곡 바로 아래 어른 키만 한 검은 자작나무 위에 걸렸다. 루니가 밧줄을 내려 니하오를 끌어올렸다. 니하오는 올라오자마자 엉엉 울며 말했다.

"예얼니쓰네한테 무슨 일이 생긴 게 틀림없어요. 검은 자작나무에 걸리는 순간 두 손이 나를 잡는 걸 봤어요. 예얼니쓰네의 손이었어요. 예얼니쓰네의 이름이 검은 자작나무라는 뜻이잖아요."

니하오에게 사고가 난 것도 황혼 녘이었다. 예얼니쓰네가 강물에 휩쓸려간 시각이었다. 루니는 계속해서 검은 자작나무를 훑어보았다. 건장한 나무는 예얼니쓰네와 다름없었다. 그는 니하오가 계곡에 떨어질 때 보았다던 손을 나무에서 발견할 수 없었다. 그는 아들의 따뜻하고 자그마한 손을 잡을 수 있길 얼마나 소망했는지 모른다.

기형 순록은 과연 우리에게 액운을 가져왔다.

비통하고 애절했던 그날 밤, 모두 밥도 차도 먹고 마실 생각이 없었다. 하지만 이푸린은 야영지에 모닥불을 피워놓고 낮에 쿤더가 잡아온 들오리를 구워 반주를 곁들여 먹고 있었다. 고기의 향긋한 냄새가 총알처럼 우리의 비감한 가슴을 뚫고 지나갔다. 그녀는 달이 서쪽으로 기울 때까지 앉아서 먹다가 비틀비틀 일어났다. 시렁주를 향해 걸어가던 그녀는 니하오의 울음소리를 듣고는 발길을 멈추고 고개를 들어 하늘을 바라보며 웃었다. 그리고 기뻐서 덩실덩실 춤을 추는 것처럼 손뼉을 치며 "진더, 들어봐. 들리지 않니? 누구의 울음소리지? 네가 원했던 여자와 네가 원하지 않았던 여자, 그 여자들 중 어느 하나 잘 살고 있는 거 같으냐? 진더, 들어봐. 저 곡소리를 들어보라고. 나는 저렇게 아름다운 소리는 들어본 적이 없구나. 진더야!"

그 순간 이푸린은 마귀였다. 진더와 관련 있는 두 여인의 비극을 바라보며 쾌감을 표출하는 그녀의 모습은 우리의 간담을 서늘하게 했다.

나와 함께 화롯불 옆에 앉아 있던 마리야는 이푸린의 환호성을 듣고 화가 나서 극렬하게 기침발작을 일으켰다. 제푸린나가 그녀의 등을 두드려주었다. 마리야는 기침이 잦아지자 숨을 헐떡이며 제푸린나의 손을 잡았다.

"얘야, 아이를 낳아다오. 좋은 아이를 낳아다오. 너와 다시가 잘 사는 모습을 이푸린한테 보여주렴. 너희가 함께 있는 게 얼마나 행복한지 말이야."

이푸린이 끊임없이 키워 온 복수심은 뜻밖에도 마리야가 제푸린나를 용서하는 계기가 되었다.

감동한 다시와 제푸린나는 마리야의 손을 붙잡고 흐느껴 울었다.

마리야의 시렁주를 나와 내 시렁주로 돌아가는데, 니하오의 노랫소리가 들렸다.

세상에 있는 하얀색 포대야,
너는 왜 양식과 마른 고기를 담지 않고

나의 백합화를 꺾고
나의 검은 자작나무를 부러뜨려
너의 더러운 포대에 담았니!

　우리는 예쓰위앤커 산과 진 강을 서둘러 떠났다. 무리를 둘로 나눠 와뤄쟈와 루니가 인솔하고 두 방향으로 갔다. 얼마 전 이푸린의 광기 어린 함성은 모두를 가슴 아프게 했다. 루니 일행은 마리야 일가와 안다오얼, 와뤄쟈 씨족 몇 사람과 함께했다. 나는 안다오얼과 헤어지고 싶지 않았지만, 그는 루니를 좋아해서 나는 아들의 의사를 존중해주기로 했다.
　루니를 끝까지 따라가려고 하지 않은 사람은 베이얼나였다. 다지야나와 마이칸과 헤어지고 싶지 않았던 베이얼나는 헤어질 때가 되자 울음을 터뜨렸다. 나는 베이얼나를 달랬다.
　"비록 떨어져 있지만, 우린 아주 가까이 있단다. 다지야나와 항상 만날 수 있어."
　베이얼나는 그제야 울음을 그쳤다.
　이푸린은 루니가 순록과 마리야 일가 그리고 사람들을 데리고 다른 방향으로 가는 것을 보고 호적수를 잃어버린 싸움꾼마냥 난폭해졌다. 그녀는 루니가 분열을 조장하는 우리 씨족의 죄인이라고 외쳤다. 예전에 라지미를 욕하던 말투였다.

루니가 못 들은 척하자 그녀는 공격 대상을 베이얼나로 바꾸었다.

"넌 저 사람들 따라가는 게 나을 텐데? 혹시 네 운명이 좋게 바뀔 수도 있잖아? 너희 엄마가 굿을 하면 넌 죽은 목숨일 테니까."

베이얼나는 잘 울지 않는 아이였지만, 이푸린의 모진 이야기에 그만 울음을 터뜨렸다. 니하오가 한숨을 푹 쉬며 베이얼나를 품에 안았다. 태양빛이 두 모녀를 내리쬐고 있었지만 둘의 얼굴빛이 창백했다.

오랫동안 이푸린과 말을 섞지 않았던 쿤더가 갑자기 사냥칼을 쥐고 그녀 앞으로 다가서더니 칼을 흔들며 말했다.

"다시 한 번 입만 벙긋했다간, 내가 맹세하건대, 네 혀를 잘라서 까마귀한테 줄 거야!"

이푸린은 고개를 외로 하고 쿤더를 바라보더니 쌀쌀맞게 웃고 입을 다물었다.

이듬해 봄, 이완이 돌아왔다. 몇 해 동안 만나지 못한 사이 그는 무척 말랐고 너무 많이 늙어버렸다. 이푸린은 그를 보자마자 "아이고, 군에서 월급 받고 살기 힘들어서 다시 산으로 올라왔군" 하고 말했다.

이완이 쿤더에게 "난 이제 부대에 있지 않아. 전역했어" 하고 말했다.

쿤더가 "부대에서 뭘 잘못해서 쫓겨난 거야? 그래서 돌아온 거야?" 하고 물었다.

"아니. 식탁을 지키고 앉아 집에서 밥 먹는 게 습관이 되지 않아서. 저녁에 잠을 잘 때도 문이나 창문을 꼭 닫아야 해서 바람소리도 들을 수 없었어. 부대 사람들이 여자들을 소개시켜줬는데, 내가 보기엔 하나같이 맛이 간 여자들이더라고. 더 이상 그곳에 있다간 제명에 못 살 거 같았어. 만구이에서 전역했어. 월급이 좀 나오는데 우리가 매달 받는 수렵생활 지원금보다 꽤 많은 편이야."

이완이 와뤄쟈에게 "산은 앞으로 편안하지 않을 거요. 만구이에 벌목꾼들이 많이 들어왔거든. 그 사람들이 산에 들어가 나무를 벌목하고 다싱안링을 개발할 거야. 철도를 건설하는 노동자들도 들어왔는데, 산에 철도와 도로를 놓고 목재를 운반할 준비를 할 거라더군요" 하고 말했다.

웨이커터가 물었다.

"벌목을 해서 뭘 하려고요?"

"산 바깥쪽에 사는 사람들한테 살 집이 필요하거든. 목재가 없으면 어떻게 집을 짓겠어?"

모두가 잠자코 있었다. 오랜만에 온 이완은 기쁜 소식을 가져다주지 않았다. 그러나 이완은 우리 모두의 우울한 심정을 헤아리지 못했는지 유쾌하지 않은 소식 둘을 더 전해주었다. 하나는 왕루와 루더, 다른 하나는 스즈키 히데오에 관한 이야기였다.

"왕루와 루더는 사형을 피하긴 했는데, 한 사람은 10

년, 다른 사람은 7년형을 언도받았어."

'10'과 '7'이라는 두 개의 숫자를 이야기할 때 이완의 발음이 딱딱하게 굳어 있었다.

스즈키 히데오에 관한 이야기는 이랬다.

"스즈키 히데오는 도망을 치다가 잡혀서 포로가 됐어. 다른 일본군 포로와 함께 소련으로 압송돼서 시베리아 철도 건설에 투입됐어. 그런데 고향에 있는 노모가 너무 그리워서 일본에 돌아가겠다고 결심하고 침목으로 자기 다리를 부러뜨렸어. 결국 절름발이가 됐는데, 철로 놓는 일을 더 이상 할 수 없어서 송환됐어."

이완이 스즈키 히데오와 조우한 사연을 듣고 있던 쿤더가 한숨을 쉬었다.

"휴우, 남은 인생길 그 사람도 밤길을 가야겠군."

라지미가 "스즈키 히데오도 나처럼 폐인이 됐군요" 하고 말했다.

이완은 우리 야영지에서 사흘을 머물고 루니가 있는 곳으로 떠났다.

그해 나는 손자를 얻었다. 류샤는 건장한 남자아이를 낳았는데 나에게 이름을 지어 달라고 했다. 나는 니하오가 한 말을 떠올렸다. 그녀는 아이들의 이름에 꽃이나 나무를 넣어 지어주었는데, 그 때문에 아이들이 허약했다고 했다. 나는 아이의 이름을 9월을 뜻하는 쥬위에라고 지어주었다. 아이가 9월에 태어났기 때문이었다. 신령은 꽃이

나 풀, 나무는 가볍게 거둬 갈 수 있지만, 일 년 열두 달은 거둬갈 수 없으리라 생각했다. 일 년은 좋든 싫든 열두 달이 있었고, 열두 달 중 그 어느 달도 덜어낼 수 없었다.

이완의 말이 맞았다. 1957년에 벌목꾼들이 산에 들어와 살기 시작했다. 산 속 지형에 익숙하지 않은 데다 장비까지 들어야 해서 힘들어 했다. 우리는 그들에게 길잡이 노릇도 하고, 물건을 운반할 수 있도록 순록을 내주기도 했다. 와뤄쟈는 세 번이나 우리렁 사람들을 이끌고 순록을 몰아 물건을 운반해주었다. 한 번 떠나면 보름이 걸리기도 했다.

벌목하는 소리가 들려왔다. 눈이 내리는 계절이 되면 도끼와 톱질하는 소리가 들렸다. 울창하던 소나무는 한 그루씩 차례로 쓰러졌고, 목재를 운반하는 도로가 하나 둘 닦였다. 처음에는 말이 원목을 끌어 운반했지만, 나중에는 트랙터가 우르르 쳐들어와 한 번에 열 개가 넘는 원목을 실어 날랐다. 그리고 이제는 기다란 목재 운반 차량이 깊은 산 속까지 드나들었다.

순록과 우리는 조용한 것을 좋아했다. 벌목을 하는 계절이 돌아오면 우리는 야영지를 빈번하게 옮겼다. 구석지고 조용한 곳을 찾았지만, 그런 곳이 모두 야영지가 될 수는 없었다. 우선 그곳에 순록이 먹을 만한 이끼가 있는지 살펴야 했고, 그 일대가 사냥하기에 적당한 곳인지 살펴야 했다. 그때부터 우리는 더욱 봄을 좋아했다. 봄이 되면 벌목이 끝나고 숲은 안정을 회복했다.

1959년, 정부는 우리를 위해 우치뤄푸에 목재 건물로 된 집을 지어주었다. 몇몇 씨족이 부정기적으로 그곳에 거주하기 시작했다. 그러나 그들은 오래 머물지 않았다. 산에서 사는 것이 더 좋았기 때문이었다. 그곳의 집들은 대부분이 텅 비어 있었다. 밥 짓는 연기가 올라오는 집은 손으로 꼽을 정도였다. 그곳에는 초등학교도 있었다. 어원커 부족의 자녀들은 무상으로 입학할 수 있었다. 와뤄쟈는 다지야나를 학교에 보내자고 했다.

나와 와뤄쟈는 아이의 교육에 대한 생각이 달랐다. 와뤄쟈는 아이들은 학교에서 공부를 해야 하는 것이 당연하다고 생각했지만, 나는 산에서 각종 식물과 동물을 알고 그들과 화목하게 지내는 방법을 터득하고, 바람과 비, 눈과 서리의 변화와 징조를 읽는 것이 학습이라고 여겼다. 나는 책에서 광명한 세계와 행복한 세계를 배울 수 있다는 걸 믿지 않았지만, 와뤄쟈는 지식이 있는 사람은 비로소 눈을 뜨고 이 세상의 빛을 볼 수 있다고 했다.

나는 광명은 강변의 암벽화 위에, 나무들 위에, 꽃봉오리에 맺힌 이슬 위에, 시렁주 꼭대기의 별빛에, 순록의 뿔 위에 있다고 느꼈다. 만약 이러한 광명이, 광명이 아니라면 무엇이 광명이란 말인가!

아이는 결국 학교에 가지 않았지만, 와뤄쟈는 한가한 시간에 다지야나와 마이칸에게 글자를 가르쳤다. 그는 나

못가지로 연필을 만들고 땅을 종이 삼아 그 위에 글자를 쓰고, 읽기를 가르쳤다. 다지야나는 공부를 좋아했지만 마이칸은 아니었다. 마이칸은 공부를 하다 보면 어느새 졸고 있었다. 라지미는 마이칸이 안쓰러워 글을 배우지 말라고 했다. 그는 와뤄쟈가 아이의 머리에 개미를 집어넣고 있다며, 머릿속에 들어간 개미가 사랑스런 딸아이를 해치게 가만둘 수 없다고 했다.

1959년 늦가을, 루니가 갑자기 나를 찾아와 안다오얼의 결혼식에 참석해달라고 했다.

루니를 따라 가봤더니 안다오얼의 아내가 될 사람은 안다오얼보다 세 살이 많은, 와뤄쟈 부락민인 와샤라는 처녀였다. 와샤는 말도 많고 잘 웃는 처녀였는데, 키도 안다오얼보다 컸다. 그녀는 꾸미기도 좋아했다. 루니가 말하길 와샤는 이미 정혼을 했는데, 안다오얼과 결혼을 하는 건 정말 뜻밖이라고 했다.

어느 여름날이었다. 이른 아침, 순록들이 야영지로 돌아왔는데 세 마리가 보이지 않았다. 루니는 우리링의 젊은이들을 모아 순록을 찾으러 갔다. 오전에 우리링을 나서 오후에 돌아왔다. 다행히 순록은 찾았는데, 이번에는 사람이 보이지 않았다. 안다오얼과 와샤의 모습을 찾을 수 없었다. 둘이 언제 무리를 벗어났는지 아는 사람이 없었다. 루니는 안다오얼이 착실한 아이라서 절대로 궤도를 벗어나지 않으려 한 것을 알고 있었고, 와샤도 정혼을 한

몸이라 두 사람이 함께 있어도 별일 없으리라 생각했다. 두 사람은 저녁이 되어서야 돌아왔다. 안다오얼은 약간 풀이 죽어 있었는데, 얼굴에 할퀸 상처가 나 있었다. 꼬집혀서 난 상처 같았다. 루니가 상처에 대해 묻자 안다오얼은 매화 가시에 긁혔다고 대답했다. 와샤는 더운 여름날 시원한 샘물을 마신 사람처럼 유쾌해 보였다. 그녀는 사람들에게 길이 엇갈려 늦게 돌아왔다고 했다.

달포가 조금 지난 뒤부터 와샤는 매일 구역질을 했다. 위장병에 걸린 것으로 생각한 사람들은 늑대혀풀을 삶은 물을 먹였다. 두 달이 흘러 가을이 되자 그녀의 배가 커졌다. 사람들은 그제야 임신했다는 사실을 깨닫고 안다오얼과 와샤, 둘이 늦게 야영지로 돌아온 그날을 떠올렸다. 와샤의 부모는 정혼한 딸의 신세를 망쳤다며 안다오얼을 찾아와 얼굴이 시퍼렇게 멍이 들 때까지 때렸다. 안다오얼은 자신이 무슨 잘못을 했는지 알 수 없었다. 그는 그 짓을 할 생각이 없었는데, 와샤가 다가와서는 그 일은 아름다운 일이라며 시키지도 않았는데 바지를 벗고 그를 가슴에 끌어안았다고 했다. 와샤는 어쩔 줄 모르고 멍하니 서 있는 안다오얼에게 그 짓을 가르쳐주었다. 안다오얼은 와샤가 그 짓을 할 때 너무 기쁘고 즐거운 나머지 미친 사람처럼 "안다오얼, 안다오얼" 하고 외쳤다고 했다. 자기 얼굴을 손으로 할퀴었다고도 했다. 심지어 와샤는 안다오얼에게 얼굴에 난 상처에 대해 누가 묻거든 매화 가시에 긁힌 거라 대답하라고 시켰다.

그런데 와샤의 이야기는 안다오얼과는 정반대였다. 루니는 그녀가 말하길 자기는 안다오얼에게 강간을 당했다는 것이다.

루니는 어찌 됐든 안다오얼의 아이를 가졌으니 와샤는 정혼한 일은 없던 것으로 하고, 안다오얼이 그녀를 아내로 맞아야 한다고 결론내렸다.

서로가 원치 않는 결혼이었다. 안다오얼은 거짓말을 하는 여인을 아내로 취하고 싶은 생각이 없다고 했으며, 와샤는 울면서 바보에게 시집가고 싶지 않다고 했다.

나는 안다오얼에게 물었다.

"와샤와 함께 살고 싶니?"

"아뇨. 와샤는 사람을 할퀴기 좋아하고, 거짓말을 해요."

"그런데 너는 와샤한테 아이를 갖게 했잖아. 와샤를 아내로 맞이해야 해."

나와 루니는 이렇게 말했다.

안다오얼이 두 손으로 얼굴을 감싸 쥐고 소리 없이 울었다. 손가락 틈새로 눈물이 흐르고 있었다. 나는 가슴이 부서지는 듯했다. 울음을 그친 안다오얼은 우리를 향해 고개를 끄덕이며 쓰디쓴 열매를 삼키는 데 동의했다.

결혼식이 벌어지는 동안 안다오얼은 줄곧 고개를 숙이고 있었고, 와샤는 다리 한쪽으로 땅을 끊임없이 쳐댔다.

마리야는 기침을 하면서 와샤에게 손가락질을 했다.

"다리 좀 가만히 놔둬. 안 그러면 아이를 제대로 보호할 수 없을게다."

나는 마리야가 잔소리를 늘어놓아 안다오얼이 난감해하는 상황이 싫어 그녀에게 술을 한 사발 건네주었다. 그녀도 정말 많이 늙어버린 듯 술 한 사발을 쉬엄쉬엄 마시더니 겨우 반잔밖에 비우지 못했다. 술잔을 받쳐 든 그녀의 손이 찬바람에 흔들리는 불꽃처럼 쉴 새 없이 떨렸다.

안다오얼의 결혼식이 끝나고, 나는 우리 우리렁으로 되돌아왔다. 달포가 지나 첫눈이 숲에 은백색 두건을 덮을 즘 나는 또다시 루니에게 불려갔다. 이번에는 장례식에 참석해야 했다.

마리야가 죽었다. 그녀는 죽기 전에 오래도록 제푸린나의 손을 잡고 마지막으로 긴 숨을 토해냈다. 그러고 나서 잡았던 손을 천천히 놓았다.

그녀는 죽기까지 그토록 갈망하던 다시의 아이를 볼 수 없었다. 그 때문인지 차마 눈을 감지 못하고 죽었다.

장례식 도중 루니는 나에게 니하오가 임신한 사실을 알렸다. 말하는 그의 입술이 조금씩 떨렸다. 다른 사람들에게는 경사스러운 일이겠지만, 그 부부에게는 두렵고 불안한 일이었다. 나는 니하오에게 "이제부터 너희 아이들을 다른 아이들처럼 여기고, 다른 아이들을 너희 아이들처럼 여기면 만사가 순조로울 거야" 하고 말했다.

내 말을 이해했는지 니하오는 우울한 목소리로 "저도 제 아이가 벌 받는 모습을 보고 싶지 않아요" 하고 대답했다.

나는 그녀가 말하는 '제 아이'가 실은 다른 사람의 아이란 걸 알았다.

마리야가 하늘로 올라가고, 류머티즘을 앓는 이완은 무릎관절이 변형되어 걸을 수조차 없게 됐다. 그는 하산하여 요양했다. 이완과 루니 일행이었던 와뤄쟈 부락의 두 가구도 우치뤄푸로 되돌아가 루니가 있는 곳이 썰렁해 보였다. 나는 루니에게 마리야가 떠난 마당에 그녀와 이푸린 사이의 원한도 사라졌으니 함께 있자고 제안했다. 이 제안은 안다오얼을 염려해서 생각해낸 것이기도 했다. 와샤는 안다오얼을 무시하고 포악하게 굴었다. 함께 생활한다면 내가 와샤를 단속할 수 있을 것 같았다. 안다오얼을 무시하면 나는 시어머니의 위엄을 보여줄 것이다. 루니와 니하오도 우리와 합류하는 데 동의했다. 그들은 놀이 친구를 잃은 베이얼나가 점점 더 괴팍해져간 것이 걱정스러웠다. 한번은 베이얼나가 나비를 잡아오더니 자기 뱃속에 넣어 같이 놀겠다고 했다. 니하오는 그저 말만 그러는 줄 알았는데 베이얼나는 살아 있는 나비를 입에 넣고 눈을 감은 채 몇 시간 동안이나 있었다. 니하오와 루니는 적이 놀랐다.

루니 일행이 야영지로 들어오는 모습을 보고 있던 이

푸린은 마리야와 이완이 보이지 않고, 와샤와 니하오의 배가 부풀어 오른 것을 발견하고 콧방귀를 뀌었다.

"흥, 두 사람이 가고 두 사람이 새로 오는구먼."

내가 "마리야와 이완은 달라요. 마리야는 하늘에 올라가서 행복을 누리고 있지만, 이완은 하산해서 치료를 받고 있어요" 하고 말하자 이푸린은 잠시 멍한 표정을 지었다. 그녀는 곧 정신을 차린 듯했지만 여전히 흥하고 콧방귀를 뀌고는 "군대 녹을 먹다가 돌아온 사람이 죽은 거야, 아님 병이 든 거야?" 하고 말했다.

이푸린은 이완을 나무라다가 갑자기 눈물을 글썽였다. 입으로는 이완을 이야기하고 있지만, 마음속으로는 마리야를 생각하고 있는 것이 틀림없었다. 눈물이 그 증거였다.

그날 밤, 쿤더가 나에게 이푸린이 음식을 먹지 않는다고 했다.

다음 날에도 이푸린은 음식을 입에 대지 않았다.

사흘째 되는 날, 제대로 걸을 수 없게 된 그녀는 지팡이를 짚고 간신히 하세에게 다가가서 물었다.

"마리야는 풍장을 했어, 아니면 토장을 했어?"

하세는 여전히 이푸린을 혐오하고 있었다. 그는 쌀쌀맞게 "마리야는 고개를 들 필요 없이 태양이며 달을 볼 수 있어. 솔방울을 안고 온 친칠라가 그녀의 몸에 뛰어올라 놀고 있지. 당신이 말해봐. 마리야를 풍장을 했을까, 아님 토장을 했을까?"

이푸린이 고개를 숙이고 "바람 속에 있으니 됐어. 바람 속에 있으니 됐어" 하고 중얼거렸다.

이푸린은 하세의 시령주를 떠나면서 손에서 지팡이를 집어던지고 양손을 모아 하늘을 향해 세 번 절을 했다. 그녀는 나무지팡이를 집어 들고 덜덜 떨면서 자신의 시령주로 돌아왔다.

그 이후 이푸린은 음식을 먹기 시작했지만, 지팡이와 떨어질 수 없는 사이가 되었다.

그해 겨울, 와뤄쟈와 하세가 우치뤄푸의 합작사에 가서 식량을 바꿔오면서 산 아래 흉년이 들어 사람들이 굶주리고 있다는 소식을 전했다. 식량공급이 원활하지 않아 두 사람은 밀가루 네 포대와 식염 한 포대만 가져왔다. 턱없이 부족한 양이었다. 식량이 줄자 술 담그는 일도 여의치 않아 술값이 크게 올랐다. 그 바람에 술을 좋아하는 사람들 모두 풀이 죽었다. 그러나 우리는 말린 고기가 풍부했고, 나물도 있었으며, 총알도 많았다. 사냥으로 식량을 얻을 수 있었기에 그다지 긴장하지 않았다. 밀가루는 아내가 임신을 한 루니와 안다오얼에게 주었다.

안다오얼은 와샤와 결혼한 후 더 이상 웃지 않았다. 잠자리도 하지 않았는데, 와샤는 도저히 용인할 수 없는 일이었다. 한번은 그녀가 나를 찾아와 울면서 하소연했다.

"전 팔자가 사나워요. 여자와 잠을 자지 않다니. 안다오얼은 세상에서 가장 멍청한 바보예요!"

"안다오얼이 너랑 잠을 자지 않는다고? 설사 네 뱃속에서 부풀어 오른 것이 바람이 만들어 낸 건 아니겠지?"

와샤가 정신이 나간 듯 더욱 소리를 지르며 울었다.

"전 정말 재수가 없어요. 안다오얼이 저한테 그 짓을 딱 한 번 했을 뿐인데, 임신이 됐어요."

"임신했으면 아이 안전을 위해서라도 남녀관계를 절제해야 하지 않겠니. 만약 첫 임신에서 유산이 되면 제푸린 나처럼 애 배기가 어렵지 않겠어?"

와샤는 발을 동동 구르며 소리를 버럭 질렀다.

"그 말은 못 믿겠어요. 3년 전 처음 임신했을 때도 유산을 했는데, 이번에도 임신이 됐잖아요. 난 왜 이렇게 재수가 없죠."

말을 마친 와샤는 자신이 실언했다는 것을 깨달았다. 입을 감싸쥔 그녀의 눈에 공포와 번뇌의 빛이 떠올랐다. 그녀는 입을 다물었다. 나는 그제야 안다오얼과 결혼하기 전부터 순결한 처녀가 아니었다는 걸 알았다. 그녀는 유산한 아이가 누구의 아이였는지 말하지 않았다. 나도 묻지 않았다.

이 일이 있고 난 후 와샤는 훨씬 얌전하고 고분고분해졌다. 그녀는 더 이상 내가 보는 앞에서 안다오얼에게 바보라고 욕하지 않았지만, 남편은 늘 그녀의 성에 차지 않았다. 여자를 바라보는 와샤의 눈빛은 썩은 동태 눈처럼 흐리멍덩했지만, 남자를 바라볼 때는 눈알이 바쁘게 이리저리 오갔다. 그러나 남자들은 그녀의 추파를 무시했다.

한번은 와뤄쟈가 안다오얼에게 "왜 와샤를 싫어하니?" 하고 물었다. 안다오얼은 예전에 했던 이야기를 반복했다.

"싫어요. 와샤는 사람 얼굴을 할퀴기 좋아해요. 손톱이 매 발톱과 같아요. 거짓말도 잘하고요. 좋은 아가씨는 거짓말을 하지 않아요."

"그럼 와샤가 임신한 아이는 좋아하니?"

"아이가 나오지 않았는데, 전들 아이가 귀여운지 아닌지 어찌 알겠어요?"

안다오얼의 대답을 듣고 나는 웃었다.

여섯 달이 지나고 와샤가 풀밭에서 사내아이를 낳았다. 와뤄쟈는 아이에게 안차오얼이라는 이름을 지어주었다.

안차오얼이 태어나고부터 안다오얼은 다시 웃기 시작했다. 와샤는 안차오얼을 좋아하지 않았다. 감히 안다오얼을 바보라고 부르지 못했던 탓에 바보라는 호칭을 안차오얼에게 넘겨버렸다. 안차오얼에게 젖을 물리면서 언제나 "바보천치, 젖 먹어!" 하고 말했다. 그녀는 안차오얼의 기저귀를 치울 때마다 화를 버럭 내며 "이 바보 똥은 어쩜 이렇게 구릴까!" 하고 말했다.

안다오얼은 와샤에게 부드럽게 대하고 잘 보이려고 했지만, 잠자리만은 거부했다. 화가 난 와샤는 안차오얼에게 젖을 물리면서 끊임없이 욕을 해댔다.

"이 바보천지야! 네가 내 인생을 망쳐놓았어!"

한번은 라지미가 와샤가 욕하는 소리를 듣고 질책했다.

"다른 사람들은 자기 아이를 보배처럼 여기는데 당신은 어째서 아침부터 저녁까지 당신 아이더러 바보라고 그럽니까? 만약 아이가 바보가 아니라면 앞으로 당신을 바보라고 불러야겠어요!"

와샤는 라지미에게 "아이 아마가 바보니까 이 아이도 바보겠죠! 아니에요? 당신처럼 쓸모없는 남자만이 여자가 얼마나 아름답고 오묘한 존재인 줄 모르지, 어느 남자가 여자를 마다하겠어요! 바보니까 그렇죠!"라고 말했다.

대답을 들은 라지미뿐 아니라 우리렁의 사람들도 가슴이 아팠다. 그날 이후로 와샤와 이야기를 하고 싶어하는 사람은 아무도 없었다. 파렴치한 그녀와 우리 안다오얼이 평생을 함께 지내는 모습을 보고 싶지 않았다. 안다오얼에게 너무 불공평한 일이었다. 나는 와뤄쟈와 상의를 한 끝에 두 사람의 결혼을 없던 일로 하기로 했다. 와뤄쟈는 동의했다. 우리는 먼저 안다오얼을 찾아서 그 뜻을 설명했다. 그런데 안다오얼이 단호하게 거절했다.

"와샤는 다른 사람을 할퀴기 좋아하고, 거짓말을 하기 좋아해요. 그 여자를 떠나보내면 분명 다른 남자를 해칠 거예요. 늑대가 사람을 잡아먹는다는 사실을 알면서도 가도록 내버려두면 이거야말로 죄가 아니겠어요. 와샤를 제 곁에 남겨 두고 지켜보겠어요. 다른 사람을 먹지 못하게요!"

내 기억으로 그때까지 안다오얼이 그렇게 긴 이야기를 한 적이 없었다. 조리 있는 이야기에는 결의가 가득 차 있었다. 그의 이야기에서 나는 라지다의 그림자를 만났다.

그해 8월 니하오가 해산할 날이 다가올 즘, 우리는 한꺼번에 순록을 열 마리나 잃어버렸다. 열 마리 중에서 네 마리는 새끼 순록이었고, 두 마리는 거세하지 않은 수컷 순록, 네 마리는 어미 순록이었다. 예삿일이 아니었다. 남자들은 세 갈래 길로 나누어 순록을 찾으러 나섰다. 와뤄쟈와 웨이커터, 안다오얼이 함께 가기로 하고 라지미와 마펀바오, 다시가 함께 가고, 루니와 쿤더 그리고 하세가 함께 가기로 했다. 야영지에서 이들을 떠나보내고 우리는 어서 돌아오기를 초조하게 기다렸다. 다음 날 저녁, 라지미와 함께 나섰던 사람들이 돌아왔다. 하지만 빈손이었다. 그다음 날 밤, 와뤄쟈 일행이 돌아왔는데 얼굴에는 실망의 빛이 가득했다. 사흘 째 되는 날 저녁, 루니가 순록을 찾아왔다. 순록 외에 생판 처음 보는 한족 남자 셋을 데려왔다. 키가 큰 사람과 키가 작은 사람이 하세와 쿤더를 따라오고 있었고, 나머지 한 사람은 순록 위에 널브러진 채 꼼짝하지 않았다. 숨을 쉬지 않은 듯 죽은 사람 같았다. 루니가 "이 세 사람이 순록을 훔쳐 먹었습니다. 새끼 순록까지 잡아먹었어요" 하고 말했다. 그래서 돌아온 순록은 아홉 마리뿐이었다. 루니에게서 자초지종을 듣고 있는데, 두 사람이 무릎을 꿇고 앉아 살려달라고 애걸복

걸했다. 절대로 자신들을 총살시키지 말아달라며 너무 배가 고파서 순록을 훔쳤노라고 말했다. 둘은 부모와 처자가 모두 굶주리고 있는데 우리가 산에서 순록을 방목하는 사실을 알고 훔칠 생각을 했다고 했다. 와뤄쟈가 그들에게 어디에서 왔는지, 무엇을 하는 사람인지 물었다. 그들은 산 아래 사는 실업자이며 더 이상은 묻지 말아달라고 했다. 순록 위에 엎드려 있는 남자를 가리키며 열여섯 살밖에 되지 않았는데다 아직 결혼도 하지 않은 아이라며 살려달라고 애원했다.

"열여섯이나 먹은 녀석이 남의 물건을 훔치다니, 앞으로 성공하긴 틀린 것 같네."

하세가 볼멘소리를 하면서도 순록 위에 널브러져 있는 아이를 안아서 땅바닥에 내려놓았다. 아이의 동그란 얼굴이 창백했다. 숯 검댕이 같은 눈썹에 눈을 꼭 감은 아이는 두꺼운 입술을 꼭 다물고 있었다. 입술 역시 낯빛처럼 혈색이라고는 찾아볼 수 없었다. 아이는 열대여섯 살밖에 보이지 않았다. 보송보송한 수염이 봄날 양지바른 곳에 자라난 풀처럼 부드럽고 야들야들해 보였다. 그런데 배가 청개구리처럼 볼록 튀어나와 있었다. 꼼짝 않고 누워 있는 아이는 죽은 것처럼 보였다. 와뤄쟈가 쭈그리고 앉아 아직 숨을 쉬는지 손가락을 아이의 코에 대어보고는 꿇어앉아 있던 두 사람을 일으켜 세워 물었다.

"이 아이는 어디가 아픈 거야?"

키가 큰 사람이 "함께 새끼 순록을 잡아 모닥불에 구워 먹었는데, 아이가 너무 배가 고팠나 봐요. 고기가 채 익기도 전에 쭉 찢어서 먹더니 그때쯤 익은 고기도 구역구역 입에 넣더라고요. 배가 불룩해질 정도로요. 다 먹고 나서 목이 마르다기에 아이한테 물 한 주전자를 줬어요. 단숨에 그걸 다 마시고 나더니 글쎄 이 모양이 됐어요" 하고 설명했다.

키 작은 사람이 한마디 거들었다.

"물을 다 마시고 나서 저 모양이 된 게 아니라 일어서서 나무에다가 오줌을 갈기고 비틀비틀 제자리로 돌아와 땅바닥에 엉덩이를 대고 앉았는데, 얼굴에 땀을 비 오듯 흘리더니 쫘당 하고 바닥에 쓰러졌어요."

와뤄쟈가 "왜 나무에다가 소변을 누웠을까! 산신의 노염을 산 게 틀림없어" 하고 말했다.

쿤더가 "산신에게 노염을 샀으면 목숨을 보존할 수 없지" 하고 말했다.

두 사람은 동시에 꿇어앉아 수도 없이 절을 하며 "당신들이 섬기는 산신이 많다는 이야기를 들었어요. 그래서 우리도 산에 들어올 때부터 조심했죠. 나무 그루터기나 돌 위에 감히 앉지도 못했고, 잡초도 함부로 꺾지 않았어요. 소변을 눈 것이 산신의 노여움을 살지 누가 알았겠어요. 그렇지만 고의가 아니었어요. 당신네 마을에 용한 무당이 있다고 하던데 무당더러 산신한테 저 아이를 용서해

달라고 해주세요. 앞으로 굶어 죽을지언정 다른 사람의 물건은 절대로 훔치지 않겠어요. 이 아이가 죽으면 우리가 어떻게 이 아이 집안식구들을 볼 수 있겠어요. 제발 도와주세요. 아이를 살려주세요!"

류샤는 쥬위에를 품에 안고, 와샤는 안차오얼을 안고, 다지야나는 한 손에는 베이얼나를 한 손에는 마이칸의 손을 잡고 누워 있는 소년을 바라보았다. 니하오는 몸이 아주 무거웠다. 그녀는 아이를 낳기 위해 야타주를 세워두고 있었다.

두 사람이 애걸복걸하자 니하오가 몸을 부들부들 떨었다. 그녀를 따라 루니도 몸을 떨었다. 루니가 "맙소사, 내가 왜 이 사람들을 데리고 왔을까!" 하고 외치면서 베이얼나를 자신의 품에 안았다. 루니는 마치 풍화된 암석처럼, 베이얼나는 폭풍우를 피해 암석 아래로 깃들어 오들오들 떨고 있는 작은 새처럼 보였다. 나는 루니와 니하오가 다른 사람을 구하기 위해 자기들의 아이를 잃는 모습을 더는 보고 싶지 않았다. 나는 두 사람에게 말했다.

"여기에 무당은 없어. 이 아이는 산신의 노여움을 산 게 아니라 너무 많이 먹어서 이렇게 된 거야. 이 배를 봐. 새끼 순록 반 마리는 먹은 것 같은데 그럼 죽으려고 작정한 것 아냐? 너희가 이 녀석 뱃속에 들어있는 순록의 고기를 토해내도록 해봐. 그럼 괜찮아질 테니까."

꺽다리가 "뱃속에 들어갔다면 아주 깊은 우물에 떨어

진 것과 다름없는데 어떻게 다시 꺼낼 수 있겠어요?" 하고 물었다. 땅딸보가 "약 없나요? 이 아이가 먹은 걸 토해낼 수 있도록 하는 것 말예요" 하고 물었다.

우리는 소년을 일으켜 세우고 손가락을 목구멍에 집어넣어 음식물을 토해내도록 했지만, 별다른 반응이 없었다. 설사약을 먹여 배설해내기 기다렸지만, 이 방법 또한 효과가 없었다.

태양이 산에서 떨어지고 하늘가에 주황색 광선 띠가 나타났다. 몇 번 남지 않은 태양의 마지막 호흡이었다. 하늘은 이미 어두워졌다. 어두워진 하늘색이 내 가슴을 아프게 저며 왔다. 니두 무당과 니하오가 굿을 시작하는 시각이었기 때문이었다. 와뤄쟈는 아이가 숨이 붙어 있는지 코끝에 손을 대어 보았다. 그의 손이 잠시 떨렸다. 아이의 숨이 끊어졌다면 그만이었다. 순간 나는 홀가분해졌다. 아이의 혼백이 떠났으면 구할 필요가 없었다.

니하오가 가까스로 몸을 구부려 아이의 이마를 손으로 짚었다. 그녀는 천천히 일어서서 루니에게 말했다.

"새끼 순록을 잡아요. 아이를 내 시렁주에 데려다 놓으세요."

나는 "니하오, 너 다른 사람 아이도 생각해야지" 하고 소리쳤다. 나는 그녀가 "다른 사람의 아이"의 함의를 이해해주기 바랐다.

니하오가 눈물을 글썽이더니 "내 아이를 구할 수 있는

데 제가 어떻게……" 하고 말했다.

니하오의 줄임말이 무엇인지 우리 모두는 알고 있었다.

루니는 꼼짝하지 않고 베이얼나를 꼭 끌어안았다. 와뤄샤는 마펀바오에게 새끼 순록을 잡아 마루신에게 바치라고 했다. 그리고 하세와 함께 소년을 루니의 시렁주로 옮겨놓았다.

니하오는 그 누구도 자신의 시렁주에 들어오지 못하게 했다. 그녀가 어떻게 그 무거운 무복을 혼자 걸치고 치마를 두르고 모자를 썼는지 아무도 알 수 없었다. 북소리가 울리기 시작하자 까만 밤이 내렸다. 하늘가에 걸려 있던 주황색 광선이 보이지 않았다. 까만 밤이 석양을 삼켜버린 모양이었다. 우리는 마음을 졸이며 야영지에 서 있었다. 루니와 베이얼나를 가운데 두고 빙 둘러 서 있었는데, 마치 섬 하나를 둘러싸고 있는 모습이었다. 루니는 베이얼나를 안심시켰다.

"아무 일 없을 거야. 무서워하지 마."

우리도 베이얼나에게 걱정하지 말라며 진정시켰지만, 와샤는 아이에게 "듣자하니 너희 어니가 굿을 하면 아이가 하나씩 죽는다던데, 너 안 무서워? 왜 도망가지 않아? 넌 정말 바보야!" 하고 말했다.

그렇지 않아도 벌벌 떨고 있던 베이얼나는 와샤의 말을 듣고 더욱 심하게 떨었다. 나는 와샤의 품에서 안차오얼을 빼앗고, 그녀에게 명령했다.

"너 여기서 나가거라!"

"제가 뭘 잘못했다고 그러세요?"

"꺼져! 당장."

내가 소리를 꽥 지르자 입이 부어오른 와샤가 획 돌아서 갔다. 안다오얼이 그녀의 뒤를 따라갔다. 잠시 뒤 와샤의 울음소리와 욕하는 소리가 들렸다. 하지만 와샤의 소리는 니하오의 북소리와 무복에 달린 금속 장식품들이 부딪히는 소리에 묻혀버렸다. 웨이커터가 와서 "안다오얼이 와샤를 묶어놓고 나뭇가지로 때리고 있어요" 하고 말했다. 와샤의 부모가 이구동성으로 "맞아도 싸!" 하고 말했다. 어느 누구도 가서 말리는 사람이 없었다.

와샤는 반시간쯤 울며불며 소란을 피웠다. 차츰 울음소리와 욕설이 잦아들었다. 울음소리와 욕설이라는 먹구름이 걷히자 맑은 북소리가 쨍 하고 나타났다. 긴박한 북소리가 들리는 걸 보니 니하오가 격정적으로 온힘을 다해 춤을 추고 있다는 것을 짐작할 수 있었다. 체구도 작은 데다 곧 출산을 앞두고 있는 그녀가 어떻게 이 모든 일을 감당해낼 수 있을지! 차가운 기류 속에 북소리는 쌩쌩 불어대는 북풍처럼 들려 우리는 몸을 바들바들 떨었다.

달은 벌써 하늘에 걸려 있었다. 반달이었다. 비록 반이 일그러져 있었지만, 해맑았다. 북소리가 들리지 않았다. 굿이 끝난 모양이었다. 베이얼나는 여전히 루니의 품에 안겨 있었다. 우리 모두 한시름 놓았다. 나는 베이얼나에게

"들어봐. 북소리가 들리지 않지. 넌 아무 일도 없어" 하고 말했다.

베이얼나가 "으앙" 하고 큰 소리로 울기 시작했다. 세상에서 가장 억울한 일을 당한 듯했다. 우리는 베이얼나를 위로하며 니하오가 나오기를 기다렸다. 하지만 베이얼나가 울음을 다 그칠 때까지 니하오는 시렁주 밖으로 나오지 않았다. 놀란 나와 루니가 그녀의 시렁주로 들어가려고 하는데, 안에서 노랫소리가 들려왔다. 니하오의 노래였다. 노랫소리를 듣고 있자니 수면 위에 떠 있는 달빛이 떠올랐다.

아이야, 돌아오렴.
아직 세상의 빛도 보지 않은 채
너는 흑암을 향해 달려갔구나.
엄마는 너를 위해 가죽 장갑을 준비해 두었단다.
아빠는 너를 위해 썰매신발을 준비해 두었단다.
아이야, 돌아오렴.
화롯불도 이미 켜놓았고
솥도 매달아 놓았단다.
네가 돌아오지 않으면
엄마, 아빠는 화롯가에 앉아 있지만
몹시도 추울 거란다.
네가 돌아오지 않으면

엄마, 아빠는 고기가 가득한 솥을 지키고 앉아 있어도
배가 몹시 고플 거란다.
아이야, 돌아오렴,
썰매신발을 신고 순록의 무리를 좇으렴,
네가 없으면 늑대가 해칠 거란다,
순록의 아름다운 뿔을.

나와 루니는 니하오가 아직 세상에 태어나지 않은 아이를 위해 노래를 부르고 있는 것을 깨달았다. 아직 태어나지도 않은 아이가 죽었다는 사실을 믿을 수 없었다. 나와 루니는 시렁주로 뛰어 들어갔다. 시렁주에는 역겨운 냄새가 떠다녔다. 비린내와 역한 냄새 그리고 피비린내도 있었다. 화롯가의 화롯불이 곧 꺼질 것 같았다. 루니가 곰기름 등잔불을 켰다. 우리는 살아난 소년이 온몸을 움츠리고 구석에서 소리죽여 울고 있는 것을 보았다. 부패한 토사물이 사방에 가득 널려 있었다. 니하오는 죽은 아이를 품에 안고 고개를 숙이고 화롯가 옆에 앉아 있었다. 신모를 벗자 땀으로 젖어 수양버들처럼 늘어진 그녀의 머리칼이 죽은 아이의 머리 위에서 부드럽게 흔들거렸다. 그녀는 무복과 치마를 벗을 힘조차 없어 보였다. 치마는 선혈로 물들었으며 무복 위에 달린 금속장식품은 여전히 빛을 발하고 있었다.

죽은 아이는 사내아이였다. 아이는 세상의 그 어떤 빛

을 보기도 전에 흑암으로 침몰했다. 이름을 얻을 기회조차 없었다. 니하오가 흑암의 세계로 떠나보낸 아이 중 유일하게 이름이 없는 아이였다.

나는 와뤄쟈와 함께 흰색 포대를 들고, 루니와 니하오의 골육을 묻으러 갔다. 이번에는 아무렇게나 아이를 양지바른 언덕에 던지지 않고 손가락으로 땅을 파서 묻었다. 이 아이는 하늘을 향해 찌를 듯이 자라나 보지도 못한, 발아하지 않은 씨앗에 불과했다. 8월, 작열하는 태양이 진흙을 뜨겁게 달구고 있었다. 양지바른 언덕에는 무성한 나무와 태양빛이 열렬하게 자라고 있었다. 손가락으로 무덤을 파는 동안 나와 와뤄쟈의 손톱에 따뜻한 흙이 가득 끼었다. 흙이 향긋했다. 나는 실수로 흙속에 묻혀 있던 지렁이를 부러뜨리고 말았다. 하지만 지렁이는 두 동강이 난 몸을 여전히 태연자약하게 흔들면서 땅속을 들락날락했다. 지렁이의 왕성한 생명력과 몸속에 숨어 있는 수많은 명줄에 나는 얼마나 감개무량했는지 모른다. 인간에게도 이러한 생명력이 있다면 얼마나 좋을까.

루니는 니하오가 만든 야타주를 태웠다. 임부가 몸을 푼 적 없는, 아이가 태어나지도 않은 야타주였다. 농밀한 구름처럼 목마른 루니와 니하오에게 비와 이슬, 시원함을 주었던 야타주가 끝내 사라져버렸다.

우리는 순록을 훔쳤던 세 사람을 풀어주었다. 와뤄쟈가 기근이 도둑질을 했으니 용서해주자고 했다. 슬픔에 잠겨 있던 루니는 이들을 떠나보내며 가다가 먹으라며 말린 고기를 싸주었다. 세 사람은 땅에 꿇어앉아 고개를 조아리며 눈물을 흘렸다. 언젠가 반드시 목숨을 구해준 은혜를 갚겠다고 말했다.

니하오는 시렁주에서 일주일 동안 요양을 하고 밖으로 나왔다. 그녀는 갈수록 수척해졌다. 홀쭉한 양 볼, 핏기 없는 입술, 새치가 섞인 머리칼을 한 채 그녀는 시렁주 밖으로 나오기만 하면 태양빛이 무서운 듯 벌벌 떨었다. 예전 그녀의 모습이 커다란 식량창고를 안고 있는 사람이었다면 지금은 배고픈 중생을 위해 식량창고를 깨끗이 비워주고 푹 배가 꺼져버린 듯한 모습이었다. 우리는 그녀의 몸에서 이상한 향기를 맡았다. 사향 냄새였다!

노루는 숲에서 가장 보기 힘든 동물이었다. 황갈색의 까칠까칠한 털 그리고 가슴에 두르고 있는 흰색 줄은 마치 땀을 닦기 위해 미리 준비해 둔 흰색 수건처럼 보였다. 노루는 사슴과 비슷하게 생겼지만, 뿔이 자라지 않았다. 노루는 머리가 작은 데다 뾰족하고 주름투성이어서 흉해 보였다. 수컷 노루는 사냥하기가 더 힘들었다. 수컷 노루 배꼽과 생식기 사이에 분비물이 나오는 샘 주머니를 말리면 독특한 향기가 발산됐는데, 그것이 사향이었다. 때문에 우리는 노루를 향노루라고도 불렀다.

사향은 귀중한 약재여서 향노루를 노획한 날이면 우리 렁 안은 명절 같은 분위기가 펼쳐졌다. 사향은 중독을 치료할 수 있었으며 머리를 맑고 깨끗하게 할 수도 있었고, 머릿속 경락 안의 막힌 부분을 뚫어주는 작용을 했다. 사향은 또한 피임 약물이었다. 사향 냄새를 맡으면 피임 효과가 나타났다. 아녀자가 하루 종일 사향을 호주머니에 넣어 두면 평생 임신하지 않을 수 있었다.

니하오가 왜 사향을 호주머니에 넣어 두었는지, 그 이유를 모르는 사람은 없었다. 어느 여인이 임신을 달가워하지 않겠는가? 하지만 니하오의 임신은 거의 다 만들어진 새 둥지가 뜻하지 않은 비바람으로 그만 떨어지는 것과 다름없었다.

사향의 향기는 언제나 여인의 눈물샘을 자극했다. 향이 너무 매워 눈이 따가운 것처럼. 루니는 니하오를 질책하지 않았다. 그의 가슴 저 밑바닥에서 절망이 흘러나오고 있었다. 니하오가 사향을 품고 있던 그해 여름부터 가을까지 루니는 사람들 앞에서 눈물을 흘릴 때마다 알 수 없는 냄새 때문에 눈이 자극을 받았노라고 변명했다. 나는 루니가 얼마나 아들을 바라고 있는지 알고 있었다. 귀거리와 예얼니쓰녜는 마치 별똥별처럼 루니의 가슴에 획을 그으며 흔적도 없이 사라졌다.

초겨울, 니하오의 몸에서 사향 냄새가 사라졌다. 나는 루니의 눈물이 그 냄새를 몰아냈을 거라 짐작했다. 사향 냄새가 짙은 안개였다면 루니의 눈물은 니하오의 태양빛이었다. 결국 루니의 눈물이 안개를 흩어버렸다.

1962년 이후 기근이 조금씩 완화되었지만, 식량공급은 여전히 빠듯했다. 이완은 가을에 돌아왔다. 여전히 보행이 불편했지만, 그는 말 두 필을 빌려 우리에게 술과 감자 그리고 몽고인에게서 산 치즈를 싣고 왔다. 그의 커다란 두 손은 관절이 튀어나오고 굽어 있었다. 예전에는 손으로 돌멩이도 가루로 쉽게 부숴버렸지만, 지금은 새나오리 알을 깨부수기에도 힘겨웠다. 이완은 정부가 새로운 마을을 건설해서 우리 같은 사람들을 산 아래로 이주시킬 계획이라고 했다.

하세가 "우치뤄푸의 집도 아직 텅텅 비어 있는데 또 집을 만든다고? 새 집도 놀려 두겠네" 하고 말했다.

다시가 "산을 내려가면 순록은 어떻게 살아?" 하고 물었다.

라지미가 "그러게. 그래도 산이 좋아. 산 아래는 기근도 있고, 도둑도 있고, 깡패도 있잖아. 산 아래서 살면 도적이나 토비의 소굴에서 사는 것하고 뭐가 달라?" 하고 말했다.

라지미는 마이칸 때문에라도 산을 떠나고 싶지 않았다. 여태껏 그는 마이칸을 데리고 산 아래로 내려간 적이 없었다. 마이칸의 생부나 생모가 찾아와 딸아이를 돌려달라고 할까봐 항상 염려스러웠다. 마이칸은 무척이나 아름다웠다. 꽃보다 더, 해도 달도 빛을 잃게 할 만큼 아름다웠다. 야영지에 말발굽 소리가 들릴 때마다 라지미는 사냥개처럼 귀를 쫑긋 세우고 잔뜩 경계했다. 혹시 마이칸을 데리러 사람이 오지 않을까 싶은 두려움을 품에 앉은 채.

이완이 돌아왔던 그날, 모두들 술을 아주 많이 마셨다. 그날 저녁 나는 와뤄쟈와 함께 있고 싶었다. 어느새 다지야나는 처녀가 다 되었는데, 깊은 밤에 바람소리를 만들어내면 그 아이가 놀라지 않을까 걱정이 되어 평소 몸을 사렸지만, 그날 밤은 달랐다. 물론 다지야나는 이러한 바람소리를 듣고 자랐지만 말이다. 술은 마치 화염처럼 나와 와뤄쟈의 격정에 불을 붙였다. 열정이 서로 충돌한 바람소리는 평소와 달리 더더욱 강렬할 터였다. 나는 와뤄쟈의 품에 꼭 안겨 이야기를 나누며 격정을 잠재우고 싶었다. 와뤄쟈에게 물었다.

"당신은 산을 내려가 살고 싶어요?"

"그 문제는 순록한테 물어봐야 할 것 같은데? 순록은 하산해서 살고 싶은지."

"순록은 분명 원하지 않을 거예요."

"그럼 우린 순록의 명에 따라야지. 휴우, 그런데 산에 있는 나무를 이렇게 벌목하다간 언젠가 산을 내려가고 싶지 않아도 내려가야 할 때가 올지 몰라."

"산 위에는 나무가 많아서 다 벨 수 없을 거예요."

"후유, 아마 우리는 조만간 이곳을 떠나야 할 거야."

"만약 내가 산에 남아 있고, 순록은 산을 내려가야 한다면 당신은 어떡할래요?"

"나야 당연히 당신하고 함께 남아야지. 순록은 모두의

것이지만, 당신은 내 것이니까."

그의 부드러운 목소리가 나의 갈망을 더욱 세차게 부채질했다. 우리는 서로를 꼭 끌어안았다. 서로 입을 맞추자 격정은 마침내 잔뜩 껴 있는 먹구름 뒤에 울리는 천둥소리처럼 우르릉 쾅쾅 폭발했다. 와뤄쟈는 내 몸에 엎드려 봄볕에 취한 사람처럼 나에게 녹아들었다. 나는 그날 밤 대자연의 바람소리에 감사했다. 그와 내가 우리의 은밀한 생명의 강에서 마음껏 헤엄치며 기쁨을 만끽하고 있을 때 시렁주 바깥쪽에서는 바람이 미친 듯이 불고 있었다. 우렁찬 바람소리는 우리의 격정을 엄호하는 듯했다. 환락이 내 몸 구석구석 스며들었다. 이내 온몸이 나른해져 와뤄쟈의 품에 안겼을 때 나는 그가 우뚝 솟은 나의 산이라는 느낌을 받았다. 나는 영원히 그의 몸 아래 가볍게 떠다니는 한 조각 구름이었다.

우리는 평안하게 두 해를 보냈다. 1964년 여름, 니하오는 사내아이를 낳았다. 루니는 그에게 마커신무라는 이름을 붙여주었다. 아이는 넓적한 얼굴에 이마가 넓었다. 입과 손, 발이 모두 큼지막했다. 첫 울음소리가 마치 호랑이가 포효하듯 온 아영지에 커다랗게 울려 퍼졌다. 귀가 어두워진 이푸린에게도 아이의 울음소리가 들릴 정도였다.

이푸린은 "울음소리가 천둥소리 같은 걸 보니 아이가 세상에 뿌리를 깊이 내려 제아무리 사나운 폭풍우가 밀려와도 쓰러지지 않을 거야" 하고 말했다.

그녀의 이야기에 루니는 감동의 눈물을 흘렸다. 마리야의 죽음이 이푸린을 과거의 이푸린으로 되돌려놓았다. 하지만 어디까지나 선량했던 마음만 돌려놨을 뿐, 몸은 예전으로 돌아갈 수 없었다. 이동을 할 때면 그녀는 순록을 타고 다녀야 했으며, 야영지에서 걸어 다닐 때에도 지팡이 없이는 걸을 수 없었다. 쿤더는 이푸린이 누워서 잠을 자지 않는다고 했다. 화롯가 옆에서 낮이고 밤이고 조는데, 마치 불을 지키는 수호신 같다고 했다.

마커신무가 태어나 우리에게 가져다준 기쁨은 채 석 달을 가지 못했다. 죽음의 먹구름이 서서히 우리 우리렁 상공에 응집되기 시작했다.

매년 9월은 숲에서 들사슴이 발정하는 계절이었다. 수컷 사슴의 성욕은 가히 폭발적이어서 단독으로 행동하기를 좋아했으며, 새벽이나 저녁에 홀로 산기슭에 서서 우우 하고 길게 울며 짝을 불렀다. 수컷의 울음소리가 전해 오면 암컷은 그 웅장한 목소리에 매료되었지만, 다른 수컷들은 질투심에 불타올랐다. 쾌락을 위해 암컷이 수컷을 찾아간 반면, 다른 수컷은 결투하기 위해 울음소리의 주인공을 찾았다.

우리 조상들은 수컷이 길게 우는 울음소리를 흉내 내어 사슴을 유인하는 휘파람을 발명했다. 일단 자연스럽게 휘어진 낙엽송의 밑동을 재료로 삼아 중간에 투각을 한 다음 물고기가죽을 붙여 사슴을 유인하는 호루라기를 만들었다. 이 호루라기는 머리 쪽은 뭉뚝하고 꼬리부분은 가느다래서 양쪽으로 모두 불 수 있었다. 호루라기에서 나는 휘파람 소리는 수사슴 울음소리 같았다. 우리는 그것을 '아오라이옹'이라고도 부르고 '쟈오루퉁'이라고도 불렀다.

보통 우리렁마다 쟈오루퉁이 여러 개 있었는데 대다수가 조상 대대로 물려받았다. 가을이면 우리는 그것으로 들사슴을 유인했다. 어른들은 사내아이들이 여덟, 아홉 살이 되면 쟈오루퉁 부는 법을 가르쳤다. 가을에 야영지에 남아 있는 여인들은 가끔씩 찌루찌루 하는 소리를 들었는데, 그 소리가 들사슴의 울음소리인지 아니면 쟈오루퉁이 내는 휘파람 소리인지 분간할 수 없었.

마커신무가 태어난 지 두 달이 지나 우리는 진 강 유역으로 이동했다. 그해 들사슴은 이곳에 빈번하게 출몰했지만, 우리는 옛 야영지에 머물지 않았다. 예쓰위앤커 산도 멀리 피했다.

남자들은 사냥을 나갈 때면 보통 둘이나 셋, 넷씩 뭉쳐 다녔다. 이완과 이푸린은 지팡이가 없으면 걸을 수가 없었고, 하세도 마리야가 죽은 후 정신도 맑지 않고 눈도 노화되어 여인들과 함께 야영지에 남았다. 와뤄쟈는 웨이커터와 쿤더, 마펀바오와 함께 뭉치기를 좋아해서 루니는 라지미와 다시 그리고 안다오얼과 함께 뭉쳤다.

호루라기는 마펀바오와 안다오얼이 기차게 잘 불었다.

마펀바오는 자해를 한 후 한겨울에도 가끔씩 샤오루퉁을 불었다. 마치 멀리 떠나간 자신의 수컷의 숨결을 부르고 있는 듯했다. 그의 휘파람이 애절하고 감동적인 반면, 안다오얼의 휘파람은 부드럽고 아름다웠다. 서로를 유혹하는 휘파람 소리는 어느새 애절함이 아름다움을 잠식해갔다.

가을에 서리가 내리면 나뭇잎은 노랗고 빨간색으로 물이 들었다. 서리가 가볍고도 무겁게 내린 탓인지 낙엽도 색깔이 진하고 연했다. 소나무는 노란색으로, 자작나무와 버드나무와 상수리나무 이파리는 붉고 노랗게 변했다. 고운 빛으로 물든 낙엽은 나약해져 바람이 휘휘 불면 계곡으로도, 흐르는 물에도 떨어졌다. 계곡에 떨어진 낙엽은 진흙이 될 것이고, 숲에 떨어진 잎은 개미의 우산이 될 것이고, 흐르는 물 위에 떨어진 낙엽은 물고기를 따라 헤엄쳐갈 것이다.

그날 황혼 녘 나는 진 강에서 류샤와 어망으로 고기를 잡고 있었다. 류샤는 강 한가운데 서 있었고, 나는 왼쪽 강기슭에 서 있었다. 그날은 운이 따라주지 않았다. 우리는 연거푸 세 번이나 어망을 던졌지만 한 마리도 잡지 못했다. 쥬위에는 안차오얼을 데리고 언덕에서 모래놀이를 하고 있었다. 둘은 모래 탑을 쌓고, 그 위에 풀잎을 꽂았다. 태양이 산 아래로 떨어지고 있었다. 나는 류샤에게 "일진이 별로네. 물고기들이 모두 강물 바닥에 잠수를 하고 있는 모양이야. 그만 돌아가자" 하고 말했다. 류샤가 강기슭으로 올라왔다. 그녀는 방수가 되는, 물고기가죽으로 만든 바지를 입고 있었는데, 물에서 나오자 바지에 물이 들어갔다. 그 바람에 석양을 반사하는 바지는 황금빛으로 빛나고 있었다. 마치 그녀는 두 개의 풍만한 다리를 갖고 있는 금붕어가 되어 뭍으로 올라온 듯했다. 우리는 그물을 걷으며 수다를 떨었다.

"류샤, 쥬위에가 벌써 여덟 살이 됐구나. 하나 더 낳아라. 손녀가 있었으면 좋겠구나."

"저도 아이가 생겼으면 하는데 아직 안 생기네요. 이상해요. 쥬위에가 동생이 생기는 게 싫은지, 동생더러 오라고 부르지 않아요."

"이럴 줄 알았으면 이름을 쥬위에라고 하지 말고 동생들 많이 생기라고 자오띠나 자오메(자오띠招弟, 자오메招妹는 '남동생이나 여동생을 부르다'라는 의미—옮긴이)로 부를 걸 잘못했어."

"호호, 제가 보기에 쥬위에는 모래장난을 좋아하니까 이름을 자오샤(招沙, '모래를 부르다'라는 의미—옮긴이)라고 불렀다면 억울하지 않았을 뻔했어요."

나는 류샤의 말이 재미있어서 웃었다. 그런데 울면서 우리를 향해 뛰어오는 제푸런나의 모습이 보였다. 가까이 다가온 그녀의 몸에서 진한 소금 냄새가 풍겨왔다. 그날 그녀는 줄곧 햇볕에 고기를 말리느라 소금으로 고기조각을 주물렀다. 제푸런나는 우리 앞에 다가와서 "안다오얼이 하늘나라로 떠났어요!" 하더니 허물어지듯 강변에 앉아 통곡했다.

그날 이른 아침, 별이 아직 자취를 감추지 않았던 그 시각, 남자들은 두 패로 나누어 쟈오루퉁과 사냥총을 들고 들사슴을 사냥하러 나섰다. 남자들이 떠날 때 우리는 아직 자리에서 일어나지 않았다. 와뤄쟈는 웨이커터와 마펀바오를 데리고 동남쪽 방향을 향해 떠났으며, 루니는 안다오얼과 다시 그리고 라지미를 데리고 서남쪽 방향을 향해 떠났다. 원칙대로라면 둘로 나뉜 패는 함께 만나지 않아야 했는데, 일이 꼬이고 말았다. 그날 두 패는 하루 종일 들사슴을 찾아 헤맸지만, 사슴의 그림자조차 발견하지 못하자 돌아오는 길에 방향을 바꾸었다. 혹시나 야영지로 가다가 들사슴과 마주치지 않을까 기대했다. 와뤄쟈 일행이 예쓰위앤커 산에 도착할 즘 산 위에서 사슴 울음소리가 들렸다. 산꼭대기에 들사슴이 있다고 생각한 일행은 걸음을 멈추었다. 마펀바오가 쟈오루퉁을 불었다. 그러자 산 위에서 사슴의 긴 울음소리가 전해왔다. 일행은 쟈오루퉁을 불면서 정상을 향해 올라갔다. 사슴의 울음소리도 일행과 점점 가까워졌다. 사냥총을 받쳐 든 웨이커터는 언제든 사슴을 향해 사격할 준비가 되어 있었다. 빛나는 사냥꾼들의 눈은 바람에 살랑거리는 풀잎의 경미한 변화에도 속지 않았다. 와뤄쟈는 열렬하고 순수한 음악소리처럼 그토록 조화로운 선율이 흐르는 사슴 울음소리는 처음 들어보았노라 했다. 그 아름다운 소리가 끊기는 것이 못내 아쉬워 웨이커터에게 총을 쏘지 말라고 하고 싶을 정도였다. 그러나 목표물과의 거리가 30, 40미터에 이르자 앞에서 들려오는 순록의 울음소리는 더욱 간절해졌다. 이어 낙엽을 밟는 바스락거리는 소리와 함께 나뭇잎이 요란스럽게 흔들리더니 황갈색 그림자가 잠시 번뜩였다. 웨이커터는 조금도 주저하지 않고 방아쇠를 당겼다.

"세상에! 맙소사!"

총성이 들리고 잠시 후 앞쪽에서 라지미의 목소리가 들려왔다.

"아니야!"

웨이커터가 소리를 지르며 맨 처음 달려갔다. 그는 자신의 눈을 믿을 수 없었다. 그가 명중시킨 것은 놀랍게도 자신의 동생 안다오얼이었다!

야영지로 돌아오던 루니는 예쓰위앤커 산을 지날 때 불현듯 예얼니쓰녜가 생각났다. 라지미와 다시 그리고 안다오얼이 그와 함께 산을 올랐다. 정상에 다다라서 보니 태양이 이미 서산으로 기울고 있었다. 울적해진 루니가 한숨을 쉬며 라지미에게 "태양 속에 사슴이 있을까?" 하고 묻자 안다오얼이 "내가 불러 보면 알 거야" 하고 대답했다. 안다오얼은 석양을 향해 쟈오루퉁을 불었다. 쟈오루퉁을 불자 산 아래쪽에서 반응이 있었다. 루니가 "어? 태양은 정말 신령하구나. 우리가 들사슴을 원하는 걸 알고 보내줬네" 하고 기뻐했다.

안다오얼은 쟈오루퉁을 불면서 산 아래로 내려왔고, 와뤄쟈 일행은 쟈오루퉁을 불면서 산 위로 올라갔다. 두 마리 사슴의 울음소리는 실은 쟈오루퉁 휘파람 소리였으나 마펀바오와 안다오얼이 너무 사실적으로 불었다. 모두가 상대방 사슴의 울음소리가 진짜라고 여겼다. 비극은 그 순간을 모면하지 못하고 벌어졌다. 만약 안다오얼이 쟈오루퉁을 불 때 몸을 활처럼 구부리는 것을 좋아하지 않았다면, 스스로를 들사슴으로 위장하기 위해 들사슴가죽으로 만든 옷을 입지 않았다면 눈썰미 있는 웨이커터는 허점을 포착하고 경솔하게 총을 쏘지 않았을 것이다.

웨이커터는 뛰어난 포수였다. 첫 번째 총알은 안다오얼의 머리통을, 다음 한 발은 아래턱을 관통하여 가슴에 꽂혔다. 안다오얼은 웨이커터가 달려오기도 전에 숨을 거뒀다. 나의 불쌍한 안다오얼은 아주 편안한 모습으로 미소를 띤 채 숨져 있었다.

우리는 안다오얼을 예쓰위앤커 산에 풍장했다. 다싱안링 산맥에는 수많은 산이 있었지만, 이 산만큼은 나에게 뼛속 깊이 각인된 산이었다. 이곳이 우리 가족 두 사람을 거두었다. 그 후로 우리는 이 산 근처에 얼씬거리지도 않았으며, 쟈오루퉁도 더 이상 불지 않았다.

안다오얼의 장례가 끝나고 우리는 사흘 내내 이동했다. 대이동이었다. 우리는 더 이상 진 강을 보고 싶지 않았다.

모두의 가슴속에 독사처럼 똬리를 틀고 있는 진 강을 멀리멀리 떨쳐버렸다. 이동을 하는 도중 눈꽃이 내렸다. 겨울이 온다더니 정말 왔다. 어제까지 알록달록하던 숲이 금세 은색으로 변해버렸다. 우리와 순록은 마치 눈꽃의 노예가 된 양 하얗고 망망한 눈꽃 속에 둘러싸여 끊임없이 얼굴을 갈겨 대는 차가운 채찍을 맞았다. 암울한 이동, 순록을 타고 있는 사람이나 걸어가는 사람 모두 상실감에 푹 젖어 있었다. 라지미는 애수에 젖은 분위기를 달래보려고 하모니카를 불었다. 하모니카도 영물이었다. 우리의 마음을 고스란히 품은 하모니카 소리는 아름다웠지만 슬펐다. 하모니카 소리는 모두의 얼굴에 드리워진 먹구름을 불어 없애기는커녕 오히려 얼굴에서 눈물이 흘러내리게 했다.

슬프지 않은 사람은 와샤뿐이었다. 제푸린나가 나에게 살며시 귀띔을 해주었다.

"와샤는 잣을 까먹다가 안다오얼이 죽었다는 소식을 들었어요. 자홍색 부서진 잣 껍데기를 퉤 하고 뱉더니 눈썹을 치켜세우며 '난 왜 이렇게 재수가 없을까?' 하고 말하더군요."

와샤의 부모가 그녀에게 예쓰위앤커 산에 가서 마지막으로 안다오얼의 얼굴을 보라고 했다. 와샤는 부모에게 이렇게 대답했다.

"그 바보 얼굴이라면 물리도록 봤어요."

그녀는 정말 안다오얼의 장례식에 오지 않았다. 안다오얼의 장례식 날 그녀는 야영지에서 한가롭게 말린 고기를 씹으며 앞에서 놀고 있는 안차오얼에게 "큰 바보가 없어졌는데 작은 바보는 언제쯤 없어져줄래? 너희 모두 사라져주면 난 자유야!" 하고 말했다. 그녀는 심지어 제푸린나에게 "앞으로 난 쟈오루퉁을 신령으로 삼아 받들어 모실 거야. 쟈오루퉁은 내 인생에 광명을 가져다주었으니까"라고 고백했다.

나는 와샤가 우리를 떠나주기 바랐다. 그녀가 일찌감치 개가해서 안다오얼의 3년상은 지켜주지 않아도 나는 아무렇지 않을 것이었다. 나는 와샤에게 부탁했다.

"너만 좋다면 언제든지 네 갈 길로 가렴. 안차오얼이 네 인생에 짐이라고 생각하지 않았으면 좋겠다. 내가 맡으마. 어차피 너도 안차오얼이 애틋하지 않을 테니 남겨놓고 떠나렴."

"말씀 안 하셔도 알 거든요. 떠나야 될 때다 싶으면 떠날 거예요. 두 남자한테 시집가는 건 수치스러운 일이잖아요. 그렇지 않아요, 하다모어니?"

우리는 시어머니를 하다모어니라고 불렀다. 류샤는 웨이커터와 결혼한 후 줄곧 나를 이렇게 불렀지만, 와샤는 그렇지 않았다. 그녀는 단 한 번, 나를 하다모어니라고 불렀는데, 그녀의 말투에는 존경이 아니라 모욕을 주려는 의도가 담겨 있었다. 나는 그녀에게 선포했다.

"안다오얼이 떠났으니 너는 자유다. 나는 네 하다모어니가 아니야!"

새로운 야영지에 도착한 지 얼마 되지 않아 친칠라를 잡는 계절이 되었다. 남자, 여자 할 것 없이 모두 정신이 없었지만 웨이커터와 와샤만은 바쁘지 않았다. 웨이커터는 안다오얼에게 총을 쏜 후 벼락을 맞아 바보천치가 되어버린 듯 침묵으로 일관하고 있었다. 그는 술을 마시지 않으면 잠을 잤다. 때문에 눈은 항상 벌겋게 부어 있었다. 그는 안차오얼을 볼 수 없었다. 안차오얼을 보았다 하면 눈에 모래가 들어간 사람처럼 눈물을 줄줄 흘렸다. 시간이 좀 지나면 웨이커터가 자연스레 회복하리라 여겼다. 세상에 영원히 치유될 수 없는 상처는 없었다. 비록 상처가 아문 후에도 날이 꾸무럭하고 비가 내리는 궂은 날이면 그 언저리가 아프지만 말이다. 우리는 웨이커터가 폭음을 해도 말리지 않았다. 웨이커터는 안다오얼을 명중시켰던 총을 와뤄쟈에게 주었다. 자기는 굶어 죽을지언정 더 이상 사냥을 하지 않을 것이며, 고기는 입에도 대지 않을 것이며, 술을 마실 때면 자두나 말린 과일, 어포를 먹겠다고 했다. 우리가 친칠라를 사냥하러 나가면 웨이커터는 노인과 아이들과 함께 야영지에 남아 있었다. 와샤는 안다오얼을 눈곱만큼도 담아두지 않았지만, 세상을 떠난 남편 때문에 마음이 아프다며 친칠라 사냥을 나가지 않았다. 하루는 저녁에 류샤와 함께 친칠라를 사냥해서 야영지로 돌아오는데, 웨이커터가 시렁주로 나를 찾아왔다.

"어니, 안다오얼은 죽은 게 더 행복한 건지도 모르겠어요. 살아서 고생하는 것보다 그게 나을지도 몰라요."

"네가 그렇게 생각했다니 됐다."

웨이커터가 떠듬떠듬 낮에 일어났던 이야기를 들려주었다.

"혼자 시렁주에서 술을 마시고 있는데 와샤가 절 찾아왔어요. 제가 취한 걸 보더니 목을 끌어안고 입을 맞췄어요. 그리고 저랑 잠을 자고 싶다고 하더군요. 전 그 여자를 밀어냈지요. 그런데 와샤는 '나랑 같이 자고 나면 기분이 좋아져서 그 바보를 잊게 될 거야!'라고 말하더군요. 저는 화가 나서 와샤의 머리를 때렸어요. 그리고 다시 안다오얼을 바보라고 하면 혀를 잘라버리겠다고 했지요. 그러자 와샤가 '너희 형제는 둘 다 바보야!'라고 소리치며 울면서 밖으로 뛰어나갔어요."

나는 와샤가 웨이커터에게 계속 치근댈까봐 사냥을 나갈 때 류샤를 야영지에 남겨 두었다. 하지만 내 걱정은 괜한 것이었다. 열흘이 좀 지나 우리 야영지에 말장수가 말 네 필을 끌고 와서 순록 두 마리와 바꾸고 싶어 했다. 우리는 그와 거래하지 않았다. 말은 우리에게 고통스러운 기억만을 남겨주었다. 게다가 그가 말을 순록과 바꾸려는 이유는 순록의 고기가 신선하다는 말을 듣고 먹고 싶었기 때문이었다. 이런 작자에게 어떻게 우리가 사랑하는 순록을 넘겨줄 수 있겠는가? 말장수는 야영지에서 하루를 묵고 다음 날 아침 일찍 말을 몰아 떠났다. 그는 혼자가 아닌 와샤와 함께 떠났다.

이때부터 안차오얼은 우리와 함께 살게 되었다.

1965년, 네 사람이 우리 야영지를 찾아왔다. 길잡이 한 사람, 의사 한 사람, 그리고 간부 둘이었다. 그들은 건강을 검진하고, 산 아래로 이주할 것을 종용하기 위해 우리를 찾아온 것이었다. 그들은 주거환경이나 의료조건이 열악한 우리를 위해 정부가 일부 산사람들의 의견을 수렴하여 이미 베이얼츠 강과 우리지치 강이 교차하는 지점에 이주정착지를 만들어 급류마을을 조성하고 있다고 했다.

급류마을의 위치를 우리는 잘 알고 있었다. 그 일대는 숲이 무성하고 경치가 아름다워 주거지역으로 안성맞춤이었다. 그러나 문제는 순록이었다. 우리령의 순록이 만약 그곳에 간다면 베이얼츠 강 유역에서 이끼를 찾을 수 없을 것이다. 우리는 순록을 따라 움직여야 했다. 때문에 와뤄쟈의 이야기처럼 그곳에서 장기적인 거주는 불가능했다. 간부인 두 사람이 우리가 기르는 순록과 소나 말, 양과 돼지가 어떻게 다른지 물었다. 그리고 "동물을 그렇게 애지중지해서는 안 돼요. 동물이란 여름에는 부드러운 나뭇잎을 먹고, 겨울에는 마른 풀을 먹어도 굶어 죽지 않아요" 하고 말했다. 그 말을 듣고 모두 한마디씩 했다.

루니는 먼저 나섰다.

"당신들은 순록을 소나 말로 생각하시오? 순록은 마른 풀을 먹지 않을 것이오. 순록은 산에서 나는 수백 종의 풀을 먹고 있소. 만약 풀과 나뭇잎을 먹지 않는다면 순록은 총기가 사라져 죽을 것이오."

하세는 "당신들은 어떻게 순록을 돼지와 비교할 수 있소. 돼지는 어떤 동물이오? 나는 우치뤄푸에서도 본 적이 없소. 돼지는 심지어 똥도 먹는 더러운 것 아니오? 우리 순록은 여름에는 이슬을 밟고 걷소. 순록이 풀을 먹을 때면 꽃봉오리와 나비가 함께 있고, 물을 마실 때도 물속에서 헤엄치는 물고기를 볼 수 있다오. 겨울에 적설에 엎드려 이끼를 먹을 때면 눈 아래 묻혀 있는 풀도 볼 수 있고, 새들이 지저귀는 소리도 들을 수 있소. 돼지를 어떻게 이런 순록과 비교할 수 있단 말이오" 하고 말했다.

간부들은 우리의 화난 모습을 보더니 "순록은 좋은 동물이오. 또한 신성한 동물이오! 때문에 처음에는 사람들이 순록 때문에 정착을 망설이죠" 하고 말했다.

청진기를 목에 건 의사는 우리를 진찰할 때 어려운 상황에 봉착했다. 남자들의 가슴을 열어 보는 일은 비교적 순조로웠지만, 이푸린을 제외하고 여자들의 가슴에 청진기를 대보는 일은 고단했을 것이다. 제푸린나는 "제 가슴은 다시 외에는 평생 그 누구도 볼 수 없어요" 하고 말했으며, 류샤는 "다른 남자가 제 가슴을 보는 일은 웨이커터한테 너무 미안한 일이에요" 하고 말했다. 나는 그 차갑고 둥그런 쇠붙이만 대면 어떤 병에 걸렸는지 알 수 있다는 사실이 믿기지 않았다. 내가 보기에는 바람이, 흐르는 물이, 달빛이 내가 어떤 병에 걸렸는지 들을 수 있었다. 병은 내 가슴에 숨어 있는 비밀의 꽃이었다. 나는 평생 한 번도 병원에 가서 진찰을 받아본 적이 없었다. 우울하고 답답하면 바람 속에 잠시 서 있었다. 그러면 바람이 내 가슴에 쌓인 우울함을 불어 흩날려주었다. 고민에 휩싸이면 나는 강변에 서서 흐르는 물소리를 들었다. 그러면 내 마음이 곧 편안해졌다. 아흔이 넘도록 건강하게 살 수 있었던 까닭은 내가 주치의를 잘못 선택하지 않았다는 것을 증명해주고 있었다. 내 주치의는 시원한 바람과 흐르는 물 그리고 일월성신이었다.

이푸린은 진찰이 끝나자 의사에게 "내가 얼마나 더 살 수 있겠소?" 하고 물었다.

의사가 "심장 소리도 약하고 폐에서 잡음이 들리네요. 젊으셨을 때 날고기를 좋아하셨나요?" 하고 물었다.

이푸린은 있는 대로 입을 쫙 벌리더니 이를 내보이며 "하느님이 나한테 이렇게 좋은 이를 주셨는데 날고기를 씹어 먹지 않으면 얼마나 애석한 일이겠소!" 하고 말했다.

의사는 "폐결핵일 가능성이 있습니다" 하더니 그녀에게 약을 한 아름 지어 주었다. 이푸린은 그 약봉지를 들고, 지팡이를 짚고 덜덜 떨며 니하오가 있는 곳으로 다가와서 그녀에게 약봉지를 쥐어주었다.

"앞으로는 다른 사람 병을 치료해주려고 굿할 필요 없어. 병을 낫게 하는 물건이야! 네 아이들은 이제부터 아무 일 없을 거야!"

감동한 니하오가 눈물을 흘렸다.

이푸린이 모두에게 연민의 정을 느낀 건 아니었다. 그녀는 여전히 쿤더에게 쌀쌀맞게 굴었다.

낙엽이 휘날리는 계절이 되자 산에 살던 몇몇 부락민이 순록을 앞세우고 급류마을로 내려와 정착했다. 우치뤄푸에 이어 역사상 두 번째로 이루어진 대규모 정착이었다. 정부는 급류마을에 우리를 위해 살 집뿐 아니라 학교와 병원, 쌀가게와 상점, 수렵물품 수매점도 건설했다. 이제 물물교환을 하러 우치뤄푸 합작사까지 갈 필요가 없었다.

나는 급류마을에 가지 않았다. 라지미도 가지 않았다. 그는 마이칸을 데리고 산을 내려가면 꽃사슴을 늑대 무리에게 던져주는 것과 다름없는 일이라고 했다. 마이칸이 나날이 예뻐질수록 라지미의 시름도 깊어졌다. 류샤는 난감했다. 안다오얼의 죽음을 겪은 웨이커터는 정착을 결심했지만, 마펀바오는 옛 방식대로 사는 데 길들여져 있었다. 그녀는 이러지도 저러지도 못하고 한동안 고민하다가 결국 웨이커터를 선택했다. 폭음을 일삼는 웨이커터는 이제 누군가 곁에서 수시로 수발을 들어주어야 하는 지경이 되었다. 루니의 가족도 하산하지 않았다. 니하오가 급류마을로 떠난 사람들은 조만간 돌아올 것이라고 했다. 나이가 많은 이완과 이푸린, 쿤더와 하세는 하루가 다르게 몸이 나빠진 탓에 어쩔 수 없이 하산해야 했다. 다시는 제푸린나의 임신을 위해 병원 의사에게 희망을 걸고 있었다. 그 때문에 두 사람의 정착 또한 어쩔 수 없는 일이었다. 내 딸 다지야나는 열아홉 살이 되었다. 딸아이는 열렬하게 새 삶을 추구하는 젊은이였다. 그녀는 새로운 삶이 좋은지 나쁜지 몸소 체험하고 싶다고 했다. 와뤄쟈는 다지야나와 그의 씨족 사람들을 위해 급류마을로 갔지만, 나는 그가 곧 돌아오리라 믿었다.

이들이 떠나기 며칠 전 우리는 순록을 나눴다. 우리에게는 백 마리가 넘는 순록이 있었다. 먼저 순록을 수컷과 암컷 그리고 새끼 순록, 세 부류로 나눈 다음 대부분의 순록은 남겨 두고 하산하는 이들에게 조금씩 떼어주었다. 혹시나 순록이 새로운 환경에 적응하지 못할까 염려스러워 일단 조금만 주기로 결정한 것이었다.

나는 안차오얼을 곁에 남겨 두었다. 어리석은 아이가 사람이 많은 곳에 있다 보면 분명 다른 아이들의 조롱과 멸시를 받게 될 것이었다. 나는 안차오얼이 그와 같은 모욕을 느끼지 않기를 바랐다. 산에서는 그의 어리석음이 주변 환경과 조화를 이루었다. 산과 물은 본질적으로 어리석기 때문이었다. 산은 언제나 한곳에 앉아 있었고, 물은 언제나 아래로만 흘렀다. 와뤄쟈와 다지야나가 곁에 없을 때 안차오얼은 나에게 등불이 되어주었다. 조용한 안차오얼은 순종하는 아이였으며 울지도, 떼를 쓰지도 않았다. 어려서부터 순록을 좋아했던 안차오얼은 사람들의 웃음소리나 이야기에 반응하지 않았지만, 순록의 소리가 들려오면 기뻐서 시렁주 밖으로 뛰어나갔다. 그가 땅바닥에 꿇어앉아 손바닥에 소금을 올려놓고 순록에게 먹이는 모습은 마치 경건한 신도가 존경하는 신 앞에 고개를 숙이고 있는 듯했다. 안차오얼은 내가 일하는 모습을 물끄러미 바라보기를 좋아했다. 그는 말은 잘하지 못했지만, 손은 기민해서 일을 아주 빨리 배웠다. 여섯 살에 순록의 젖을 짰으며, 여덟, 아홉 살에는 챠를커로 친칠라를 잡았다. 항상 일을 즐겁게 했다. 나는 안차오얼처럼 일하기를 좋아하는 아이를 본 적이 없었다.

겨울이 되었다. 나는 가을에 떠난 와뤄쟈 일행이 곧 돌아오리라는 예감이 들었다. 그래서 이동할 때마다 직접 표식을 남겨 두었다. 나는 나무에 표를 남겨 둘 때 가끔은 자작나무 껍질에 태양과 달을 그린 그림을 꽂아 두었다. 구부러진 초승달의 한쪽 끝이 둥근 태양을 향하게 하여 초승달이 태양을 향해 손짓하고 있는 모습이었다. 와뤄쟈가 이 그림을 보면 내가 그의 귀향을 기대하고 있다는 것을 단번에 읽을 것이라고 믿었다. 과연 눈이 네 번째 내리고 나서 와뤄쟈가 돌아왔다. 긴 머리를 자른 그는 수척했지만, 안색이 붉고 윤이 나서 훨씬 더 젊어 보였다.

나는 그에게 왜 머리를 잘랐는지 물었다.

"우리 부락민 대부분 급류마을에 정착했는데, 그곳에는 향장이 있으니 추장은 쫓겨나야지."

내가 웃으며 "누가 당신을 쫓아냈어요?" 하고 묻자 와뤄쟈는 고개를 숙이고 "태양과 달이" 하고 대답했다. 그는 자신이 머리를 잘랐을 때 부락민이 모두 울었다고 했다. 그들은 그가 깎은 머리칼을 나눠 갖고 고이 간직했다고 했다. 그들에게 와뤄쟈는 영원한 추장이기 때문이었다. 나는 그가 마음이 아플까봐 일부러 농담을 했다.

"여자들도 당신 머리칼을 주워 갔어요?"

"당연하지."

"그럼 안 되는데. 악몽을 꿀 텐데!"

"다른 여자들이 주워 간 내 머리칼은 죽은 물건이지만, 살아 있는 건 이렇게 당신을 둘러싸고 있잖아."

그의 이야기가 정겨웠다. 그날 밤 우리는 뜨거웠다. 와뤄쟈와 따뜻한 바람을 보낸 후 나는 안차오얼이 화롯가에 단정하게 앉아 있는 모습을 보았다. 불빛이 그의 얼굴을 빨갛게 비추고 있었다.

"안차오얼, 왜 잠을 자지 않았어?"

"바람 때문에 일어났어요. 아테는 바람의 신인가요?" 안차오얼이 나에게 물었다.

와뤄쟈가 돌아온 그날 루니, 라지미 그리고 마펀바오가 시렁주에 찾아와 간단하게 인사를 나누고 헤어졌다. 그들은 오랜만에 만난 우리 두 사람이 회포를 풀기를 바랐다. 그러나 다음 날 이른 아침부터 찾아와서는 와뤄쟈에게 급류마을이 어떻게 생겼는지, 그곳에 정착하는 사람들의 일상과 순록이 어떤지 물었다. 와뤄쟈가 입을 열었다.

"급류마을에는 향당위원회 서기가 있는데, 그 사람은 한족이야. 성은 류 씨이고, 선량한 사람이지. 마흔이 좀 넘었고, 아내는 뚱뚱보야. 아들 둘은 비쩍 말랐고. 향장은 치거다야. 예전에 산에 살던 어원커 부족의 또 다른 씨족의 추장이었지. 부향장 둘은 한 사람은 한족이고, 다른 한 사람은 어원커 사람이야. 정착지에 도착한 다음 날 회의가 열렸는데, 류 서기가 정착하고 나서 가장 중요한 건 단결이라며 각 씨족 간의 갈등과 분쟁을 없애고 한 가족처럼 살아가자고 연설했어. 그랬더니 웨이커터가 술에 취해서 '한 가족이라면 여인들을 바꿔가면서 잘 수 있소?' 하고 물었어. 웨이커터 이야기에 회의는 산통이 깨져버렸지. 다들 웃느라고 향장 이야기는 귓등으로 들었어. 류 서기는 사냥총 보관에 주의해줄 것과 술은 적게 마시고 술 취하고 싸움은 절대 금지라며 우리더러 예의범절이 넘치는 문명 사회주의의 새로운 수렵민족으로 거듭나야 된다고 하더군.

급류마을의 집은 두 가구씩만 있게 설계되어 있어서 우치뤄푸보다 괜찮아. 집 주변으로 버드나무가 많이 심겨져 있지. 집 안에는 목화솜으로 된 이불이 있지만, 모두 그 이불을 덮으면 답답해서 아직 짐승 가죽으로 만든 이불을 사용하고 있어. 한밤중이면 잠을 이루지 못한 사람들이 올빼미처럼 길바닥을 헤매고 다니는데, 사냥개도 마찬가지야. 시렁주에서 산과 숲을 지키던 사냥개는 일렬로 죽 늘어서 있는 집들이 생경해서인지 밤중이면 주인을 따라 이리저리 헤매고 다녀. 서로 친하지 않는 사람들은 그냥 지나치면 그만이지만, 사냥개들은 낯선 상대를 만나면 서로 짖어대고 물어뜯기도 하는 통에 막 정착했을 때 급류마을은 한밤중에도 소란스럽고 불안했어.

나는 다지야나와 이푸린 그리고 쿤더와 함께 지냈고, 다시 일가와 웨이커터 일가가 한 집에 살았어. 이완은 향리의 특별한 보살핌을 받고 혼자만의 집을 소유했어. 향당 위원회 서기는 이완이 일본군을 쳐부쉈던 전력을 알고 있어서 건국 공신으로 치켜세우고 있지. 남자들은 여전히 산에 가서 사냥을 하고 돌아오는데, 당일로 다녀오기도 하고 때로 며칠이 지나 돌아오기도 해. 여자들은 여전히 순록을 돌보는 일을 제일 중요한 일거리로 삼고 있고. 근데 순록은 급류마을에 온 게 싫은 모양이야. 순록은 조용하고 널찍한 곳을 좋아하잖아. 그래서 급류마을에서 좀 떨어진 곳에 녀석들이 쉴 곳을 마련해주었어. 여자들은 매일 먹을 것을 싸들고 순록을 점검하러 가. 만약 순록이 모자라면 예전처럼 순록을 찾아 나서기도 하고."

마펀바오가 물었다.

"지난번에 왔던 간부는 급류마을의 순록은 풀이나 나뭇잎을 먹을 수 있다고 하지 않았나요? 왜 예전과 다름없이 생활하고 있을까?"

"도착하자마자 순록은 향정부 서쪽에 있는 우리지치 강 모래언덕에 만들어 놓은 우리에서 생활했어. 향 동물병원의 남색 긴 두루마기를 입고 안경을 쓴 성이 장 씨인 수의사가 매일 순록의 무리를 지키며 여물과 콩깻묵을 먹였어. 그런데 순록이 여물이며 콩깻묵을 싫어해서 소금을 핥아먹고 물을 좀 마시고는 배가 고파도 줄곧 참고 있는 거야. 순록이 하루가 다르게 야위자 사람들은 그 수의사한테 마귀라고 욕설을 퍼부었어. 심지어 구타하려는 사람까지 생겼지. 격분한 사람들이며, 심상치 않은 순록의 모습을 보고 위에서 우리 의견을 수렴해 순록은 다시 자유를 얻을 수 있었어."

내가 와뤄쟈에서 물었다.

"그 일대 이끼가 사라지면 순록은 먹이를 찾아 이동할 텐데 그럼 두 해가 지나기도 전에 집이 텅텅 비겠네요. 그곳에 있는 집은 우리 시렁주처럼 살아 있는 게 아니라 죽은 거라서 떼메고 다닐 수도 없잖아요. 순록의 뒤를 좇을 수도 없을 텐데."

그해 겨울 다싱안링 산맥에 대규모 개발이 시작되었다. 더 많은 일꾼들이 산에 들어와 살았다. 이들은 여러 곳에 공단을 건립했으며 목재를 실어 나를 수 있는 내부전용철도를 개척했다. 나무 베는 소리가 갈수록 커졌다. 그해부터 숲에 사는 친칠라 숫자가 감소하기 시작했다. 와뤄쟈는 소나무를 벌목했기 때문이라고 했다. 친칠라는 잣을 좋아했는데, 잣은 소나무에서 열리기 때문에 소나무를 벌목하는 것은 친칠라의 양식을 없애는 것과 마찬가지라고 했다. 기근을 피해 도망치는 것은 인간도, 친칠라도 마찬가지였다. 친칠라는 텁수룩한 꼬리를 치켜들고 어얼구나 강 왼편으로 도망친 게 틀림없었다.

두 해가 지난 후 급류마을에 정착하여 살던 부락민이 과연 순록 때문에, 회귀하는 철새처럼 산 위로 다시 돌아왔다. 보아하니 예전의 삶은 그래도 봄날이었다.

우리 우리링 사람들 중 일부는 돌아오고, 일부는 그곳에 남아 있었다. 사방팔방으로 다니며 아이를 갖기 위해 의사와 약을 찾아 헤매고 있는 다시와 제푸린나는 돌아오지 않았다. 이완은 돌아오고 싶었지만 류머티즘이 심해져 거동이 불편한 탓에 몸이 따라주지 않았다. 웨이커터와 류샤는 학교에 다니고 있는 쥬위에 때문에 그곳에 머물 수밖에 없었다. 돌아온 사람은 늙고 쇠약한 이푸린과 쿤더 그리고 하세였다. 함께 온 순록도 관리가 허술해서 이들처럼 기운이 하나도 없었다.

돌아온 사람 중에 오직 한 사람, 내 딸아이 다지야나만이 생기발랄했다. 붉고 윤이 나는 낯빛과 부드러움이 넘쳐흐르는 눈빛이 유달리 아름다워 보였다. 그녀는 야영지의 여인들에게 선물을 가져왔다. 나와 니하오에게는 남색으로 된 두건을 주었으며, 베이얄나와 마이칸에게는 꽃이 수놓인 손수건을 주었다. 돌아온 그날 밤 다지야나는 나와 와뤄쟈에게 청혼받은 사람이 둘이 있는데 누구를 선택해야 옳은지 물었다.

급류마을의 초등학교 선생 가오펑루는 한족으로 다지야나보다 여섯 살이 많았다. 또 한 사람은 어윈커 사람인 쒀창린으로 다지야나와 나이가 같았으며 유명한 포수였다.

다지야나는 가오펑루는 키가 크고 좀 말랐는데, 성격이 온화하고 외모도 깔끔하다고 했다. 그뿐 아니라 좋은 교육을 받았으며 고정된 월급을 받고, 피리를 불 줄 안다고 했다. 쒀창린은 보통 키에 뚱뚱하지도 그렇다고 마르지도 않은 아주 건장한 체격의 소유자로 명랑하고 쾌활했으며 날고기를 좋아한다고 했다. 그도 우리처럼 순록을 방목하고 사냥을 해서 생계를 도모한다고도 했다.

나는 "넌 날고기를 즐겨 먹는 사람한테 시집가야지" 하고 말했다.

와뤄쟈는 "너는 피리 부는 사내한테 시집가야지" 하고 말했다.

다지야나가 "어니의 말을 들어야 하나요? 아니면 아마의 말을 따라야 하나요?" 하고 물었다. 와뤄쟈가 "네 마음의 소리를 따르렴. 마음이 가는 대로 따라가면 될 것 같다"고 답해주었다.

다지야나는 봄에 돌아왔다. 새장을 뛰쳐나온 새처럼 그녀는 즐거워했다. 그녀는 급류마을로 돌아가고 싶은 생각이 추호도 없다고 했다. 시렁주에 사는 것이 좋다고 했다. 여름이 되었다. 다지야나는 나와 와뤄쟈에게 "어니, 아마. 전 날고기를 좋아하는 사람한테 시집가겠어요" 하고 말했다. 우리는 결혼 준비를 서둘러 보름 후에 쒀창린에게 다지야나를 시집보냈다.

다지야나가 야영지를 떠나던 그날, 와뤄쟈는 내 앞에서 한숨을 깊이 내쉬었다. 우리 곁을 떠나는 다지야나가 아니라 피리 부는 사나이를 아까워하는 것을 나는 알 수 있었다.

다지야나가 떠나자마자 야영지에 손님들이 찾아왔다. 길잡이와 급류마을의 부향장 천 씨, 그리고 수의사 장 씨, 마지막으로 피리 부는 사나이 초등학교 교사 가오펑루였다. 우리 야영지를 찾아온 손님들은 각자 방문 목적이 따로 있었다. 부향장은 인구조사와 등기를 하기 위해서였고, 수의사는 순록의 질병을 검사하고 순록의 정액을 채집하여 품종개량실험을 하기 위해 왔다고 말했다가 모두의 비웃음을 샀다. 부향장이 가오펑루를 소개하길 이 사람은 수재이며 여름방학을 이용해 어워커 민요를 채집하기 위해서 이곳에 왔다면서 노래를 많이 불러달라고 했다. 하지만 가오펑루는 다지야나의 소식을 알고 싶어 우리 우리렁을 찾아온 것이 분명했다. 다지야나가 결혼식을 올리고 이곳을 떠났다고 하자 그는 "잘됐군요"하고 말했지만 얼굴에는 실망의 빛이 떠올랐다.

라지미는 부향장이 인구조사를 하기 위해 찾아왔다는 소식을 듣고 마이칸에게 "널 잡으러 온 사람이야. 시렁주에 꼼짝 말고 있어. 안 그럼 목숨을 잃게 될 거야"하고 말했다.

마이칸은 그러겠다고 대답했지만, 밖에서 들려오는 노랫소리와 사람들이 춤추는 모습은 너무 매혹적이었다. 그녀는 밖으로 나와 슬그머니 모닥불 가에서 춤추는 사람들 틈바구니에 끼었다. 이슬을 머금은 백합화처럼 아름다운 우아한 춤사위에 외부에서 온 남자들의 시선이 단번에 열일곱 소녀에게 전부 꽂혔다.

마이칸은 어둠 속에 나타난 휘황한 달처럼, 비가 갠 후 계곡에 걸린 무지개처럼, 저녁 강변에 서있는 작은 사슴처럼 자기가 지닌 아름다움을 뿜어냈다. 사람들은 감탄을 자아냈다. 부향장은 눈을 비비며 "저 아가씨, 선녀 아니야?" 하고 물었다. 입을 쩍 벌리고 있는 수의사는 마치 꿈에서 귀신이라도 만난 모양새였다. 고개를 숙이고 불빛 아래 노트에 민요가사를 적고 있던 가오핑루는 마이칸이 나타나자 고개를 들었다. 그는 펜을 멈추고 춤사위를 바라보다가 노트를 모닥불 속에 떨어뜨리고 말았다. 노트는 다 타버리고 말았다. 비록 아무 말도 하지 않았지만 그의 눈이 마음을 대신 이야기하고 있었다. 그는 눈물을 흘렸다. 그 눈물이 더 이상 다지야나 때문에 상심하지 않을 것이란 걸 우리는 믿을 수 있었다. 마이칸이 한 송이 구름처럼 순식간에 그의 가슴에 달려와 비바람을 일으켰기 때문이었다.

라지미는 마이칸이 춤추는 모습을 보고 화가 나서 온몸을 부들부들 떨었다. 강도가 마이칸이라는 보석을 가져가버려, 텅 빈 보석 상자를 지키고 있는 주인처럼 라지미의 얼굴은 참담함과 고통스러움이 묻어 났다. 마이칸의 다리가 춤을 추며 빙글빙글 돌 때마다 라지미의 어깨는 상처 입은 새의 날개처럼 고통스럽게 경련을 일으키고 있었다.

부향장은 와뤄샤에게 "저 아가씨는 어원커 사람이 아니죠? 아름다우면서 춤까지 잘 추는군요. 저 아가씨를 문화공작단에 추천해봐도 되겠소? 이런 산골에서 썩기는 너무 안타까운데" 하고 말했다.

와뤄쟈는 조그만 소리로 "저 아가씨는 주워 왔어요. 라지미가 저 아이를 키웠죠. 라지미의 눈에서 저 아이가 사라지면 실명하게 될 거요" 하고 대답했다.

부향장은 목을 치켜들어 "에고" 하고 탄식을 내뱉더니 더 이상 말이 없었다.

그날 저녁 라지미의 시렁주에서 울음소리가 새어나왔다. 라지미의 울음소리가 들리더니 이어서 마이칸의 울음소리가 들렸다. 다음 날 이른 아침, 두 사람이 보이지 않왔다. 라지미가 늑대 같은 사람들을 피해 마이칸을 데리고 피난 갔다는 사실을 모두가 눈치 챌 수 있었다.

확실히 그랬다. 손님들이 떠난 후 사흘째 되는 날, 라지미는 마이칸을 데리고 돌아왔다. 그 후로 마이칸은 말수가 줄고 베이얼나와 함께 노는 것도 좋아하지 않았다. 황혼 녘이 되면 마이칸은 낮은 목소리로 노래를 불렀다. 그 아름다운 노랫소리는 애원하듯 수심에 가득 찬 소리였다. 와뤄쟈는 나에게 "가오펑루가 민가를 수집하러 왔으니 마이칸이 부르는 노래를 들려줘야 돼. 매일 마이칸은 똑같은 노래를 불러. 선율이 귀에 익긴 한데, 가사는 분명치가 않아" 하고 말했다. 가을, 베이얼나가 도망친 후 마이칸이 다시 그 노래를 부르자, 노래가사는 올챙이 무리처럼 물 위를 떠다녔다.

하세의 병세가 위급해지자 베이얼나가 도망을 쳤다.

하세는 커다란 버섯 때문에 세상을 떠났다. 가을비가 연이어 내린 후 숲에 각종 버섯이 자라났다. 모양이 특이한 버섯이 있었다. 이 버섯은 균체가 아주 크고 진한 붉은색을 띠었는데, 위쪽에는 점액질이 두텁게 붙어 있었다. 사람들은 이 버섯의 끈끈한 성질 탓에 '끈끈이버섯'이라고 불렀다. 끈끈이버섯은 빛을 그다지 좋아하지 않아 항상 웅덩이나 습지에서 자랐다. 하세는 이 버섯을 밟았다가 미끄러져서 넘어지고 말았다. 그는 일어서려 했지만 도무지 일어날 기운이 없었다. 그해 그는 이미 일흔이 되었다. 시렁주에 떠메다 놓는데, 하세는 루니에게 절대로 자신을 구하려고 애쓰지 말라고 부탁했다. 온몸의 뼈가 노화되었기 때문에 자신을 구하는 것이 쓸데없는 일이라고 했다. 와뤄쟈는 골절이 되었으니 급류마을에 있는 병원에 가서 치료를 받자고 했지만, 하세는 "안 가. 나는 내 뼈를 산에 던질 거야. 마리야의 뼈도 산에 있어" 하고 말했다.

그의 이야기가 너무 슬퍼서 우리는 마음이 몹시 아팠다. 넘어진 그날에는 정신이 말짱하던 하세가 그다음 날부터 헛소리를 하기 시작하더니 물도 제대로 삼키지 못했다. 루니는 눈물을 머금고 니하오를 바라보았다. 니하오는 루니가 무엇을 원하는지 알고 있었다. 그녀의 시선이 베이얼나와 마커신무에게 쏟아졌다. 그 눈빛이 너무 우울했다. 나이 어린 마커신무는 아무것도 모른 채 루니가 만들어준 나무인형을 가지고 재미있게 놀고 있었지만, 베이얼나는 깜짝 놀라 낯빛이 창백해졌다. 그녀는 입술을 지그시 깨물고 벌벌 떨었다. 늑대 무리에 둘러싸인 고독한 새끼 사슴처럼 어디서도 그녀를 구원할 길은 없었다.

그날 오후 베이얼나는 도망쳤다. 우리는 순록처럼 버섯을 즐겨 먹었던 그녀가 버섯을 따러 갔다고 생각했지만, 저녁식사 시간이 되었는데도 그녀의 모습을 볼 수 없었다. 까만 밤이 되어 별이 총총히 떠서야 일이 심상치 않다는 것을 알아차리고 그녀를 찾아 나섰다. 밤새 찾았지만 베이얼나는 흔적도 없이 사라져버렸다. 루니가 울었다. 니하오도 따라 울었다. 니하오는 루니의 가슴에 고개를 묻고 "찾지 마세요. 내가 죽지 않으면 그 아이는 돌아오지 않을 거예요" 하고 말했다.

베이얼나가 실종된 다음 날 저녁, 마이칸이 그 노래를 불렀다. 우리는 그녀가 부르는 노래가사를 분명히 들을 수 있었다. 마이칸의 노래는 피리 부는 사나이에게 들려주는 노래 같기도 했고, 베이얼나와 그녀 자신에게 들려주는 노래 같기도 했다.

> 나는 강변에 와서 옷을 빨아요,
> 물고기가 내 손에 있는 반지를 도둑질해 갔어요,
> 반지는 물 밑에 있는 돌멩이가 끼고 있네요.
> 나는 산 아래에 와서 땔감을 주워요,
> 바람이 내 머리칼을 불어 날리네요,
> 머리칼은 푸른 풀잎 위에 뒤엉켜 있네요.
> 나는 강변에 와서 내 반지를 찾아요,
> 물고기들이 내게서 멀리 숨네요.
> 나는 산 아래에 와서 머리칼을 찾아요.
> 광풍이 나를 오들오들 떨게 불어대네요.

사흘 밤낮을 괴로워하던 하세가 마침내 눈을 감았다.

루니는 하세의 죽음을 다시에게 알리고, 베이얼나를 찾기 위해 급류마을로 갔다. 하지만 그녀의 그림자조차 찾을 수 없었다. 다시와 제푸린나와 함께 우리령으로 돌아오는 동안 루니는 고통스러웠다. 그는 마커신무를 보자마자 가슴에 안고 죽을힘을 다해 끌어안았다. 어린 마커신무는 루니의 품에서 경련을 일으키며 큰 소리로 울었다. 방금 전까지 즐겁게 뛰어놀던 친칠라가 산에서 굴러 떨어진 거석에 몸이 깔린 것처럼 마커신무는 고통스럽게 몸부림치며 신음했다.

니하오가 부들부들 떨며 마커신무를 루니의 가슴에서 구해냈다. 마커신무는 울음을 그쳤지만, 이번엔 루니가 울기 시작했다.

하세의 장례를 치른 후 다시와 제푸린나는 다시 급류마을로 돌아갔다.

니하오의 몸에서 사향 냄새가 다시 풍겨나기 시작했다. 나는 그 사향 냄새가 그녀의 청춘을 철저하게 종결시킬 것이라 짐작했다. 과연 니하오는 더 이상 아이를 낳지 않았다.

1968년 여름, 다지야나는 결혼한 지 두 번째 해에 사랑스러운 이렌나를 낳았다. 나는 이렌나를 급류마을에서 만났다. 아기는 아직 강보에 싸여 있었다. 손녀와는 장례식장에서 처음으로 만났다.

바로 이완의 장례식이었다.

1968년 그해, 다시와 이완이 하늘에서 떨어진 재난을 당할 줄 우리는 짐작도 못했다.

재난의 발단은 라지미가 가져온 그 지도에서 비롯되었다. 중국과 소련의 밀접했던 관계가 깨지면서 도처에서 소련을 위해 일했던 특무대원이 잡혀 갔다. 라지미가 얻어 온 지도는 군사자료로 보관되어 오고 있었다. 그런데 뜻밖에도 부대에서 모반을 꾀하는 세력이 이 지도를 손에 넣었다. 그들은 지도의 뒤쪽에 러시아어로 적혀 있던 '산은 끝이 있고 물은 한계가 없다'라는 구절을 문제 삼았다. 조반파(造反派, 문화대혁명 시기 출현한 독특한 정치세력으로 홍위병 중 극렬분자들을 뜻함—옮긴이)는 이 지도를 소련의 간첩이 그린 것으로 단정 짓고 지도의 내력을 파헤치다 이완을 찾아냈다.

조반파는 수백 리 차를 몰아 급류마을로 들이닥쳐 이완에게 지도를 구입한 경로를 물었다. 이완은 지도는 다시가 준 것이라 했고, 다시는 라지미에게서 얻었다고 설명했다. 이들은 다시를 심문했다. 이들이 지도가 소련과 관련이 있다고 했지만, 다시는 불가능한 일이라며 지도는 일본군이 라지미에게 준 것이라고 했다. 그리고 이완도 이 지도 덕분에 일본군대가 건설해놓은 군사 요지를 궤멸시켰다며 일본군이야말로 이 지도를 그린 장본인이라고 했다. 조반파는 그럼 왜 지도 뒤쪽에 러시아어가 쓰여 있는지 물었다. 이완은 러시아어로 쓰인 글을 뜻을 묻고는, 그 글귀는 일본군인 요시다가 쓴 것인데, 반전감정이 농후한 사람이어서 산을 일본의 패전에 비유하고 물을 중국에 빗대어 표현한 것이 틀림없다고 했다. 그 구절을 러시아어로 쓴 까닭은 오직 요시다만이 분명하게 설명할 수 있을 것인데, 그는 일본이 항복하기 하루 전날 어얼구나 강변에서 할복자살을 했다고 했다. 다시는 소련특무대원이 어디 그리 많이 있겠느냐며 자신이 관동군에서 훈련받을 때 소련에 침입하여 도로와 교량을 조사했으니 당신들 말대로라면 자기 역시 소련특무대원이 아니냐며 항의했다. 그러나 다시가 털어놓은 이야기 때문에 조반파는 더욱 그에게 의심을 품게 되었다. 다음 날, 그들은 다시와 이완을 끌고 갔다.

끌려간 지 사흘째 되는 날, 치거다 향장은 향당위 서기와 의논하지 않고 10여 명의 사냥총을 맨 부락민을 데리고 하룻길을 달려 이완과 다시가 압송된 곳을 찾아갔다. 치거다는 조반파에게 자신들을 이완과 다시와 함께 가두든지 아니면 둘을 돌려보내라고 했다.

이완과 다시는 마침내 급류마을로 돌아올 수 있었다. 그러나 그들은 불구의 몸이 되어 있었다. 이완은 두 손가락이 잘렸고, 다시는 다리 하나가 절단되었다. 이완은 심문을 받다가 화가 머리끝까지 치밀어올라 스스로 손가락을 물어뜯은 것이었고, 다시는 조반파의 손에 다리가 잘리고 말았다.

급류마을로 돌아온 후 이완은 이틀 동안 피를 토하고 세상을 떠났다. 그는 떠나기 전 정신이 무척 맑은 상태에서 웨이커터에게 "나를 땅에 묻어줘. 머리는 어얼구나 강을 향하게 하고 무덤 앞에 십자가를 세워줘"라고 부탁했다. 나는 그 십자가가 나제스카의 화신이란 것을 알았다. 만약 나제스카도 그 세계에 갔다면 그녀는 분명 이완의 사라진 두 개의 손가락 때문에 가슴 아파 할 것이다. 그녀는 그의 손을 너무도 사랑했다.

이완의 장례식장에 하얀 소복을 차려입은 아리따운 아가씨 둘이 나타났다. 자신들은 이완의 수양딸이라고 했지만, 급류마을 사람들 모두 처음 보는 아가씨들이었다. 이푸린은 지팡이를 짚지 않고는 제대로 서 있을 수조차 없었다. 그녀는 지팡이에 의지해야만 걸음을 걸을 수 있었다. 거동하는 것조차 어려웠던 그녀는 이완의 장례식에 꼭 참석하겠다며 고집을 피웠다. 하는 수 없이 우리는 그녀를 순록에 태워 급류마을로 데려왔다. 그녀는 늙었지만 아직 예리했다. 그녀는 수양딸이라는 아가씨들은 분명 이완이 젊은 시절 산에서 놓아준 흰여우들이며, 이들은 이완의 장례식장을 지킬 친아들과 딸이 없는 걸 알고 수양딸로 변신해 보은하기 위해 온 것이라고 말했다. 나는 이푸린의 이야기를 믿었다. 두 아가씨는 이완의 장례식이 끝나자마자 기적처럼 무덤에서 사라졌다. 두 사람이 어떻게 사라졌는지 아무도 본 사람이 없었다. 그녀들이 어떻게 왔는지 아무도 아는 이가 없는 것처럼 말이다.

이완의 장례식에서 나는 다지야나의 품에 안겨 있는

이렌나를 보았다. 이렌나는 보들보들한 작은 얼굴에 입을 비죽이며 달콤하게 자고 있었다. 내가 품에 안자 아이는 눈을 뜨고 나를 보고 웃었다. 아이의 눈이 해맑았다. 나는 해맑은 눈을 가지고 있는 아이는 좋은 운을 가지고 있을 것이라 여겼다.

다시와 제푸린나는 우리를 따라 산 위로 돌아왔다. 그들은 급류마을에서 아이를 얻기는커녕 오히려 다리 한쪽을 잃었다. 라지미는 다시가 지팡이를 짚고 야영지에 나타난 것을 발견하고 그를 끌어안고 울었다.

치거다 향장은 이완을 구해낸 일 때문에 향장 자리에서 쫓겨났다. 그는 다시 산 위로 돌아왔다. 얼마 지나지 않아 류 서기가 중산복(인민복 혹은 '마오룩Mao Look'이라고 하며 쑨원이 고안했음. 1929년 국가 공식 예복으로 지정되었으며, 쑨원의 호인 '중산'에서 유래했음—옮긴이)을 입은 사람을 데리고 와뤄쟈를 찾아왔다. 산사람들 모두가 와뤄쟈를 급류마을의 새로운 향장으로 추대했다며 그의 의견을 물었다. 와뤄쟈는 나를 가리키며 말했다.

"내가 머리를 자른 것이 보이지 않소? 그렇지만 나는 아직 저 여인의 추장이라오. 저 여인이 산을 내려가지 않는 한 나는 함께 있어야 하오."

그해 겨울 치거다가 죽었다. 그는 맹수를 잡는 함정에 빠져 죽었다. 그는 그들 씨족 사람들이 존경하는 추장이어서 융숭한 장례를 치렀다.

너무 많은 죽음을 이야기하고 있지만, 나로서도 어쩔 수 없다. 인간은 모두 죽기 마련이다. 인간의 탄생은 대동소이하지만, 죽음은 나름의 방식이 있다.

이완이 별세한 후 이듬해 1969년 여름, 쿤더와 이푸린이 차례로 세상을 떠났다. 이미 일흔이 넘은 두 사람은 산 아래로 떨어지는 황혼처럼 아무리 삶을 붙잡으려 해도 잡히지 않는 나이였다. 그러나 쿤더와 이푸린의 죽음은 특별했다. 제아무리 흉악한 늑대도, 기운이 펄펄 넘치는 흑곰도 두려워하지 않던 쿤더가 검정색 거미 한 마리 때문에 목숨을 잃었다는 사실이 기가 막혔다.

안차오얼은 아홉 살이 되었지만, 또래 아이들처럼 장난꾸러기가 아니었다. 그날 아이는 숲에서 대추씨만 한 거미를 잡아 풀잎을 꺾어 반으로 쪼개 거미를 묶고 여기저기를 한가로이 돌아다녔다. 쿤더는 시렁주 앞에 앉아 눈을 가늘게 뜨고 햇볕을 쬐고 있었다. 안차오얼이 막 그 곁을 지나는데 그가 눈을 뜨고 물었다.

"너 손에 뭘 들고 다니는 게냐?"

안차오얼은 대답 대신 쿤더에게 다가와 거미를 눈앞으로 내밀었다. 쿤더가 거미를 분명하게 볼 수 있게 배려한 행동이었다. 몸이 묶여 있었던 거미의 촉각이 자유롭게 춤을 추고 있었다. 쿤더는 큰 소리로 "아이쿠, 맙소사!" 하며 소리를 지르더니 갑자기 고개를 외로 하고 절명했다.

이푸린은 마침 시렁주 화롯가에 앉아서 순록의 젖을

끓여 만든 차를 마시고 있었다. 나와 니하오가 그녀에게 다가가 쿤더가 거미 때문에 놀라 숨을 거두었노라고 전했다. 이푸린이 갑자기 "푸하하!" 하고 웃음을 터뜨렸다. 이미 오랫동안 웃지 않던 그녀였다.

"쿤더는 역시 겁이 많아. 그래서 죽은 거야. 그때 용기를 내어 사랑하는 몽고 아가씨를 아내로 얻었다면 그 사람이나 나나 모두 행복할 수 있었을 텐데. 잘됐어, 잘됐어. 용기 없어서 목숨을 잃은 거니까 공평한 일이야!"

쿤더는 생전에 씨족 묘지에 자신을 묻어 달라고 부탁했다. 루니는 그들의 씨족에게 쿤더의 죽음을 알렸다. 씨족들은 쿤더의 영혼을 데리고 갈 마차를 준비해왔다. 마차가 우리 야영지에서 3, 4리 떨어진 곳에 멈추었다. 루니와 와뤄쟈가 소나무로 된 기둥에 들것을 만들어 쿤더의 시신을 운반했다. 온몸을 흰 천으로 덮은 쿤더의 시신을 발인하는데, 니하오의 부축을 받고 있던 이푸린이 "내 몸에 남겨둔 수많은 채찍 자국은 보지 마. 너는 어쨌든 겁쟁이야. 겁쟁이야, 잘 가!" 하고 말했다.

쿤더가 떠난 후 이푸린은 정신이 맑아진 듯했다. 그녀는 다시 지팡이를 짚고 휘청휘청 걸었다. 예전에는 무척이나 고기를 좋아했지만, 말년에 그녀는 웨이커터처럼 고기 냄새를 맡지 않았을 뿐 아니라 건드리지도 않았다. 그녀는 매일 순록의 젖을 끓여 만든 차를 조금 마시고 안차오얼에게 부탁해서 숲에서 주워 온 시든 꽃으로 식사를 대신했다. 죽기 전에 장 청소를 깨끗이 하고 싶다는 것이 그녀의 바람이었다.

당시 다섯 살이던 마커신무의 목에 부스럼이 났다. 아이는 아파서 밤이고 낮이고 울어댔다. 그날 저녁, 모두가 모닥불에 솥을 매달아놓고 생선을 끓여 먹고 있는데, 이푸린이 왔다. 그녀는 엄마 품에 기대어 울고 있는 마커신무를 가리키며 물었다.

"쟤는 왜 울어?"

니하오가 목에 난 부스럼 때문에 아파서 운다고 하자 이푸린이 입을 비죽거리며 말했다.

"왜 진즉 말하지 않았어? 내가 과부잖아. 이 병은 내가 몇 번 불어주면 낫는다는 거 몰라?"

우리 씨족에게는 옛날부터 어린아이에게 난 종기나 부스럼을 과부가 집게손가락으로 그 주변을 동그랗게 세 번 그은 다음 세 번 불어주는 일을 아홉 번 반복하면 싹 낫는다는 속설이 전해오고 있었다.

니하오는 마커신무를 안고 이푸린 앞으로 다가왔다. 이푸린이 메말라 버린 나뭇가지 같은 집게손가락을 들어 바들바들 떨며 마커신무의 목에 난 부스럼 주변을 둥그렇게 긋고는 사력을 다해 입김을 불어넣었다. 그녀는 입김을 불 때마다 고개를 숙이고 가쁜 숨을 잠시 돌렸다. 바들바들 떨면서 마지막 입김을 불어넣은 후 살며시 모닥불 가로 쓰러졌다. 흔들리는 불빛이 이푸린의 얼굴을 비추었다.

벌어진 입술이 아직 끝나지 않은 이야기를 금방이라도 할 것 같았다.

이푸린의 장례를 치른 뒤 마커신무의 목에 난 부스럼이 깨끗이 사라졌다.

그해, 말을 탄 낯선 남자 하나가 우리 야영지에 나타났다. 그는 우리에게 술과 사탕을 가져다주었다. 그가 자신이 누구인지 밝히지 않았다면 우리는 그가 예전에 순록을 훔쳐갔던 소년이란 것을 알아챌 수 없었을 것이다. 그는 바로 니하오가 자신의 아이를 사산하고 목숨을 구해주었던 소년이었다. 소년은 성숙한 남자가 되어 있었다. 그는 자신에게 생명을 준 니하오에게 은혜를 갚고 싶다고 했다. 니하오가 "우리 딸이 도망갔어요. 이름은 베이얼나인데, 만약 당신이 그 아이를 찾으면 내 장례식에나마 올 수 있게 해줘요" 하고 말했다.

"베이얼나가 살아 있기만 한다면 제가 반드시 찾아오겠습니다."

그 후 몇 해 동안 우리는 편안하게 살았다. 안차오얼은 루니와 사냥을 나갈 만큼 성장했다. 마커신무도 많이 자랐다. 마커신무는 새끼 순록과 장난치고 노는 것을 좋아했다. 그는 수시로 몸을 구부려 순록의 행동을 따라 했다. 새끼 순록과 기 싸움을 할 때 자기 머리에 뿔이 없다는 걸 들키면 절대 뿔이 난 순록을 이길 수 없을 거라고 했다. 마커신무의 개구쟁이 짓은 우리를 즐겁게 했다.

와뤄쟈와 나는 하루가 다르게 노쇠해갔다. 우리는 함께 잠을 잤지만, 더 이상 바람소리가 들리는 걱정을 만들지 않았다. 바람의 신은 진정 하늘에 있는 듯했다. 몇 해 동안 나는 두 곳에 암벽화를 그렸는데, 모두 바람신과 관련된 그림이었다. 내 그림에서 바람신은 눈, 코, 입 등 얼굴 생김이 또렷하지 않았다. 바람신은 남자이기도 했으며, 여자이기도 했다. 나는 바람신의 머리칼을 특별히 길게 그렸다. 긴 머리칼이 마치 은하수 같았다.

몇 해 동안 급류마을의 교사 가오핑루는 여름방학과 겨울방학 때 여러 번 민요를 수집하기 위해 마이칸을 찾아왔다. 그는 그녀에게 청혼했다. 라지미는 마이칸의 결혼 이야기만 들었다 하면 방성대곡했다. 누구든 우리 야영지에 와서 마이칸과의 결혼 얘기를 꺼내기만 해도 그는 고개를 살래살래 저었다. 그는 마이칸이 아직 어리다고 했지만, 그녀는 이미 스무 살이 넘은 처녀였다.

1972년, 총알 한 발이 그해 세월의 강물 속에서 마치 요화처럼 피어나 다시와 제푸린나를 데려가버렸다.

절름발이가 된 다시는 우리렁으로 돌아온 후 줄곧 우울해했다. 이전처럼 사냥을 나갈 수 없게 된 그는 언제나 자신을 쓸모없는 인간으로 몰아세웠다. 그러나 그는 사냥을 나가는 대신 야영지에 남아 힘닿는 데까지 일을 거들었다. 루니와 마펀바오, 와뤄쟈 일행이 사냥을 나갔다 돌아와 고기를 나눠 줄 때면 다시의 얼굴에 애수가 가득했다. 그는 언제나 이유 없이 제푸런나를 욕했으며, 제푸런나는 다시의 괴로운 심정을 십분 이해했기에 그 어떤 모욕도 참고 견뎠다.

그해 가을 사냥 운은 정말 특별했다. 노획물이 많아 부수적으로 해야 할 일도 많았다. 남자들이 사냥감을 야영지로 운반해오면 가죽을 벗기고, 고기를 발라내고, 가죽을 삶는 일은 여자들의 몫이었다. 여자들이 이런 일을 할 때면 남자들은 담배를 피우거나 차를 마시며 곁에서 일하는 모습을 지켜보았다. 또한 사냥에서 있었던 일을 이야기했다. 다시는 다리 때문에 여자들과 함께 일을 했다. 우리가 가죽을 벗기면 그도 가죽을 벗겼고, 우리가 고기를 발라내면 그도 고기를 발라내고, 우리가 가죽을 손질하면 그도 가죽을 손질했다. 다시는 들사슴을 손질하던 날 자살했다. 다시는 땅바닥에 앉아 가죽을 벗기며 남자들이 흥미진진하게 들사슴을 어떻게 잡았는지 이야기하는 것을 듣고 있었다. 그들의 이야기가 흥이 더해갈수록 다시의 소외감이 더해졌다. 다시가 사슴가죽을 다 벗기고 뼈를 발라냈다. 나와 니하오는 고기를 삶기 시작했다. 사슴고기가 반쯤 삶아져서 고기를 먹으러 오라고 다시를 불렀다. 그때 갑자기 야영지 부근에서 낭랑한 총소리가 들려왔다. 다시는 사냥총으로 스스로를 마지막 노획물로 삼았다. 그는 진정 뛰어난 사냥꾼이었다. 총 한 발에 그는 절명했다.

가련한 제푸린나는 선혈에 젖은 다시의 머리통을 보더니 무너지듯 자리에 주저앉았다. 그녀는 광풍에 떨어진 과일처럼 그의 머리를 가슴에 품고 입을 맞췄다. 다시의 얼굴에 얼룩진 피를 혀로 부드럽게 핥아 깨끗하게 닦아냈다. 그녀는 우리가 다시의 옷을 갈아입히는 틈에 숲으로 들어가 독버섯을 먹었다. 그녀는 다시에게 순정을 바쳤다.

우리는 그들을 함께 묻었다. 가을낙엽이 바람 속에서 춤추듯 날고 있었다. 라지미는 하모니카를 불며 단짝 다시의 송별식을 치렀다. 하모니카 연주에 우리의 애간장이 끊어졌다. 라지미의 마지막 연주였다. 연주를 마치고 그는 하모니카를 다시와 제푸린나 묘 앞에 꽂았다. 하모니카가 그들의 묘비가 되었다.

우리 우리렁은 사람들이 갈수록 줄어들었다. 죽음의 어두운 그림자가 우리를 깊이 덮고 있었다. 만약 안차오얼이 우리 곁에 있지 않았다면 우리 삶은 더욱 음울했을 것이다. 안차오얼의 우매함이 어두운 구름 속을 뚫고 나온 빛줄기처럼 우리에게 빛과 따사로움을 전해주었다.

다시와 제푸린나를 묻고 난 후 하루는 비가 내렸다. 안차오얼이 나와 와뤄쟈에게 "무덤 앞에 꽂아 둔 하모니카는 이제 살았어요!" 하고 말했다. 그 말이 무슨 뜻인지를 묻자 안차오얼이 "하모니카를 무덤 앞에 꽂아 둔 후 날이 계속 가물어서 하모니카가 말라 죽을까 걱정했는데 이제 하모니카는 비를 맞고 자라날 거예요" 하고 말했다. 내가 그에게 "하모니카도 자랄 수 있니?" 하고 물었다. 안차오얼은 "하모니카를 불면 정말 좋은 소리가 나잖아요. 그러니 하모니카 안에서 새들이 자라고 있을 거예요!" 하고 말했다. 우리가 어찌 웃지 않을 수 있겠는가!

그러나 즐거움은 그리 오래 가지 않았다. 1974년 와뤄쟈가 영원히 우리 곁을 떠났다. 이 비극은 희극 형식으로 개막되었다.

그해 여름 영화상영단이 산에 올라와 벌목꾼들의 노고를 위로해주었다. 그들은 사무실과 벌목장을 돌아다니며 영화를 상영했다. 이 소식을 들은 와뤄쟈는 루니와 의논 끝에 우리 주변에 있는 우리렁 사람들과 연락을 취해 술과 고기를 이들에게 대접하고 영화를 볼 수 있기를 바랐다. 벌목장에서 일하는 사람들은 우호적이어서 우리가 영화를 본 적이 없다는 이야기를 듣고 선뜻 영화 상영에 동의했다. 영화상영단은 모두 두 사람이었다. 영사기 기사와 조수였다. 그런데 조수가 며칠 동안 설사를 하는 바람에 영사기 기사만 우리 우리렁으로 데려왔다. 우리는 순록에게 등짐을 지워 영사기와 발전기 등 커다란 나무상자 두 개에 들어 있는 장비를 끌고 왔다. 벌목공들이 와뤄쟈에게 영사기 기사는 하방하여 개조되고 있는 지식분자로 원래는 대학에서 사학을 가르치는 부교수였다고 했다. 때문에 그들은 영화 상영이 끝나는 대로 감시대상자인 영사기 기사를 무사히 돌려보내야 한다고 와뤄쟈에서 다짐을 받앉다.

　이렇게 즐거운 모임을 가져본 기억이 까마득했다. 이웃에 있는 두 개의 우리렁 사람들이 우리 우리렁으로 찾아와 얼추 마흔 명이 좀 넘었다. 이웃들은 신선한 고기와 술을 가져왔다. 우리는 야영지에 모닥불을 피우고, 고기를 먹고, 술을 마시고, 노래하고 춤을 췄다. 영사기 기사는 마흔 살이 좀 넘어 보였다. 얼굴이 깔끔하게 생겼지만, 그는 잘 웃지도 않았고 말수도 적었다. 모두가 술을 권하자 처음에는 거듭 사양하더니 나중에는 조심스럽게 조금씩 마셨다. 홀짝홀짝 마시던 그는 점점 술을 벌컥벌컥 들이켰다. 우리 우리렁에 처음 왔을 때 물에 흠뻑 젖은 장작처럼 풀이 죽어 있었는데, 어느새 우리의 열정과 즐거움이 그의 몸에 붙어 있는 암울한 분위기를 몰아낸 듯했다. 그를 점화시켜 즐거운 불꽃으로 재탄생시켰다.

　하늘이 어두워지자 영사기 기사가 우리에게 흰색의 은막을 나무 위에 걸으라고 했다. 발전기가 웅웅 하고 돌아가는 소리가 나더니 영사기를 돌리자 영화가 시작되었다. 은백의 광선이 은막을 쓸고 지나갈 때마다 관객들은 감격했다. 은막 뒤에 엎드려 있던 사냥개는 공포에 질려 비명을 질렀다. 은막에는 기적처럼 색깔을 입힌 집, 나무, 사람이 나타났다. 은막 위에 나타난 사람들은 걷고, 말하고, 노래를 했는데, 정말 불가사의한 느낌이었다. 영화 줄거리가 어땠는지 나는 모두 잊어버렸다. 은막 위에 있던 사람들이 '이야이야' 부르던 노래가사를 알아들을 수 없어 얼떨떨하기만 했다. 그러나 영화는 우리를 흥분시켰다. 조그마한 은막을 통해 무한한 풍경을 볼 수 있었다. 영사기 기사는 요즘 영화는 이전처럼 재미있지도 않고, 상영되는 영화도 몇 편 안 되고 전통극이 주를 이룬다고 했다. 그는 예전 영화는 비록 흑백이지만 인간미가 넘쳐흘러 아무리 봐도 싫증이 나지 않는다고 했다. 그러자 마펀바오는 화를 내며 따졌다.

"좋은 영화가 있는데 왜 우리한텐 재미없는 것만 보여주쇼? 우리를 무시하는 거 아냐?"

영사기 기사가 얼른 설명을 해주었다.

"옛날에 재미있던 영화는 지금은 독초로 분류되어 상영이 금지되었습니다."

마펀바오가 "사기꾼 같으니라고. 재미있는 걸 왜 숨겨두는 거야? 그리고 영화는 먹을 수도 없는 건데, 어떻게 독초가 돼? 말도 안 되는 소리" 하고 말했다.

마펀바오가 그를 때리려고 달려들었다. 와뤄쟈가 서둘러 앞으로 나서서 상황을 정리했다.

마펀바오가 술을 다 마시면 용서해주겠노라 하자 영사기 기사는 건네받은 술을 단번에 마셨다.

영화상영이 끝났지만 즐거운 여운이 가시지 않았다. 우리는 모닥불을 둘러싸고 노래를 부르고 춤을 추었다. 사람들은 주흥을 빌려 영사기 기사에게 노래를 부르라고 했다. 영사기 기사는 마펀바오가 건네주는 술을 마신 탓에 어지러워 비틀거렸다. 그는 노래는 부를 줄 모른다며 사(詞, 중국 고전문학 중 운문의 한 장르—옮긴이)를 낭독하는 것으로 노래를 대신하면 안 되겠냐고 물었다. 모두가 그러라고 하자 그가 한 구절을 읊었다.

"장강은 동쪽으로 천년이고 백년이고 도도히 흐르고 재주 많은 영웅호걸들의 자취는 장강 물결에 씻겨 흘러가는구나……(소식蘇軾의 「염노교念奴嬌 적벽회고赤壁懷古」의 구절—옮긴이)."

사를 읊던 머리가 바닥으로 쓰러지더니 그는 인사불성이 되었다. 그가 읊었던 그 사의 구절과 갑자기 바닥으로 쓰러진 그의 모습이 기묘한 연상 작용을 일으켜 우리 모두 웃었다. 우리는 이 영사기 기사가 마음에 들었다. 성실한 인재야말로 취해서 쓰러질 수 있는 법이다.

달이 서편으로 기울 때까지 우리는 즐겁게 놀았다. 부근에 사는 우리렁 사람들이 갈 길을 재촉했다. 밤길을 재촉하는 이유는 순록 때문이었다. 새벽에 돌아온 순록이 주인을 발견하지 못하면 분명 당황할 터였다.

다음 날 새벽, 눈을 뜨고 보니 안차오얼이 바쁘게 아침 준비를 하고 있었다. 그는 순록의 젖을 끓여 차를 만들고 있었다. 평소 우리는 한 주전자만 끓였는데, 그날 그는 한 주전자를 끓여 자작나무 껍질 통에 차를 따라놓고, 다시 한 주전자를 더 끓였다. 나는 안차오얼이 차를 많이 마시고 싶은 모양이라 생각하며 더 묻지 않았다. 그런데 순록의 젖을 세 주전자째 끓이고 있는 걸 보고 뭔가 이상하다는 생각이 들었다. 나는 그에게 어젯밤 영화를 보던 사람들은 모두 돌아가고 지금 영사기 기사만 남아 있으니 기사가 혼자서 세 주전자를 다 마시지 못할 거라 했다. 안차오얼이 진지하게 물었다.

"그 사람들은 모두 떠났지만, 어젯밤 영화에 나왔던 사람들도 있잖아요. 남녀노소 할 것 없이 많던데. 그런데 아침에 일어나 그 사람들을 찾아봤는데, 보이지가 않아요. 어젯밤 모두들 어디에서 잠을 잤을까요? 그 사람들한테 차라도 대접해야지요."

나는 안차오얼의 이야기에 깔깔대고 웃었다. 내가 웃는 모습을 보더니 그가 물었다.

"영화에 나왔던 사람들도 모두 떠났나요? 그렇게 늦게까지 노래를 부르고 아침도 챙겨 먹지 않았는데, 어디 기운이 있겠어요?"

시렁주로 돌아와 안차오얼의 이야기를 와뤄쟈에게 들려주었다. 와뤄쟈도 소리 내어 웃었다. 그러나 우리는 금방 입을 다물었다. 마음 한구석이 짠했다.

영사기 기사는 9시가 넘어서야 자리에서 일어났다. 그는 머리가 무겁고 갈증이 나며 다리에 힘이 없다고 했다. 와뤄쟈가 "괜찮아요. 순록 젖을 끓인 차를 마시면 좋아질게요." 하고 말했다. 안차오얼이 주전자를 들어 그에게 차를 따라주었다. 그는 차를 마시고 나니 머리도 그닥 무겁지 않고, 다리에 힘이 생겼다고 했다. 와뤄쟈가 안차오얼에게 한 잔 더 따라 주라고 했다. 영사기 기사가 와뤄쟈에게 물었다.

"어젯밤 선녀처럼 생긴 아가씨를 봤는데, 어원커 사람 같지 않았어요. 누구죠?"

와뤄쟈는 그가 마이칸을 들먹이고 있는 것을 눈치 챘지만, 라지미가 마이칸에게 관심을 보이는 남자는 무조건 꺼려했기에 "어젯밤 너무 많이 취해서 헛것을 본 모양이구려" 하고 말했다.

차를 석 잔이나 마신 영사기 기사의 얼굴이 아침노을 같았다. 그는 거례바빙 한 조각을 더 먹었다. 와뤄쟈는 농담을 했다.

"앞으로 어원커 사람들이 사는 야영지에 오려거든 꼭 술 깨는 약을 챙겨와야겠소."

"당신네들 사는 모습이 정말 부럽습니다. 화목하게 사는 모습이 마치 세상 밖에 있는 무릉도원 같습니다."

"휴우, 이 세상에 어디 무릉도원이 있겠소!"

10시가 다 되어 우리는 짐을 챙겨 영사기 기사를 벌목장으로 데려다주었다. 그날 루니와 와뤄쟈가 영사기 기사를 배웅하려 했지만, 마커신무가 갑자기 배탈이 나서 마펀바오가 루니 대신 따라나섰다. 전날 술을 많이 마신 탓에 마펀바오는 얼굴이 벌겋고 입에서는 술 냄새를 팍팍

황혼 421

풍기고 있었다. 영사기 기사는 마펀바오가 좀 무서웠는지 슬금슬금 피하는 눈치였다. 마펀바오가 영사기 기사의 마음을 눈치 채고 그의 어깨를 툭 쳤다.

"이봐, 자네. 다음에 올 땐 자네가 말했던 독초를 가져오라고."

"그럼요, 그럼요. 꼭 그렇게 하지요. 조만간 독초가 허브로 변할 거예요."

순록 다섯 마리와 세 사람이 야영지를 떠났다. 세 사람은 각각 순록의 등에 타고 있었고 두 마리는 영사기와 장비를 싣고 있는 상자를 끌었다. 그날이 와뤄쟈와 영원히 이별할 날이란 걸 알았다면 나는 그를 꼭 껴안고 부드럽게 입을 맞춰주었을 것이다. 하지만 나는 그 어떤 예감도 느낄 수 없었다. 와뤄쟈는 예감을 했는지 떠나는 그의 모습을 지켜보는 나에게 농담을 했다.

"만약 내가 영화 속에 나오는 사람처럼 변해서 돌아오면 당신 날 배고프게 하지 말아요!"

그는 정말로 영화 속의 인물로 변해버렸다. 그날 저녁, 그는 누워서 야영지로 돌아왔다. 와뤄쟈는 영사기 기사와 마펀바오를 보호하기 위해 영원히 이 세상과 나와의 이별을 선택했다.

나와 라지다의 만남도 흑곰 때문이었고, 나와 와뤄쟈와의 영원한 이별도 흑곰 때문이었다. 흑곰은 행복의 단초이기도 했고, 행복의 종착역이기도 했다.

곰이 사람을 해치는 일은 보통 봄에 발생했다. 겨울잠에서 막 깨어난 곰은 배는 고픈데, 아직 들에 과실이 자라지 않아 사방에서 동물을 잡아먹었다. 때문에 종종 봄에 흑곰에게 사람이 잡혀 먹히는 경우가 있었다. 그러나 여름이 되면 먹을 것이 많아져, 비위를 거스르지 않는 한 흑곰이 사람을 공격하는 일은 드물었다. 하지만 흑곰의 화를 돋웠다면 죽음에 이를 수도 있었다.

흑곰이 택하는 은신처는 '텐창'과 '띠창'이었다. 흑곰은 속이 빈 나무를 찾아 창으로 삼았는데, 말하자면 그곳은 곰이 겨울잠을 자는 은신처였다. 속 빈 나무의 입구가 하늘을 향해 있으면 이를 텐창이라 했고, 만약 입구가 가운데 있거나 아래쪽에 있으면 띠창이라 했다. 여름이 되면 텐창과 띠창은 모두 비어 있어 친칠라가 그 안을 들락날락거리곤 했다.

마편바오의 비극은 바로 띠창에서 벌어졌다.

그들은 야영지를 떠나 대략 세 시간쯤 길을 가다 잠시 쉬었다. 마편바오와 영사기 기사는 숲에 앉아 이야기를 나누며 담배를 피웠고, 와뤄자는 소변을 보러 갔다.

앉아서 쉬고 있던 마편바오가 띠창 구멍을 발견했다. 띠창 구멍으로 친칠라 한 마리가 막 머리를 들이밀고 있었다. 그는 친칠라를 향해 총을 쐈다. 그런데 총에 맞은 것은 친칠라가 아니라 흑곰이었다. 친칠라는 잽싸게 도망쳤다. 보아하니 띠창에 들어갔던 친칠라가 새끼 곰을 발견하고 놀라서 도망친 것이었다. 친칠라를 뒤쫓아 나오던 새끼 곰이 총알을 맞은 게 분명했다. 새끼 곰이 쓰러지자 마펀바오가 영사기 기사에게 "자네 먹을 복이 많네. 이따가 맛있는 걸 먹을 거야!" 하고 말했다. 그가 새끼 곰을 주워 돌아오는데 숲에서 갑자기 쿵쿵 하는 발소리가 들렸다. 총소리를 들은 어미 곰이 새끼 곰이 있는 은신처를 향해 달려오고 있었다. 마펀바오가 어미 곰을 향해 방아쇠를 당겼다. 첫 번째 총알이 빗나갔다. 다시 총을 쏘았지만 역시 빗나갔다. 어미 곰은 실성한 듯 그들을 향해 덮쳐왔다. 마펀바오는 다시 총을 쏘았지만, 총알이 다 떨어지고 없었다. 사냥을 나선 길이 아니어서 총알을 충분히 가져오지 않았다. 마펀바오는 와뤄쟈가 그때 어미 곰 등 뒤에서 총을 쏘지 않았다면 어미 곰이 공격 방향을 바꾸지 않았을 테고, 자기와 영사기 기사는 목숨을 보존할 수 없었을 것이라고 했다. 분노에 찬 어미 곰이 두 사람의 코앞까지 다가왔기 때문이었다.

어미 곰은 와뤄쟈를 향해 순식간에 달려갔다. 와뤄쟈가 곰을 향해 총을 발사했다. 총알이 곰의 배를 관통했다. 창자가 밖으로 쏟아져 나왔지만 곰은 굴하지 않았다. 두 개의 앞발로 튀어나온 창자를 배에 쑤셔 넣고, 상처를 감싸 쥐고 노여움에 가득 차 와뤄쟈에게 달려들었다. 와뤄쟈가 세 번째 총을 발사했다. 곰은 어느새 그에게 가까이 다가와 있었지만, 총알을 비켜갔다. 와뤄쟈가 네 번째 총을 발사하기 전에 어미 곰은 피가 잔뜩 묻은 앞발을 뻗어 와뤄쟈를 안았다. 곰은 그의 머리통을 들어올렸다. 영사기 기사는 놀라 기절했고, 마펀바오는 총을 들고 와뤄쟈를 향해 달려왔다. 그러나 상황은 이미 끝이 났다. 어미 곰이 와뤄쟈를 땅바닥에 패대기를 쳤다. 곰은 총을 들어 움켜쥐고 고집 센 전사처럼 마펀바오를 향해 달려왔다. 하지만 창자가 몸 밖으로 쏟아져 나와 더 이상 버틸 수 없었다. 곰은 들고 있던 앞발을 내리고, 총을 내려놓고는 힘들게 앞으로 몇 걸음 걷더니 더는 움직이지 않았다. 마펀바오는 개머리판으로 어미 곰의 머리를 깨부쉈다.

마펀바오와 와뤄쟈, 둘의 사격 솜씨는 괜찮은 편이었다. 마펀바오는 만약 전날에 영화를 보고 흥분해서 술을 많이 마시지 않았다면 총을 쏠 때 손이 그렇게 떨리지 않았을 테고, 와뤄쟈가 곰의 손에 죽지도 않았을 거라고 했다.

우리의 마지막 추장은 이렇게 떠났다.

와뤄쟈는 풍장을 했다. 그의 장례식에는 사람들이 많이 찾아왔다. 와뤄쟈의 씨족 사람들은 그가 죽었다는 소식을 듣고 급류마을과 각 야영지에서 서둘러 찾아왔다. 장례는 니하오가 맡았다. 그를 장사지내는 날 바람이 세찼다. 다지야나가 붙들어주지 않았다면 나는 분명 바람에 날아갔을 것이다.

와뤄쟈가 떠나고 남은 세월은 텅 빈 시간이었다. 하루는 와뤄쟈 생각에 가슴이 아팠다. 손으로 명치끝을 쓰다

듯자 내 가슴팍은 단단한 암석으로 변한 것 같았다. 나는 상의를 벗고, 그림물감을 들고 가슴팍에 손 가는 대로 그림을 그렸다. 그림을 그리다 보니 갑자기 억울한 생각이 들어 엉엉 울음을 터트렸다. 니하오가 들어와서 눈물이며 가슴에 묻어 있는 물감을 닦아주고 옷을 입혀주었다. 니하오는 나에게 가슴팍에 곰이 한 마리 그려져 있었노라고 했다.

1976년 웨이커터가 죽었다. 폭음이 그의 죽음을 불렀다. 나는 급류마을에서 치러지는 그의 장례식에 참석하지 않았다. 비록 내 아들이었지만, 나는 겁쟁이의 장례식에는 가고 싶지 않았다. 그는 이완 곁에 묻혔다. 그해 내 손자 쥬위에가 일을 하기 시작했다. 급류마을 우체국의 집배원이 되었다.

집배원이 된 그해, 쥬위에는 한족 처녀와 사랑에 빠졌다. 이름이 린진쥐인 그녀는 급류마을 잡화점 판매원이었다. 1977년 가을, 두 사람의 결혼식에 참석하기 위해 나는 급류마을에 갔다. 류샤는 나를 데리고 상점으로 가서 린진쥐를 보여주었다. 상점 진열대에 선명한 대비를 이루며 걸려 있는 청남색과 베이지색 천이 눈앞에 나타나자 예얼니쓰네가 휩쓸려간 그날 황혼 녘에 보았던 진 강의 물빛이 갑자기 펼쳐졌다. 내 세월 속에 흐르고 있는 강물은 항상 두 줄기였다. 만감이 교차하는 바람에 나도 모르게 그만 눈물이 흘러내렸다. 내가 눈물을 흘리자 린진쥐는 놀라서 류샤에게 물었다.

"할머님은 제가 손자며느리 되는 게 싫으신가 봐요."

나는 강물이 생각나서 그런다고 류샤에게 일러주라고 했다.

쥬위에가 결혼한 후 류샤가 다시 내 곁으로 돌아왔다. 그녀는 웨이커터가 만들어준 목걸이를 걸고 있었는데, 보름달이 뜨는 밤이면 울었다. 웨이커터는 보름달이 뜨는 밤이면 그녀를 항상 기쁘게 해주었다. 이는 둘만의 비밀이었다. 그러나 나는 일찌감치 이 비밀을 알고 있었다. 보름달이 뜨는 밤이면 언제나 그들의 시렁주에서 웨이커터의 절정에 달한 외침소리가 들려왔다.

1978년 다지야나와 쒀창린은 둘이 막 낳은 딸아이 쒀마를 데리고 내 곁으로 돌아왔다. 이렌나는 벌써 열 살이 되었다. 다지야나는 그녀를 급류마을 학교에 보냈다. 그래서 쥬위에와 린진쥐가 이렌나를 돌봤다. 다지야나는 사내아이를 하나 더 낳고 싶다고 했다. 쒀마를 낳기 전에 임신을 한 적이 있었는데, 6개월째 되는 달에 산에서 넘어지는 바람에 아이를 유산했다고 했다. 그런데 그 아이가 사내아이였다. 아이를 잃고 두 사람은 며칠 동안 마음이 아파 아무것도 먹지 못했다.

안차오얼도 결혼할 나이가 되었다. 나는 그 어떤 처녀도 안차오얼을 마음에 담지 않으리라 예상했다. 안차오얼이 바보라는 사실을 모두 알고 있었지만, 여우렌이라는 처녀가 그를 좋아했다. 여우렌은 우리 이웃 우리렁에 살고 있었다. 한번은 마펀바오가 그곳에 가서 안차오얼이 영화에 나오는 사람들을 대접하느라 순록의 젖을 세 주전자나 끓였던 이야기를 해주었다. 다른 사람들은 모두 깔깔대고 웃었지만, 여우렌은 웃지 않았다. 그녀는 어니에게 마음씨 곱고 순결한 안차오얼 같은 남자라면 평생을 의지할 수 있다며 그에게 시집가고 싶다고 했다. 여우렌의 어니에게서 이야기를 전해들은 마펀바오는 서둘러 우리 우리렁으로 돌아와 안차오얼의 결혼에 대해 의논했다. 안차오얼은 곧 혼례를 올렸다. 나와 니하오는 안차오얼이 남녀 사이의 일을 알고 있을지 염려스러웠지만, 둘이 결혼한 지 얼마 지나지 않아 여우렌이 임신을 했다. 우리는 굉장히 기뻤다. 하지만 여우렌은 안차오얼에게 평생을 의지할 수 없었다. 그녀는 다음 해 쌍둥이를 낳고 출혈 과다로 세상을 떠났다. 난산으로 죽은 여인은 보통 다음 날 장례를 치르기 마련이지만, 안차오얼은 여우렌의 곁을 지키며 장례를 거부했다. 하루가 지나고, 이틀이 지나고, 사흘이 지나고, 나흘이 지났다. 비록 서늘한 가을이었지만, 여우렌의 사체가 부패하면서 썩는 냄새가 진동하자 까마귀가 떼 지어 몰려왔다. 나는 안차오얼에게 "여우렌이 죽었다고 생각하지 마. 여우렌은 실은 꽃씨로 변했어. 만약 네가 땅에 묻지 않으면 여우렌은 싹을 띄우지도 못하고 자라서 꽃도 피울 수 없어" 하고 말하자 안차오얼이 물었다.

"여우렌은 어떤 꽃을 피울까요?"

나는 예전에 이푸린에게서 들었던 라무 호수의 전설을 들려주었다. 나는 라무 호수에 가득 피어난 연꽃 중 하나가 여우렌일 거라고 했다. 그제야 안차오얼은 여우렌을 땅에 묻는 것에 동의했다. 그 후로 매일 봄이 되면 안차오얼이 나에게 물었다.

"여우렌의 꽃이 피었나요?"

"네가 라무 호수를 찾으면 여우렌을 만날 수 있을 거야."

"전 언제 라무 호수를 찾을 수 있을까요?"

"언젠가는 찾을 거야. 우리 조상들이 그곳에서 왔거든. 우리도 결국 그곳으로 돌아갈 거야."

"여우렌은 연꽃이 되었는데, 저는 무엇이 될까요?"

"너는 연꽃 옆에 피어난 풀 한 포기 아니면 연꽃을 비춰주는 별이겠지!"

"저는 별이 되지 않을래요. 풀잎이 되고 싶어요. 풀잎이면 연꽃의 얼굴에 입을 맞출 수 있을 테니까요. 그리고 연꽃의 향기도 맡을 수 있을 거예요."

여우렌이 남겨놓은 쌍둥이 이름은 안차오얼이 지어주었다. 파를거와 샤허리였다. 파를거는 겹옷이라는 뜻이었고, 샤허리는 설탕이라는 뜻이었다. 안차오얼은 온통 여우렌이 연꽃이 되는 환상에 빠져 있을 뿐 아이들에 대해 무관심했다. 아이들을 기르는 책임은 모두 내가 맡아야 했다.

1980년, 서른 살이 된 마이칸이 사생아를 낳았다.

마이칸의 비극은 라지미 때문에 벌어졌다. 누구를 막론하고 라지미는 그녀가 청혼을 받았다는 이야기를 들으면 마이칸은 아직 어린아이라는 이야기만 했다. 나와 니하오는 여러 번 라지미를 타일렀다.

"마이칸이 곧 서른이야. 지금 시집가지 않으면 너무 늦어. 부모한테 버림받고 세상에 태어났으니 그 신세가 얼마나 처량하니. 그러니 지금이라도 행복해야지 않겠니?"

라지미의 대답은 한결같았다.

"아직 어린애잖아요."

라지미는 마이칸에게 자신도 다른 여자들처럼 결혼해서 아이를 낳고 싶다는 이야기를 들으면 통곡을 했다. 마이칸이라는 아름다운 꽃은 라지미의 울음소리 탓에 하루가 다르게 시들어갔다.

가오핑루는 마이칸에게 청혼했지만, 여러 차례 거절당한 후 더 이상 우리 우리령에 와서 민요를 수집하지 않았다. 그는 아내를 얻어 아들을 낳았다. 라지미는 가오핑루가 결혼했다는 소식을 듣고 마이칸에게 보란 듯이 말했다.

"봐라. 정이며 사랑이란 게 어디 진짜가 있더냐? 모두 다 부질없다. 한족 선생은 어떠하더냐? 그 사람도 결혼하지 않더냐? 모두 너를 버릴 테지만, 아마만은 절대 버리지 않을 거야!"

우치뤄푸의 여인숙의 마구간에 버려졌다는 사실을 알

고 있던 마이칸은 그 소식을 듣고 울었다. 한바탕 울고 난 그녀가 라지미에게 말했다.

"아마, 어느 날 제가 결혼하게 된다면 상대는 분명 어원커 남자일 거예요."

서른이 되던 해 봄, 마이칸은 갑자기 사라졌다. 평소 아미칸을 그림자처럼 보살폈던 라지미는 그녀가 홀로 외출하는 것도 허락하지 않았다. 때문에 마이칸은 급류마을조차 한 번도 가본 적이 없었다. 그녀는 심산유곡에 홀로 피어난 적막한 꽃이었다.

그러나 이 꽃이 서른 살이 되던 해, 불현듯 나비가 되어 계곡으로 날아가버리자 라지미는 미칠 지경이었다. 루니와 쒀창린이 그녀를 찾아 나섰다. 한 사람은 급류마을로 내려가고, 다른 한사람은 우치뭐푸를 향해 갔다. 라지미는 야영지에 남아서 마르고 닳도록 눈물을 흘렸다. 며칠 동안 먹지도, 마시지도, 잠을 자지도 못해 눈이 새빨갛게 충혈된 채 마이칸의 이름을 연거푸 처량하게 불러댔다. 나와 니하오는 걱정이 되었다. 마이칸이 돌아오지 않으면 라지미는 살아갈 수 없을 것 같았다. 그러나 그녀는 사라진 지 닷새가 되는 날, 우치뭐푸로 찾으러 간 사람이 돌아오기도 전에 제 발로 돌아왔다. 마이칸은 아주 평안해 보였다. 그녀는 사라질 때 입었던 옷을 입고 있었지만, 머리에는 안 보이던 물건이 하나 있었다. 분홍빛 손수건이었다. 그녀는 그 손수건으로 머리를 묶고 있었다. 라지미가 어디를 다녀왔는지 묻자 그녀는 길을 잃었다고 대답했다. 라지미는 화가 치밀어 쓰러질 지경이었다. 그가 물었다.

"길을 잃은 사람 옷이 어찌 이리도 깔끔해? 머리에 묶은 손수건은 뭐야? 손수건은 어디서 난 거야?"

"주운 거예요."

라지미는 마이칸이 속이고 있다는 사실을 알고 울었다. 이제 그의 눈에서는 눈물이 흐르지 않았다. 그는 큰 소리로 울기만 했다. 마이칸이 그의 앞에 꿇어앉았다.

"아마, 이제 다시 아버지를 떠나지 않겠어요. 영원히 아버지와 이 산에서 살겠어요."

돌아온 지 얼마 되지 않아서 마이칸은 구토를 하기 시작했지만, 아무도 그녀가 임신을 했으리라 짐작조차 하지 못했다. 여름이 되자 임신한 징후가 드러났다. 겨우 안정을 찾은 라지미는 화가 나서 자작나무 가지로 마이칸을 때리며 욕했다.

"대체 어떤 놈이 너한테 이런 짓을 한 거냐?"

"어원커 사람이에요. 제가 원해서 그랬어요."

"넌 아직 어린애야. 어떻게 이렇게 몰염치한 일을 할 수 있니!"

마이칸이 떨리는 목소리로 대답했다.

"아마, 전 더 이상 어린아이가 아니에요. 서른 살이나 됐다고요."

라지미는 귀신에 홀린 사람 같았다. 매일 니하오에게

굿을 해서 마이칸의 몸에 있는 아이를 지워달라고 졸랐다. 니하오는 "나는 사람 구하는 일만 할 수 있지, 사람 죽이는 일은 못해요"라고 말했다. 라지미는 다른 방법을 찾았다. 마이칸에게 무거운 물건을 들라는 둥 힘든 일을 시켜 자연스럽게 유산이 되기를 바랐다. 하지만 마이칸의 뱃속에 든 아이는 조용히 튼튼하게 자라났다. 겨울이 되었다. 마침내 아이가 태어났다. 사내아이였다. 마이칸은 아이에게 시반이라는 이름을 지어주었다. 두 살이 되자 시반은 고기도 먹고, 빵도 먹을 수 있었다. 아이는 무척 건강했다. 마이칸은 아이에게 젖을 끊고 벼랑에서 뛰어내려 자살했다.

우리는 그제야 마이칸이 자기를 대신하여 라지미와 함께 있어줄 사람을 찾고 있었다는 것을 알게 되었다. 그녀는 일찌감치 살아갈 생각을 접은 듯했다. 그러나 그녀는 라지미가 홀로 고독하게 남겨지는 것이, 그를 돌봐줄 사람이 없는 것이 두려워 아이를 낳았다. 시반은 그녀가 라지미에게 준 마지막 선물이었다.

마이칸이 죽자 라지미는 너무 많이 울어 거의 실명에 이르렀다. 그의 눈에 비치는 사물은 하나같이 흐릿했다. 그는 언제나 술을 마시면 고통스럽게 울부짖었다. 마치 누가 칼로 그의 심장을 도려내는 듯했다. 우리는 그를 도와 시반을 돌봤다. 시반은 무럭무럭 자랐다.

이렌나는 급류마을에 있는 학교에 다녔지만, 여름방학

과 겨울방학이면 산으로 왔다. 쒀창린이 그녀를 데려다주었다. 이롄나는 총명하고 활달한 아가씨였다. 그녀는 순록을 좋아해서 여름방학에 산에 돌아오면 쒀창린에게 오후에 순록 무리를 좇아가서 새벽에 순록과 돌아올 수 있게 해달라고 졸랐다. 쒀창린은 노루가죽으로 만든 침낭을 들고 아이와 함께 야영을 했다. 때문에 이롄나가 돌아오면 우리는 순록을 잃어버리지 않았다. 그녀는 순록을 보호하는 신령과 같았다.

이롄나가 열한 살 무렵 때의 일이었다. 이롄나는 여름방학에 산으로 올라왔다. 우리는 마침 어얼구나 강변에서 사냥을 하고 있었다. 어느 날 오후 나는 그녀를 데리고 강변의 암벽 앞에 가서 적홍색 그림물감을 들고 그림을 가르쳤다. 청백색 암석 위에 순록의 모습이 나타나자 깜짝 놀란 이롄나가 나에게 말했다.

"돌도 순록을 낳을 수 있네요!"

내가 꽃과 새를 그리자 아이는 팔짝팔짝 뛰며 "아, 원래 돌도 흙과 하늘이군요. 아니면 암석의 몸에서 어떻게 꽃이 피고 새가 날겠어요" 하고 말했다. 나는 아이에게 그림물감을 하나 쥐어 주었다. 아이는 암벽에 순록 한 마리를 그리고 태양을 그렸다. 아이가 그린 암벽화는 생동감이 넘쳐흐르고 있었다. 내 그림 속의 순록은 무척이나 조용했지만, 이롄나의 그림 속 순록은 장난기가 넘쳐흘렀다. 이롄나의 순록은 고개를 외로 하고 앞다리를 들고 목에 걸린 방울을 걷어차고 있었다. 순록의 뿔도 대칭이 아니었다. 한쪽은 뿔이 일곱 개가 달려 있었고, 다른 한 쪽은 뿔이 세 개가 달려 있었다. 내가 "네 그림에 있는 순록을 나는 왜 본 적이 없을까?" 하고 묻자 이롄나가 "이건 신록이거든요. 암석에서만 자랄 수 있는 신령한 순록이에요" 하고 대답했다.

그날 이후로 이롄나는 그림에 빠져들었다. 방학이 끝나고 급류마을 학교로 돌아가서는 미술시간을 유별나게 좋아했다. 다시 산으로 돌아왔을 때 그녀는 미술연필로 그린 그림을 가져왔다. 그림에는 인물도 있었고, 동물과 풍경도 있었다. 그녀의 그림 속 인물은 해학적이었다. 모자를 삐딱하게 쓰고 살이 붙어 있는 뼈를 씹고 있기도 했고, 담배를 꼬나문 채 신발 끈을 매고 있는 사람도 있었다. 그녀가 그린 동물 그림에는 순록이 가장 많았다. 그녀의 그림 속 풍경에는 급류마을의 집과 거리가 있는가 하면 모닥불과 강 그리고 산맥을 그린 그림도 있었다. 그녀는 연필로 이 모두를 그렸지만, 모닥불이 활활 타오르는 곳에는 주황색 불빛을, 밤에는 강물에 비친 달빛을 볼 수 있었다.

이롄나는 매번 산으로 돌아오면 나에게 바위가 너무 그리웠다고, 바위에 그림을 그리면 종이에 그림을 그리는 것보다 더 재미있다고 했다. 나는 아이가 돌아오면 날씨 좋은 날, 함께 강변의 암벽으로 그림을 그리러 갔다. 아이는 매번 그림을 그리고 나에게 물었다.

"보기 좋아요?"

"바람한테 물어보렴. 바람의 눈은 내 눈보다 예리하니까."

이렌나는 웃으며 대답했다.

"바람이 말했어요. 어느 날 바람은 내 그림을 강변의 모래알로 만들어버릴 거래요."

"그래? 넌 바람한테 뭐라고 대답했니?"

"바람한테 '괜찮아. 강변의 모래를 만들어도. 모래는 다시 금으로 변할 수 있잖아' 했어요."

마커신무는 이렌나가 산으로 돌아오는 것을 기뻐하지 않았다. 열 살이 조금 넘었던 마커신무는 루니가 급류마을에 있는 학교에 보낼 때마다 도망쳐 돌아왔다. 마커신무는 책만 보면 머리가 아프다고 했다. 때문에 이렌나에게 반감을 가지고 있었다. 이렌나는 학교 다니기를 좋아했기 때문이었다. 어린아이들은 이 둘을 옹호하기도 하고, 은연중에 비교하기도 했다.

샤허리와 파를거, 시반과 쒐마는 아직 어린아이들이었다. 이렌나가 돌아오지 않으면 마커신무는 어린아이들에게 절대적인 지배력을 행사하고 있었다. 뭐든 명령만 내리면 아이들은 마커신무의 명령에 따랐다. 마커신무는 어원커 말로 말을 많이 해서 아이들과 대화를 할 때면 어원커 말로만 했다. 중국어를 유창하게 구사할 줄 아는 이렌나는 산에 돌아와서 아이들에게 중국어를 가르쳤다. 마커신무는 화가 나서 아이들에게 중국어를 배우면 앞으로 혀가 썩을 거라고 겁을 주었다. 마커신무의 말을 곧이곧대로 믿는 시반을 빼놓고 나머지 아이들은 그 말을 믿지 않았다. 마커신무는 나무를 깎아 인형을 만들어주는 것으로 아이들을 구슬렸다. 그가 인형을 깎고 있으면 아이들이 주위를 둘러쌌다. 이롄나는 지는 것을 싫어하는 아이였다. 연필을 꺼내 하얀 도화지 위에 아이들의 모습을 그리면 아이들은 이롄나 주위로 몰려들었다. 이롄나가 그린 초상화는 아이들에게 즐거움을 선사했다. 쒀마는 흰 종이 위에 그려진 자신의 모습을 보고 거울 앞에 서 있다고 생각했는지 도화지를 가리키며 "거울, 거울!" 하고 외쳤다. 샤허리와 파를거는 똑같이 생겨서 이롄나가 한 사람을 그리면 그림 속에 인물이 서로 자기라고 우겼다. 장난기가 발동한 이롄나가 그 그림에다 연필로 쓱쓱 몇 번 그려 소변보는 모습으로 바꾸면 그림 속에 있는 아이가 자기가 아니라고 우겨댔다.

우리는 시반이 나무껍질 씹어 먹는 것을 좋아한다는 사실을 발견했다. 마커신무가 아이들을 위해 나무인형을 깎을 때마다 시반은 나무껍질을 벗겨 입에 넣고 아주 감칠맛 나게 씹었다. 그는 특히 수분이 풍부하고 달콤한 자작나무 껍질과 버드나무 껍질을 씹는 걸 좋아했다. 그때부터 시반은 며칠 걸러 꼭 나무껍질을 씹었다. 자작나무나 버드나무를 껴안고 고개를 외로 하고 나무껍질을 씹는 모습이 새끼 양처럼 보였다. 라지미는 마이칸이 죽고 난 이후 줄곧 시반에게 냉담하게 굴었다. 시반이 마이칸을 절벽 아래로 밀어 떨어뜨리기라도 한 듯했다. 그러나 시반이 나무껍질을 씹는 걸 좋아한다는 사실을 알고부터 라지미는 점점 그 아이를 좋아하게 되었다. 그는 언제나 우리에게 "시반은 괜찮아. 그 아이 양식은 나무에서 자라잖아. 기근이 닥쳐와도 시반은 아무 일 없을 거야!" 하고 말했다.

시반의 출생은 마이칸과 마찬가지로 수수께끼였다. 나는 출생의 수수께끼를 풀 수 없을 것이라고 생각했다. 그러나 이렌나가 베이징에 있는 미술대학에 입학하던 그해, 나와 다지야나는 급류마을에서 아이를 베이징으로 떠나보내다가 마이칸의 출생에 대한 수수께끼를 풀었다.

이렌나는 급류마을에서 중학교를 졸업한 후 우치뤄푸로 갔다. 우치뤄푸, 즉 현재의 치첸에 있는 고등학교에 입학하기 위해서였다. 몇 년 후 그녀는 치첸에서 대학에 들어간, 순록을 방목하는 어원커 부락의 첫 번째 대학생이 되었다. 이렌나가 베이징에 있는 미술대학에 합격했다는 소식은 산 바깥쪽에 사는 사람들의 이목을 끌었다. 30대 초반의 류보원이라는 기자가 특별히 후허하오에서 이렌나를 인터뷰하기 위해 찾아왔다. 급류마을에서 인터뷰가 끝나자 그는 아버지의 배다른 동생인, 30년 전 유기되었던 여자아이를 탐문하기 위해 치첸에 가야 한다고 했다. 류보원이 별 뜻 없이 말한 것이었지만, 나와 다지야나는 동시에 마이칸을 떠올렸다. 우리가 그에게 물었다.

"정확히 어느 해에 버려졌죠? 그때 몇 살이었어요?"

"저희 할아버지가 당시 자란툰에서 유명한 지주였어요. 집도 여러 채 가지고 계셨고, 땅도 많아서 일꾼도 많았죠. 토지개혁으로 지주를 몰아세우자 할아버지는 목을 매어 자살하셨죠. 할아버지한텐 부인이 둘 있었는데 저희 아버지가 큰집 자식이었죠. 작은집에 아리따운 부인이 있었는데, 할아버지가 자결했을 때 그분은 임신을 하고 있었어요. 그분은, 1950년에 여자아이를 낳고 우물에 뛰어들었죠. 죽기 전 딸아이를 저희 할머니한테 맡기고 가난한 집이든 부한 집이든 상관없으니 딸아이를 마음씨 좋은 사람의 집에 들여보내 일생을 평안하게 살게 해달라고 했어요. 저희 할머니는 몰래 감춰 두었던 금팔찌를 꺼내 아이를 말장수한테 맡기고 좋은 집을 찾아달라 했죠. 이곳저곳 다녔던 말장수는 우치뭐푸가 좀 외진데다가 그곳 사람들이 순박하고 선량하다고 생각했대요. 그래서 먼 길도 마다하지 않고 아이를 우치뭐푸에 데려가 여인숙 마구간에 버렸대요. 말장수는 다시 자란툰으로 돌아와 할머니한테 아이를 우치뭐푸에 버렸는데, 듣자하니 마음씨 좋은 어원커 사람이 산으로 데리고 올라갔다는 이야기를 들었다고 했대요. 할머님이 돌아가시기 전 아버지의 손을 붙잡고 20년 터울이 나는 여동생을 찾아보라고 하셨어요. 어쨌거나 아버지와 한 핏줄이니까요."

류보원이 찾는 사람은 영락없이 마이칸이었다. 나는 그에게 "치첸에 갈 필요 없어요. 그 아이는 절벽에서 뛰어내려 죽었다오. 남겨 둔 아이가 있는데 시반이라고 해요. 시반이 보고 싶다면 가서 봐도 될 것 같아요" 하고 말했다.

나와 다지야나는 마이칸이 어떻게 살아왔는지 이야기를 들려주었다. 우리의 이야기를 들은 류보원이 울었다. 그는 우리를 따라 산으로 올라왔다. 내가 류보원의 고모가 마이칸이라는 이야기를 하자 라지미는 시반을 품에 꼭 끌어안았다. 그는 류보원에게 "시반은 마이칸이 낳은 아이가 아니오. 내가 주워왔소" 하고 말했다.

시반은 라지미에게 그 옛날 마이칸처럼 눈동자와 같은 존재였다. 만약 라지미가 시반마저 잃게 된다면 빛을 잃는 것과 다름없었다.

류보원은 이틀을 머물며 시반의 사진을 찍은 후 마펀바오의 호송을 받아 산 아래로 내려갔다. 루니는 쒀창린에게 류보원을 배웅하라고 했지만, 마펀바오가 자원해 자기가 대신 하겠다고 나섰다. 쥬위에에게는 이미 아들이 있었는데, 아이 이름이 유월을 뜻하는 류위에였다. 류샤는 자주 산 아래로 내려가 쥬위에와 류위에를 만났지만, 마펀바오에게는 이런 기회가 좀처럼 주어지지 않았다. 그는 쥬위에와 류위에가 보고 싶어 류보원을 배웅하겠다고 자청했다. 마펀바오는 노인이 되었지만, 걸음이 재빨랐다. 그는 여전히 사냥을 했고, 사격술도 정확했다.

벌목꾼과 벌목장이 갈수록 늘어났다. 목재를 운반하는 길도 갈수록 길어져 산 속 동물들이 점점 줄어들었다. 매번 사냥을 나가 빈손으로 돌아올 때면 마펀바오는 벌목장을 향해 욕을 퍼부었다. 그는 벌목장은 산에서 자라나는 독종과 다름없다며 동물들을 쫓아낸다고 했다.

마펀바오는 길에서 술 마시기를 좋아했다. 그는 길을 걸을 때 술을 마시면 우쭐해지기도 하고, 재미도 있다고 했다. 류보원을 데려다주는 동안에도 그는 줄곧 술을 마셨다. 이른 아침에 출발해서 점심때까지 약 30여 리를 걸어 만구이 지선도로에 이르렀다. 그곳에서 급류마을까지는 7, 8여 리밖에 남아 있지 않았다. 지선을 오가는 목재운반차량이 무척 많았다. 류보원은 마펀바오가 화물칸이 텅 비어 산으로 들어가는 목재운반차량을 지나치지만, 원목을 가득 실은 기다란 트럭을 발견했다 하면 흥분을 했다고 했다. 마펀바오는 트럭을 가리키며 "천벌을 받을 놈, 죽일 놈!" 하고 욕을 해댔다. 그날 따라 산을 나서는 목재운반 차량이 꼬리에 꼬리를 물었다. 네 번째 낙엽송을 가득 실은 목재운반차량이 지나가자 마펀바오는 더 이상 감정을 추스르지 못하고 사냥총을 들고 목재운반차량 타이어에 쏘았다. 곧 타이어가 터지고 차가 비스듬히 멈춰 섰다. 운전수와 조수가 차에서 뛰어내렸다. 털보 운전수는 달려와서는 마펀바오가 입고 있던 낡아빠진 노루가죽 마고자를 움켜쥐고 "이 주정뱅이, 너 죽으려고 환장했어!" 하고 욕을 해댔다. 어린 조수는 마펀바오의 머리를 향해 주먹을 날리며 "너 이 새끼, 짐승 가죽 옷을 입은 야만인 새끼야!" 하고 욕을 했다. 주먹을 얻어맞은 마펀바오는 방향 감각을 상실하더니 풀 죽은 목소리로 "야아만안이인" 하고 조수의 이야기를 반복하고 휘청거리더니 손에 들고 있던 사냥총을 땅바닥에 떨어뜨리고 그 자신도 땅바닥으로 쓰러졌다.

마펀바오는 번잡스러운 곳을 좋아하지 않았다. 우리는 그를 조용한 곳에 묻으려 했지만, 류샤가 동의하지 않았다. 그녀는 손자와 증손자를 보려고 가는 길에 유명을 달리했으니 급류마을에 묻어야 한다고 했다. 그래야만 손자와 증손자가 항상 제사를 모실 수 있다고 했다. 지금 조용한 곳도 몇 해가 지나면 조용하지 않을 터이니 급류마을에 사는 피붙이 곁에 있는 것만 못하다는 것이 그녀의 지론이었다. 결국 우리는 그를 이완과 웨이커터 옆에 묻었다.

나와 동시대를 살았던 사람들 대부분이 또 다른 세상을 향해 떠났다. 아흔 살이 되고 보니 시간이 너무 빨리 흐른다. 파를거와 샤허리는 이제 다 커서 밖으로 나돌아 다녔다. 술을 좋아하는 샤허리는 취하면 가게의 진열대 혹은 학교의 책상이나 의자를 때려 부쉈다. 향정부의 자동차 타이어에 구멍을 내기도 했다. 쥬위에가 나에게 말하길 샤허리가 급류마을에 나타나면 파출소 근무자들은 긴장할 뿐 아니라 그가 나타났다는 소식을 가게 주인들에게 알리고 귀중한 물건을 잘 보관하라고 알린다고 했다. 파를거는 후허하오에 있는 이렌나를 찾아가기를 좋아했다. 춤추기를 좋아하는 그는 이렌나가 자기를 극단에 소개시켜주면 여기저기 돌아다니며 공연을 할 수 있으리란 환상에 젖어 있었다. 이렌나는 베이징의 미술대학을 졸업하고 신문사에서 미술 편집 일을 맡아보고 있었다. 그녀는 시멘트 공장 노동자에게 시집을 갔지만, 1년이 지나 이혼했다.

이렌나가 이혼하고 나서 류보원도 이혼했다. 파를거는 이렌나와 류보원이 함께 살고 있다고 나에게 알려주었다. 두 사람은 함께 살면서 항상 다툰다고 했다. 내가 왜 둘이 항상 싸우는지 묻자 파를거는 싸우고 나면 류보원은 물건을 부수고, 이렌나는 술을 들이붓는다고 했다.

이렌나는 해마다 나를 만나러 왔다. 올 때마다 그림도구를 가지고 왔다. 그녀는 그림 그리기와 순록과 함께 지내기를 좋아했다. 그녀의 그림은 색깔이 있었다. 화폭에 각양각색의 도란(주로 배우들이 무대 화장용으로 쓰는 기름기 있는 분—옮긴이)을 발랐다. 나는 도란이 풍기는 냄새가 너무 자극적이어서 싫었다. 그녀는 옛날처럼 그리 즐거워 보이지 않았다. 이렌나는 혼자 강변에 앉아 그림붓을 빨면서 강물에 물감이 풀어지는 모습을 지켜보았다. 그녀의 그림은 언제나 화보로 인쇄되었다. 그녀는 야영지에 올 때마다 화보집을 가져와 자기가 그린 그림을 보여주었다. 화보집에 실린 그림을 보며 나는 항상 한눈에 이롄나의 그림을 알아보았다. 그녀의 그림에는 언제나 순록이며 모닥불, 강물과 눈 덮인 산이 있었다.

이롄나는 종종 마음이 신산할 때면 산에 올라와 한 달 혹은 두 달씩 묵었다. 적막하고, 외부 세상과 연락하기가 불편하다며 짜증을 내기도 했다. 때로 시반과 함께 급류 마을을 가기 위해 산을 내려갔는데, 그 이유는 오로지 친구에게 전화를 걸기 위해서였다. 이롄나는 시반을 좋아했다. 그녀는 인물화를 거의 그리지 않았지만, 시반의 모습을 화폭에 몇 장 담았다. 그림 속 시반은 나무껍질을 씹고 있지 않았다. 그는 그림 속에서 쪼그리고 앉아 순록을 위해 불을 피우거나 목판에 글자를 새겨 넣고 있었다.

시반은 글자를 만들거나 자작나무 껍질로 공예품을 만드는 일을 좋아했다. 그는 어원커 말을 즐겨 썼는데, 자신이 쓰는 말에 문자가 없다는 사실을 알고 글자를 만들어야겠다고 결심했다. 그는 듣기 좋은 우리말에 문자가 없다는 사실을 애석해했다. 우리가 "글자 만들기가 어디 그리 쉬워?" 하고 말하면 시반은 "부지런히 하면 분명히 글자를 만들어낼 거예요" 하고 대답했다.

시반은 목공 일을 잘하는 마커신무에게 목판을 만들어달라 부탁하고, 목판을 한 무더기씩 쌓아 두고 화롯가에 앉아 글자를 만들었다. 글자를 하나 생각해내면 볼펜으로 손바닥에 그린 다음 우리에게 보여주고 어떠한지 물었다. 모두가 괜찮다고 대답하면 정성스럽게 글자를 목판 위에 새겼다. 그가 만든 글자는 아주 간결했다. 예를 들어 강물은 곧은 가로획이었고, 번개는 굽은 가로획이었다. 비는 끊어졌다 이어졌다 하는 세로획이었다. 구름은 두 개의 반원을 서로 연결해서 그렸고, 무지개는 구부러진 사선이었다. 손바닥에는 언제나 글자가 그려져 있어 그는 항상 조심스럽게 손을 씻었다. 방금 만들어낸 글자가 비누 거품 속으로 사라지는 것을 원치 않았다.

글자를 만드는 일 외에 시반은 자작나무 껍질로 된 공예품을 만드는 일도 좋아했다. 그는 각종 도안을 새기고 채색하는 방법을 터득해서 자작나무 껍질로 담뱃갑이나 필통, 차를 담아 두는 통, 장식품 상자를 만들었을 뿐 아니라 새와 순록, 꽃, 나무와 같은 모양을 새겨 넣었다. 그는 구름과 번개 그리고 물결무늬를 새겨 넣는 것을 가장 좋아했다. 시반이 만든 자작나무 공예품은 인기가 높았다. 급류마을 상점에 진열해놓으면 멀리서 온 여행객들이 사 가지고 갔다. 시반이 바꿔 온 돈으로 우리는 각종 물건을 샀다. 라지미는 시반이 하는 일에 자부심을 가졌다. 시반의 가장 큰 꿈은 우리 어원커 언어가 진정한 문자가 되어 대대로 유전되는 것이었다.

샤허리는 매번 산으로 돌아오면 골똘히 글자를 만드

는 시반을 조롱하며 바보라고 놀렸다. 요즘 젊은이들이 누가 어원커 언어를 좋아하겠냐며 그가 만든 어원커 글자는 무덤에 묻힐 물건밖에는 되지 않을 거라 했다. 시반은 대꾸도 하지 않았다. 온화한 시반은 안차오얼을 닮았다는 이야기를 많이 들었다. 다지야나가 슬그머니 나에게 마이칸이 안차오얼의 아이를 가졌던 것 같다고 말했지만, 나는 아니라고 대답했다.

"불가능해. 그때 마이칸은 사라진 지 며칠 되지 않아 돌아왔잖아. 안차오얼은 야영지를 떠난 적이 없었어."

"마이칸이 먼저 계획을 세워 둔 것 같아요. 안차오얼이 자길 사랑하도록요. 그런 다음 일부러 집을 떠나는 방식으로 모두의 눈을 속인 게 아닐까요?"

다지야나의 이야기는 이치에 맞지 않았다. 그런데 재작년 안차오얼을 도와 물건을 정리하다가 나는 분홍색 손수건을 발견하고 비로소 그 추측이 맞을지도 모르겠다고 생각했다. 나는 손수건을 가리키며 안차오얼에게 물었다.

"여우렌이 남겨놓은 거야?"

"마이칸이 저한테 준 거예요. 마이칸 하나, 나 하나. 바람이 세차게 불면 제가 눈물을 잘 흘리는 걸 알고 저걸 눈물 닦을 때 쓰라고 했어요."

나는 마이칸이 야영지로 돌아왔을 때 머리를 묶고 있던 손수건을 떠올렸다. 이 분홍색 손수건은 마이칸이 어디에선가 가져온 것 같은데, 도무지 기억이 나지 않았다.

사실 삶에 묻힌 수많은 비밀 가운데 어느 것은 그대로 묻어 두는 게 나은 것이 있다. 나는 시반의 출생에 대해 더 이상 캐내고 싶지 않았다.

이롄나는 산에서 지내는 것에 싫증이 나면 그림을 들고 도시로 돌아갔다. 하지만 얼마 지나지 않아 산으로 되돌아왔다. 돌아올 때마다 그녀는 도시는 사람들이 넘쳐나고 도처에 집이 있고, 자동차들 때문에 먼지가 풀풀 날리는 아주 따분한 곳이라고 했다. 산에 올라오니 순록과 함께 있을 수 있고, 별을 보며 잠들 수 있고, 바람소리를 들을 수도 있고, 눈동자 가득 산이며 시냇물이며 꽃이며 새를 담을 수 있어 즐겁다며 종알거렸다. 그러나 한 달도 채 되지 않아 산에는 술집도 없고, 전화도 없고, 영화관도 없고, 서점도 없어서 싫다며 폭음을 했다. 술에 취하면 아직 완성되지 않은 자기의 그림을 모두 쓰레기라며 화롯가에 던져 불살라버렸다.

다지야나는 이롄나가 걱정스러웠다. 이롄나는 세속의 영예를 지닌, 모두가 부러워하는 출세한 화가였으나 다지야나는 그녀의 내면에 깃든 갈등과 고통을 떠올릴 때마다 불안해했다. 쒀마는 샤허리와 마찬가지로 학교에 가기 싫어했다. 그녀는 급류마을에서 학교에 갈 때면 사흘이 멀다 하고 학교를 도망쳐 나왔다. 그녀는 남자 사귀기를 좋아했는데, 열네 살 때 다지야나에게 자기는 처녀가 아니라고 선포했다. 화가 난 다지야나는 그녀를 산으로 데려와 순록을 지키게 했다. 쒀마는 순록을 싫어했다. 그녀는 순록이 전염병에 걸렸으면 좋겠다고 했다. 그렇게만 되면 모두가 자연스럽게 하산을 할 수 있을 것이라고 했다. 쒀마는 순록에 대해 저주를 퍼부었다. 그 때문에 모두가 그녀에게 반감을 가졌다.

이롄나는 마침내 직장을 그만두고, 보따리를 싸들고 우리가 있는 곳으로 돌아왔다. 왜 귀향할 생각을 했느냐는 내 물음에 그녀는 일도 싫고, 도시도 싫고, 남자도 지겨워졌다고 했다. 싫증나지 않는 것은 오직 순록과 나무, 강과 달 그리고 신선한 바람뿐이라는 사실을 깨달았다고 했다.

그녀는 이제 도란으로 그림을 그리지 않았다. 상감기법으로 동물의 털가죽에 그림을 그렸다. 그녀는 순록과 낙타사슴 털가죽의 색깔이 다른 것을 이용하여 서로 다른 형상을 오려 그 모양을 서로 연결하고 피모화(皮毛畫)를 그렸다. 피모화는 황갈색과 연한 잿빛이 주를 이루었으며 그림 위쪽에는 대개 하늘과 구름이 있고, 아래쪽에는 기복이 있는 산과 구불구불한 강이 있었다. 그리고 가운데는 천태만상의 순록이 있었다. 피모화를 그리기 시작한 이롄나를 바라보며 나는 불안을 떨쳐낼 수 없었다. 짐승의 가죽과 털은 영성이 있는 물건이었다. 이들로 비와 바람을 막아주는 옷을 만든다면 이들 또한 감지덕지할 테지만, 단지 인간의 안목에 즐거움을 주고자 갈기갈기 찢어 걸어놓는다면 그 가죽이며 털이 분노할 것 같았다.

이롄나는 더 이상 자신의 그림을 산 바깥으로 가져가지 않겠다고 했지만, 막상 피모화 두 폭을 완성하자 그 그림을 들고 도시로 나갔다. 마치 두 마리 강아지에게 좋은 주인을 찾아주려는 것 같았다. 두 달 후 이롄나는 방송국 기자를 데리고 돌아왔다. 그녀는 몹시 흥분해 있었다. 피모화 두 폭이 미술계의 반향을 일으켜 한 폭은 미술관에 소장되었고, 나머지 한 폭은 고가에 팔렸다고 했다. 기자는 그녀를 취재하기 위해 우리 우리렁을 찾았다. 이들은 시렁주와 순록, 모닥불, 글자를 만드는 시반, 노쇠한 니하오와 그녀의 무복과 북을 촬영했다. 그들은 나도 촬영했다. 나에게 마지막 추장의 아내로서 어떤 경험을 했는지 이야기를 들려 달라고 했다. 나는 그 자리를 떠났다.

'내가 왜 저 사람들한테 내 이야기를 들려주어야 할까?'

1998년 초봄, 산불이 났다. 산불은 다싱안링 북쪽 산맥에서 시작되었다. 그해 봄은 건조하고 바람이 많이 불었다. 들풀마저 바짝 말라 있어 산불이 잦았다. 산불은 종종 번갯불로 인해 발생하기도 했지만, 함부로 버린 담배꽁초 때문에 벌어지기도 했다. 담배 때문에 일어나는 화재를 막기 위해 우리는 새로운 담배를 발명했다. 이 담배는 잘게 썬 각연초와 차 그리고 메탄을 배합하여 만들었다. 새로 만든 담배는 잘 빚어서 불을 피우지 않고 잇몸에 밀어 넣으면 입 안에 담배 향기가 퍼지면서 끽연을 할 때처럼 정신이 번쩍 드는 작용을 했다. 해마다 봄이 되면 우리는 피우는 담배 대신 씹는담배를 사용했다.

산불은 벌목공 둘이 담배를 피우다 꽁초를 함부로 버리는 바람에 벌어졌다. 우리는 마침 어얼구나 강변으로 이동하고 있어서 화마가 휩쓸고 간 아래쪽에 있었다. 숲에는 연기가 가득했다. 북쪽에서 도망 온 새들이 무리지어 날아다니고 있었다. 연기와 불에 그으려 검게 변한 새들이 놀라 울부짖고 있었지만, 맹렬한 불길은 사그라지지 않았다. 급류마을의 향당 서기와 부향장이 지프를 타고 각 우리렁을 순회하며 불길이 범접할 수 없는 안전지대로 피신시켰다. 또한 순록을 보호하고, 순록이 야영지에서 멀리 떠나지 못하게 했다. 헬리콥터가 머리 위를 날아다니며 인공 비를 뿌리려고 했지만, 구름층이 발달하지 못했는지 천둥소리만 요란할 뿐 비는 내리지 않았다.

니하오는 마지막으로 무당옷과 신모, 치마를 입고 손에 북을 들고 비를 내려주십사 굿을 했다. 허리가 굽고 볼과 눈이 푹 꺼진 그녀는 두 마리 딱따구리를 기우제의 제물로 삼았다. 딱따구리 한 마리는 몸은 잿빛이고 꼬리는 붉었다. 다른 한 마리는 몸이 검고 이마가 붉었다. 그녀는 딱따구리를 어얼구나 강변의 얕은 물가에 몸이 잠기게 하고, 입은 하늘을 향해 벌리게 하고 춤을 추기 시작했다.

공중에 연기가 자욱해서 니하오가 굿을 할 때 순록 무

리는 어얼구나 강변에서 고개를 숙이고 서 있었다. 북소리가 격앙되었다. 니하오는 예전처럼 재빠르게 두 다리를 놀리지 못했지만, 계속해서 춤을 추었다. 그녀가 기침을 한바탕 하자 굽은 허리가 더 굽어졌다. 입고 있던 치마가 땅바닥에 끌려 재가 잔뜩 묻었다. 우리는 그녀가 힘들게 굿을 하는 모습을 차마 볼 수 없어 점점 순록의 무리가 있는 곳으로 들어왔다. 오직 이렌나와 루니만이 그 의식을 끝까지 지켜보았다. 니하오가 한 시간 정도 춤을 추고 있을 즘 하늘에 먹구름이 나타나기 시작했다. 다시 한 시간 동안 더 춤을 추자 먹구름이 빽빽해졌다. 다시 한 시간이 지나자 번개가 번뜩였다. 니하오는 춤을 멈추고 휘청휘청 어얼구나 강변으로 걸어오더니 물에 젖은 딱따구리 두 마리를 들어 올려 우람한 소나무에 매달았다. 그녀가 의식을 마치자 천둥과 번개가 서로 하늘에 나타나더니 비가 억수같이 쏟아졌다. 니하오는 쏟아지는 빗속에서 삶의 마지막 노래를 불렀다. 하지만 노래를 끝까지 부르지 못하고 쓰러졌다.

어얼구나 강아,
너는 은하수로 흘러가는구나.
메마른 세상은······.

산불이 꺼지고, 니하오는 떠났다. 그녀는 평생 수많은

장례를 맡아보았지만, 자신의 장례는 치러줄 수 없었다.

니하오의 장례식에 베이얼나가 나타났다. 예전에 우리 순록을 훔쳤던 그 소년과 함께 왔다. 두 사람은 이미 중년이 되었다. 그가 어디에서 베이얼나를 찾았는지, 어디에서 그들이 니하오가 세상을 떠난 소식을 들었는지 우리는 묻지 않았다. 어쨌든 니하오의 소원이 이루어졌다. 니하오는 더 이상 굿을 할 필요가 없었고, 베이얼나의 가슴속에 도사리고 있던 공포도 영원히 사라져버렸다.

니하오가 세상을 떠나고 반년 뒤 루니도 세상을 등졌다. 마커신무는 루니가 그날 좋아보였다고 했다. 차를 마시고 있다가 불현듯 마커신무에게 설탕을 가져다 달라고 하더니 목을 외로 하고 숨을 거두었다. 루니와 니하오가 떠난 세상은 따뜻한 곳일 것이다. 그곳에는 궈거리도, 쟈오쿠퉈칸도, 예얼니쓰녜도 모두 있을 것이다.

니하오가 마지막으로 굿을 하는 모습은 이롄나에게 잊을 수 없는 사건이었다. 그녀는 그 순간 우리 어원커 사람들이 백 년 동안 함께한 비바람을 느꼈다며 가슴이 설레었다고 나에게 고백했다. 그녀는 그와 같은 광경은 그림으로 표현해야 한다고 했다. 그녀는 피모화로 그림을 반쯤 그리다 말고, 피모화로는 경박해서 안 되겠다며 중후한 유화로 그려야겠다고 했다. 이롄나는 화폭을 목판 위에 고정시켜놓고 그림붓에 유화물감을 묻혀 그림을 그렸다. 천천히 그림을 그려나갔는데, 감정이 북받치면 작업을 중단하고 울었다.

이렌나는 그 그림을 두 해 동안이나 그렸다.

그림은 기운이 가득 차 있었다. 위쪽에는 구름이 빽빽한 하늘과 안개가 자욱한 푸른 산이 있었고, 가운데에는 춤을 추는 니하오와 그녀를 둘러싸고 있는 순록의 무리가 있었다. 니하오의 얼굴은 모호하게 표현했지만, 그녀가 입고 있는 무당 옷과 치마는 또렷하게 그려져 있었다. 바람이 살짝 불면 반짝이는 금속 장식품들이 소리를 낼 것 같았다. 그림 아래쪽에는 푸르고 서늘한 어얼구나 강과 바위에 서서 비가 오기를 기도하는 사람들이 있었다.

우리는 그림이 다 완성되었다고 여겼지만, 이렌나는 아직 완성되지 않았다고 했다. 마치 그 그림이 완성되기를 원치 않는 듯 보였다. 그녀는 그림을 무척 세밀하고 정교하게 그렸다.

2000년 봄, 이렌나는 그림이 완성되었다고 선포했다. 우리는 베이얼츠 강변에서 탄생하는 새끼 순록을 받고 있었다. 그림이 완성된 것을 기념하여 우리는 모닥불을 피우고 무도회를 열었다. 술을 많이 마신 이렌나는 춤을 추지 않았지만 날아갈 듯 걸었다. 그 걸음만으로도 춤을 추고 있는 느낌이 들었다.

그날 저녁 이렌나는 우리 곁을 떠났다.

그녀는 술을 마시다 말고 시렁주로 돌아가서 그림붓을 가지고 나와 휘청휘청 베이얼츠 강을 향해 걸어갔다. 그녀는 사람들 곁을 지나가며 "저 붓 빨러 가요" 하고 말했다. 야영지에서 베이얼츠 강까지 5분 정도 걸리는 거리여서 우리는 그녀가 강으로 가는 모습을 바라보았다.

다지야나가 한숨을 푹 쉬면서 "그림붓 빨러 가는 걸 보니 또 새로운 그림을 그릴 모양이에요. 또 2년 동안이나 그림을 그린다면 어떻게 견딜까요?."

쒀마가 "이렌나도 어리석지. 그림 한 폭 그리는 데 2년이나 걸리다니. 그 시간이라면 아이 둘은 충분히 낳겠어요" 하고 말했다. 쒀마의 이야기에 우리 모두 웃었다.

이렌나와 그녀가 그린 기우제 그림에 대해 이야기꽃을 피우다 보니 어느새 밤이 깊어졌다. 이렌나는 아직 돌아오지 않았다. 다지야나가 쒀마에게 "언니가 왜 아직 돌아오지 않는지, 가서 좀 보고 오렴" 하고 말했다.

쒀마가 "시반한테 가보라고 하세요!" 하고 말했다.

시반은 모닥불 가에 앉아 머리를 파묻고 글자를 만들고 있었다. 마커신무가 그를 도와 목판에 글자를 새기고 있었다. 시반은 쒀마의 말을 듣고 "네가 가. 나는 글자를 만들고 있잖아" 하고 말했다.

쒀마가 "이렌나가 그림을 그려준 사람이 가야지. 그 사람이 가서 이렌나를 찾아야 맞지" 하고 말하자 시반이 자리에서 일어서더니 "알았어, 이렌나가 날 그려줬으니까 내가 찾으러 갈게" 하고 말했다.

20분 정도 지나서 시반이 돌아왔다. 하지만 이렌나와

함께 오지 않았다. 그는 푹 젖어 있는 그림붓을 들고 왔다. 그림붓은 모두 베이얼츠 강물이 깨끗이 빨아놓았다.

다지야나가 시반에게 물었다.

"이렌나는?"

"그림붓만 있고, 이렌나는 없어요."

다음 날 정오, 우리는 베이얼츠 강 하류에서 이렌나의 시신을 찾았다. 만약 굽이치는 강물 위에서 무성한 버드나무가 그녀를 붙잡지 않았다면 어디로 떠내려갔는지 알 수 없었을 거라고 시반이 말했다. 나는 버드나무가 미웠다. 이렌나는 한 마리 물고기였다. 물고기인 그녀는 베이얼츠 강을 따라 우리가 알 수 없는 곳 먼 곳으로 흘러갔어야 했다.

이렌나를 자작나무 껍질 배에 태워 우리 야영지로 돌아왔을 때 석양은 강물을 황금색으로 물들이고 있었다. 마치 하늘이 그녀가 그림을 좋아하는 것을 알고 있기나 한 듯 특별히 그녀를 그림 속에 끼워 넣고 있었다. 그 시각 라지미는 순백의 새끼 순록이 태어나는 것을 바라보고 있었다. 순백의 새끼 순록은 분명 하늘에서 내려왔을 것이다. 몸이 온통 하얀 구름 같았다. 라지미는 죽어도 잊을 수 없는 이름을 새끼 순록에게 붙여주었다. 하모니카라고.

나는 이렌나가 서 있던 강변에서 흰색의 암벽을 찾아냈다. 이렌나를 위해 등잔불을 그렸다. 그녀가 달이 없는 흑암을 떠돌 때 이 등불이 그녀를 비춰주기를 희망했다. 나는 알았다. 이 그림이 내 최후의 암벽화란 것을. 그림을 다 그리고 나는 얼굴을 암벽에 대고 울었다. 내 눈물은 등잔불에 달린 심지에 기름이 된 듯했다.

베이얼츠 강을 떠날 때가 되자 시반은 하모니카의 목에 금빛 방울을 달아주었다. 바람 속에서 울리는 청아한 방울소리는 멀리멀리 퍼져 나에게 세월에 대한 추억을 일깨워줄 것이다. 금빛 방울은 하늘에 있는 태양과 달처럼 우리에게 남은 어얼구나 강 오른쪽 언덕길을 비춰줄 것이다. 세상 사람들이 말하는 어원커의 길을. 나와 순록은 매화처럼 생긴 발자국을 밟으며 그 작은 길을 걸어갈 것이다.

에필로그

하루가 저물어 간다. 하늘빛이 벌써 어두워졌다. 내 이야기도 곧 끝이 날 것이다.

다지야나 일행은 분명 부쑤에 도착했을 것이다. 급류마을은 텅 빈 도시가 되었다. 우리 같은 사람들은 그곳에 살지 않는다.

내 눈에는 이 작은 마을이 아주 커다란 도시처럼 보였다. 어느 상점에 걸려 있던, 잊을 수 없는 남색과 베이지색 천, 명암이 교차하던 그 천들은 까만 밤과 여명 같았다.

이롄나가 죽고 나자 다지야나는 산 속 생활을 증오하게 되었다. 쒀창린도 깊은 고통에 빠져들었다. 그는 폭음을 하기 시작했다. 하루는 술을 다 마셔버린 그가 도끼로 라지미의 머리를 베려 했다. 시반이 둘을 떼어놓지 않았다면 라지미는 목숨을 보전하지 못했을 것이다. 쒀창린은 밤새 고통스럽게 울부짖었다.

숲은 벌목으로 인해 점점 나무가 줄고, 동물도 줄었다. 산바람은 더 세차게 불었다. 순록의 먹이인 이끼도 점점 줄어드는 바람에 우리는 순록을 따라 빈번하게 이동해야 했다.

니하오가 떠나고 3년째 되는 해, 마커신무가 이상한 행동을 보였다. 사냥칼로 자신의 손목을 긋기도 했고, 벌겋게 타오르는 숯을 입에 넣어 삼키기도 했다. 비가 오는 날이면 밖으로 뛰어나가 고함을 지르며 질주했다. 날이 가물어 대지에 구불구불한 균열이 생기면 머리를 감싸 쥐고 통곡했다. 우리는 그가 무당이 되리라는 것을 알았다.

니두 무당과 니하오의 비참하고 슬픈 운명 탓에 우리는 더 이상 새로운 무당의 탄생을 보고 싶지 않았다. 다지야 나는 니하오가 남겨놓은 무복과 모자, 치마를 급류마을 민속박물관에 기증하고 오직 북만 남겨 두었다. 우리는 마커신무에게서 그 신비스럽고 황량한 숨결이 끊어지리라 기대했다.

그는 확실히 하루가 다르게 정상을 회복했다. 날이 가물면 가끔씩 이상한 행동을 보였지만, 그때를 제외하면 그는 여느 사람과 다를 바 없었다.

급류마을은 세워진 이래로 한 번도 주민들로 가득 찬 적이 없었다. 사람들은 급류마을을 잠시 쉬었다 가는 여인숙으로 여겼다. 급류마을은 하루가 다르게 퇴락해갔다.

나는 다지야나 일행이 향한 부쑤가 걱정된다. 그곳도 여인숙이 되지 않을까 염려스럽다.

샤허리는 감옥에 갇혔다. 재작년 그는 산 바깥쪽에 사는 전과가 있는 날건달들을 모아 천연기념물로 보호받고 있는 나무를 베어 산 바깥으로 팔아치워 돈을 벌 계획을 세웠다. 하지만 산을 나가기도 전에 불심검문에 걸려 3년형을 언도받았다.

다지야나가 밀착해서 지키고 있었는데도, 쒀마는 다른 야영지로 달아나 남자들과 밀회를 즐겼다. 쒀마는 적막한 산 위에서 오직 남녀 사이의 일만이 즐거움을 가져다줄 뿐이라고 했다. 그녀는 아이를 지우기 위해 자주 급류마을로 내려갔다. 다지야나는 쒀마의 결혼 때문에 조바심이 났다. 혼삿말을 꺼내면 듣는 사람마다 "쒀마가 누구한테 시집간들 아내 노릇을 할 수 있겠어" 하고 다지야나를 깔봤다. 얼마 뒤 누더기를 걸친 넝마주이 셋이 급류마을로 쒀마를 찾아왔다. 그들은 배불리 먹을 수도 없고, 아내를 얻을 수도 없는 형편이었지만, 이곳에서 생활보조금을 받는 어윈커 처녀가 결혼하기 힘들다는 말을 듣고 찾아왔다고 했다. 이 사건은 다지야나에게 이롄나의 죽음에 버금가는 충격이었다. 그녀는 울면서 나에게 말했다.

"어니, 넝마주이가 우리 딸을 넝마 줍듯이 집어가려 하네요. 이 몹쓸 놈의 마을을 반드시 떠나야겠어요."

다지야나는 어윈커 사람들을 위한 새로운 정착지를 건의하기 시작했다. 그녀는 급류마을은 너무 외지고, 교통도 불편하고, 의료 보장이며 교육도 형편없다며 어원커족은 구직에 곤란을 겪을 것이며 도태될 운명에 처해 있다고 했다.

그녀는 몇몇 우리렁 사람들과 연합하여 연대서명 건의서를 급류마을 향정부에 제출했다. 이 건의서가 받아들여져 대규모 이사가 이루어졌다.

산에 사는 사람들은 200명이 채 되지 않았지만, 순록은 600~700마리나 되었다. 나를 제외한 다른 사람들은 모두 부쑤 정착에 찬성표를 던졌다. 급류마을에 새로 부임한 꾸 서기는 내가 반대표를 던졌다는 사실을 알고 설득하러 산에 왔다.

"저희가 순록과 사람들을 하산시키는 건 산림을 보호하기 위해서입니다. 순록이 돌아다니면 식생을 파괴하여 생태계의 균형이 깨집니다. 또한 정부에서는 현재 동물 보호정책을 실시하고 있어서 사냥을 해서도 안 됩니다. 수렵을 포기하고 문명민족이 되면 앞날이 밝을 것입니다."

나는 그에게 이렇게 말해주고 싶었다.

'우리와 순록은 숲과 화목하게 지냈소. 수천, 수만 명이 되는 벌목꾼들과 비교하자면 우리는 강물 위를 스치며 날아가는 고추잠자리 몇 마리에 불과하오. 숲에 있는 강이 오염되었다면 어찌 고추잠자리 몇 마리 탓이겠소?'

그러나 나는 말을 아꼈다. 나는 그에게 니하오가 전에 불렀던, 우리 씨족에 대대로 전해오는, 곰을 장사지낼 때

부르는 노래를 불렀다.

> 곰 할머니,
> 당신은 쓰러져,
> 아름다운 잠이 들었군요!
> 당신의 육체를 먹는 것은
> 새까만 까마귀랍니다.
> 우리는 당신의 눈을
> 경건하게 나무 사이에 올려놓습니다.
> 마치 신의 등불을 올려놓듯이 말입니다.

나는 남았다. 안차오얼도 남았다. 그것으로 충분하다. 나는 시반도 남을 거라 예상했다. 그는 나무껍질을 씹기 좋아하고, 아직 글자를 다 만들지 않았다. 그러나 시반은 효자였다. 라지미가 가는 곳이면 그도 따라갔다. 라지미의 남은 생이 그리 길지 않을 것이다. 라지미는 혀가 이미 비뚤어져서 발음이 분명치 않았다. 그가 어느 날 떠나면 시반은 분명 돌아올 것이다.

우리는 더 이상 이동을 할 때 나무에 표식을 남겨놓을 필요가 없다. 산 속의 길이 갈수록 많아졌다. 길이 없을 때 길을 잃지만, 길이 많을 때도 길을 잃게 된다. 어디로 가야 하는지 모르기 때문이다. 물건을 실을 트럭이 이른 아침 야영지에 들어왔을 때 나는 이사하는 사람들의 낯빛에 희열만이 넘쳐흐르지 않다는 것을 보았다. 그들의 눈빛은 슬프고 흐리멍덩했다. 이렌나가 떠난 날 태어난 흰색 순록은 기를 쓰고 트럭에 올라타지 않으려고 버텼다. 시반은 흰색 순록과 떨어질 수 없었다. 시반이 순록의 목에 매달린 금빛 방울을 흔들며 달랬다.

"하모니카, 얼른 차에 타자. 부쑤가 마음에 들지 않거나 네가 우리에 갇혀 있는 걸 싫어하면 다시 이곳으로 돌아오자!"

하모니카는 그제야 얌전하게 트럭에 올라탔다.

하루 종일 이야기를 하느라 피곤하다. 아직 나는 내 이름을 말하지 않았다. 내 이름을 남겨놓고 싶지 않다. 나는 안차오얼에게 부탁해 두었다. 아테가 떠나면 땅에 묻지 말고 풍장을 해달라고. 그런데 이제 네 그루의 거목을 찾기가 그리 쉽지 않을 것이다.

나는 류샤와 마펀바오를 버렸던 그 여인이나 와샤, 그리고 니하오의 장례가 끝나고 신비스럽게 사라져버린 베이얼나는 어떻게 살아가고 있는지 모른다. 결말에는 모두의 결말이 있는 것은 아니다.

안차오얼이 들어와 화롯불에 장작을 몇 개 더 얹어놓는다. 어머니가 나에게 주었던 불은 비록 나이가 많지만, 얼굴은 여전히 생기발랄한 청춘이다.

나는 시렁주 밖으로 걸어 나왔다.

식물의 신선한 향이 습한 공기와 버무려져 나는 재채기

를 한다. 시원하다. 피로를 공중으로 날려버린다.

달이 떴다. 하지만 둥그렇지 않다. 반달이다. 백옥처럼 휘황하다. 몸을 구부리고 있는 자태가 마치 물을 마시는 새끼 사슴 같다. 달빛 아래 산 바깥으로 난 길을 나는 우울한 눈빛으로 바라본다. 안차오얼이 다가와 나와 함께 그 길을 바라본다. 그 길에 트럭이 남겨놓은 바퀴자국이 있다. 내 눈에 바퀴자국은 상처자국 같다. 갑자기 그 길 끝에서 흐릿하게 잿빛 그림자가 나타난다. 곧 순록의 은은한 방울 소리가 들려온다. 그 그림자가 우리 야영지와 점점 가까워진다. 놀란 안차오얼이 소리를 지른다.

"아테, 하모니카가 돌아왔어요!"

감히 내 눈을 확신하지 못하겠지만, 방울소리가 점점 청아하게 들려온다.

나는 고개를 들어 달을 바라본다. 달은 나를 향해 달려오는 흰 순록 같다. 고개를 돌려 가까이 다가오는 순록을 바라본다. 순록은 지상에 떨어진 반달 같다. 내 눈에서 눈물을 흐른다. 나는 더 이상 하늘나라와 인간세상을 구분할 수 없다.

옮긴이의 글

어얼구나 강은 헤이룽(黑龍) 성 서남쪽 변경에 위치하며, 오늘날 내몽고 자치구 동북부 중국과 러시아의 국경을 가르는 강이다. 1689년 7월 24일 청나라와 러시아 사이에 맺어진 '네르친스크조약' 여섯 개 조항 중, 첫 번째 조항이 '헤이룽 강의 지류인 어얼구나 강과 케르비치 강, 다싱안링 산맥을 경계로 하여 동쪽을 중국 영으로, 서쪽을 러시아 영으로 하며, 어얼구나 강을 경계로 남쪽을 중국 영으로, 북쪽을 러시아 영으로 한다'였다. 이로 인해 어얼구나 강이 오른쪽과 왼쪽으로 나뉘게 되었고, 그 명칭도 각각 둘로 갈라지게 되었다. 어얼구나 강을 러시아어로 아르군(Argun) 강이라 하고, 다싱안링 산맥은 스타노보이 산맥(Stanovoi Mts.)이라고 부른다.

어얼구나 강은 전체 길이가 970킬로미터, 총 유역 면적이 15만제곱킬로미터로 타이완의 4배에 해당된다. 어얼구나 강 연안지대는 토지가 비옥하고, 밀림이 무성하며, 수초가 풍부해 다양한 어류가 서식하고, 동식물 자원이 풍성하여 농사와 방목에 적합한, 천혜의 지역이다. 때문에 어얼구나 강은 1,800여 개의 크고 작은 지류와 수많은 소수 민족을 그 넉넉한 품에 품을 수 있었다.

어얼구나는 몽골어로 "손으로 물건을 건네준다"는 의미를 지니고 있다. 즉 강폭이 좁은 지역에서는 서로 손으로 물건을 건네받을 수 있을 정도로 가깝다는 뜻이다. 1206년 칭기즈칸은 어얼구나에서 군사를 일으켜, 용감무쌍한 몽골기병을 이끌고 종횡무진 남북 정벌에 나서 거대한 몽골제국을 건설했다. 어얼구나 시내에서 북쪽으로 약 30킬로미터를 더 가면 옹기라트(弘吉剌)라는 내몽고에서 가장 큰 부락이 나타난다. 옹기라트 부락은 예로부터 귀족과 미인이 넘쳐나는 부락으로 그 명성이 자자했다. 칭기즈칸의 어머니며, 아내, 며느리가 모두 이 부락 출신이라고 한다. 옹기라트에는 몽고족, 다우르(Daur)족, 오르쫀(Orogen)족, 어윈커(Ewenki)족, 러스(Russ)족 등 다양한 소수 민족이 모여 살고 있다.

작가 츠쯔젠은 행정구역상으로는 내몽고 지역, 어얼구나 강이 흐르는, 다양한 소수 민족이 살고 있는 다싱안링에서 태어나 열일곱이 될 때까지 이곳에서 살았다. 어린 시절 기억 속에 살아 있는 어원커 인을 그녀는 이렇게 추억한다.

"산에 들어가 나무를 할 때면 나는 거칠고 힘세 보이는 괴상하게 생긴 머리 조각을 보았다. 아버지는 바이나차 산신의 형상을 이들이 조각해 놓았다고 하셨다. 나는 이들이 우리 읍내 주변에 살고 있는 소수 민족이란 것을 알았다. 내가 일곱, 여덟 살 때 만났던 이들은 말을 타고 산에서 내려와 사냥으로 잡은 짐승 가죽을 식염, 비누 등 생활용품으로 교환해 갔다."

2005년, 어원커족의 발자취를 좇아 탐방을 마치고 작가는 이들 부족의 최근 100년사를 조망한 작품인 '방금 노래가 끝난 처량한 만가', 『어얼구나 강의 오른쪽』을 완성했다.

원시 생명력으로 가득 찬 숲에는 여름에는 이슬을 밟고 걸으며, 풀을 먹을 때면 꽃봉오리와 나비가 함께하고, 물을 마실 때면 물속에서 헤엄치는 물고기를 볼 수 있는 신성한 동물 순록과 '나'의 부락민 그리고 우리의 신령이 살고 있다. 나는 어원커족 마지막 추장의 여인으로, 아흔 해를 두고 걸어온 삶의 지난한 여정에서 대자연의 혜택과 재앙을 동시에 겪었고, 배고픔과 추위을 겪었고, 일본의 압제 아래 고통도 당했고, 문화혁명의 광풍에도 휩싸였고, 현대문명의 압박에도 시달렸다. 그리고 수많은 죽음을 목도했다.

내가 사랑했던 손녀 이렌나의 죽음은 실은 어원커족 화가였던 류바(柳芭)의 죽음이 모티브가 되었다. 이 화가의 애달픈 죽음이 작가의 작품 창작에 영감을 불어넣고 작품을 집필하게 된 추동력이 되었다. 이렌나의 죽음을 두고 '만약 굽이치는 강물 위에서 무성한 버드나무가 그녀를 붙잡지 않았다면 어디로 떠내려갔는지 알 수 없었을 거라고 시반이 말했다. 나는 버드나무가 미웠다. 이롄나는 한 마리 물고기였다. 물고기인 그녀는 베이얼츠 강을 따라 우리가 알 수 없는 곳 먼 곳으로 흘러갔어야 했다'(455쪽)는 절절한 고백에는 "세상 사람들이 말하는 어원커의 길"과도 일맥상통한다.

어원커의 길은 운명을 사랑하되 운명을 이겨내는 것만으로는 부족한, 운명을 열렬히 사랑하는 길이다. 삶이 끊임없이 나를 속이고 운명이 가혹하리만치 모질더라도 말이다. 그런데 운명에 대한 열렬한 사랑에는 전제조건이 있다. 바로 도덕적인 책임을 바탕으로 한 순수함이다. 안다오얼은 순결하지 못한 여인 와샤를 임신시켰다는 이유만으로 쓰디쓴 열매를 삼키기로 결심한다. 그것도 모자라 다른 남자들이 피해를 입지 않도록 곁에 두고 지키기로 다짐한다. 그의 순수함은 선량한 아름다움이며 숭고하기까지 하다.

무당 니하오는 어떤가! 죽어가는 사람을 살려내면 자

식들이 죽어간다는 사실을 뻔히 알면서도 인간과 신과의 사이에 서 있는 무당이라는 도덕적 책임 때문에 그녀는 번번이 굿을 한다. 그녀의 순수함은 고매한 아름다움이며 생명의 가치를 극대화한 숭고함이다.

순수함은 심미감을 자극하고, 심미감은 숭고함을 불러오고, 숭고함은 신비감을 일깨운다. 그리고 신비감은 다시 순수함을 자극하며 그 연결고리가 부단히 순환한다. 『어얼구나 강의 오른쪽』은 원시의 신비, 자연의 신비, 인간의 신비로움, 신의 신비로움으로 충만하다. 『어얼구나 강의 오른쪽』이 표방하는 신비로움은 다시 순수함에서 숭고함까지 현대의 물질문명과 배금사상에 찌들고 지친 우리의 심신과 영혼에 한 줄기 서늘한 바람처럼, 한바탕 시원한 소나기처럼 '참다운 쉼'을 얻을 수 있게 해줄 것이다.

아울러 조상들이 대대로 일궈놓은 터전에서 쫓겨나 조상 대대로 전수되어 온 삶의 방식에서 이탈을 끈질기게 요구받는, 척박한 삶을 살아가면서도 정신적인 건강함을 소멸시키지 않는 이들의 고통에 대한 인내와 감내를 바라보면서, 걸핏하면 한 줌 바람에도 연약한 갈대처럼 나자빠지고, 좌절하고, 삶을 극단으로 몰고 가는 우리가 '참용기'를 얻을 수 있기를 소망한다.

『어얼구나 강의 오른쪽』은 2008년 중국 문학 최고의 영예로 꼽히는 제7회 마오둔(茅盾)문학상 수상작이며, 한 번 받기도 어렵다는 루쉰(魯迅) 문학상을 세 차례나 수상한 역량 있는 작가 츠쯔젠의 작품으로, 현재 중국 문단에서 활약하고 있는 작가들과는 사뭇 다른 풍격의 새로운 문학세계를 구축하고 있는 작가의 작품 중 백미(白眉)이다.

김윤진